中文版

会声会影11 家庭DV视频编辑

黎永泰 主编

杨 格 刘立毅 罗妙梅 编著

轻松学会

- 通过实战和**多媒体教学**的方式全面学习中文版会声会影
- 通过细致的知识讲解和详细的案例分析，确保初学者能够轻松掌握
- 随书配套**700**分钟多媒体影音教学，帮助您跨越学习疑难点

赠 价值58元 网络视频学习卡！

北京希望电子出版社
Beijing Hope Electronic Press
www.bhp.com.cn

内容简介

本书主要介绍了会声会影 11 的工作流程和新功能、使用会声会影前的准备工作、项目的设定等基础知识，介绍了使用 DV 转 DVD 向导扫描影片并烧录成 DVD 光盘和使用影片向导三个步骤快速制作影片，主要介绍了在会声会影编辑器中制作电子相册、旅游短片、婚礼纪念影片及电影片头等内容，详细介绍了制作流程及软件的转场、滤镜等特效功能。

本书可作为影片剪辑和制作的初学者、影片后期编辑人员及其相关培训和高校相关专业学生的使用教材，也可作为指导广大影片制作领域的爱好者的参考书。

随书配套光盘内容包括多媒体视频教程和本书部分实例素材源文件。

需要本书或技术支持的读者，请与北京清河 6 号信箱（邮编：100085）发行部联系，电话：010-82702660（发行）、82702675（邮购），62978181（总机），传真：010-82702698，E-mail：tbd@bhp.com.cn，网络服务：www.bhp.com.cn。

图书在版编目（CIP）数据

轻松学会 中文版会声会影 11 家庭 DV 视频编辑/黎永泰主编.
—北京：科学出版社，2008
ISBN 978-7-03-022796-6

Ⅰ.轻… Ⅱ.黎… Ⅲ.图形软件，会声会影 11 Ⅳ.TP391.41

中国版本图书馆 CIP 数据核字（2008）第 124091 号

责任编辑：冯彩茹 /责任校对：高 雅
责任印刷：天 时 /封面设计：康 欣

科学出版社 出版
北京东黄城根北街 16 号
邮政编码：100717
http://www.sciencep.com
北京天时彩色印刷有限公司
科学出版社发行 各地新华书店经销
*
2008 年 11 月第 一 版 开本：787×1092 1/16
2008 年 11 月第一次印刷 印张：23.75
印数：1-5 000 册 字数：545 000

定价：68.00 元（配 1 张 DVD 光盘）

光盘说明

本书配套的多媒体教学光盘采用“视友（4U2V）视频教学”系统，全程进行影像演示和语音讲解，达到了“虚拟教室”的教学效果，让读者有亲临课堂听课的感受。

1．系统要求

屏幕分辨率要求：1024×768或以上。

系统要求：CPU为Pentium 4以上，内存为512MB以上，Windows 2000以上操作系统，配置声卡。

2．使用方法

（1）将本书配套光盘放入光驱中，系统将会自动运行，在出现的界面中单击【跳过】按钮，可直接进入教学主界面。

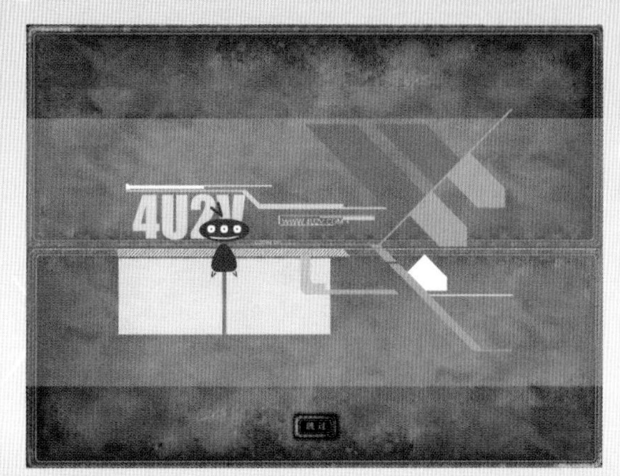

（2）单击主界面上的【视频浏览】按钮，可进入视频教学内容进行选择。

（3）单击需要学习的标题，可以直接进入视频教学界面，通过屏幕下方的功能控制条可以实现“播放”、“暂停”、“快进”、“快退”以及“返回”等功能。此外，将鼠标移动到播放界面最左边的区域，就会弹出视频目录列表，选择要浏览的片段，即可切换到相应的内容。

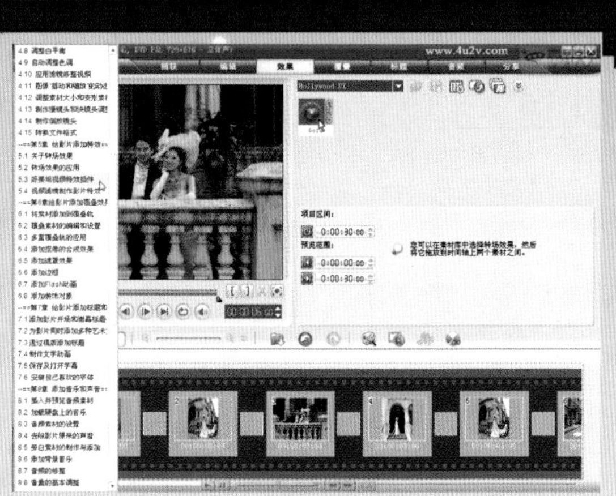

（4）单击主界面上的【源文件】按钮，可直接调出本书提供的大量素材文件。

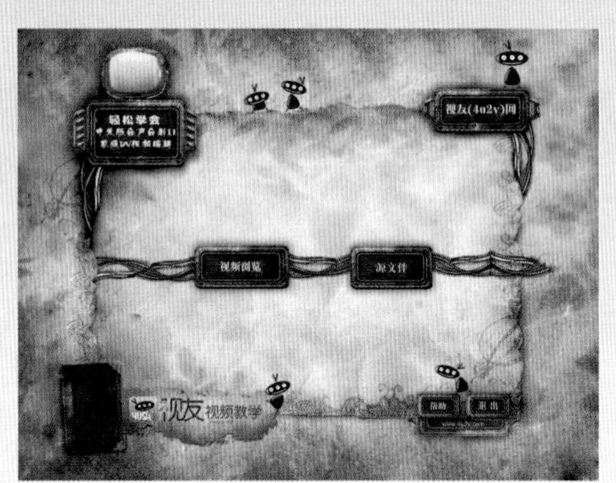

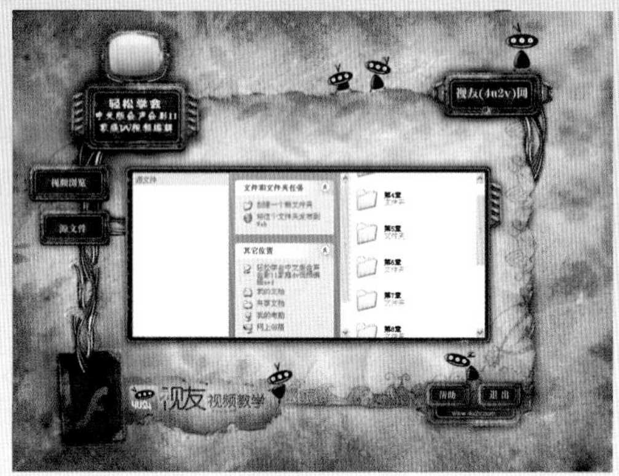

（5）单击主界面左下方的【视友视频教学】按钮，将弹出视友网（www.4u2v.com）的主页，读者可以通过本书赠送的价值58元的视友（4U2V）VIP半年卡，在半年之内免费浏览视友（4U2V）网提供的在线视频教学内容。

3．提示

（1）如果当前操作系统不能自动启动光盘，可通过手动方式来启动。打开光盘，双击光盘目录中的“www.4u2v.com.exe”文件即可。

（2）如出现光盘不能播放或播放后无法操作的情况，建议使用Flash播放器或“暴风影音”播放器来播放视频文件，播放方式与用IE播放的方式相同。

（3）光盘中“movie”文件夹下所放置的是本套视频的swf格式的文件。

关于本视频的相关问题，访问http: //bbs.4u2v.com可得到解答。

制作婚礼短片

转场效果

模拟太阳光线闪灯特效

为影片制作文字动画

添加边框

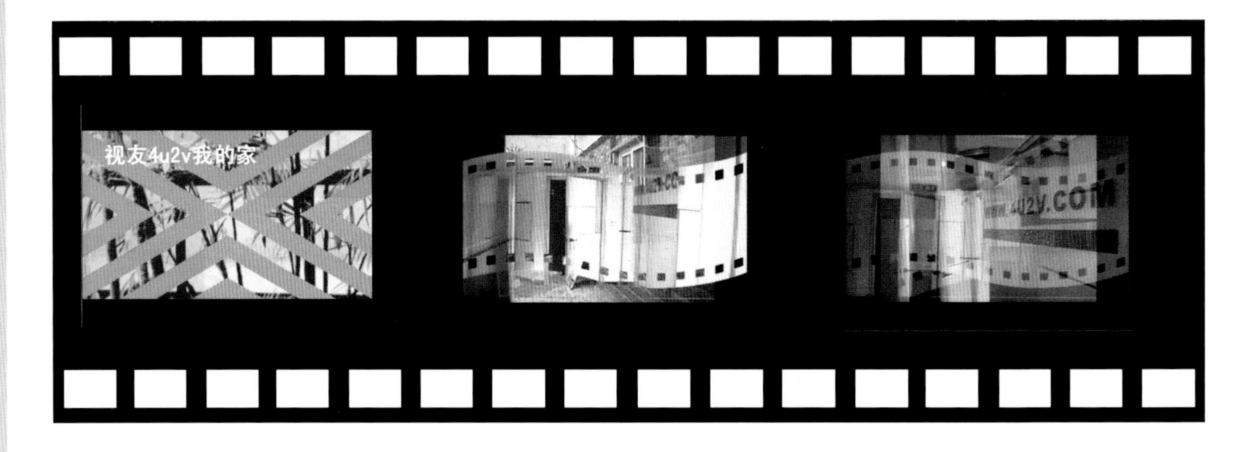

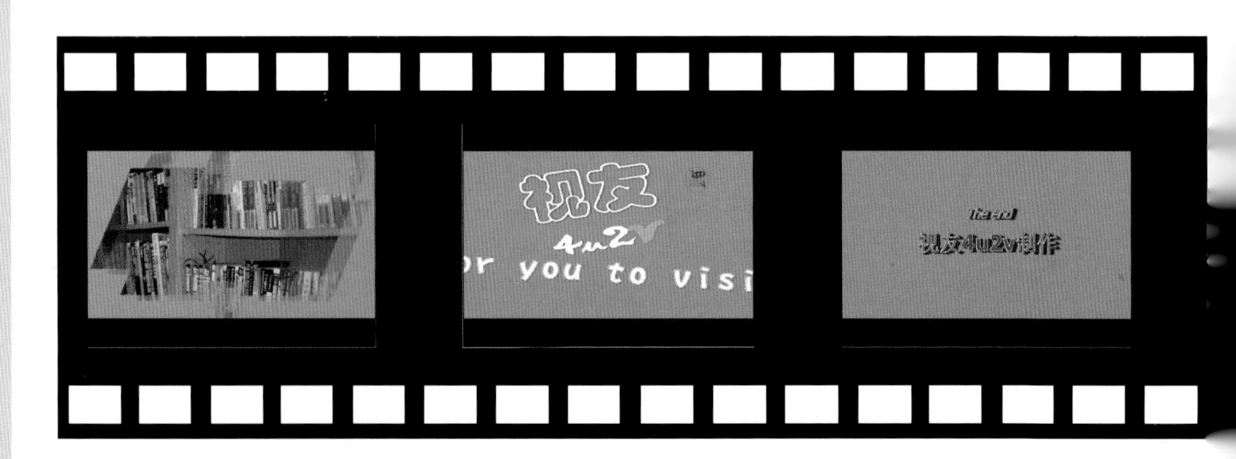

视友短片

图像动态效果

制作倒放镜头

将素材分割成两部分

为覆叠素材添加遮罩

随着数码产品在我国的推广和普及，DV已逐步进入都市百姓家庭，越来越多的人喜欢将婚庆、生日party、小孩成长录、旅游等生活中的大小事拍摄下来，然后希望过一把导演瘾——自己DIY影片。拍摄很多视频素材和照片不希望只放在DV带或计算机磁盘中，也希望与他人共同分享自己的快乐。在此之前我们拍摄的影片或照片往往需要剪辑加工和美化处理，如将不需要的内容裁剪掉、给影片添加特效和转场、制作图片动画效果、添加标题字幕和音乐、声音、制作成各种方式以便在不同的载体上播放并进行共享，这就需要一些软件来帮助我们进行剪辑加工和美化处理。

会声会影11 是一套个人家庭影片剪辑软件，通过它完整强大的编辑模式可以剪辑出具有个人风格的作品，其强大的特效转场功能也使影片更富有特色，其人性化的操作界面和模板，以及傻瓜化的操作步骤符合了个人家庭用户追求轻松、快捷、趣味等特性。

会声会影11是目前专为个人或家庭所量身打造的影片剪辑软件，高效的捕获方式，强大的剪辑、特效、转场、字幕和配乐编辑功能，深受个人或家庭用户的喜爱，使用它可将DV拍摄的影像直接刻录成DVD光盘，制作成电子相册，精美的电子贺卡，DVD/VCD或卡拉OK光盘等。

会声会影是一套操作最简单，功能最强悍的DV、HDV影片剪辑软件，不仅完全符合家庭或个人所需的影片剪辑功能，甚至可以挑战专业级的影片剪辑软件制作出精彩的高画质HD DVD，并可轻松制作成视频随处分享我们的影片。

本书特点

- 视频讲解+图书介绍。
- 由浅入深的专业案例教学。
- 购买本书的读者，可免费获得价值58元的“视友（4u2v）视频教学网”半年的VIP会员资格。在此期间可以免费无限制浏览视友视频教学网任何的教学视频，包括3ds max 、Photoshop、Dreamweaver、Flash、CorelDRAW、AutoCAD、Office和网络应用等类别，视频教学长度达数千小时，并不断更新视频教学内容。
- 随书配套光盘内容包括多媒体视频教程和本书部分实例素材源文件。

本书由黎永泰主编，参加编写的有杨格、刘立毅、罗妙梅、黄秀花、罗亮烘、曾双明、曾双云、罗双梅、苏顺右、罗劲梅、柳琪、王加宝、何伟等，在此表示感谢。特别感谢邓斌（御风飞扬）、余晋琳、张武军、吴叶青和碧妮等摄影师提供了精彩的摄影作品作为本书的素材，同时感谢方薇等各位模特用她们的美丽伴随读者的学习，并感谢希望电子出版社武天宇为此书的出版付出的努力！

编　者

必备基础知识

影片制作七步骤

综合实例篇

必备基础知识

主要了解会声会影的界面、主要功能和新功能，以及能帮助我们做什么。在影片制作之前要了解关于视频编辑的一些基础知识及准备工作，以便在影片制作的过程中更加顺利。

第1章 全新体验会声会影11

本章主要了解会声会影的界面布局，有哪些主要功能及其新功能等。

目前用来编辑加工影片素材的软件有入门级编辑软件Movie Maker，相当专业的编辑软件Adobe Premiere和适合家庭或个人及具有一定专业水准的会声会影（Ulead VideoStudio 11）视频编辑+DVD制作软件等。

Movie Maker对转场、特效、字幕等提供基本支持，但在数量和可定制程度上还落后于其他相关软件，且输出功能也相对简单。

Adobe Premiere是一款相当专业的编辑软件，结合专业的设备可制作出专业水准的影视作品，但不太适合家庭或个人用户。

会声会影（Ulead VideoStudio 11）是Corel（友立）公司专为个人或家庭所量身打造的影片剪辑软件，高效的捕获方式，强大的剪辑、特效、转场、字幕和配乐编辑功能，简单易用的操作方式，深受家庭及个人用户的喜爱，使用它可将DV拍摄的影像直接刻录成DVD光盘，制作成电子相册，或制作成精美的电子贺卡，还可以制作成DVD、VCD播放光盘等。会声会影是一款被广泛使用的非线性视频编辑软件，界面亲近友好、功能强大，用户不需要具有一定的专业知识和软件应用基础知识便可完成视频编辑的整个流程，包括采集、编辑、多媒体制作以及最终的输出等。

1.1 会声会影11的启动界面及功能概述

在桌面上双击“Ulead VideoStudio 11”快捷图标，便会启动会声会影11，如图1-1所示。

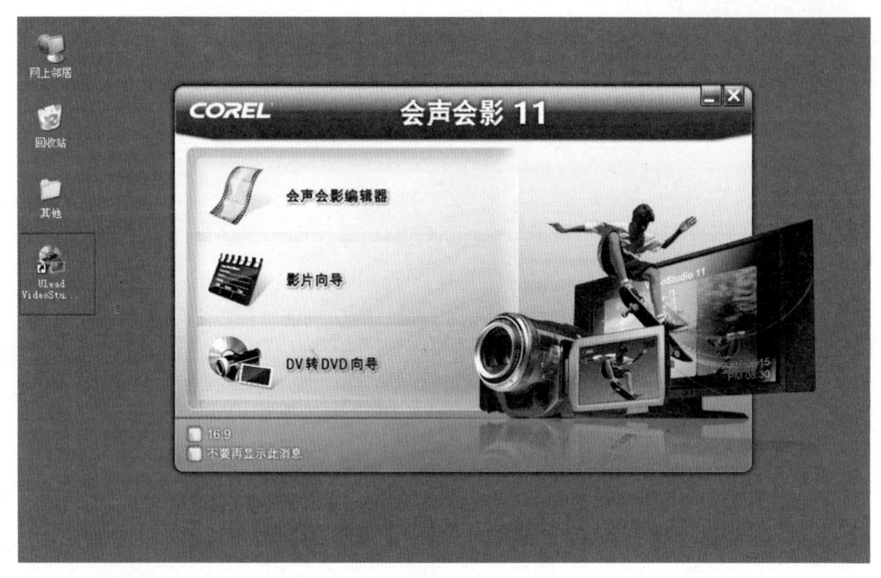

图1-1

与大多数软件启动后直接进入操作界面的方式有所不同，会声会影启动界面中最引人注意的是【会声会影编辑器】、【影片向导】、【DV转DVD向导】三个按钮，单击各按钮可进入各自的界面，那么这三个按钮各有什么功能呢？

1.1.1 会声会影编辑器

会声会影编辑器具有完整的编辑功能，提供了制作精彩家庭电影所需的一切工具，只需按照简单的分步式流程操作即可完成整个过程，如进行捕获素材、剪切修整素材、添加各种精美的特效、丰富多变的转场效果、多种多样的标题和字幕、制作美妙的音频素材，最后能制作出可运用在各种媒介上的影片，如DVD、VCD、卡拉OK光盘和网络等，界面布局如图1-2所示。

图1-2

1.1.2 影片向导

利用影片向导只需要三个步骤即可制作完整的影片，很适合刚接触视频编辑的新手及希望快速制作出影片的用户使用。其中提供了不同场景的主题供用户选择，还有自动编辑功能可快速营造专业的开场效果等。影片向导的三个步骤分别如图1-3～图1-5所示。

图1-3

图1-4

图1-5

1.1.3 DV转DVD向导

DV转DVD向导是最快的DV转DVD的方法，只要连接摄像机，便无需经过磁盘（如无特别说明，本书“磁盘”均指计算机本地硬盘）而只需要两个步骤就可以直接将DV中的视频刻录成具有完整菜单的DVD影碟，同时包含菜单、标题、转场和音乐，这非常适合初级用户及希望快速制作出DVD光盘的用户。DV转DVD向导的两个步骤如图1-6和图1-7所示。

图1-6

图1-7

说明：会声会影汉化版中“DV转DVD向导”的名称为“DV转DVD烧录精灵”。

“会声会影编辑器”是编辑影片的重点，可以说它包含了会声会影的所有功能，而“影片向导”、“DV转DVD向导”给用户提供了快速通道，让用户在最短的时间内完成任务。在“会声会影编辑器”中可以切换至“影片向导”和“DV转DVD向导”，“影片向导”也可切换至“会声会影编辑器”中进行编辑。

在欢迎界面的下方还有两个选项：16：9和不要再显示此消息。

“16：9”是一种显示技术的显示模式，如现在的电影或者连续剧等都做成了16：9的长方形画面，也称为宽银幕或宽屏等。

勾选“不要再显示此消息”复选框，启动会声会影后将不再弹出启动界面，而是直接进入“会声会影编辑器”界面。在“会声会影编辑器”中单击菜单【文件】|【参数选择】命令，在弹出的【参数选择】对话框中打开【常规】选项卡，通过选择或取消勾选“显示启动画面”复选框，也可达到同样的效果。

1.2 会声会影11编辑器的界面布局

通过上面的学习，我们对会声会影已经有了初步的了解，接下来对会声会影编辑器进行全面的认识，主要介绍它的界面布局及基本功能，如图1-8所示。

图1-8

- ❶步骤面板

  包含一些对应于视频编辑不同步骤的按钮，分别是：捕获、编辑、效果、覆叠、标题、音频和分享。

- ❷菜单栏

  包含一些提供不同命令集的菜单，包括文件、编辑、素材和工具4个菜单。

- ❸预览窗口

  显示当前素材、视频滤镜、效果和标题。

- ❹导览面板

  提供一些用于回放和精确修整素材的按钮。在“捕获”步骤中，它也用作DV或

HDV 摄像机的设备控制。

- ❺工具栏
  包含一些按钮，这些按钮用于在三个项目视图和其他快速设置之间进行切换。
- ❻项目时间轴
  显示项目中包括的所有素材、标题和效果。
- ❼选项面板
  包含控制、按钮以及可用于自定义所选素材设置的其他信息。此面板的内容随正在执行步骤的不同而有所变化。
- ❽素材库
  存储和组织所有媒体素材，包括视频、音频、图像、色彩、装饰对象边框、Flash 动画和视频滤镜等。

1.3　会声会影11的工作原理

会声会影是一个专为个人或家庭所量身打造的影片剪辑软件，有高效的捕获方式、强大的剪辑、特效、转场、字幕和配乐编辑功能等，可将DV拍摄的影像直接刻录成DVD光盘，制作成电子相册、贺卡、DVD/VCD光盘等。

会声会影采用分步方式，捕获、编辑、分享影片作品，几分钟即可完成影片的创建。

（1）首先，从摄像机或其他视频源捕获镜头。

（2）修整捕获的视频，排列视频顺序，应用转场，添加覆叠、动画标题、旁白和背景音乐，把这些元素组织在不同的轨中。

（3）完成影片作品之后，可以将影片刻录到 VCD、DVD、HD DVD 上，或将影片录制回摄像机。此外，还可以将影片输出为视频文件，以便在计算机上回放，或将其导入移动设备或进行在线共享。

会声会影11中提供了一个“示例项目”，可以让用户大致了解会声会影的操作方法，体验其功能原理。单击Windows菜单【开始】❶|【所有程序】❷|【Ulead VideoStudio 11】❸|【示例项目】❹命令，如图1-9所示。

图1-9

如图1-10所示是打开的“Sample-PAL.VSP”示例项目文件。会声会影项目文件格式为“*.VSP”，该文件包含素材路径位置的信息以及影片的形成方式。

单击【播放】按钮预览此项目的影片效果，可以看到视频轨的画面效果和转场效果，覆叠轨的画中画效果和滤镜，标题轨的文字及动画效果；听到音频轨的背景音乐效果等。在项目文件中，可以看到会声会影包含视频轨、6个覆叠轨、标题轨、声音轨和音乐轨。其实就是将准备好的视频、音频、图像、色彩、标题、转场、声音等素材按照出场顺序放在相应的轨中。会声会影使用视频项目文件中的信息，将影片中的所有元素组合到一个视频文件中，这一过程称为渲染，渲染完成也就意味着影片的形成。

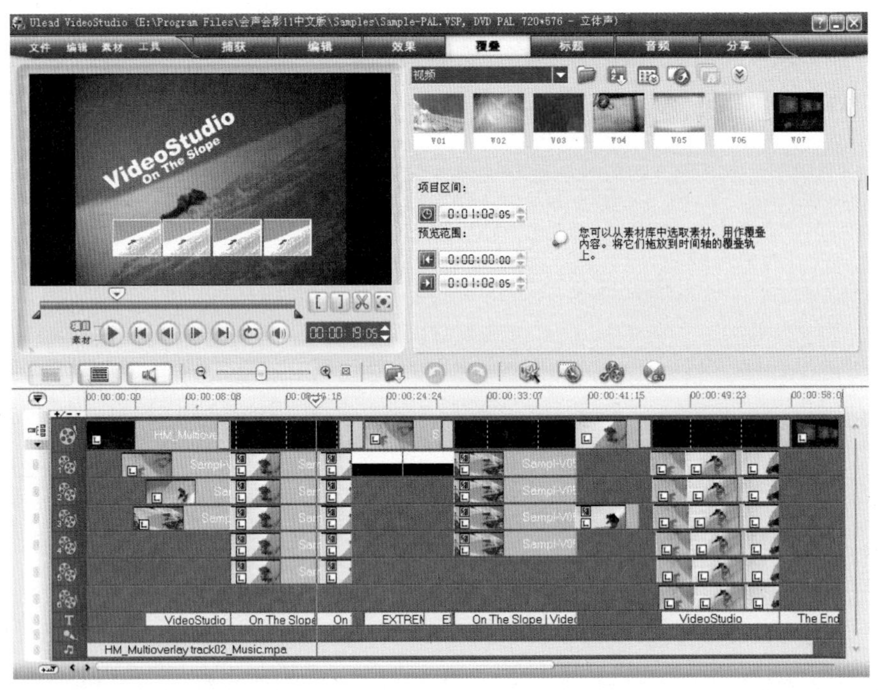

图1-10

1.4 会声会影编辑器的主要功能

了解了会声会影的界面布局及工作原理之后，本节来详细学习会声会影编辑器的主要功能，如步骤面板、菜单栏、素材库、导览面板、时间轴和选项面板等的功能。

1.4.1 步骤面板

在会声会影编辑器界面上方的一排按钮就是步骤面板。会声会影将影片的制作过程简化为7个简单的步骤，对应于视频编辑不同步骤的按钮，分别是捕获、编辑、效果、覆叠、标题、音频和分享，如图1-11所示，不同的步骤之间可进行切换。

捕获 编辑 效果 覆叠 标题 音频 分享

图1-11

（1）捕获。

在“捕获”步骤中将视频直接录制到计算机磁盘上。也就是通过IEEE 1394卡或模拟捕获卡等，将DV中或其他视频来源中影片的画面和声音输入计算机磁盘中。这里还可将视频中的某一帧捕获成静态的图像。

（2）编辑。

通过捕获的步骤，将磁盘中的影片素材导入软件中进行剪辑、修整编辑视频素材。“编辑”步骤和时间轴是会声会影最为核心的部分，这是排列、编辑和修整视频素材的地方。在此步骤中，也可向视频素材应用视频滤镜。

（3）效果。

将素材放置于视频轨中之后，可在素材之间添加丰富的转场效果，还可对素材添加滤镜特效。在素材库中，可以选择各种转场效果。

（4）覆叠。

覆叠就是使用覆叠轨实现叠加素材的效果，在素材上叠加多个素材，产生画中画效果，如边框、去背景等效果。有些汉化版本中“覆叠”步骤的名称可能叫“覆盖”。

（5）标题。

可为影片添加各种标题文字，如开幕标题、字幕和闭幕词，可为文字应用各种装饰和动画效果，也可以从素材库的各种预设模板中选择。

（6）音频。

背景音乐可设置影片的基调，在此步骤中可以为视频配音，也可选择和录制计算机所安装的一个或多个 CD-ROM 驱动器上的音乐文件。另外还可对音频进行混声效果的调整。

（7）分享。

完成影片的编辑之后，可以创建视频文件，以便在计算机中回放或进行网络共享，或将影片输出到磁带或刻录到DVD或CD 光盘上。

1.4.2 菜单栏

菜单栏提供了不同命令集的菜单，包括文件、编辑、素材、工具4个菜单，各菜单又包含各种子菜单命令，用于自定义“会声会影”，如图1-12～图1-15所示。

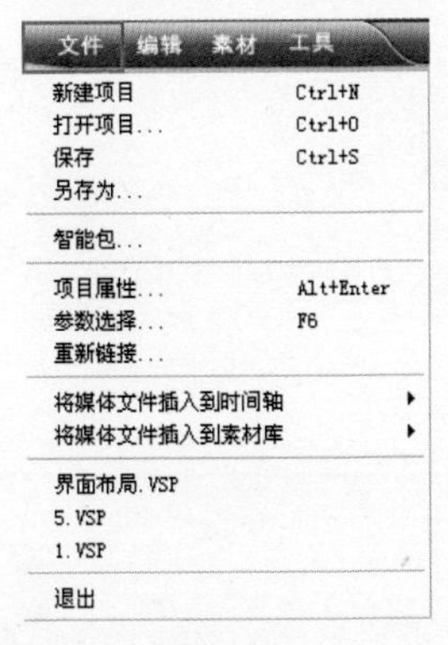

图1-12

图1-13

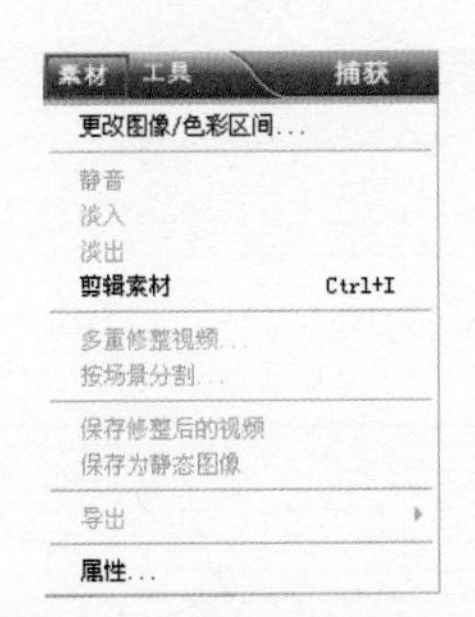

图1-14

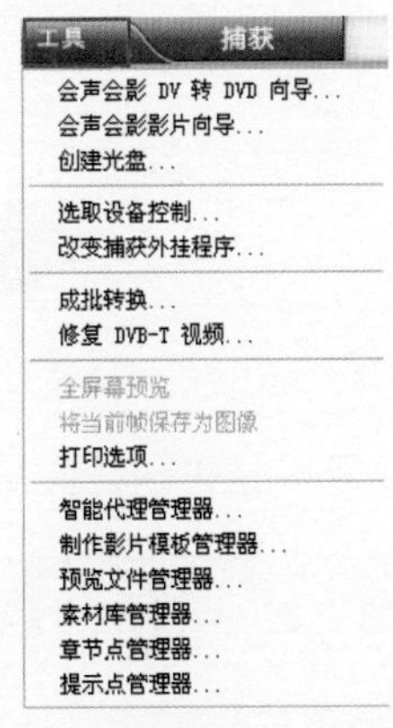

图1-15

（1）文件菜单。

文件菜单是关于文件的命令集，包括新建项目、打开项目、保存、智能包、项目属性、参数选择等命令，如图1-12所示。其中智能包可以将项目文件中所用的素材（视频/音频/图像等）、原文件都打包在一个文件夹中，不会因为素材路径的改变使文件不能顺利打开而要重新链接，此外也方便朋友之间进行项目共享。项目属性和参数选择在后面的章节中会详细讲解。

（2）编辑菜单。

编辑菜单包括撤消、重复、复制、粘贴、删除等编辑时要用到的命令，如图1-13所示。

（3）素材菜单。

素材菜单集中了关于素材的设置命令，如更改图像/色彩区间，可设置图像或色彩素材的播放长度；静音、淡入、淡出是设置声音的命令；另外还有修整、保存、导出素材的命令等，如图1-14所示。

（4）工具菜单。

工具菜单包括一些工具命令。在此可切换到会声会影DV转DVD向导和会声会影影片向导中进行编辑，还可刻录光盘以及成批转换文件格式等，如图1-15所示。

1.4.3 预览窗口

预览窗口显示当前素材、视频滤镜、效果和标题。如果要改变默认的黑色背景可在参数选项中设置背景色为其他颜色，如图1-16所示。

图1-16

1.4.4 导览面板

导览面板位于预览窗口的下方，如图1-17所示。导览面板用于预览和编辑项目中所用的素材。使用导览控制可以移动所选素材或项目。使用“修整拖柄”和“飞梭栏”可以编辑素材。从DV或HDV摄像机捕获视频时，“导览控制”用于设备控制，使用这些按钮可以控制DV或HDV摄像机或任何其他DV设备。

图1-17

- ❶播放模式：可选择预览“项目”或者只预览所选“素材”。“项目”指的是预览所有轨道中的视频、图像、声音和音乐等。“素材”指的是预览所选素材的效果。
- ❷播放：播放、暂停或恢复当前项目或所选素材。
- ❸开始：返回起始帧。
- ❹上一帧：移动到上一帧。
- ❺下一帧：移动到下一帧。
- ❻结束：移动到结束帧。
- ❼重复：循环回放。
- ❽系统音量：单击并拖动滑动条，可调整计算机扬声器的音量。
- ❾时间码：通过指定确切的时间码，可以直接跳到项目或所选素材的某个部分。
- ❿飞梭栏：拖动可选择项目或素材的范围。
- ⓫开始标记/结束标记：使用这些按钮可以在项目中设置预览范围，或标记素材修整的开始和结束点。
- ⓬剪辑素材：将所选素材剪辑为两部分。
- ⓭扩大预览窗口：单击可增大预览窗口的大小。扩大预览窗口时，只能预览而不能编辑素材。
- ⓮修整拖柄：用于设置项目的预览范围或修整素材。

1.4.5 工具栏

在工具栏中可以便捷地访问编辑按钮，工具栏如图1-18所示。通过调整时间轴标尺，可以更改项目视图或缩放项目时间轴。使用“智能代理管理器”可以加快 HD 视频和其他大型源文件的编辑速度。使用“覆叠轨管理器”添加更多的覆叠轨。

图1-18

- ❶故事板视图：在时间轴上显示影片的图像缩略图。
- ❷时间轴视图：用于对素材执行精确到帧的编辑操作。
- ❸音频视图：显示音频波形视图，用于对视频素材、旁白或背景音乐的音量级别进行可视化调整。
- ❹缩放控制：用于更改时间轴标尺中的时间码增量。

- ❺将项目调到时间轴窗口大小：放大或缩小，从而在时间轴上显示全部项目素材。
- ❻插入媒体文件：显示一个菜单，在该菜单上，可以将视频、音频或图像素材直接放到项目上。
- ❼撤消（与软件界面保持一致，“撤消”不改为“撤销”）：用于撤消上一操作。
- ❽重复：用于重复撤消操作。
- ❾启用/禁用智能代理：在启用和禁用智能代理之间切换，以较低的分辨率创建HD视频的工作副本。
- ❿成批转换：将多个视频文件转换为一种视频格式。
- ⓫覆叠轨管理器：用于创建多个覆叠轨。
- ⓬启用/禁用 5.1 环绕声：用于创建 5.1 环绕声音轨。

1.4.6 项目时间轴

显示项目中包括的所有素材、标题和效果。在项目时间轴上，可以组合影片项目。有三种类型的视图可用于显示项目时间轴：故事板、时间轴和音频视图。

单击工具栏左侧的按钮，可以在不同视图之间进行切换。

单击【扩大】按钮，如图1-19所示，可以使“故事板视图”呈最大化显示，如图1-20所示。在最大化视图工作区中，不必向下滚动即可找到不同轨排列视频素材和应用转场。

图1-19

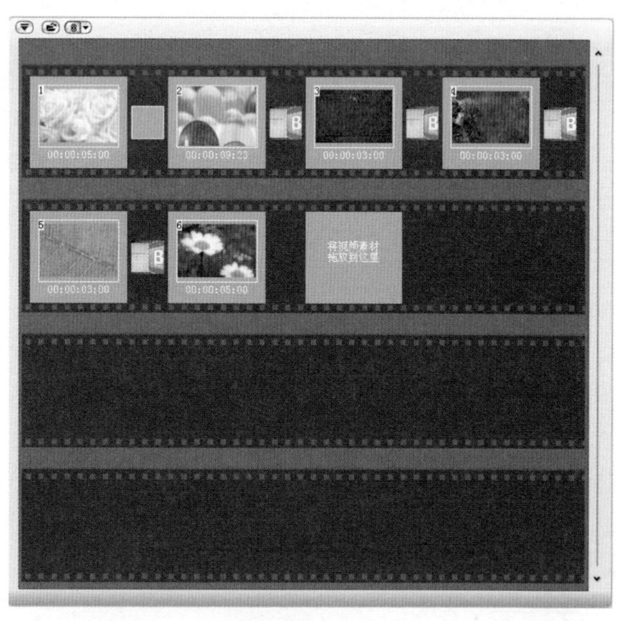

图1-20

“时间轴视图”和“音频视图”所有轨的最小化和最大化显示效果，如图1-21～图1-24所示。

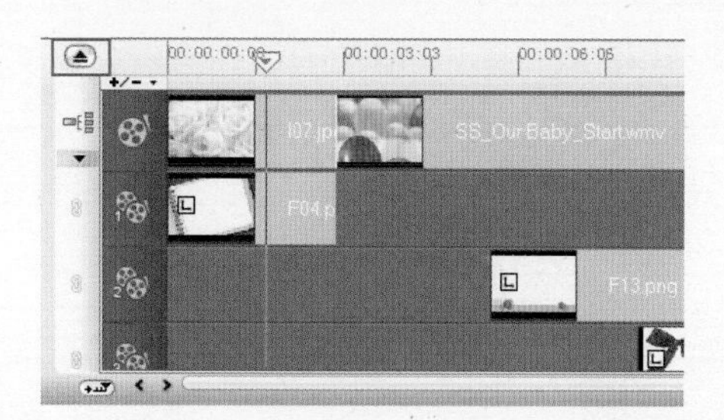

图1-21

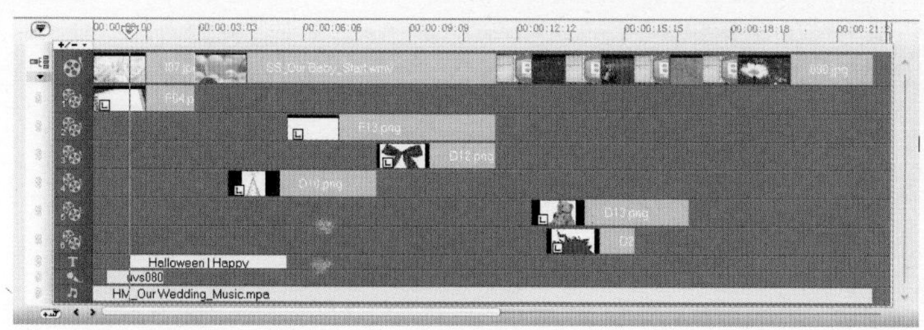

图1-22

图1-23

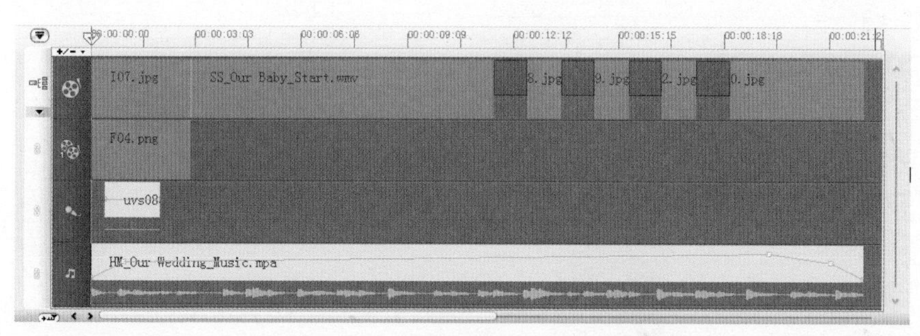

图1-24

（1）故事板视图。

什么是故事板呢？它是影片的可视呈现，各个素材以图像缩略图的形式呈现在时间轴上。“故事板视图”是将视频素材添加到影片的最简单快捷的方法。故事板中的每个缩略图都代表影片中的一个事件，即视频素材或转场。缩略图概要显示项目中事件的时间顺序。每个素材的区间都显示在缩略图的底部，如图1-25所示。

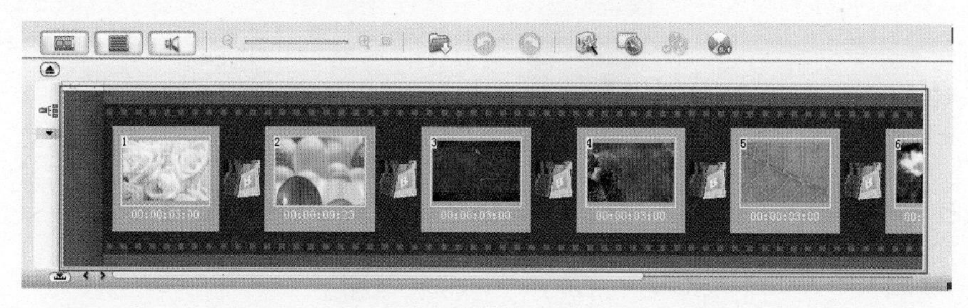

图1-25

通过拖放的方式，可以插入视频素材，排列其顺序。转场效果可以插入到两个视频素材之间。所选的视频素材也可以在预览窗口中进行修整。

（2）时间轴视图。

什么是时间轴呢？使影片按时间顺序的图形化呈现出来，素材在时间轴上的相对大小使我们能精确掌握媒体素材的长度。“时间轴视图”为影片项目中的元素提供最全面的显示。它按视频、覆叠、标题、声音和音乐的排列顺序将项目分成不同的轨，如图1-26所示。

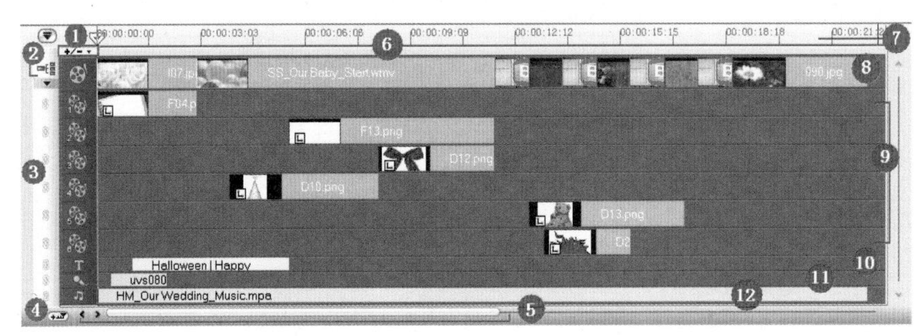

图1-26

- ❶添加/删除章节/提示点：单击可在影片中设置章节或提示点。
- ❷启用/禁用连续编辑：如果启用，则可以选择要应用该选项的轨。
- ❸轨按钮：单击这些按钮可以在不同轨之间切换。
- ❹自动滚动时间轴：预览的素材超出当前视图时，启用/禁用时间轴上的滚动。
- ❺项目滚动控制：单击【向前滚动】和【向后滚动】按钮，或拖动滚动条，即可在项目中移动。
- ❻所选范围：代表素材或项目的修整或所选部分。
- ❼时间轴标尺：显示项目的时间码增量，形式为“小时:分钟:秒:帧”，可帮助确定素材和项目的长度。
- ❽视频轨：包含视频/图像/色彩素材和转场。
- ❾覆叠轨：包含覆叠素材，可以是视频、图像或色彩素材。
- ❿标题轨：包含标题素材。
- ⓫声音轨：包含旁白素材。
- ⓬音乐轨：包含音频文件中的音乐素材。

（3）音频视图。

“音频视图”用于可视化的调整视频、声音和音乐素材的音量。包含音频的素材带有一个音量拖柄，单击并拖动该拖柄，即可调整素材的音量，如图1-27所示。

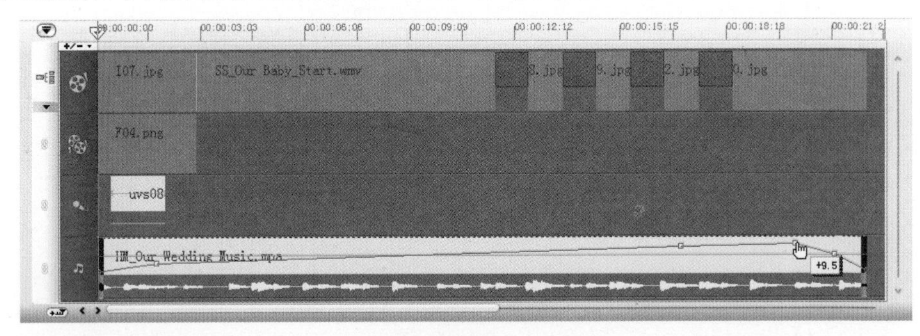

图1-27

1.4.7 选项面板

众多的编辑功能都集中在选项面板中，包含控制、按钮以及可用于自定义所选素材设置的其他信息。此面板的内容随正在执行步骤的不同而有所变化。根据程序的模式和正在执行的步骤或轨，选项面板也会有所变化。选项面板可能包含一个或两个选项卡。每个选项卡中控制和选项的不同，具体取决于所选的素材，如图1-28所示。

图1-28

1.4.8 素材库

会声会影的素材库用来存储和组织所有的媒体素材。它存储了制作影片所需的全部内容，包括视频素材、视频滤镜、音频素材、静态图像、转场效果、音乐文件、标题和色彩素材。

单击按钮❶，弹出素材库列表❷，可选择视频、图像或音频等素材库，如图1-29所示。例如选择“视频”，则弹出视频素材库，其中显示了会声会影自带的视频素材和用户自己加载的视频素材，单击可最大化或最小化素材库，如图1-30所示。

图1-29　　图1-30

如图1-31所示的是图像素材库。如图1-32所示的为音频素材库。其他的素材以及素材库管理在具体的实例中会介绍，在此暂不讲述。

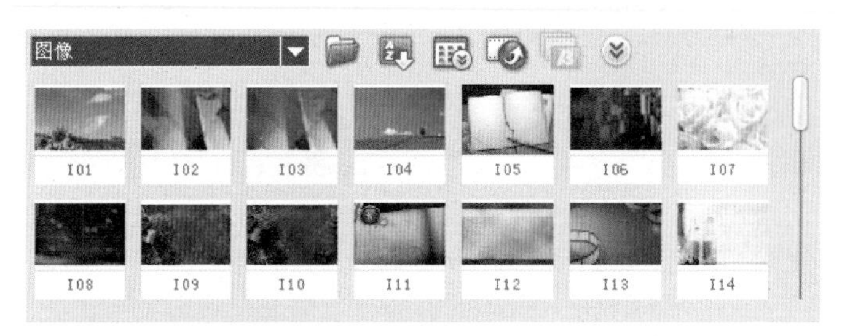

图1-31

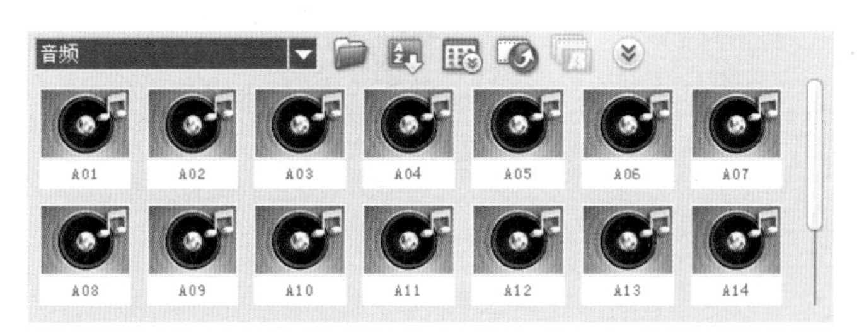

图1-32

1.5 新影片制作前的设置

在开始编辑制作影片之前，要了解一些相关的命令设置，如新建项目、打开项目、设置项目属性、设置参数等，以便使后面的工作更加顺利。

1.5.1 新建、打开、保存项目及设置属性

什么叫做项目文件？在会声会影中，项目文件 (*.VSP) 包含用于链接所有关联图像、音频和视频文件所需的信息。

在会声会影中开始视频编辑之前，首先需要打开一个项目文件。运行“会声会影”会自动打开一个新项目供用户开始制作影片作品。

（1）新建。

单击菜单【文件】|【新建项目】命令可新建项目，如果工作区中有打开的项目尚未保存，则“会声会影”将提示是否保存更改，如图1-33所示。新项目使用的是会声会影的默认设置，在此可自定义项目属性。

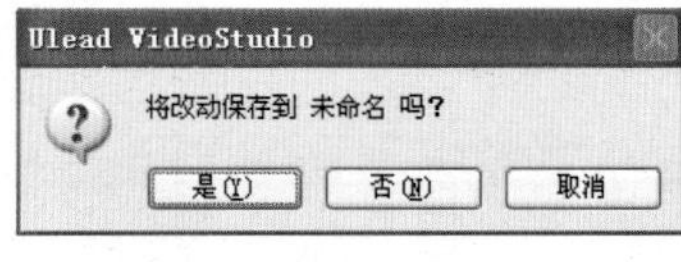

图1-33

（2）打开。

单击菜单【文件】|【打开项目】命令，在【打开】对话框中选择“会声会影”项目文件，如图1-34所示。如果工作区中有打开的项目尚未保存，则“会声会影”将提示是否保存更改。

图1-34

（3）保存。

单击菜单【文件】|【保存】或【另存为】命令，可保存当前现有项目或保存为新项目。打开【另存为】对话框指定文件名和位置，如图1-35所示。

图1-35

（4）设置项目属性。

单击菜单【文件】|【项目属性】命令❶，在【项目属性】对话框中，单击【编辑文件格式】的下拉列表选择文件格式，然后单击【编辑】按钮❷修改项目设置。【项目属性】对话框中的项目设置确定了项目在屏幕上预览时的外观和质量，确定了在预览项目时影片项目的渲染方式，如图1-36所示。

说明： （1）自定义项目设置时，建议将设置项定义为与将捕获的视频镜头相同的属性，以避免视频图像变形，从而可进行平滑回放，而不会出现跳帧现象。将项目属性自定义为与所需项目输出设置相同时（例如，若将项目输出到 DVD 光盘上，则将项目属性设置为DVD属性），可以对最终影片进行更为准确的预览。
（2）将第一个视频素材捕获或插入到项目中时，“会声会影”会自动检查素材和项目的设置。如果属性（如文件格式、帧大小等）不相同，系统会自动将项目设置调整为与素材属性一致的设置。由于具有将项目设置更改为与素材属性一致的功能，系统可以执行智能渲染功能。
（3）渲染是“会声会影”将原始视频、标题、声音和效果转换为可在计算机上回放的连续数据流的过程。

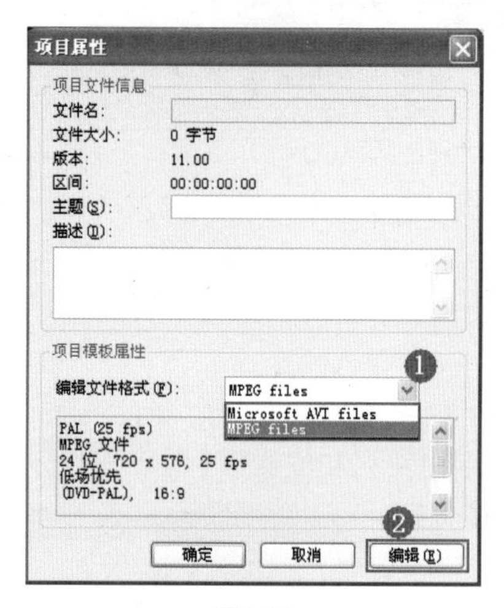

图1-36

1.5.2 设置参数

在“会声会影”中可自定义工作环境，单击菜单【文件】|【参数选择】命令，可在【参数选择】对话框中指定一个工作文件夹来保存文件、设置撤消级别、启用智能代理和选择界面布局等。参数选择包括【常规】、【编辑】、【捕获】、【预览】、【智能代理】和【界面布局】6个选项卡，如图1-37所示。下面将向大家介绍常用的且比较重要的参数设定。

图1-37

（1）设置撤消的级别数。

在【参数选择】对话框中选择【常规】选项卡，勾选“撤消”复选框，输入【级数】参数（级数范围为1～99），级数越大，可撤消的步骤就越多。

（2）改变预览窗口的背景色。

在【常规】选项卡中单击背景色的色块，在弹出的色彩方案中选择一种颜色，如图1-38所示，单击【确定】按钮即可改变背景颜色，预览窗口效果如图1-39所示。

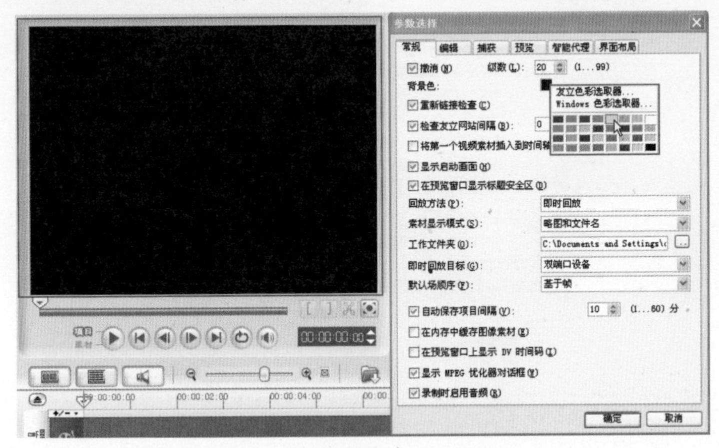

图1-38

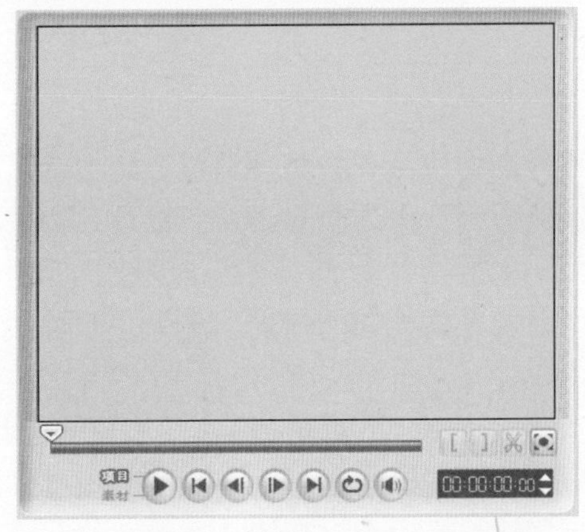

图1-39

（3）重新链接检查。

在制作影片时，如果没管理好素材，例如丢失或放错文件夹，那么重新打开保存的项目文件时就会出错。勾选此复选框，当用户把某项目的素材丢失或移动了位置，会声会影会自动地检测项目中的素材所对应的项目文件是否存在，如果不存在则会弹出【重新链接】对话框让用户重新链接素材，如图1-40所示。

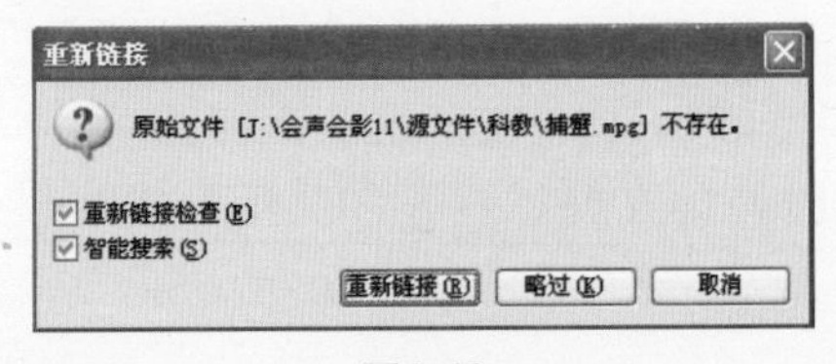

图1-40

说明：在会声会影11中提供了【智能包】命令，可将项目文件及其素材（视频、图像、音频等素材）打包在一个文件夹中，这样既方便了素材的管理，也方便了工作的备份等工作。

（4）预览设置。

在使用项目时，我们经常要预览项目以了解项目的进度和效果。在【常规】选项卡中提供了“即时回放”和“高质量回放”两个预览选项，如图1-41所示。

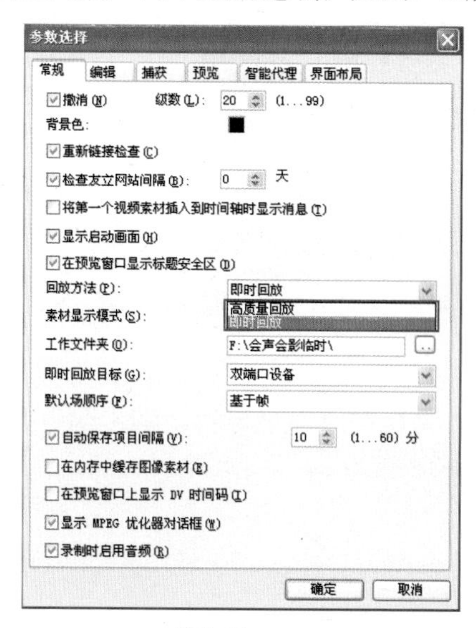

图1-41

“即时回放”允许不进行渲染便可查看整个项目。此功能无需在系统中创建临时预览文件，便可以立即播放“预览窗口”中的所有素材。但是，如果在速度较慢的计算机上进行播放，可能会丢弃一些帧。如果项目由多个效果、滤镜、标题等组成，那么在速度较慢的计算机上进行播放时，便会发生丢弃帧的情况。如果“即时回放”导致丢弃帧，请使用“高质量回放”来预览项目。

“高质量回放”将项目渲染为临时预览文件，然后播放此预览文件。在“高质量回放”模式中，回放更为平滑，但这种模式下，第一次渲染项目可能需要较长的时间才能完成，具体取决于项目的大小和计算机资源。在“高质量回放”模式下，会声会影使用“智能渲染”技术，它仅渲染所做的更改，如转场、标题和效果，并且避免重新渲染整个项目。在生成预览时，智能渲染可节省时间。

注意：如果在【项目选项】对话框（在【项目属性】对话框中打开）中选择了“执行非正方形像素渲染”复选框，若计算机资源不足，则会影响“即时回放”功能。

（5）素材显示模式。

控制素材在时间轴上的显示方式。包含“略图和文件名”、“仅略图”和“仅文件名”三种显示方式，其中“略图和文件名”是默认方式。“仅略图”方式非常直观地看到画面的变化情况，在剪辑时非常方便。这三种显示方式的效果，分别如图1-42～图1-44所示。

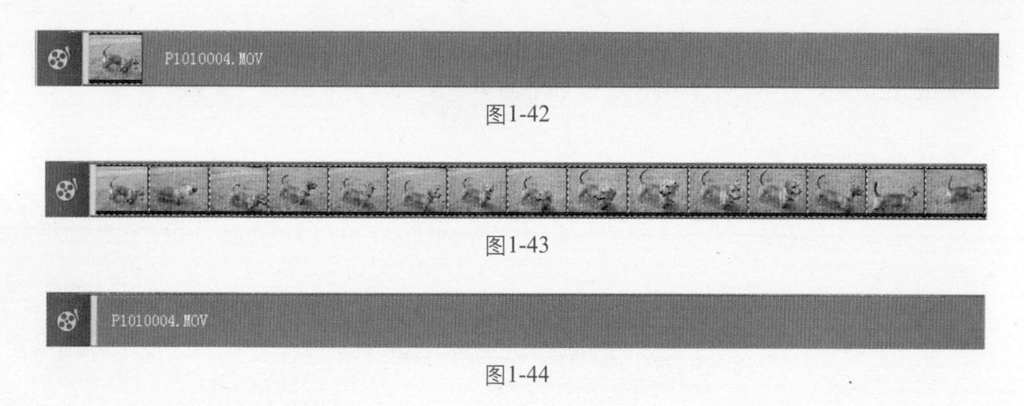

图1-42

图1-43

图1-44

（6）自动保存项目间隔。

选择此复选框并设置保存的时间间隔，当出现断电等意外情况时，正在编辑或者保存的项目就不会因此丢失。一般情况下建议勾选此复选框。

（7）默认区间长度的设置。

在默认状态下，【插入图像和色彩素材的默认区间】长度为3秒；【默认音频淡入/淡出区间】长度为1秒；【默认转场效果的区间】长度为1秒。在【编辑】选项卡中可调整这些区间的默认长度，范围为1～999秒，如图1-45所示。如果只是为了调整个别素材区间的长度，可在时间轴上单独调整，不需要在选项卡中进行设置。

（8）使用默认转场效果。

这是一个节约时间的办法，当素材较多时，而又不需要特别地为素材之间添加具体的某个转场效果时，勾选“使用默认转场效果”复选框❶并选择素材之间的默认过渡效果❷，如图1-46所示，这样在添加素材时会自动加入这里设定的默认转场过渡效果，而不需要为素材逐一增加效果。

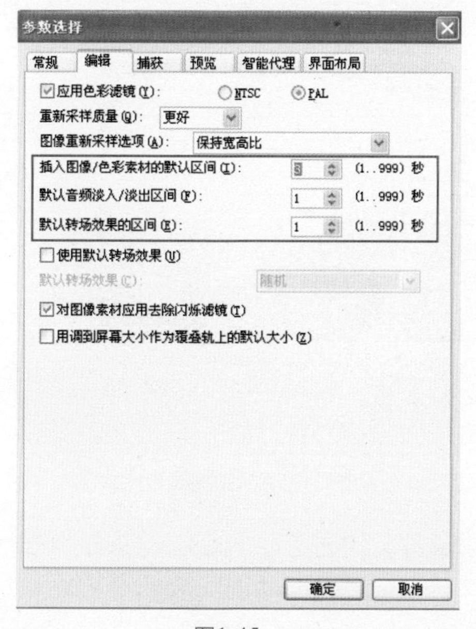

图1-45

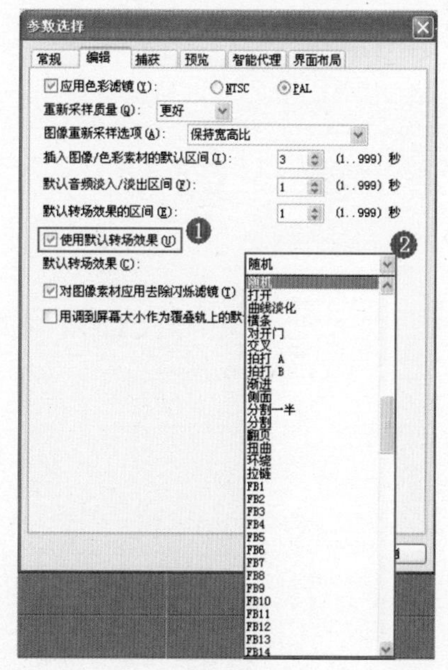

图1-46

说明：如果选择“随机”，则是系统自动挑选转场，效果丰富；但如果选择了具体的某个转场效果，如“交叉”，则添加素材时自动出现的转场效果都是“交叉”转场。

（9）配置界面布局——选择个性界面。

在会声会影中允许用户改变界面的布局，这里提供了4个布局，其中“布局3”是默认的，也可选择其他布局方式，如图1-47所示。布局1、布局2和布局4的效果分别如图1-48～图1-50所示。

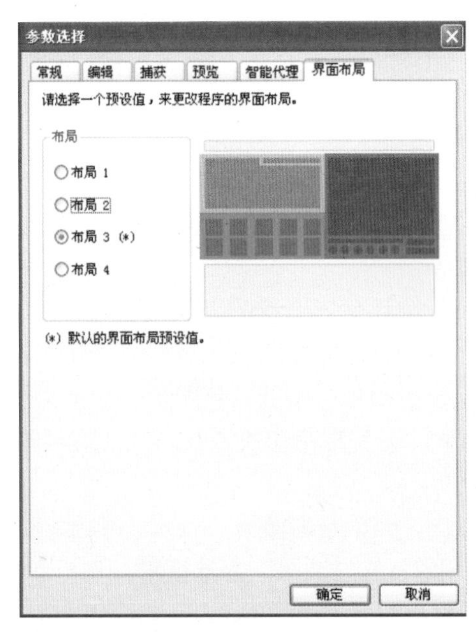

图1-47

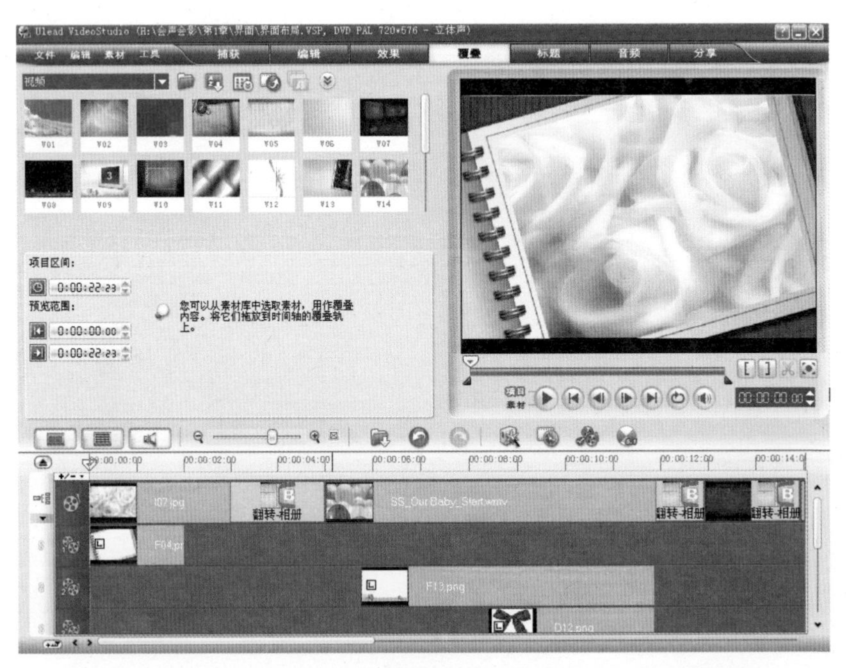

图1-48

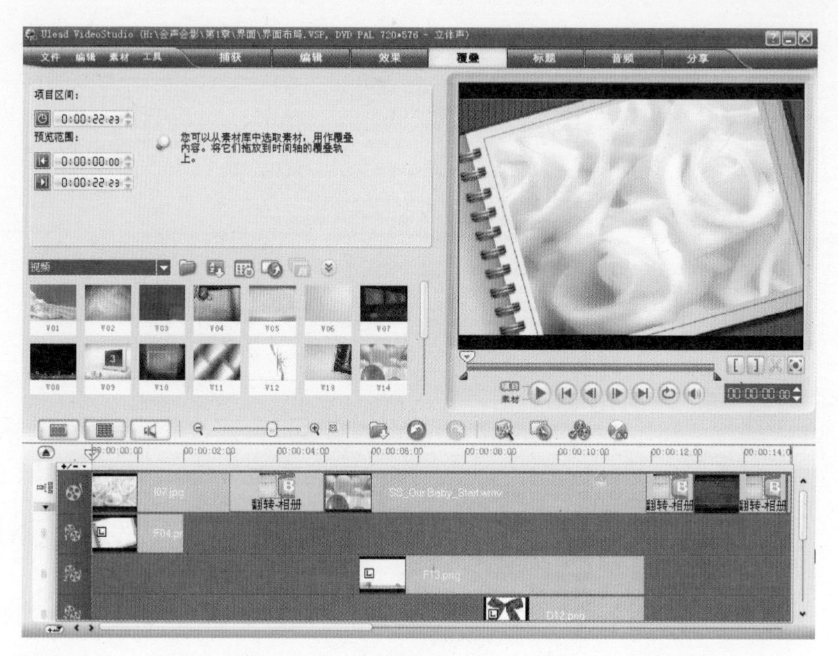

图1-49

图1-50

（10）其他选项。

这里不再为【参数选择】对话框中的每一个选项逐一进行说明，可参考本书配套光盘中提供的视频讲解或者启动会声会影11中文版后按下键盘上的【F1】键，打开会声会影编辑器的帮助菜单，如图1-51所示，可以找到各个命令的帮助说明。

图1-51

> 提示：有很多读者可能使用的是会声会影11汉化版，因此在本书配套光盘中第1章的多媒体视频也使用汉化版介绍，如果你的软件有些命令的名称与官方中文版不太一样，不用担心，其意义是一样的。

1.6 实例讲解会声会影11的新功能

在会声会影11中增强和新增了许多功能，本节结合实例介绍较常用的新功能，如智能打包功能、覆叠轨展开功能、覆叠轨预览功能、白平衡色彩修正功能、影片遮罩功能和去雪花滤镜功能。

1.6.1 将项目保存为智能包

通过前面的学习知道了会声会影的素材管理是非常重要的，如果某个项目文件对应的素材文件移动了位置或不小心被删除，那么项目文件会自动监测并要求重新链接素材，找到素材后便能正常打开。

如果要备份工作或传输文件以在便携式计算机或其他计算机上共享或编辑文件，怎么样才能更方便呢？在会声会影11中提供了“智能包”功能，可将已编辑好的项目及其素材另存到指定位置，有效保存项目中的所有编辑素材。

下面来看如何将完成的项目打包成智能包。

单击菜单【文件】|【智能包】命令，如图1-52所示，打开【智能包】对话框，单击【浏览】按钮❶指定【文件夹路径】（可在计算机上任选一个保存路径），在【项目文件

夹名】中输入“第1章”❷、在【项目文件名】中输入“界面布局”❸，然后，单击【确定】按钮❹，系统便自动生成智能包，如图1-53所示。

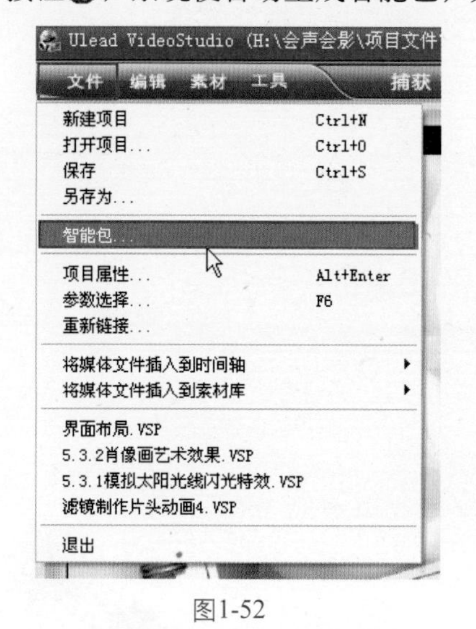

图1-52

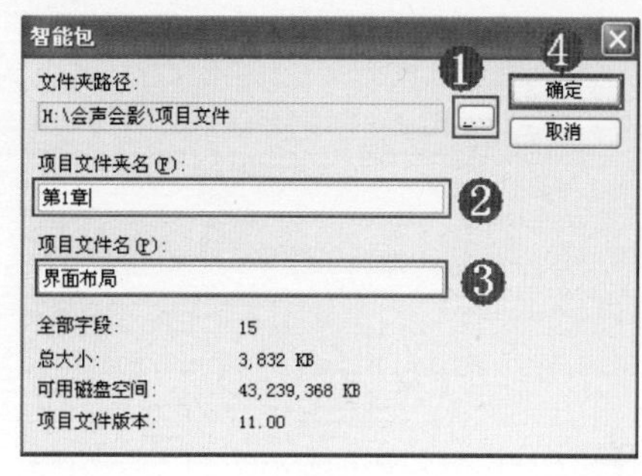

图1-53

根据刚才指定的文件夹路径，打开系统自动生成的智能包，可以看到“第1章”这个文件夹（也就是智能包）中包含了“界面布局”项目的“图片”、“音频”、“视频”等相关的素材文件及“界面布局”项目文件等，如图1-54所示。

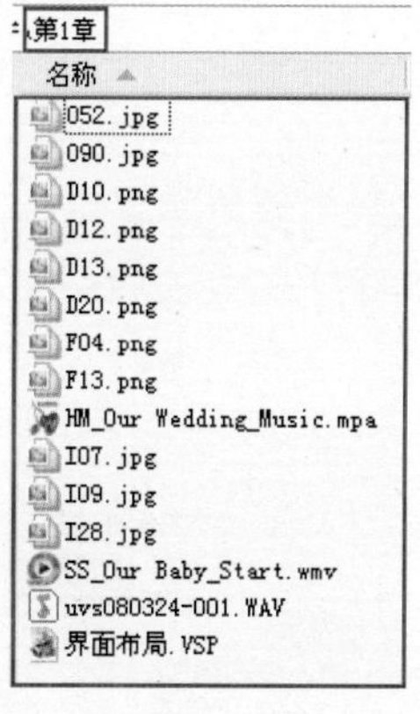

图1-54

1.6.2 完全展开的覆叠轨

在进行影片编辑时，常常在另一个覆叠轨上插入媒体文件以获得影片的增强效果，但覆叠轨多了，就不方便查看。不用担心，在会声会影11中可将影片编辑的7个轨完全展开，让我们浏览到所有轨中的影片素材，精确且快速地编辑影片覆叠效果和时间点。

单击【覆叠轨管理器】按钮❶，勾选覆叠轨前面的方框，出现“✓”符号即可显示覆叠轨，否则隐藏覆叠轨❷。这里选中所有的覆叠轨，单击【确定】按钮❸。再单击时间轴上的【扩大】按钮❹，即可查看到展开的6个覆叠轨及视频轨❺，如图1-55所示。

图1-55

1.6.3 覆叠轨预览功能

会声会影11的7轨影片覆叠功能强大，自由设定影片透明度、屏蔽效果及套用各种视频滤镜特效，在会声会影11中可直接在预览视窗中显示调整后的效果，轻松创造蒙太奇特效及多重子母画面。

这里用一个去除背景的实例来展示覆叠轨的预览功能。

Step01 打开配套光盘提供的“resource\第1章\覆叠轨预览功能\飞舞的蜻蜓.VSP”项目文件。

Step02 选择“覆叠轨1”中的图像素材“蜻蜓”❶，在预览窗口中可见“蜻蜓”效果❷，单击【遮罩和色度键】按钮❸，如图1-56所示。

图1-56

Step 03 在【属性】选项卡中的右边区域，可以看到素材的原始效果❹，这在以往版本中调整素材时是看不到原来效果的。如果此时勾选了“应用覆叠选项”复选框❺并选择“色度键”类型❻，使素材中的某一特定颜色透明，在预览窗口中查看调整后的效果❼，可方便对比原始效果与编辑后的效果，便利了用户的工作，如图1-57所示。

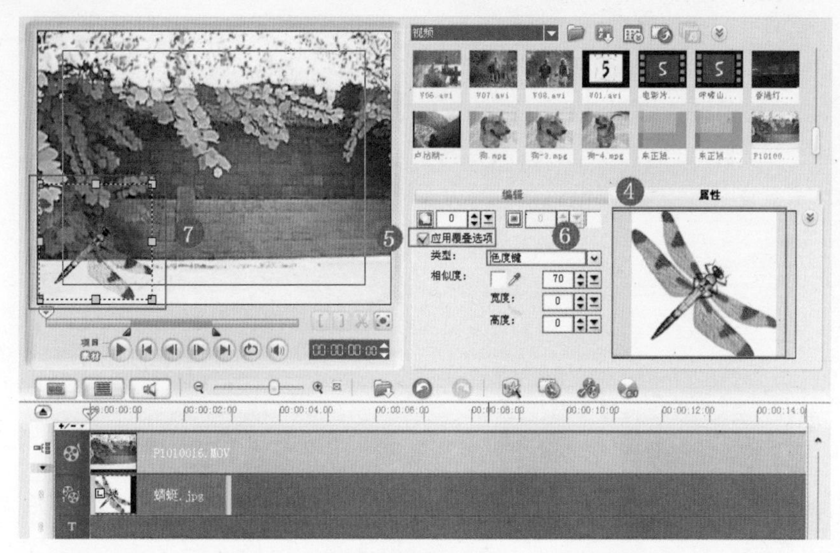

图1-57

1.6.4 影片遮罩功能

遮罩是一种控制素材透明度的有效方法。遮罩（又称镂空罩）只是一种黑白图像，可用于在项目中定义将哪些视频区域变为透明，哪些区域保持为不透明。

使用遮罩能产生特殊效果。比如在影片中叠加其他的画面，使用遮罩可获得更好的画面过渡效果，如图1-58～图1-62所示。

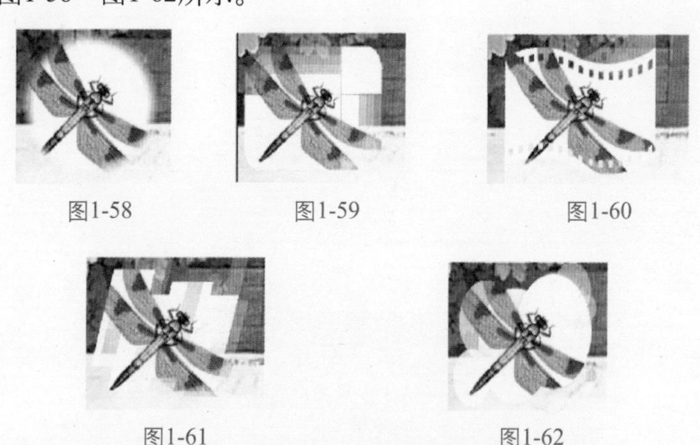

图1-58　图1-59　图1-60

图1-61　图1-62

继续上面的实例操作，勾选“应用覆叠选项”复选框，然后选择“遮罩帧”类型❶，在“遮罩列表”中选择一个遮罩帧效果❷，就完成了遮罩的添加。在预览窗口中查看素材调整后的效果❸，如图1-63所示。

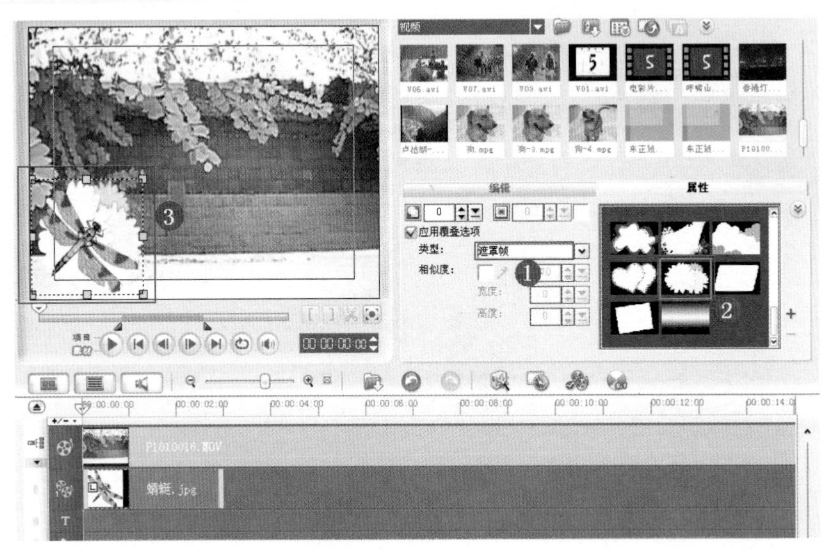

图1-63

注意：只有在“覆叠轨”中才能添加“遮罩帧”效果和“色度键”效果。

在会声会影11中可自定义遮罩，单击+按钮❶，弹出【打开图像文件】对话框，选择一张或多张图像❷，单击【打开】按钮❸，可用这些图像作为遮罩导入，如图1-64所示。另外也可单击-按钮，删除遮罩。

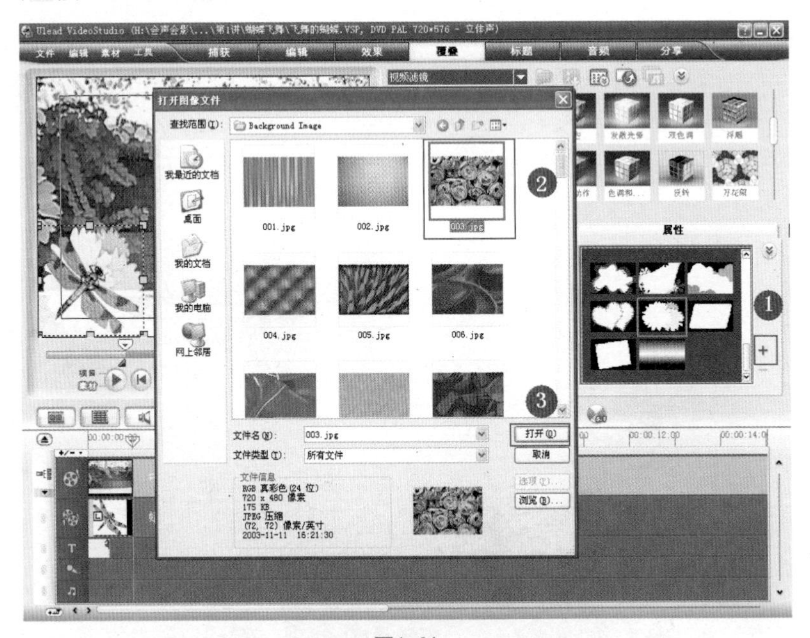

图1-64

1.6.5 利用“白平衡”功能修正色彩

在会声会影11中可通过“白平衡”功能修正颜色，白平衡能够消除由冲突的光源和不正确的相机设置导致的错误色偏，恢复图像的自然色温。例如，在白炽灯照射下的物体可能显得过红或过黄现象，或由于某种原因出现偏蓝色彩，但都可以使用白平衡功能来调整。

下面是使用“白平衡”功能调整的视频素材原始效果与调整之后的效果对比，如图1-65和图1-66所示。调整之后由色调偏蓝的视频变成了自然的颜色。

图1-65

图1-66

Step01 打开配套光盘提供的“resource\第1章\白平衡修正\白平衡修正视频色调.VSP”项目文件，或者将视频素材“MVI_0931.AVI”素材插入到视频轨。

Step02 在视频轨中选中该素材❶，在【视频】选项卡中单击【色彩校正】按钮❷，如图1-67所示。

图1-67

Step03 勾选“白平衡”复选框❸，单击【选取色彩】按钮❹，勾选“显示预览”复选框❺来查看原始效果❻。将光标拖动到预览区域，光标变为“滴管”形状，用“滴管”在图像中单击确定一个代表白色的参考点❼，颜色即刻变成自然色彩，如图1-68所示。

图1-68

会声会影11提供了几种用于选择白点的方法。

- 自动：自动计算合适的白点，该点与图像的总体色彩非常一致。
- 选取色彩：可以在图像中手动选择白点。单击按钮可以选择应为白色或中性灰的参考区域。如果单击【选取色彩】按钮，勾选“显示预览”复选框可在选项面板中显示预览区域。
- 白平衡预设：通过匹配特定光条件或情景，自动选择白点。
- 温度：用于指定光源的温度，以开氏温标（K）为单位。较低的值表示钨光、荧光和日光情景，而云彩、阴影和阴暗的温度较高。

单击白平衡下拉箭头可显示更多可用的色彩调整，如图1-69所示。对于色彩强度，可选择“鲜艳色彩”或“一般色彩”。“较弱”、“一般”和“较强”选项指定白平衡的强度级别。

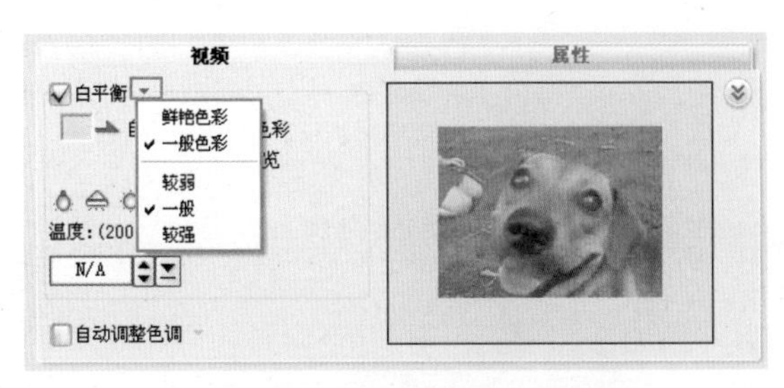

图1-69

1.6.6 消除雪花滤镜功能

在低光源所拍摄的影片或从较差的电视信号源捕获的电视节目，或使用高ISO值的相机所获取的视频素材容易产生动态雪花噪声图案，消除雪花滤镜可改善并减少动态雪花噪声图案，去除锯齿，呈现细腻的影像。

本实例中的视频素材是在室内光线较暗的情况下拍摄的，加上是用数码相机的录像功能拍摄，噪点很多。这里使用“去雪花”（有些版本名称为“去除雪花”）滤镜消除雪花。如图1-70和图1-71所示是原始效果与调整之后的效果对比。

图1-70

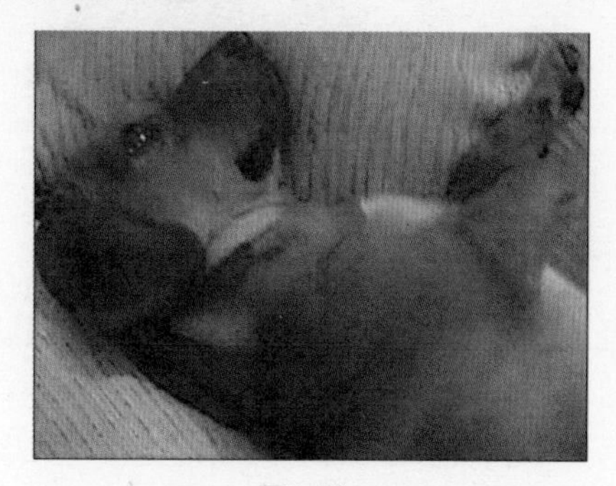

图1-71

Step 01 打开配套光盘提供的“resource\第1章\消除雪花滤镜\消除雪花.VSP”项目文件，或者将视频素材“P1010032.mov”素材插入到视频轨。

Step 02 在素材库下拉列表中选择“视频滤镜”❶，单击并拖动“去雪花”滤镜❷插入到视频轨的视频素材中❸，这样即可为视频素材在一定程度上去除雪花。如果还不满意，选中“去雪花”选项❹，单击【自定义滤镜】按钮❺，如图1-72所示。

图1-72

在弹出的【去除雪花】对话框中，默认状态下，只有起始帧或结束帧才能进行编辑，在调整前要将光标放置在起始帧或结束帧上。

Step 03 如果想对视频的某一局部进行详细调整，将光标放置在适当的位置，单击【添加关键帧】按钮❶，关键帧即呈红色显示❷，调整【程度】及【遮罩大小】❸的值，设置完毕后单击【确定】按钮❹，如图1-73所示。

说明：单击【删除关键帧】按钮可删除关键帧。关键帧指的是可编辑的帧，只有关键帧才能进行编辑。

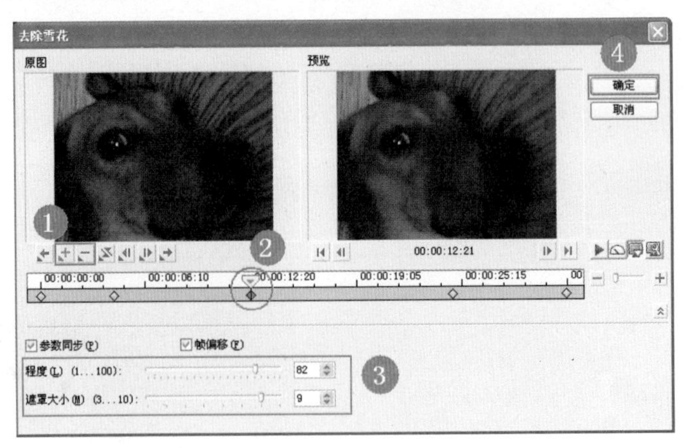

图1-73

1.6.7 其他新功能

除以上功能以外，会声会影11中还提供了其他新功能。

（1）在普通配备的计算机中使用会声会影来编辑HD内容（高清摄像机拍摄的视频）和编辑DV一样简单。可捕获和编辑HD视频，影片向导也可对HDV 原始影片进行编辑。能充分利用高清摄像机、宽银幕电视和环绕声音响，制作具有最佳品质图像和声音的高清视频和 HD DVD光盘。

（2）支持AVCHD摄影机，可以获取磁盘和光盘为主的 AVCHD（高清视频摄像新格式）摄像机中的高画质原始视频。

（3）DVD字幕撷取功能。从DVD中将选择语言的字幕汇入并内嵌到视频中。

（4）MPEG优化器使得创建和渲染MPEG格式的影片更加快速。

（5）多重语言标题，如双字节的中文、日文与韩文等字符。

（6）“影片向导”三步完成影片制作，提供全新影片、相片主题范本，套用各种多重覆叠的变化及滤镜特效，自动剪辑影片等。

（7）DV转DVD向导可同时汇入影片拍摄日期、时间作为字幕，备份烧录成DVD光盘，保留最原始的生活影音记录。

（8）将编辑完成的影片录制写回至HDV录影带中，可以在HDV摄影机上直接观看或长期保存。

（9）提供26组乐曲，快速且多样化的配乐编曲功能，可搭配出适合影片主题、节奏与长度的音乐。

（10）提供了17组蒙版遮罩模板，制作影片造型边框，还可自己设计蒙版遮罩。

本章主要是带领大家体验会声会影11，了解会声会影编辑器、影片向导、DV转DVD向导的界面及功能，了解会声会影的工作原理，了解新影片制作前的一些设置工作。另外用实例的方式介绍会声会影11的新功能，如智能包、白平衡和消除雪花滤镜等。

在体验了会声会影是怎么样的一个软件后，可能会发现其中对关于视频采集与编辑方面的知识还不太了解，甚至一无所知，不用担心，下一章将向大家介绍影片制作的基本知识及准备工作。

第2章　影片制作的基本知识及准备工作

为了能更好地编辑制作一个完整的影片，用户除了要学习会声会影的功能外，还要了解一些其他相关的知识，如常见视频及音频格式的特点、会声会影11所能支持的输入输出文件格式、制作影片所涉及的一些设备的操作方法、计算机软件硬件环境设置等知识。如果要捕获视频，也需要做好捕获的前期准备，这会使我们的采集编辑工作更加顺利。

2.1 视频编辑名词术语

体验了会声会影11的界面布局、主要功能及新功能后，相信也都希望即刻开始影片的制作，但在制作的过程中，我们会发现对于一些名词术语不太理解且不知如何开始影片的制作，本章中就来学习这些知识。

2.1.1 电视信号标准

在编辑视频之前，先要了解一下影片是用哪种制式拍摄的。目前世界上有两大电视广播制式——NTSC和PAL。数码摄像机也同样有制式的问题，比如我国使用PAL制式，在我国销售的数码摄像机都是PAL制式，因为用NTSC制式的摄像机拍摄出来的图像不能在PAL制式的电视机上正常播放。特别是模拟摄像机和数字模拟摄像机，基本上是拍了录像带以后直接在录像机上播放，因此制式的影响非常大，但是发展到数码摄像机时代之后，制式的差别影响逐步缩小，如果是用IEEE 1394卡从数码摄像机上采集视频并进行编辑处理，无论是NTSC制式还是PAL制式的摄像机，都能把拍摄的影片采集到计算机上，转化为avi、wmv或者DVD、VCD格式。

电视的制式也称为电视信号的标准。目前各国的电视制式也不尽相同,不同制式之间的主要区别在于不同的刷新速度、颜色编码系统和传送频率等。

NTSC制式被广泛运用在美国、加拿大等大部分北美国家，以及日本、韩国、中国的台湾等。它定义了彩色电视机对于所接受的电视信号的解码方式、色彩的处理方式、屏幕的扫描频率。NTSC采用隔行扫描方式。

PAL制式是德国在1962年制定的彩色电视广播标准，意思是逐行倒相。克服了NTSC相位敏感造成色彩失真的缺点，这种制式被德国、英国、中国、新加坡、澳大利亚、新西兰以及一些西欧国家采用。

这两种制式不能互相兼容，如果在PAL制式的电视上播放NTSC的影像，画面将变成黑白色，反之，NTSC制式也是一样。但是现在的电视机基本上都是全制式，能自动识别信号的制式。

目前的视频采集软件都支持PAL和NTSC制式，但是在编辑的过程中是不能同时使用NTSC制式的素材和PAL制式的素材，必须通过转换才能在同一时间轴上使用两种素材。

PAL制式和NTSC的分辨率也有所不同，PAL制式使用的是720×576的分辨率，而NTSC制式使用的是760×480的分辨率。由于制式的不同，一般数码摄像机厂商在发行数码摄像机时，都会发行两种数码摄像机：一种是PAL制式数码摄像机，一种是NTSC制式数码摄像机。

因此在拍摄视频时要了解数码相机的制式，在编辑视频之前也要了解视频是哪种制式拍摄的，这关系到所制作影片的播放是否顺利以及视频编辑的效果。

2.1.2 16：9与4：3模式

我们现在使用的电视机、计算机显示器、数码摄像机的屏幕等还有很多是采用了长宽比为4：3的模式屏幕，但据有关研究表明，人眼看图像的最佳视觉比例为16：9，也就是人的两只眼睛的视野范围更接近一个长宽比例为16：9的长方形，因此现在的各种显示技术都向16：9的模式发展，例如我们所熟悉的宽屏显示器。同时为了应对将来的高清晰数字电视节目，16：9的宽屏电视是发展的潮流趋势。新的高清晰数字电视节目也都是16：9，且越来越多的DC/DV产品都附带了16：9的拍摄模式。

在我国还有很多家庭使用的彩电是4：3模式，因此，在决定使用16：9拍摄模式时要慎重考虑，因为用这种模式拍摄的视频只能在有16：9模式功能或者是16：9的彩电上才能正常播放，而在普通彩电上播放时，整个屏幕图像会被拉长变形。

如果是一对新人，购买的电视是16：9的液晶平板电视，那么摄影师在拍摄婚礼录像时会考虑设置成16：9的模式，并在后期制作如采集、编辑时均设置成16：9的模式。

当拍摄好16：9模式的录像之后，需要用会声会影来编辑影片，该如何设置呢？

Step01 采集编辑视频之前，要对项目属性进行设置，单击菜单【文件】|【项目属性】命令，弹出【项目属性】对话框，在【项目模板属性】组中选择编辑文件格式为“MPEG”文件格式❶，然后单击【编辑】按钮❷，如图2-1所示。

Step02 在弹出的【项目选项】对话框中选择【常规】选项卡❶，选择【显示宽高比】为“16：9”❷，如图2-2所示。

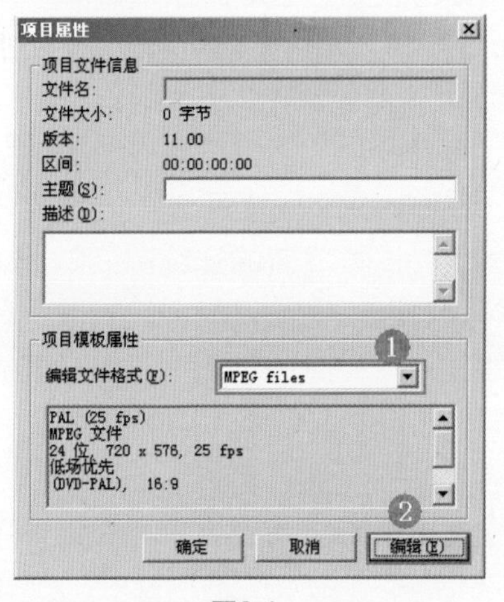

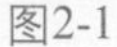
图2-1

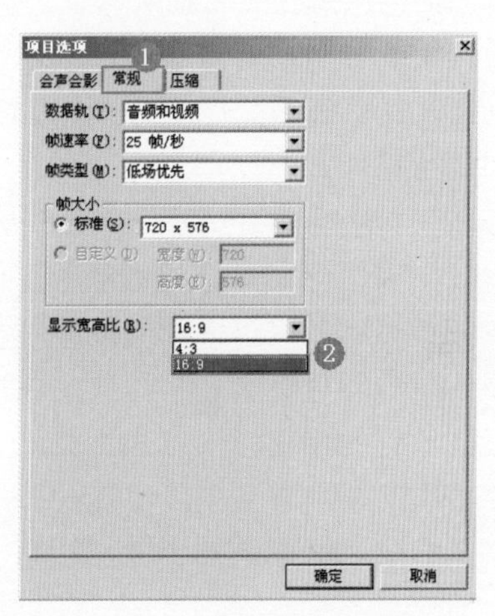

图2-2

Step03 在【压缩】选项卡❶中将【介质类型】设置为“PAL DVD”❷，最后单击【确定】按钮即可，如图2-3所示。

Step04 完成视频编辑之后，进入会声会影编辑器的“分享”步骤，单击【创建视频文件】按钮❶，在下拉菜单中选择【DVD/VCD/SVCD/MPEG】❷中的【PAL DVD（16：9）】命令❸，如图2-4所示。将采集的DV视频制作成16：9的DVD视频文件，然后刻录成DVD光盘。最后将光盘放置于DVD播放机中，在有16：9模式功能或者是16：9的彩电中播放。

说明：DVD成为目前主流电影发行的载体，几乎取代了VCD。MPEG有三个压缩标准包括MPEG-1、MPEG-2和MPEG-4。DVD影碟机采用的是MPEG-2技术，DVD影片后缀名为.vob。

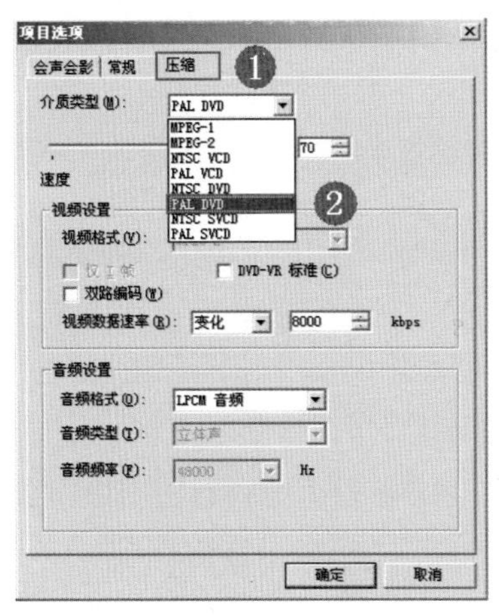

图2-3

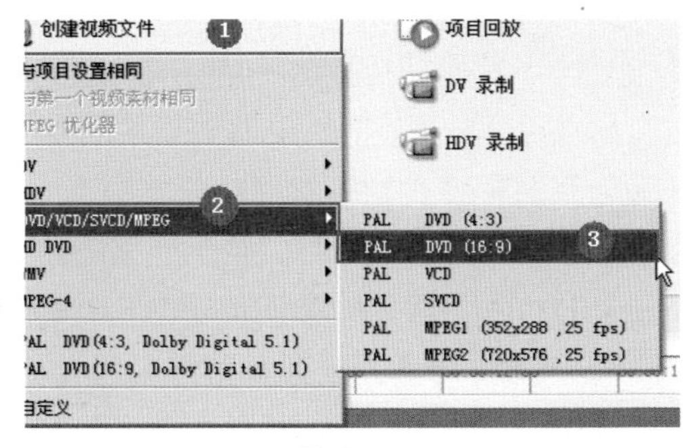

图2-4

2.1.3 非线性编辑流程

前面我们介绍了会声会影是一款“非线性视频编辑软件”，且随着DV的流行与普及，非线性编辑一词也越来越被大家所熟悉，什么叫做“非线性编辑”呢？

“非线性编辑”是相对于“线性编辑”来讲的。什么是“线性编辑”？下面是较专业的表述，以便大家了解。

（1）线性编辑。

线性编辑是一种磁带的编辑方式。传统线性视频编辑是按照信息记录顺序，从磁带中重放视频数据来进行编辑，利用电子手段，将素材连接成新的连续画面的技术，通常使用组合编辑将素材顺序编辑成新的连续画面，然后再以插入编辑的方式对某一段进行同样长度的替换，但不能再删除、缩短、加长中间的某一段，除非将那一段以后的画面抹去重录，这是电视节目的传统编辑方式。另外，需要较多的外部设备，如放像机、录像机、特技发生器、字幕机等。

线性编辑的技术比较成熟、操作相对于非线性编辑来讲比较简单，但线性编辑素材的搜索和录制都必须按时间顺序进行，节目制作相对麻烦，如果不花很长的工作时间，则很难制作出艺术性强、加工精美的电视节目，且其系统的连线比较多、投资较高、故障率较高。

（2）非线性编辑。

非线性编辑借助计算机来进行数字化制作，几乎所有的工作都在计算机中完成，靠的是软件与硬件的支持，不再需要那么多的外部设备，一台家用计算机装上IEEE 1394卡（在下面的章节中有详细介绍），再配合会声会影或Premiere等软件就可以构成一个非线性编辑系统。

从狭义上讲，非线性编辑是指剪切、复制和粘贴素材，无须在存储介质上重新安排。从广义上讲，非线性编辑是指在用计算机编辑视频的同时，还能实现诸多的处理效果，例如特技，既灵活又方便，同时特技方式多种多样可自由组合使制作的节目丰富多彩。

如果以上的讲解比较难理解，那么可将“线性编辑”看成是用钢笔在纸上写一篇文章，写完后整个工作也就完成了，成果就是纸上的字。再如拍摄的一段视频，处理完马上就出现了效果，速度是最快、最直接的。但它也是有缺点的，如果文章中出现错别字，若要保证完美无缺，那么就要从头写过，也就是说可塑性很差。

而“非线性编辑”可以说是刚好相反，它的优点也几乎就是“线性编辑”的缺点，可任意对某个部分或某一点进行编辑，如果不满意还可进行无数次编辑。但它的缺点就是编辑完成之后并不是马上出成果，必须经过一个比较慢的渲染的过程。一般家庭用户用的都是“非线性编辑”。

（3）“非线性编辑”的工作流程。

流程一：DV的拍摄。也就是说要编辑视频必须先拍摄视频，若要达到比较好的效果，就要在拍摄之前做好构思，比如如何配合后面的特效制作。特别是勾图勾线，那么在人物背景的处理上就要考虑到后面的编辑。

流程二：捕获（采集）。视频拍摄好之后还是在DV机中，不能马上用计算机进行编辑，要将DV拍摄的视频转换成计算机能识别的文件格式，还有一个捕获视频的步骤，也就是转换的过程。计算机能识别的视频文件有avi、mpeg、wmv等各种Windows能支持的格式。

流程三：非线性编辑。捕获好视频文件之后就要开始视频编辑了，这就进入了非线性编辑的过程，也是最核心的步骤，在此可进行剪辑、添加艺术特效等操作。

流程四：输出影片。编辑完成后就可进入输出影片步骤，如将编辑好的视频刻录成DVD、输出为DVD支持的影片和输出成视频、音频文件等。输出的视频可放置于计算机中，发布在网络上或保存起来便于再次编辑。

2.1.4　其他相关术语

场景：场景是按连续条件绑定在一起的一系列帧。在会声会影中，每个场景都是用基于录制日期和时间的“按场景分割”功能所捕获的。在捕获的 DV AVI 文件中，场景可以根据镜头的录制日期和时间，或者按照视频内容中的变化分割成若干个文件。在 MPEG-1 或 MPEG-2 文件中，场景根据内容的变化分割成多个文件。

镜头：要在较大项目中使用的一段录制影片。

流：是一种相对较新的 Internet 技术，通过这种技术可以在下载大文件的同时播放该文件。流通常用于较大的音频和视频文件。

压缩：通过删除冗余数据使文件变小。几乎所有数字视频都经过某种方式的压缩。压缩是通过编码解码器实现的。

编码解码器：压缩和解压缩。在计算机中，所有视频都使用专门的算法或程序来处理视频，此程序称为编码解码器。

模板：软件程序中的工作样式。它包含预定义的格式和设置，以节省用户的工作量并降低出现错误的风险。

素材：影片的一小段或一部分。素材可以是音频、视频、静态图像或标题。

无缝捕获：FAT32和NTFS 是文件系统分区格式。FAT是一种由微软发明的文件系统，几乎被所有个人计算机的操作系统所支持。

在使用 FAT 32 文件系统的 Windows 系统（例如 Windows 98）中，捕获文件的大小限制为 4GB。作为对此问题的解决方法，会声会影在达到此限制时，自动将捕获的视频保存为新文件。此方法称为“无缝捕获”，无论镜头有多长，都可以通过此方法不中断地执行捕获过程。

在从 DV 摄像机中捕获 DV 类型-1 或 DV 类型-2 时，或者从 DV 摄像机或模拟捕获设备中捕获 MPEG 视频时，会声会影将执行无缝捕获。

而使用 NTFS 文件系统安装的诸如 Windows 2000 和 Windows XP 这样的 Windows 系统没有 4GB 的限制。

渲染：渲染是将项目中的源文件生成最终影片的过程。

帧：影片中的单幅图像，就像动画中的每一幅静态画面。

帧大小：视频或动画序列中所显示图像的大小。如果要用于序列的图像大于或小于当前帧的大小，则必须对该图像调整大小或进行修剪。

关键帧：素材中的特定帧，标记为进行特殊的编辑或其他操作，以便控制完成的动画的流、回放或其他特性。简单地说关键帧就是可编辑的帧。

帧速率：视频中每秒的帧数。NTSC视频通常是每秒29.97帧（fps），PAL视频通常是每秒25帧（fps），但在计算机中可以使用更慢的帧速率（例如15 fps）来创建更小的视频文件，但这种低速率不适合VCD或DVD。

数据速率：每秒钟从计算机的一个位置传送到另一个位置的数据量。在数字视频中，源的数据速率非常重要，CD-ROM 的数据速率比磁盘低，Internet 的数据速率非常低。

注意：其他的名词术语会在实例中所涉及时讲解，可以通过打开帮助菜单在“术语表”中了解这些知识，不再一一说明，如图2-5所示。

图2-5

2.2　常见视频及音频格式

在进入视频编辑之前，先要认识常见的视频和音频的格式特点，这将方便以后的编辑及输出共享影片。

2.2.1　常见的视频格式

常见的视频格式有MPEG、AVI、ASF、Real Video、QuickTime等。

1．MPEG

有三个压缩标准包括MPEG-1、MPEG-2和MPEG-4。中文翻译为运动图像专家组，是一个多媒体领域无人不晓的权威组织，我们常在家里看的VCD、SVCD、DVD就是这种格式。它采用了有损压缩方法减少运动图像中的冗余信息，压缩方法依据相邻两幅画面绝大多数是相同的，把后续图像中和前面图像有冗余的部分去除，从而达到压缩的目的，它的特点是以最小的质量损失换取最小的容量。

（1）MPEG-1：大家接触的比较多，因为它被广泛运用在VCD等的制作，可以说99%的VCD都是采用了这种压缩格式。MPEG-1是MPEG组织于1992年发布的，通过有损压缩可以把一部120分钟的电影压缩到1.2GB左右。采用MPEG-1格式的影片文件，大多采用.mpg和.mpeg作为文件后缀。VCD影片文件后缀名为.dat。VCD是主流电影载体，质量与体积的平衡是当时最佳的选择，因此几乎所有多媒体播放设备都支持这种格式。

（2）MPEG-2：是MPEG组织于1994年发布的MPEG-1更新版，它面向更高质量的应用领域。它用于DVD的制作，同时在一些高清的电视广播和一些要求较高的视频编辑处理上也有比较广泛的使用。通过这种压缩算法可以把一部120分钟的电影压缩到4GB～8GB左右。

质量优先和体积大于MPEG-1。标准的MPEG-2影片文件仍采用.mpg和.mpeg作为后缀名。DVD作为VCD的接班人，几乎取代了VCD，成为目前主流电影发行的载体。DVD影碟采用的是MPEG-2技术，DVD影片后缀名为.vob。

（3）MPEG-4：是一种新的压缩算法。MPEG组织于1998年发布的一个全新版本，是为了满足网络时代要求小巧和优质发展而来的，是专门面向通过网络传输的优质流媒体，特点是仅占较少的网络带宽就能获得较高质量的影片。但不是所有的影碟机都完全支持MPEG-4影片的播放，因此，在计算机上播放之前需要安装相应的解码器。

使用这种算法的ASF格式，可以把一部120分钟的电影压缩到300MB左右的视频流。由于是流的形式便可以供网上观看。

MPEG-4的派生格式DviX 3.11，能将同等长度的影片压缩到比VCD格式更小，但质量却能与DVD相媲美。另外XVID是由DviX 发展而来的永久免费项目，被用户广泛支持。

总之，MPEG-1技术是VCD，MPEG-2技术是DVD，MPEG-4技术是DviX和XVID，这些影片的格式是.avi。DviX和XVID级影片质量不错，但不适合做源素材使用，却可作为个人影片的最终输出保存。

注意：不要将MPEG-3当成是MP3，MP3指MPEG Player 3。

2. AVI

AVI即音频视频交错格式，所谓“音频视频交错”，就是可以将视频和音频交织在一起进行同步播放。此格式出现的非常早，它在1992年被Microsoft公司推出，是一款经典的多媒体文件格式，几乎所有的视频编辑软件都支持此格式，它是一种无压缩格式，兼容性好、调用方便、图像质量也不错，可以跨多个平台使用，但缺点也非常明显，就是体积过于庞大，不适用于影片的最终输出。

3. ASF

ASF可直接在网上观看视频节目的文件压缩格式。由于它使用了MPEG-4的压缩算法，所以压缩率和图像质量都很不错。因为是一个可以在网上即时观看的视频流格式，因此质量比VCD差一些，但比同是视频流格式的RAM格式质量要好。ASF格式用于播放网上全动态影像，让用户可以在下载的同时同步播放影像，无需等候下载完毕。ASF是一种可扩展文件格式，设计用于存储同步的多媒体数据。它支持通过各种网络和协议的数据传递，同时也适用于本地播放。

如果不考虑在网上传播，想以最好的质量来压缩文件，它生成的视频文件比VCD，也就是MPEG-1要好，但这样就失去了ASF本来的发展初衷。微软的产品有其特有的优势，最明显的就是各类软件对它的支持都比其他的对手好。

4. Real Video

由于一开始就把它定位在视频流应用方面，可以说Real Video是视频流技术的始创者。它可以在用56KB Modem拨号上网的条件下实现不间断的视频播放，当然，它的图像质量和MPEG-2、Divx格式的视频相比，就逊色很多。毕竟要实现在网上传输不间断的视频需要很大的频宽，在这方面ASF是它的有力竞争者。

5. QuickTime

QuickTime是苹果公司创立的一种视频格式，在很长的一段时间它只能在苹果的专用机上来运行，后来才发展到支持Windows平台，客观地说，无论是在本地播放还是作为视频流格式在网上来传播，它都是一种优秀的视频编码格式。

6. DivX

DivX即我们通常所说的DVDrip格式，DivX视频编码技术可以说是一种对DVD造成威胁最大的新生视频压缩格式，号称DVD杀手或DVD终结者。这是由微软的MPEG-4修改而来的，同时也可以说它是为了打破ASF的种种协定而发展来的。使用这种编码技术压缩一部DVD只需要2张CD，且播放这种编码对机器的要求也不高，CPU只要是300MB以上，再配备64MB以上的内存和8MB的显卡就可以流畅地播放了。目前网上流传的DVDrip这种影片大部分都是采用DivX编码技术来实现的，因此它越来越被广泛采用。

7．DVD

DVD即数字视频光盘或数字影盘，由于它的质量优越而成为视频作品的主流，它不仅可保证优越的视频和音频效果，还可以保存比VCD和SVCD多数倍的数据。它使用的是MPEG-2的格式，它的文件比MPEG-1大很多，可以制作成单面和双面。DVD可以独立在DVD播放机或PC计算机的DVD-ROM驱动器上播放。

8．蓝光DVD和HD DVD

蓝光DVD和HD DVD是下一代的DVD标准，目前比较新的高清影片，一般都采用这两种格式来保存。因为高清影片，比如像1080p的影片，它的信息量特别大，有几十个吉字节，只有这两种格式才能将它保存下来。这两种格式是互相对立的，因此就有取舍的问题。蓝光DVD的主导是硬件生产厂家SONY、松下、菲力浦、先锋等，另外还有众多的电影公司，如近期宣布支持蓝光DVD的华纳。HD DVD是以东芝为主导的，按目前来说其占有率明显地落后于蓝光DVD，但是HD DVD由于有微软的支持，因此这两种格式同时存在的状态会持续下去。由于蓝光DVD和HD DVD设备都比较昂贵，因此使用的人不多，一般都是高端用户。

9．VCD

VCD即“视频压缩盘片”，其实就是“视频光盘”。它采用的是MPEG-1的格式。它和普通CD一样大小，结构上也没有什么区别，只是上面储存的是影视节目，所以俗称“影碟”，又因为它比激光影碟机上使用的LD影碟小，因此又称“小影碟”。它的影音播放质量比录像带好，但比大影碟稍差。VCD可以在VCD/CDV播放机直接播放，也可在配置了光驱的计算机中播放。

10．SVCD

SVCD的英文全称是Super VCD(中文译成超级VCD，即VCD的增强版)，它基于MPEG-2的技术，支持变化位速率，适合中国国情的新一代高清晰影碟机。SVCD具有DVD的品质和VCD的价格。SVCD可以在独立的VCD/SVCD播放机、大多数的DVD播放机和几乎所有的带DVD/SVCD播放软件的CD-ROM和DVD-ROM上播放。VCD和SVCD目前已慢慢地退出历史舞台，因此在此不推荐这两种格式。

2.2.2 常见的音频格式

下面介绍几种常见的音频格式，如WAV、MP3、MP4、Windows Media等。

1．WAV

WAV是微软公司开发的一种声音文件格式，也叫波形声音文件，是最早的数字音频格式，它被Windows平台及其运用程序广泛支持。由于Windows本身的影响力，此格式已经成为通用音频格式。主要优点是可通过增加驱动程序而支持各种各样的编码技术，支持多种音频位数采样频率和声道，音质好；如果采样频率高，那么与CD就相差无几了。但缺点也很明显，就是体积庞大要求存储空间大，例如，几分钟的歌曲需占用几十兆的容量，这也成了其最大的缺点，因此不适合传播和交流，支持的编码技术大部分只能在Windows平台上使用。

2．MP3

MP3全称叫MPEG Audio Layer 3，是一种音频压缩技术，用极小的文件来产生接近CD的音频质量，能迅速地在Internet上传送音频，也正是此优点使MP3这种音频格式被广泛地运用，我们在网络上常见的音乐基本上都是MP3格式的。每分钟音乐的MP3格式只有1MB左右大小，这样每首歌的大小只有3到4兆字节。使用MP3播放器对MP3文件进行实时的解码，这样高品质的MP3音乐就播放出来了。音质好，体积小，几乎没有缺点，因此目前它是一种最受欢迎且应用广泛的音频格式。

3．MP4

MP4采用“知觉编码”为关键技术的A2B音乐压缩技术，压缩比达到了15：1，最高可达到20：1，体积比MP3更小，但不影响音乐的实际听感。MP4在文件中采用了保护版权的编码技术，只有特定的用户才可以播放，有效地保证了音乐版权的合法性，也由于只有特定用户才能播放这种文件，因此其流传速度和范围与MP3相比有很大的差距。

4．Real Audio

Real Audio最大特点就是可以实时传输音频信息，尤其是在网速较慢的情况下，仍然可以较为流畅地传送数据，因此Real Audio主要适用于网络上的在线播放。现在的Real Audio文件格式主要有RA（Real Audio）、RM（Real Media，Real Audio G2）、RMX（Real Audio Secured）三种，这些文件的共同性在于随着网络带宽的不同而改变声音的质量，在保证大多数人听到流畅声音的前提下，令带宽较宽敞的听众获得较好的音质。

5．Windows Media

Windows Media格式也是一种网络流媒体技术。它是由微软公司推出的，在音频方面，微软公司是唯一能提供全部种类的音频压缩技术，包括无失真、有失真的语音解决方案、主要适用于音频档案级别保存，适合一般聆听及网络音频传输。

6．MIDI

MIDI又称为“乐器的数字化接口”，是数字音乐电子合成乐器的统一国际标准。它定义了计算机音乐程序、数字合成器及其他电子设备交换音乐信号的方式，规定了不同厂家的电子乐器与计算机连接的电缆和硬件及设备间数据传输的协议，可以模拟多种乐器的声音。这是计算机多媒体技术在音频领域中的又一应用。MIDI格式并不像WAV、MP3、WMA那样都是通过真实的波形数据记录声波，而是记录一堆符号，相当于一本乐谱。播放时播放软件会根据MIDI文件记录的符号数据搜索相应的乐器并播放。它体积很小，但只能重现乐器声音，无法重现人声，在不同系统播放所获得的声音可能不一样。

7．DVD Audio

是新一代的数字音频格式，它与DVD Video尺寸及容量都是相同的，为音乐格式的

DVD光碟。DVD Audio音频优点就是非常逼真，能完美再现演奏现场的真实感，可保留非常多的音频信息，是目前质量最好的数字音频格式，但缺点就是存储体积大，DVD Audio对硬件的要求极高，目前仅有极少数高档声卡能支持它的播放，支持它的家用音响系统也相当昂贵。

其他视频格式，如MOV、WMV、Real Video、DivX、nAVI、RMVB格式等，音频格式WMA、Mp3Pro、VQF等格式不是较常用的，这里不一一讲述。

2.3 捕获视频前计算机的环境设置

与其他软件不一样，会声会影在捕获和编辑视频之前需要大量的系统资源，因此要设置好计算机，否则在捕获时无法捕获到高质量的视频素材，在编辑时会出现系统不稳定等现象导致工作无法进行。

2.3.1 硬件基本要求

会声会影对硬件的要求主要是针对用户系统硬件。首先是磁盘的空间，因为捕获的视频比较大，在捕获之前要确保磁盘空间足够存放视频。一般情况下将C盘或D盘作为系统盘，如本机系统盘为D盘❶；另外独立一个盘作为安装软件盘，如本机为SOFT盘❷；再独立一个盘放置捕捉的视频，如本机为Ftp盘❸，如图2-6所示。

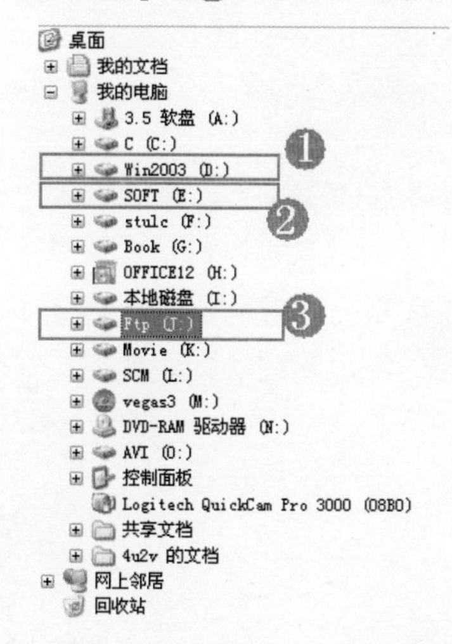

图2-6

说明：由于编辑视频需要大量的磁盘空间，如60分钟的视频导入到计算机之后大概会占用13GB的磁盘空间，如果要刻成DVD光盘，另外还需要大约5GB的暂存压缩文件的磁盘空间，因此如果60分钟的DV至少要有20GB以上的磁盘空间。Ftp盘最好要确保有30GB磁盘空间用于捕获视频后编辑视频。如果条件允许，尽量使用CPU、内存和显卡都比较好的机器进行视频编辑，可较好的避免捕获或编辑视频时出现丢帧或其他情况。

建议计算机的硬件配置为：

- Intel Pentium 4处理器或更高机型。
- Microsoft Windows 2000 SP4或以上版本（建议使用Windows XP SP2操作系统）。
- 512MB以上内存（建议1GB）。
- 不少于1GB 磁盘空间来安装主程序，不少于30GB磁盘空间用于捕获视频后编辑视频。
- Windows 的兼容声卡（大部分主板已集成声卡,建议采用多声道的声卡，以支持环绕音效）。
- Windows兼容CD-ROM或DVD-ROM，以进行软件安装和光盘资料的获取。

2.3.2 选择磁盘的文件系统

磁盘的分区格式也会影响捕获视频的操作。因为目前计算机磁盘所用的格式大多采用NTFS和FAT32分区格式，FAT32分区不支持大小为4GB以上的单个文件，否则会按4GB 大小对文件进行分割，但我们在捕获的过程中往往需要捕获超过4GB的视频内容，而有时并不想分割文件，为了不影响捕获的操作，因此要将磁盘文件系统设置为NTFS分区格式。

说明：会声会影运行于Windows操作系统之上，在捕获或渲染视频时，受到文件大小限制的影响。自动执行无缝捕获，即当单个视频文件达到最大允许文件大小时，就将视频保存到一个新的文件中。

在使用FAT32分区文件系统的 Windows 操作系统中，每个视频文件的最大捕获文件大小为4GB。超出4GB的捕获视频数据自动保存到新的文件中。在使用 NTFS 文件系统的Windows XP中，对捕获文件大小没有任何限制。

如何确定是用哪种格式进行磁盘分区的呢？用鼠标右键单击磁盘，在右键菜单中选择【属性】命令，如图2-7所示。在弹出的【属性】对话框【常规】选项卡中可以看到【文件系统】的格式为NTFS，如图2-8所示。

图2-7

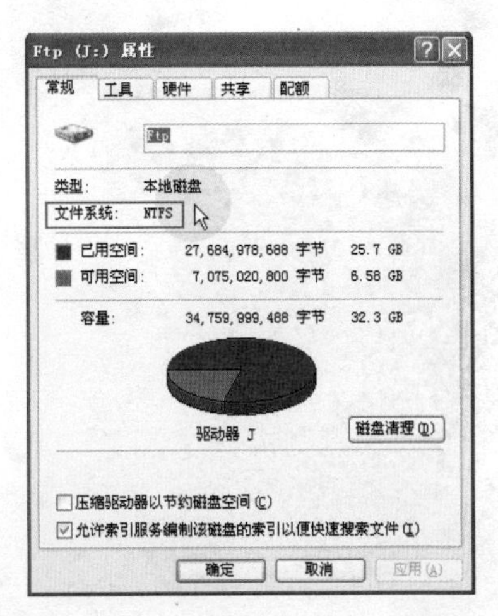

图2-8

如果不是NTFS分区格式而是FAT32分区格式，如何将FAT32转换为NTFS分区格式呢？分两种情况来介绍。

第一种情况是当磁盘空间没有任何文件时进行格式化，用鼠标右键单击磁盘，在弹出的菜单中选择【格式化】命令，如图2-9所示，弹出【格式化】对话框，在【文件系统】下拉列表中选择“NTFS”，如图2-10所示。如果磁盘中只有少量文件可将文件转移后再格式化。

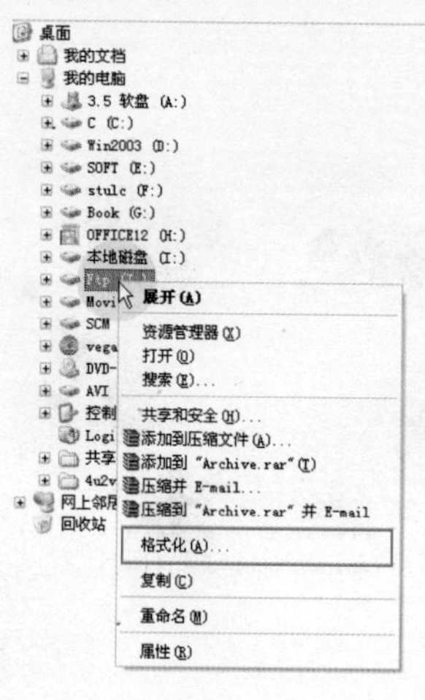

图2-9

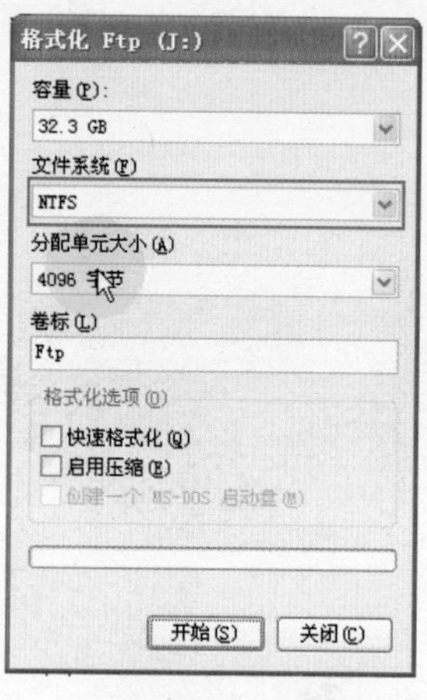

图2-10

第二种情况是磁盘中文件很多，可通过命令提示符的方法来操作。单击Windows菜单【开始】|【运行】命令，如图2-11所示，在弹出的【运行】对话框中输入“convert j:/fs:ntfs /v”（注意，要用英文输入法），单击【确定】按钮，如图2-12所示。

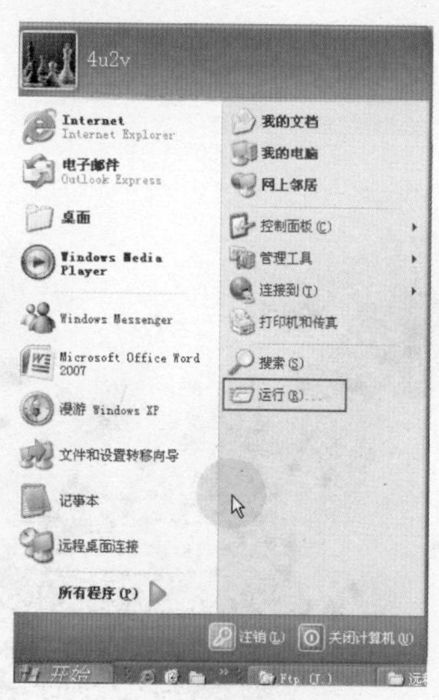

图2-11

图2-12

2.3.3 打开硬盘的DMA传送模式

在使用会声会影或者其他的视频编缉软件采集或者编辑视频的过程中，经常需要对硬盘进行数据存储；由于数据交换数量大，在捕获视频时容易碰到丢帧现象，因此提高访问硬盘的速度和硬盘存取交换数据的速度对使用软件或者编辑视频来说都是非常重要的，而打开硬盘的DMA（直接内存访问）传送模式就是一个有效的方法。DMA（直接内存访问）是一种硬盘传送技术方法，在计算机运行时，此方法可以不经过CPU直接从系统主内存传送数据到硬盘中。

下面打开DMA传送模式。在桌面上用鼠标右键单击“我的电脑”图标，在快捷菜单中选择【属性】命令，如图2-13所示。在弹出的【系统属性】对话框中单击【设备管理器】按钮，如图2-14所示。

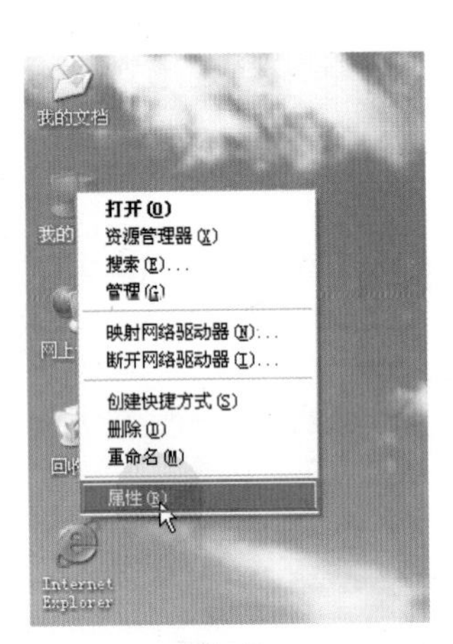

图2-13

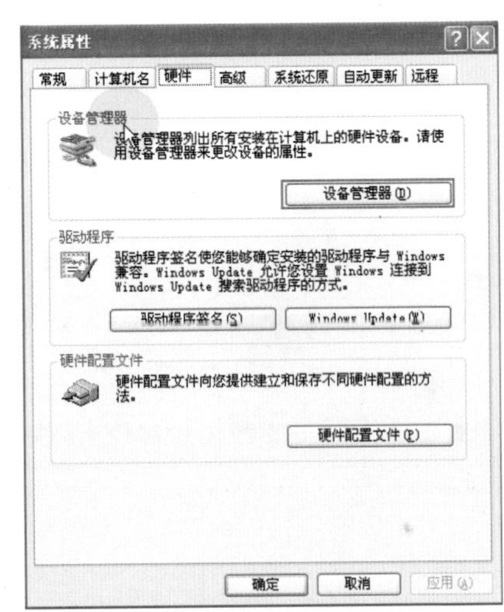

图2-14

在弹出的【设备管理器】对话框中展开“IDE ATA/ATAPI控制器”，用鼠标右键单击“次要IDE通道”或者“主要IDE通道”，在快捷菜单中选择【属性】命令，如图2-15所示。在弹出的【次要IDE通道属性】对话框中，选择【高级设备】选项卡❶，在【设备0】和【设备1】组中的【传送模式】下拉列表中都选择“DMA（若可用）”❷❸，单击【确定】按钮❹，如图2-16所示。

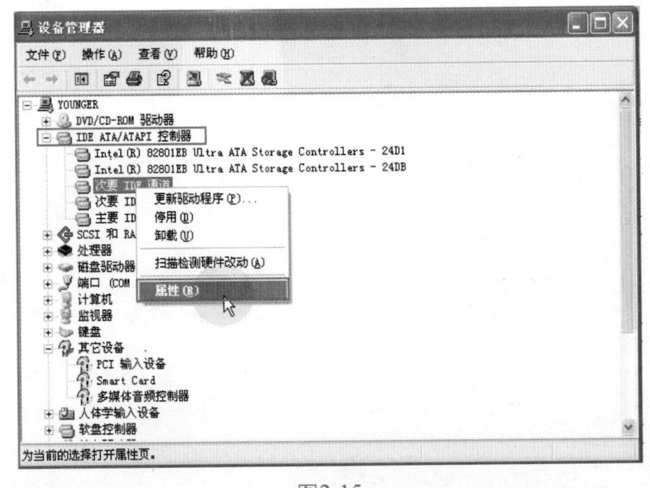

图2-15

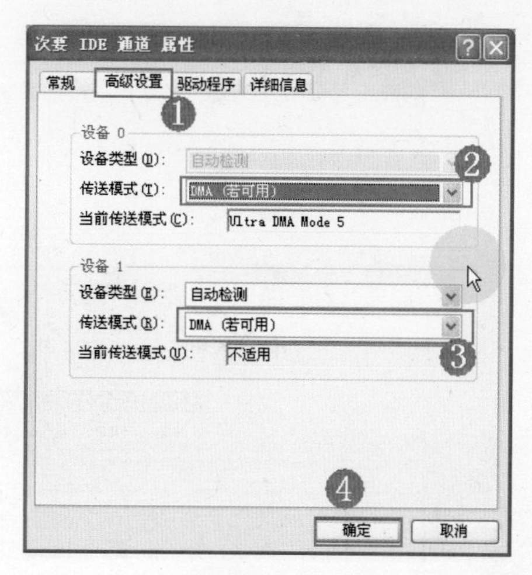

图2-16

2.3.4 设置磁盘的写入缓存

禁用磁盘上的写入缓存可以避免因断电或出现硬件故障可能导致的数据丢失或损坏，可通过下面的方法来进行设置。

在桌面上用鼠标右键单击“我的电脑”图标，在快捷菜单中选择【属性】命令，弹出【系统属性】对话框，单击【设备管理器】按钮，在弹出的【设备管理器】对话框中展开“磁盘驱动器”❶，在本机中有2个磁盘，先选择其中一个，然后单击鼠标右键，在快捷菜单中选择【属性】命令❷，如图2-17所示。

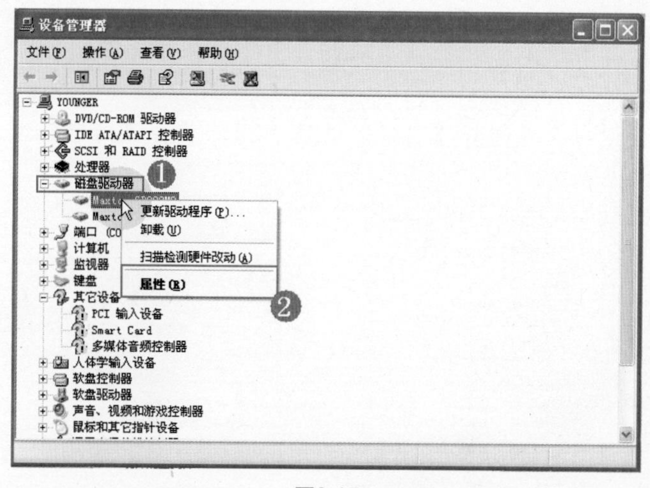

图2-17

弹出磁盘属性对话框，本机中为【Maxtor 6B200M0属性】对话框，取消勾选“启用磁盘上的写入缓存”复选框，这样在停电或出现仪器故障时不会造成数据遗失或损坏，如图2-18所示。

最后选择另一个磁盘，使用同样的方法设置，如果有多个磁盘也是同样的操作。

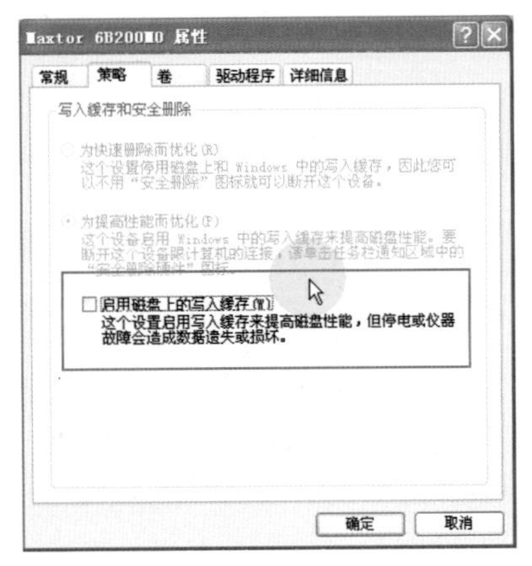

图2-18

2.3.5 设置虚拟内存大小

在编辑视频时，如果系统的运行速度太慢，可能是因为内存容量不够用，比如没达到512MB的内存要求，此时可设置虚拟内存的大小来提高运行速度。

程序为了提供比实际物理内存多的内存容量以供使用，Windows系统指定了磁盘上的一部分空间作为虚拟内存，当CPU有要求时，首先会读取物理内存中的资料，当物理内存容量不够用时，Windows系统就会将需要暂时存储的数据写入磁盘，因此计算机的内存大小等于实际物理内存容量加上分页文件大小（分页文件也就是虚拟内存）。合理地自定义虚拟内存的大小会取得比Windows系统自动设置时更好的效果。

Step 01 在桌面上用鼠标右键单击“我的电脑”图标，在弹出的菜单中选择【属性】命令。在弹出的【系统属性】对话框【常规】选项卡中显示了本机的信息，如内存大小为512MB，如图2-19所示。

Step 02 如果要设置虚拟内存可选择【高级】选项卡❶，单击【性能】组中的【设置】按钮❷，如图2-20所示。

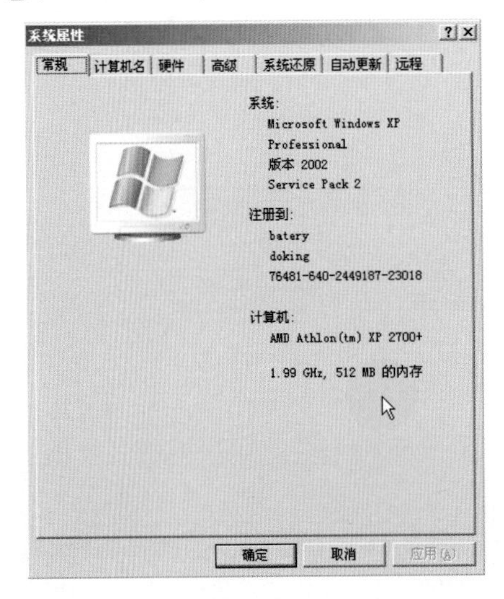

图2-19

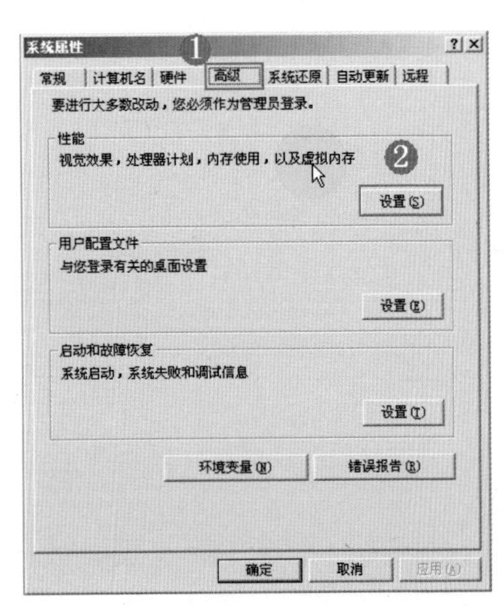

图2-20

Step 03 在弹出的【性能选项】对话框中，选择【高级】选项卡❶，可以看到Windows系统自动设置了虚拟内存的大小，单击【更改】按钮❷，如图2-21所示。

Step 04 在弹出的【虚拟内存】对话框，可看到页面文件被安装在系统盘下，这也是系统默认的状态，一般C盘是系统盘。选择C盘，“系统管理的大小”单选按钮是被选中的状态，如图2-22所示。

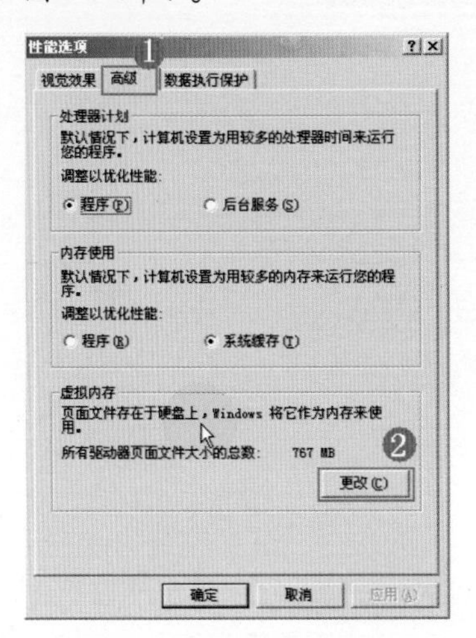

图2-21

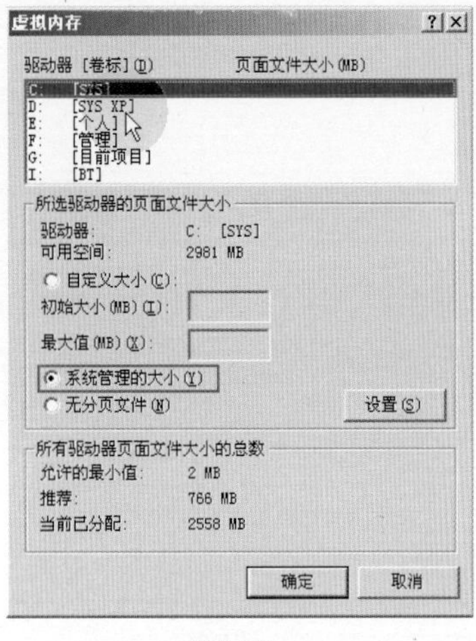

图2-22

Step 05 如果C盘空间足够大，便可直接选择“自定义大小”单选按钮；如果内存大小为512MB，则可设置双倍的大小。选择C盘❶，选择“自定义大小”单选按钮❷，输入【初始大小】的值为1024MB和【最大值】的值为2048MB❸。设置完毕单击【确定】按钮❹。重新启动计算机，即可完成虚拟内存的设置，如图2-23所示。

如果C盘空间不够大，可选择其他空间够大且比较固定，并不经常写入和删除文件的磁盘。这里选择E盘❶，选择“自定义大小”单选按钮❷，输入【初始大小】的值为1024MB和【最大值】的值为2048MB ❸，单击【设置】按钮❹，才能在此磁盘中生成页面文件，如图2-24所示。

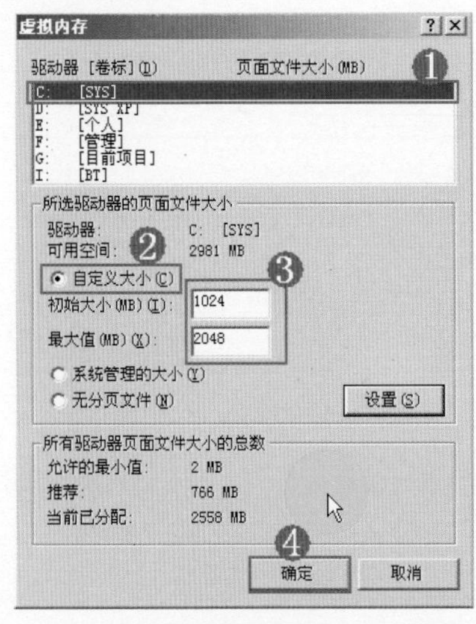

图2-23

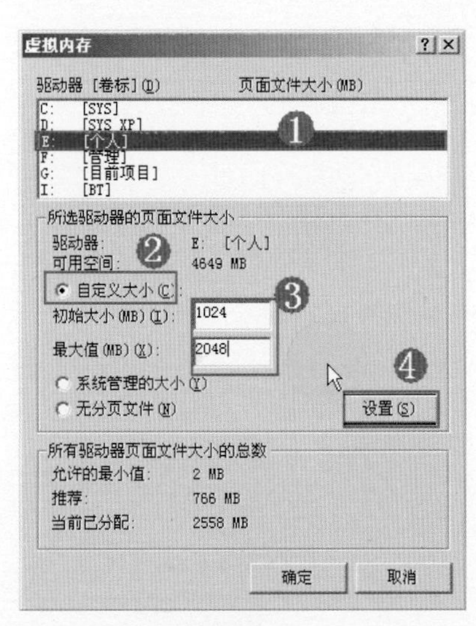

图2-24

去除C盘的页面文件，使此磁盘释放出更多的空间。选中C盘❶，选择“无分页文件”单选按钮❷，单击【设置】按钮❸，再单击【确定】按钮❹，如图2-25所示。重新启动计算机即可完成。

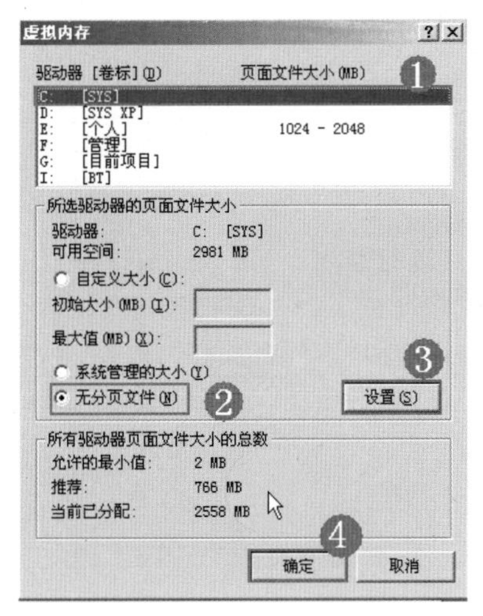

图2-25

2.3.6 定期进行磁盘碎片整理

由于磁盘传输数据时如果有间断，采集的视频文件就会掉帧。输出的视频文件可能会出现条纹、声音和画面不同步等一系列的严重问题。要使采集视频时具有稳定性，就需要优化磁盘性能并定期整理去除磁盘上的文件碎片，如去除没用的文件让磁盘释放出更大的空间，整理磁盘的文件碎片使可用空间更加连续。下面通过以下的操作进行磁盘碎片整理。

Step 01 用鼠标右键单击磁盘，在快捷菜单中选择【属性】命令，如图2-26所示。在弹出的【属性】对话框中单击【工具】选项卡【碎片整理】组中的【开始整理】按钮，如图2-27所示。

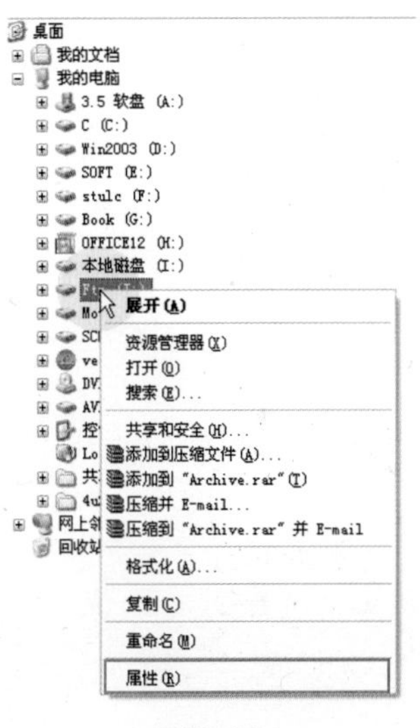

图2-26

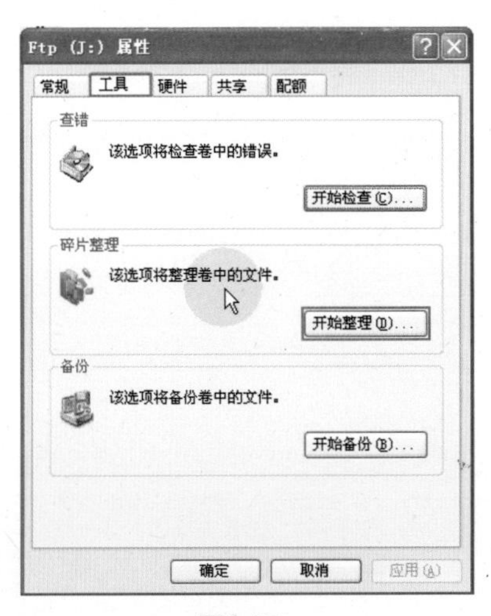

图2-27

Step 02 弹出【磁盘碎片整理程序】对话框，首先检查要进行碎片整理的磁盘可用空间有没有超过15%，因为必须超过15%才能进行有效的磁盘碎片整理，例如本机的J盘可用空间为20%。选择该磁盘，然后单击【分析】按钮，就开始分析磁盘中哪些是零碎的文件、连续的文件、无法移动的文件和可用空间。

分析完成，可查看分析报告或进行碎片整理。如果直接单击【碎片整理】按钮，系统将自动进行分析和整理碎片，而不需要手动选择分析之后是否进行碎片整理，如图2-28所示。

注意：（1）每次只能选择一个盘进行整理。

（2）整理碎片的时间可能比较长，且会耗费一些磁盘的性能，因此最好找一个相对空余的时间来整理，这样不会影响我们的正常工作。另外目前网上流传一些号称速度极快的磁盘碎片整理软件，不推荐大家使用，经过多年的测试，还是认为Windows自带的磁盘碎片整理程序是最科学的。

（3）避免捕获时发生中断，尽量关闭所有正在运行的程序或可能自动启动的软件（如光驱中自动运行的光盘）。

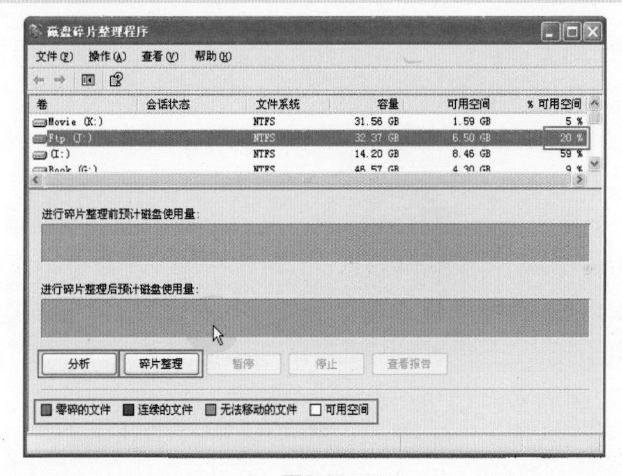

图2-28

2.4 主要设备的介绍

2.4.1 数码摄像机

现在大部分的视频影片来源都是通过数码摄像机拍摄的，因此数码摄像机是影片编辑人员必须了解的。

数码摄像机（也称为DV）已经发展了几十年，根据不同的介质，主要有磁带DV、DVD光盘刻录DV、磁盘DV、高清摄像机（HDV）等，目前新推出的DV产品多以DVD式和磁盘式居多。下面介绍磁带DV、DVD光盘刻录DV和磁盘DV的优缺点。

- 磁带DV

采用传统的DV磁带，普及面广、用户多，能够和各类DV格式机器通用，且价格较便宜。缺点是后期采集、压缩和后期编辑都比较麻烦，需要的计算机性能要好一些。磁带DV如图2-29所示。

图2-29

- DVD光盘刻录DV

主要特点是即拍即放，省去了上传到计算机再刻录成光盘的步骤，存储介质是DVD-R、DVD-R+R、DVD-RW、DVD+RW。操作简单，携带方便，不用担心像磁带DV重叠拍摄，更不用浪费时间去倒带回放。安全性、稳定性较高，不像磁带DV容易损耗，也不需要像磁盘DV那样防震。在婚庆的场面拍摄，可直接通过DVD播放器播放，省去了后期编辑的麻烦。DVD光盘刻录DV如图2-30所示。

- 磁盘DV

据一些调查报告，磁盘DV是最受欢迎的产品，主要特点是存储空间大，方便存储刻录、采集速度快，方便编辑，采用微磁盘作为存储介质，可重复使用，可按文件进行存储，方便回放，不易老化，寿命较长。适合熟悉PC的人群使用，只需连接计算机或通过读卡器将影片直接拷贝到计算机上，省去了磁带DV采集捕获的麻烦。长时间拍摄，比如旅游拍摄风景最好使用它。缺点是在使用中不能进行更换，必须将数据清空或利用配套的DVD刻录设备刻录，另外需要防震，价格较高。磁盘DV如图2-31所示。

图2-30

图2-31

2.4.2 了解和安装数字视频捕获设备IEEE 1394卡

使用数码摄像机拍摄了一些视频之后，需要将摄像机中拍摄的视频传输到计算机中。DV带录出来的是模拟信号，但计算机只能识别数字信号，因此需要购买IEEE 1394卡配合会声会影或其他视频采集软件进行捕获，捕获后即可用软件进行编辑处理。

IEEE 1394卡的全称是IEEE 1394 Interface Card，是为了增强外部多媒体设备与连接性能而设计的高速串行总线，是一种广泛使用在数码摄像机、外置驱动器以及多种网络设备的串行接口。苹果公司又把它称作Firewire（火线），而索尼公司的叫法是i.Link。4针对6针的IEEE 1394连接线如图2-32所示。IEEE 1394卡如图2-33所示。

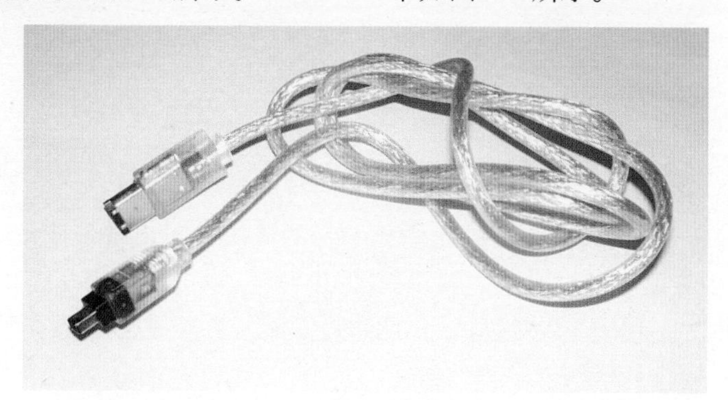

图2-32

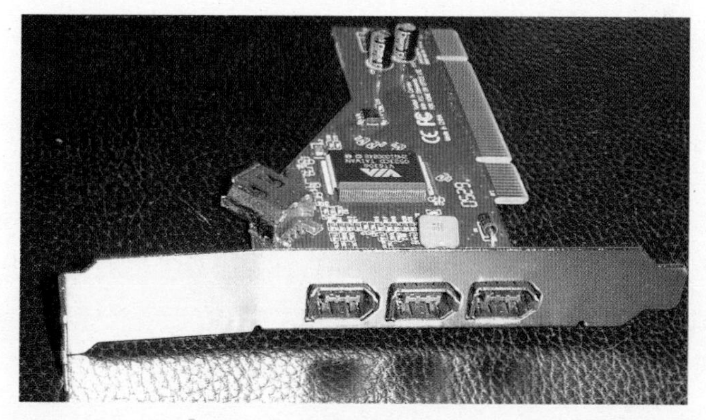

图2-33

作为一种数据传输的开放式技术标准，IEEE 1394技术被应用在众多的领域，随着数码家电产品的普及，很多计算机外部设备以及家电产品也把IEEE 1394接口作为标准传输接口，如DV摄像机、1394接口的扫描仪和1394接口的打印机等，但目前IEEE 1394技术使用最广泛的还是数字成像领域，支持的产品包括数码相机或摄像机等。

DV采用IEEE 1394接口，是因为它能以高速传输的方式直接把数码摄像机拍摄的高质量视频和音频信号同步传输且不失真地传输到计算机中。虽然现在新的摄像机和数码相机都采用USB接口，但是如果要获取非常清晰的图像还是要用1394卡。

IEEE 1394卡的接口有6针和4针两种类型。6角形的接口为6针，如图2-34所示。小型四角形接口则为4针，如图2-35所示。

6针的接口主要用于普通的台式机，4针的接口主要用于笔记本计算机和DV。4针与6针在传输效率上没有任何区别，不同的是4针接口较小，无法供电。

图2-34

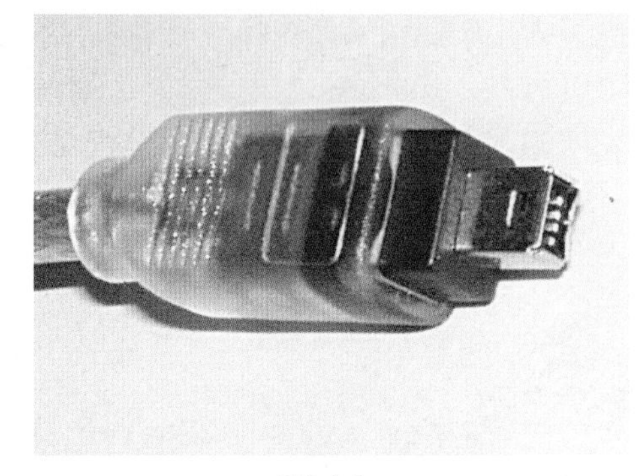

图2-35

通常台式计算机是6针的接头，因此需要4对6的连接线，也就是连接线的两端分别是6针和4针；现在很多笔记本计算机也内置了4针的IEEE 1394接口，因此需要4对4的连接线。如果笔记本计算机没有IEEE 1394接口，只能通过安装一个外置的笔记本专用1394卡，比如加装PCMCIA接口的IEEE 1394卡。

现在比较高档的计算机主板已经内置了IEEE 1394接口，如果计算机中没有，还可以去购买IEEE 1394卡安装到计算机中，IEEE 1394卡的价格从几十元到几千元不等，普通用户大概花100多块就可以买到。购买IEEE 1394卡时，包装盒内一般会附送一根DV与计算机的连接线。

如何安装IEEE 1394卡呢？

打开主机箱，找个空闲的PCI插槽，拧紧螺丝就将IEEE 1394卡安装好了,如图2-36所示。安装完成启动计算机后，一般情况下，因为系统已经附带了IEEE 1394卡的驱动程序，系统会自动查找并安装。注意接口在安装时要用螺丝固定好，否则计算机容易出错。

安装好之后可以到【控制面板】|【系统】|【硬件】|【设备管理器】中检查安装是否成功，如果看见IEEE 1394总线主控制器，说明已经安装成功。

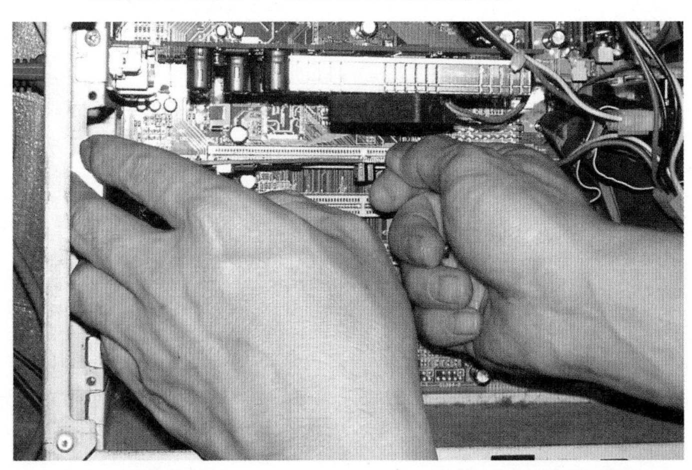

图2-36

接着可将IEEE 1394连接线的一端（台式的为6针接口，笔记本为4针接口）插入计算机的IEEE 1394接口，如图2-37所示。再将连接线的另一端（4针接口）插入DV的接口中，如图2-38所示。1394接口支持热插拔，因此在开机状态下我们也可以随意接入DV设备。

图2-37

图2-38

打开DV机，并将它设置成VCR或VTR模式播放状态，如图2-39所示。计算机马上就会检测出设备，但如果DV处于关机状态下计算机则检测不出来。然后启动会声会影即可进行捕获视频的操作。捕获方法会在下一章节中详细介绍。

注意捕获时要保持DV电源充足，最好给DV插上外接电源，这样不会因为电池电力不足导致数据损失，如图2-40所示。

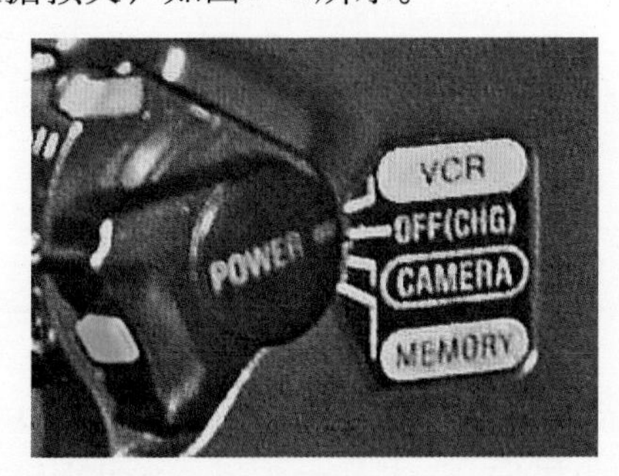

图2-39

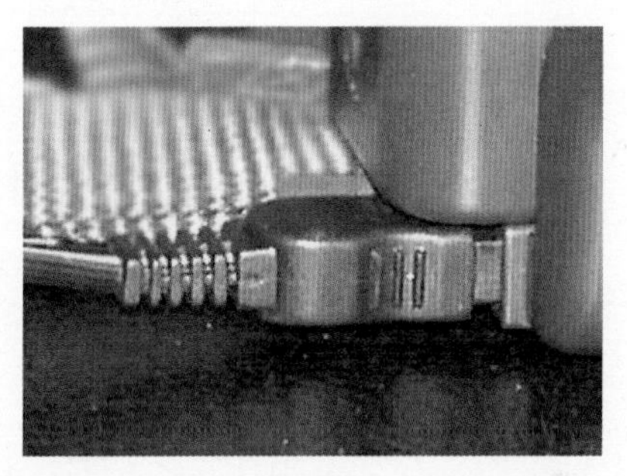

图2-40

通过以上步骤就解决了DV与PC计算机之间的连接问题。除了用IEEE 1394卡还可以通过电视卡捕获DV中的视频以及捕获电视节目等。但电视卡捕获的是模拟信号，在采集的过程中会有一定程度的损失。另外还可以通过摄像头捕获视频。

DV的后期处理卡主要有两种，包括市面上常见的普通IEEE 1394卡和专业视频采集卡。前者属于软压缩，采集和编辑主要依靠计算机软件完成，价格比较便宜，一般价格是200元左右。后者是硬压缩，靠卡自身即可完成视频采集，具有实效性，效果好但价格也比较贵，一般都在七八千元以上。

2.4.3 刻录机

完成影片之后将视频文件刻录保存在光盘上，以便与他人分享，这就需要刻录机来刻录光盘，刻录机包括CD刻录机，DVD刻录机，最新的蓝光刻录机等。

目前DVD刻录机是主流，它价格便宜，且兼容“CD光盘刻录”功能，建议用户选购。蓝光刻录机目前价格比较昂贵，除个别发烧友外，还未进入普通百姓家。

注意： 普通的光驱不是光盘刻录机，它只能用来读取光盘上的信息。

2.4.4 刻录光盘

完成影片编辑之后可制作成VCD或DVD光盘，然后到兼容的影碟机中播放。光盘类型及规格如下表所示。

光盘类型及规格表		
光盘类型	存储容量	备　注
CD（包含VCD）	700MB	刻录重要的资料时最好不要超过680MB，这是由于光盘边缘容易损坏，会造成数据无法读取。CD光盘包括CD-RW光盘和CD-R光盘。CD-RW光盘可重复多次刻录资料，而CD-R光盘只能刻录一次
DVD	4.7GB	4.7GB的DVD光盘刻录重要资料时最好不要超过4.3GB，原因与CD光盘一样。DVD刻录光盘包含DVD+RW，DVD+R，DVD-RW，DVD-R和DVD-RAM。其中DVD-RW、DVD+RW、DVD-RAM光盘可重复多次刻录资料，而DVD-R光盘只能刻录一次。“DVD-RAM光盘”不需要特殊的软件就可进行写入和擦写，且价格便宜，但只供有相关驱动器的计算机专用，且不能在多数的现有DVD影碟机和驱动器中播放
	8.5GB	
蓝光	25GB	最新的光盘存储介质
HD DVD	15GB	最新的光盘存储介质

本章带领大家了解了影片制作的基本知识及准备工作。影片制作基本知识包括视频编辑涉及的名词术语，如“电视信号标准”，16∶9与4∶3，非线性编辑，常见视频及音频格式，会声会影11支持的输入输出文件格式等，另外还介绍了制作影片的准备工作，如捕获视频前计算机环境设置以及主要设备的介绍。

了解了影片制作的基本概念及准备工作之后，下一章学习如何获得制作影片的视频素材。

影片制作七步骤

会声会影是一个傻瓜型的视频编辑软件，可轻松创建带有生动的标题、视频滤镜、转场和声音的家庭视频作品。会声会影的特色是带有一个直观的、基于步骤的界面，按照所提供的步骤，从“捕获”到“分享”即是影片制作的“开始”和“结束”，简单的步骤可以帮助用户快速入门且不用深入了解就可创作出精美的视频。

第3章 捕获视频

影片制作的第一个步骤——“捕获”步骤。

要进行影片制作，首先要有视频素材，否则就是巧妇难为无米之炊了，因此需要采集视频素材。

采集的过程在会声会影中称为“捕获”。什么叫做捕获？就是将视频或图像记录到计算机磁盘的过程。会声会影可从数码摄像机、PC摄像头、电视转换适配器和录像机等设备中捕获视频。

本章主要介绍在“会声会影编辑器”和“影片向导”中捕获视频和图像。

3.1 在会声会影编辑器中捕获视频

目前，通常是使用数码摄像机（DV）获得视频数据来源。DV中的视频数据通过捕获卡传输到计算机的磁盘中。如何顺利完成这个任务呢？这里大略叙述一下未进入会声会影前捕获的设置流程。

（1）由于计算机需要具备正确的捕获卡或接口端口，才能连接DV并将视频捕获到计算机中，因此要在计算机中安装好数字视频捕获设备“IEEE 1394卡”。

说明：如果计算机中自带有1394端口就不需要再安装IEEE 1394卡了。IEEE 1394卡的安装方法前面已经有详细介绍。

（2）由于捕获和编辑视频的操作需要占用大量的计算机资源，因此，必须正确设置计算机，才能确保成功捕获和顺利编辑视频。可参考2.3节自行设置。

（3）可将IEEE 1394连接线的一端（台式的为6针接口，笔记本为4针接口）插入计算机的IEEE 1394接口，再将连接线的另一端（4针接口）插入DV的接口中。

（4）打开DV机，并将它设置成VCR或VTR模式播放状态，计算机马上就会检测出设备，弹出【数字视频设备】对话框，选择 “Capture and Edit Video使用Ulead VideoStudio 11”选项❶即捕获和编辑都使用会声会影，单击【确定】按钮❷就可进入会声会影11进行捕获的操作，如图3-1所示。

图3-1

说明：通过以上步骤就解决了DV与PC计算机之间的连接问题。会声会影可以从DV 或HDV（高清）摄像机、移动设备、模拟来源、VCR 和数字电视捕获视频。除了用IEEE 1394卡外还可以通过电视卡捕获DV中的视频以及捕获电视节目等。但电视卡捕获的是模拟信号，在采集的过程中会有一定程度的损失。

进入会声会影11，单击“捕获”步骤，在选项面板中有4个选项：捕获视频、DV快速扫描、从DVD/DVD-VR导入和从移动设备导入，如图3-2所示。

说明：“捕获”步骤对于各种类型的视频源都是相似的，只是“捕获视频”选项面板中的可用捕获设置有所不同。不同类型的来源可选择不同的设置。

图3-2

注意：考虑到很多读者使用的是会声会影11汉化版，为此有些命令的名称与中文版不一致的用括号做了解释。

3.1.1 捕获视频

在会声会影编辑器中捕获磁带DV中的视频。

Step01 当DV（这里使用的是Sony的磁带DV）与计算机连接好之后，打开“捕获”步骤，然后单击【捕获视频】按钮，如图3-3所示。

说明：“捕获”步骤在某些汉化版中的名称为“捕捉”。

如果没有检测到DV设备，那么就会弹出提示信息，如图3-4所示。

图3-3

图3-4

Step02 在弹出的捕获设置面板中，从【来源】的下拉列表中选择捕获设备“Sony DV Device”❶；在【格式】下拉列表中选择用于保存捕获视频的文件格式为“DV”❷，单击【捕获文件夹】的按钮❸，指定用于保存视频文件的文件夹，如图3-5所示。

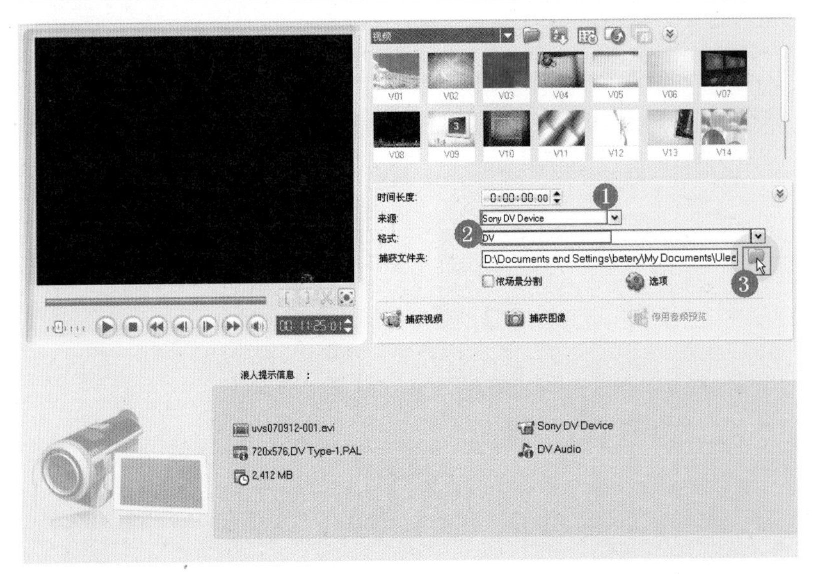

图3-5

Step 03 在打开的【浏览文件夹】对话框中单击【新建文件夹】按钮❶，命名为“9.2”❷，然后单击【确定】按钮❸，捕获的视频便保存在此文件夹中，如图3-6所示。

Step 04 勾选“依场景分割”复选框（按场景分割），就可以根据拍摄日期和时间的变化，将捕获的视频自动分割为几个文件。但仅当从DV摄像机捕获视频时，才可使用此功能，如图3-7所示。

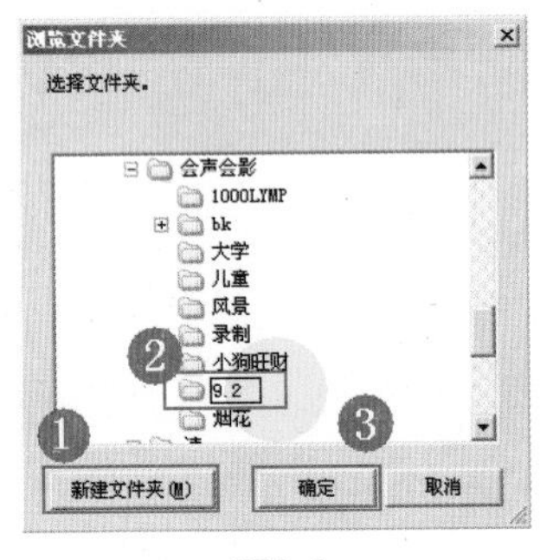

图3-6

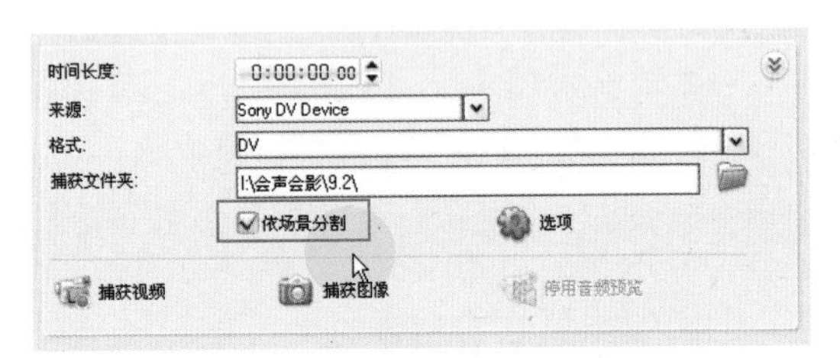

图3-7

Step 05 单击【选项】按钮，自定义捕获设置，在下拉菜单中可以选择【捕获选项】或者【Video Properties】命令（视频属性），如图3-8所示。

如果选择【捕获选项】命令，在弹出的【捕获选项】对话框中勾选“捕获至素材库”复选框，如图3-9所示，这样捕获的素材就直接放置在素材库中，不需要重新加载。

图3-8

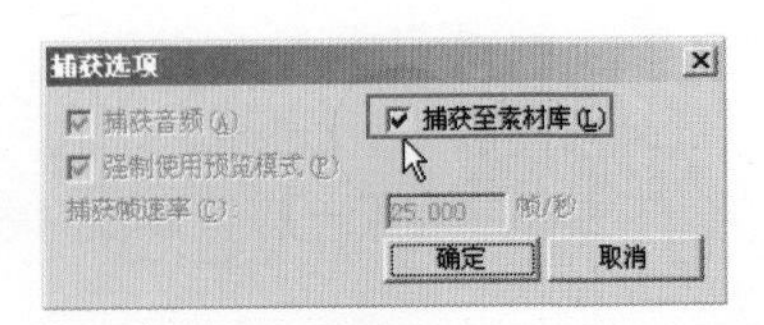

图3-9

如果选择【Video Properties】命令（视频属性），则弹出【Video Properties】对话框，在【Current Profile】下拉列表（当前配置文件）中选择“DV type-1”(DV 类型-1)选项❶，设置完毕单击【确定】按钮❷。然后单击【捕获视频】按钮❸开始捕获，将视频从来源DV中传输到计算机磁盘中，如图3-10所示。

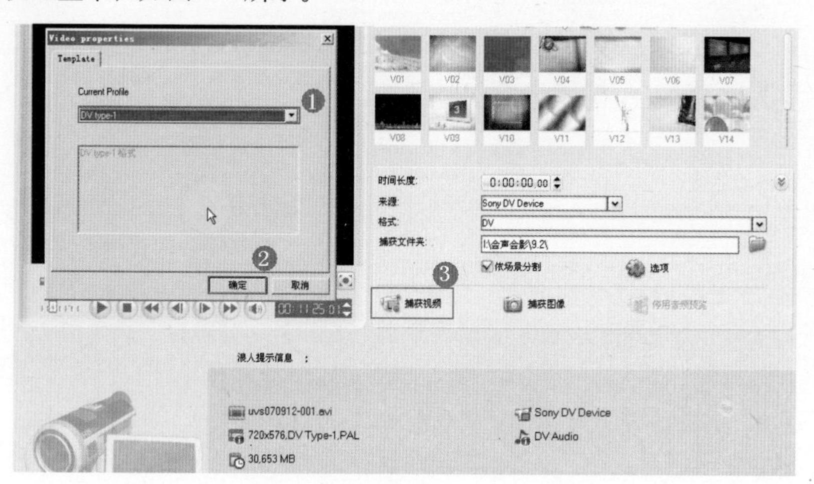

图3-10

说明：（1）这里选择将DV捕获成 DV 类型-1 还是 DV 类型-2呢？DV 是本身包含视频和音频的数据流。使用 DV 类型-1，视频和音频通道在 AVI 文件中存储为未经修改的单个交织的数据流中。使用 DV 类型-2，视频和音频通道在 AVI 文件中存储为两个单独的数据流，因此如果选择此项，那么捕获出来的视频和音频会分开成不同的文件。由于DV类型-1的优点在于 DV 数据不需要进行处理，是以其原始格式存储的，因此这里选择DV类型-1。

（2）无缝捕获。当捕获DV类型-1或DV类型-2（从DV摄像机），或捕获MPEG视频（从DV和HDV摄像机或模拟捕获设备）时，会执行无缝捕获，在FAT 32分区文件系统中最大捕获文件大小为4GB，超出4GB的捕获视频数据自动保存到新的文件中。FAT 32 分区文件系统详细介绍请查看第2章2.3.2节。

Step 06 如果要停止捕获可单击【停止捕获】按钮或按【Esc】键。在素材库略图列表中可以看到刚才捕获的视频，如图3-11所示。

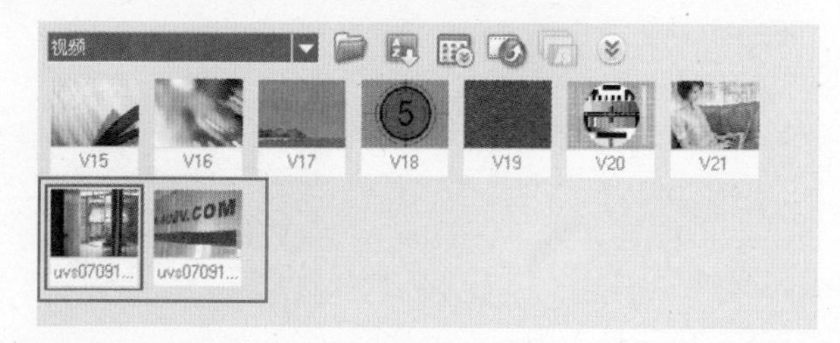

图3-11

Step 07 这样就完成了从DV机中捕获视频的操作，在预览面板中播放捕获的视频，如图3-12所示。

图3-12

说明：“时间长度”设置捕获的时间长度。根据需要，在选项面板中的【区间】文本框中输入数值。

“捕获图像”将显示的视频帧捕获为图像。

“允许/禁止音频播放”可在捕获过程中播放或停止 DV 音频播放。如果声音不连贯，则在 DV 捕获过程中计算机上的音频预览可能有问题。这不会影响音频捕获质量。如果发生这种情况，单击【禁止音频播放】按钮，在捕获过程中将不播放音频。

3.1.2 DV快速扫描

由于DV中总是存放有不同时期拍摄的内容，在捕获时就要使用快进或快退功能来寻找自己需要的内容，非常不方便。DV 快速扫描的功能可以扫描DV设备并查找出想要导入的场景。

Step01 DV（这里使用的同样是Sony的磁带DV）与计算机连接好之后，单击“捕获”步骤，在选项面板中单击【DV 快速扫描】按钮，如图3-13所示。弹出【会声会影DV快速扫描及捕获精灵】（即会声会影DV快速扫描和捕获向导）对话框，如图3-14所示，其大部分功能与“DV 转 DVD 向导”是一样的。

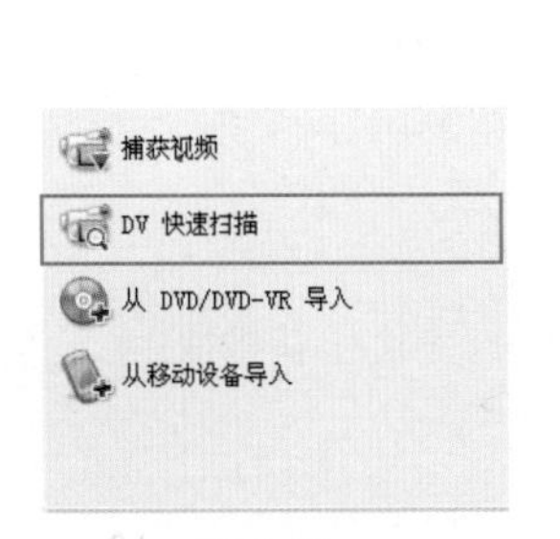

图3-13

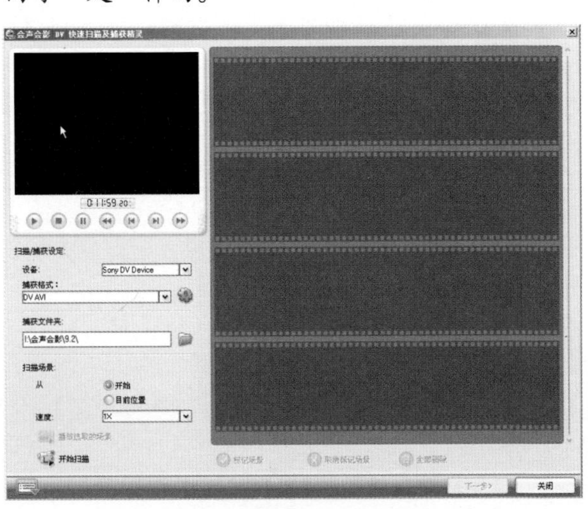

图3-14

Step 02 【设备】选择“Sony DV Device”。【捕获格式】选择“DV AVI”，如图3-15所示。此格式未经压缩画面质量比较好，可作为原素材的推荐格式，但体积也比较大，需要大量的磁盘空间，最好不少于20GB。

说明： 会声会影支持从DV、模拟或任何视频源将视频实时捕获为MPEG-1和MPEG-2格式。与DV AVI相比，MPEG 文件较小，因此直接捕获为 MPEG 可节省磁盘空间。在【捕获格式】下拉列表中选择“MPEG”，可以捕获 MPEG 文件，这种文件可供计算机回放或进行网络共享。

Step 03 单击按钮，在弹出的对话框中选择“DV 类型-1”。

Step 04 单击按钮，改变捕获文件的存放位置，这里选择磁盘空间比较大的磁盘。

Step 05 在【扫描场景】中，选择“开始”单选按钮，选择扫描的【速度】为“最高速度”，速度越快清晰度越低，需要的时间也越短，如图3-16所示。

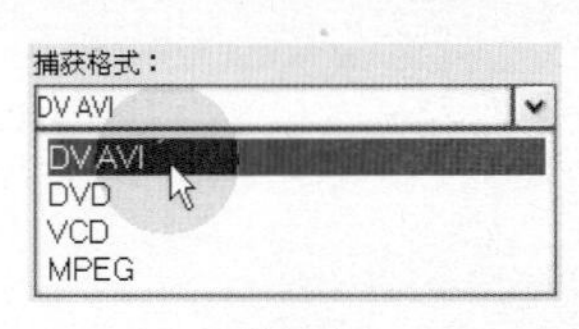

图3-15

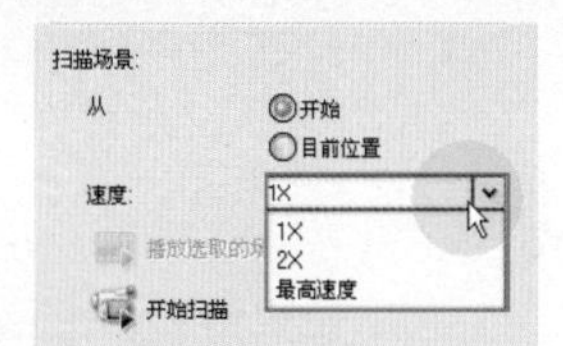

图3-16

说明： 这里选择“开始”，即从磁带的开始位置扫描，不需要倒带到开始位置。如果选择“目前位置”则从磁带当前位置开始扫描。

Step 06 单击【开始扫描】按钮，扫描出来的影片以缩略图的方式出现在右边的场景预览区中，方便用户选择需要捕获的内容，如图3-17所示。在扫描的过程中，会声会影根据不同的场景自动进行分割，此时单击【停止扫描】按钮可停止扫描。

图3-17

Step 07 标记场景。在缩略图都有一个“✓”符号，表示被标记场景的场景，也就是需要的场景内容。选择不需要的场景缩略图，单击【取消标记场景】按钮❶，在缩略图右下方的“✓”符号就会消失❷，如图3-18所示。

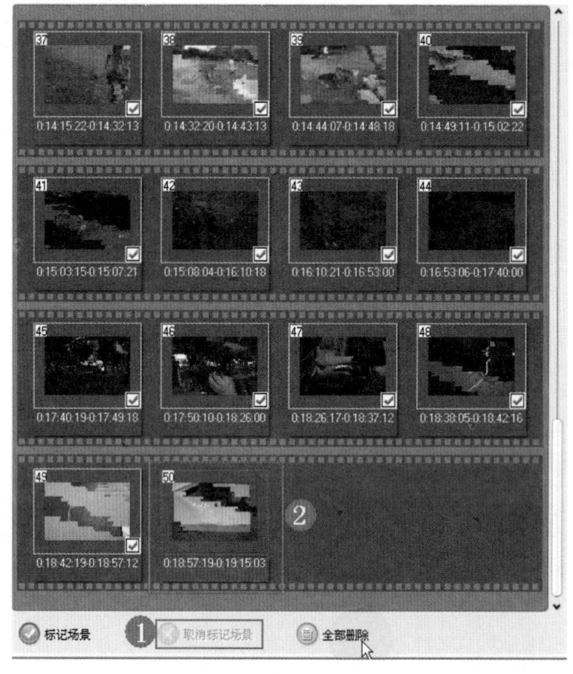

图3-18

注意：如果选中已经取消标记的场景然后单击【标记场景】按钮，则表示场景重新标记。如果对扫描的场景不满意，可单击【全部删除】按钮，在弹出的对话框中选择【是】按钮即可删除所有的片段，如图3-19所示，但需要重新开始扫描。

Step 08 单击【下一步】按钮，弹出【捕获时间设定】（捕获到时间轴设置）对话框，勾选“插入时间线”（插入到时间轴）和“添加视频标题信息”（将视频日期信息添加为标题）复选框，选择“全部视频”（整个视频）单选按钮，那么在视频中将从头至尾显示拍摄日期，单击【确定】按钮开始捕获我们之前选定的镜头，如图3-20所示。按【Esc】键可中止捕获。

图3-19

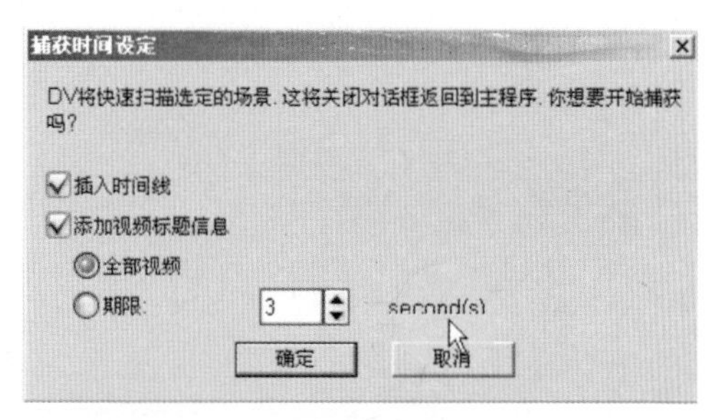

图3-20

Step 09 捕获完成之后，捕获的内容便保存在指定的文件夹中，如图3-21所示。

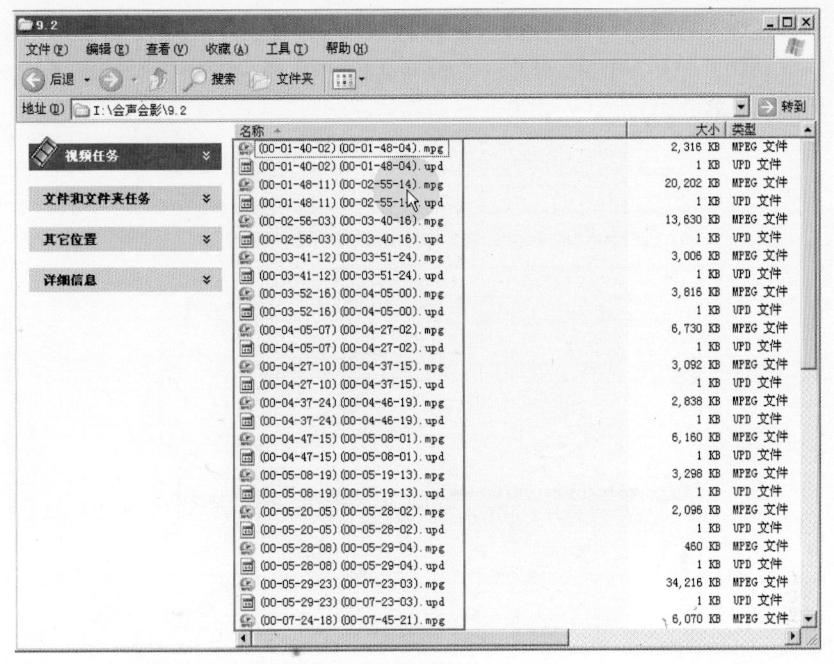

图3-21

3.1.3 从DVD/DVD-VR导入

从DVD/DVD-VR导入功能就是将光盘或磁盘中 DVD/DVD-VR格式的视频导入到会声会影中。

Step01 将DVD光盘放置于计算机的DVD-ROM中（在此笔者使用的是可移动的DVD-ROM），如图3-22所示，单击“捕获”步骤，在选项面板中单击【从 DVD/DVD-VR导入】按钮，如图3-23所示。

图3-22

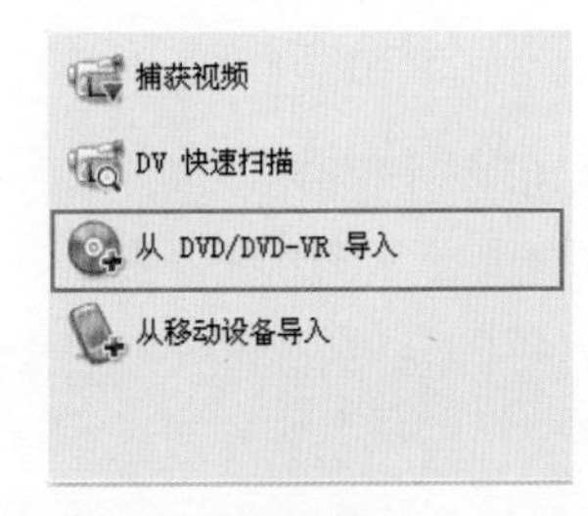

图3-23

Step 02 在弹出的【选择DVD影片】对话框中，找到包含视频文件的DVD驱动器❶，然后单击【导入DVD文件夹】❷或【导入】按钮❸，如图3-24所示，打开【导入DVD初始化】窗口，分析DVD内容，如图3-25所示。

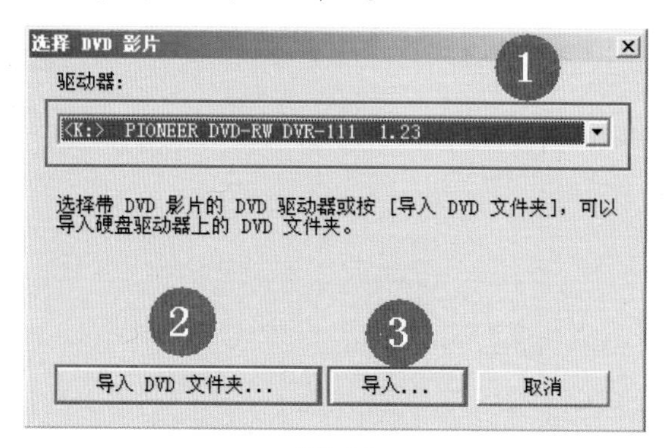

图3-24

图3-25

说明：在【选择DVD影片】对话框中，单击【导入DVD文件夹】按钮可在磁盘驱动器中搜索视频文件。选择DVD文件然后单击【确定】按钮，如图3-26所示。

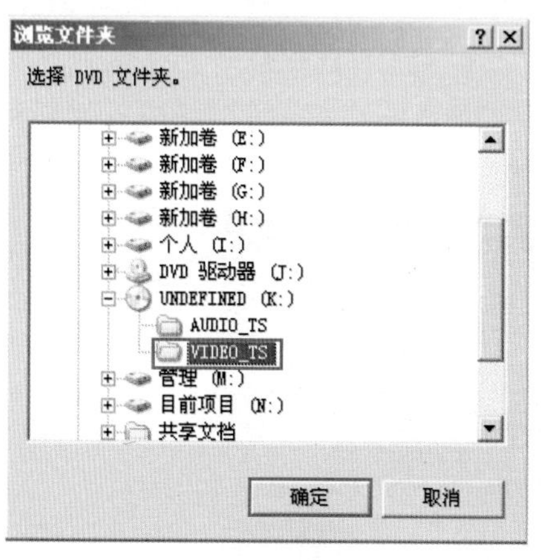

图3-26

Step 03 分析完DVD的内容之后，就进入了【导入DVD】对话框，在【光盘卷标】下拉列表中选择要导入的DVD轨，如选择“章节0”❶，在【字幕】选项卡【轨道】列表中勾选“字幕0（汉语）”复选框❷，然后单击预览窗口的▶按钮预览效果，单击■按钮可停止播放❸。单击【导入】按钮完成操作，如图3-27所示。

Step 04 导入的视频被添加到素材库中的略图列表中，方便随时调用，如图3-28所示。

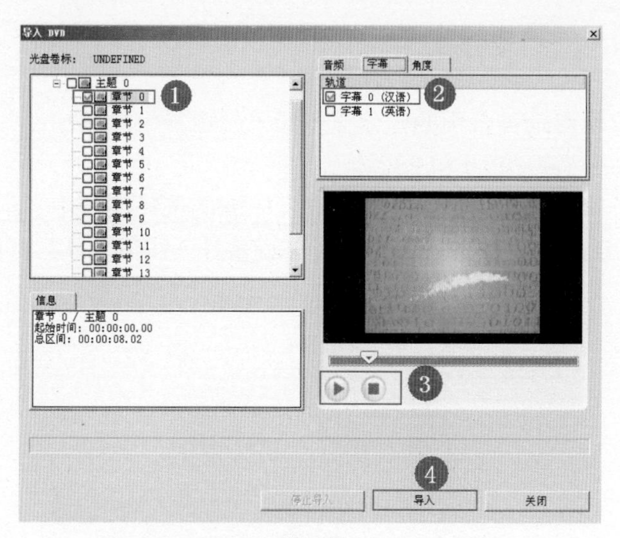

图3-27

图3-28

注意：在捕获视频素材之前，最好先设定捕获视频存放的位置，单击菜单【文件】|【参数选择】命令，在【常规】选项卡中，设定工作文件夹，单击【浏览】按钮❶，选择剩余空间比较大的磁盘，最好有20GB左右的剩余空间，设置完毕单击【确定】按钮❷，如图3-29所示。

图3-29

3.1.4 从移动设备中导入

在会声会影中可将移动设备中的媒体文件插入到项目中。移动设备如手机、Microsoft Zune、Windows Mobile 5.0、iPod 和 PSP等。

将移动设备与计算机连接之后，在“捕获”步骤的选项面板中，单击【从移动设备导入】按钮，如图3-30所示，将弹出【从硬盘/外部设备导入媒体文件】对话框。

图3-30

> 说明：这里使用的是数码相机，数码相机虽不是移动设备，但可作为移动设备使用，因为它有存储卡，通过USB端口将相机与计算机连接。

在【设备】列表中单击要导入文件的来源设备。这里有两种选择：从计算机磁盘中导入；从记忆卡中导入，也就是从移动设备中导入。

1. 从计算机磁盘中导入

Step 01 选择从计算机磁盘中导入❶，会出现默认路径中的图像或视频文件❷，单击【设置】按钮❸，设置浏览查找文件的位置以及导入和导出文件的保存位置，如图3-31所示。

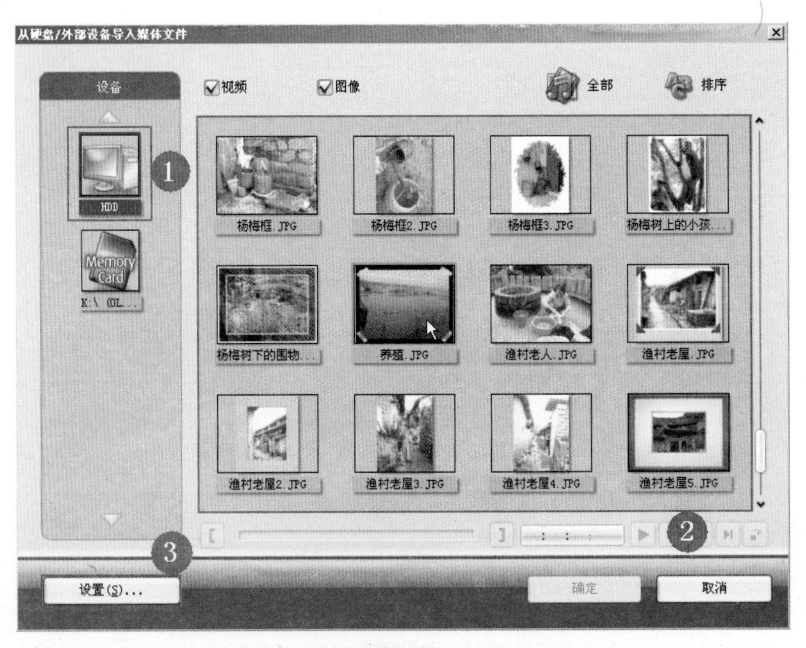

图3-31

Step 02 在【设置】对话框中，如图3-32所示，选中已经设置好的路径❹，单击【删除】按钮❺删除在此路径中浏览文件；单击【添加】按钮❻弹出【浏览计算机】对话框，如图3-33所示，在磁盘中选择要浏览的文件，如“花儿”文件夹❼，单击【确定】按钮❽就添加了此文件夹的路径，选择此路径即可浏览文件。

单击【默认导入/导出路径】中的按钮❾，弹出【浏览计算机】对话框，在此选中一个文件夹作为将导入或导出在会声会影中的文件的存放位置。

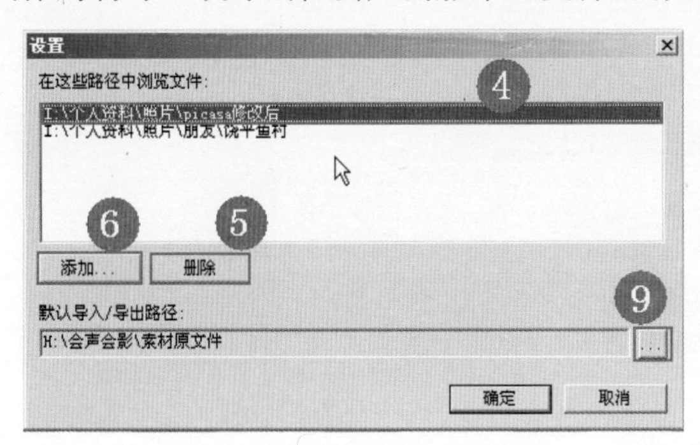

图3-32

图3-33

2．从移动设备中导入

Step 01 选择从移动设备中导入，那么数码相机或移动设备存储卡中的视频或图像就会打开，选中其中一个或多个文件，单击【确定】按钮即将文件导入会声会影中，如图3-34所示。按住键盘上的【Shift】或【Ctrl】键可同时选中多个文件。

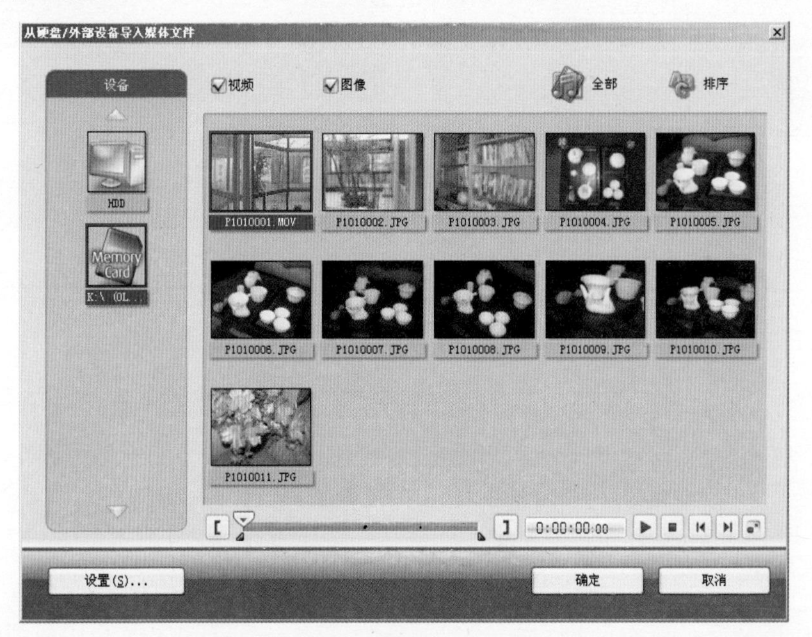

图3-34

Step 02 将文件导入会声会影中后，“视频”文件就会出现在视频素材库略图列表中，如图3-35所示。“图像”文件就会出现在图像素材库略图列表中，如图3-36所示。

图3-35

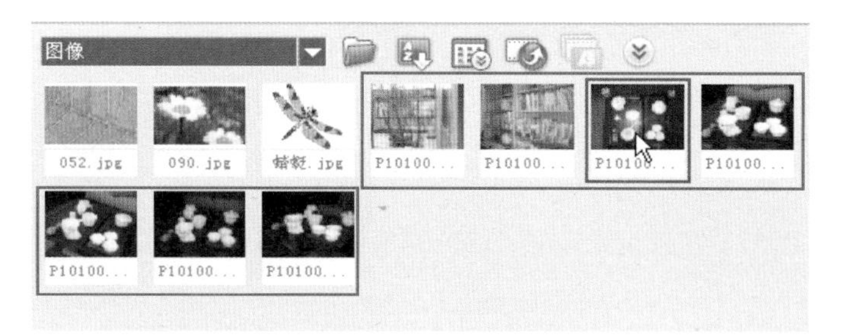

图3-36

Step 03 在预览窗口中可播放和查看视频或图像的效果，如图3-37和图3-38所示。

图3-37

图3-38

说明：在默认状态下“视频”和“图像”都是被选中状态。如果取消勾选“视频”复选框，则只出现图像文件；如果取消勾选“图像”复选框，则只出现视频文件；单击【全部】按钮，视频和图像都会被选中；单击【排序】按钮，将出现的文件按大小、时间、名称进行排序。

选中视频文件之后，会弹出视频控制条，将视频素材插入项目之前，也可以修整素材，在对话框的底部，拖动“飞梭栏”，在视频素材中找到要设置为素材起始的点单击[按钮，然后找到终点单击]按钮，单击▶按钮可查看修整之后的素材。单击按钮，将视频最大化显示方便查看，如图3-39所示。

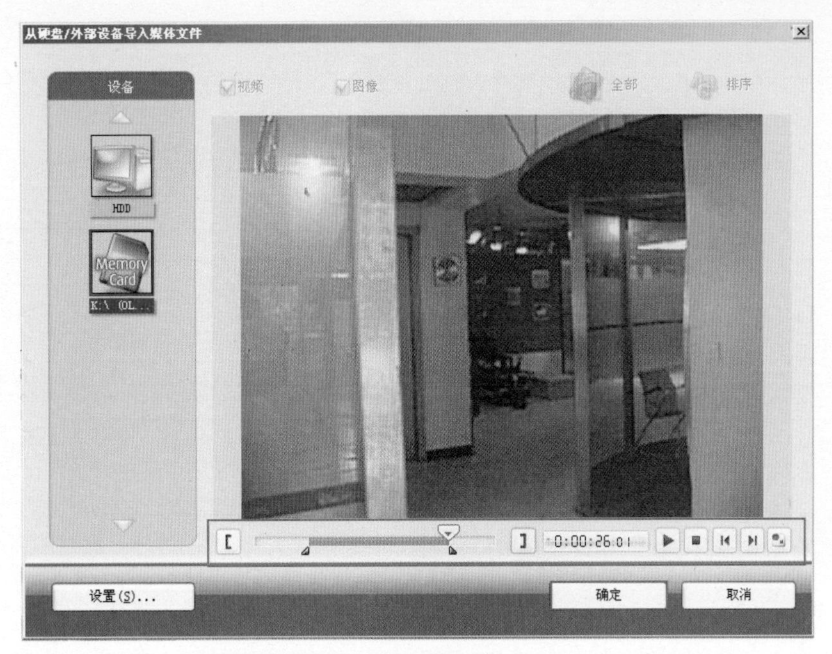

图3-39

3.1.5　检测USB设备

正确连接USB相机之后，检查 Windows 系统是否检测到该设备，在桌面上用鼠标右键单击“我的电脑”图标，在快捷菜单中选择【属性】命令，弹出【系统属性】对话框，选择【硬件】选项卡❶，单击【设备管理器】按钮❷，如图3-40所示，弹出【设备管理器】窗口，在“磁盘驱动器”下查看USB设备❸，如图3-41所示。

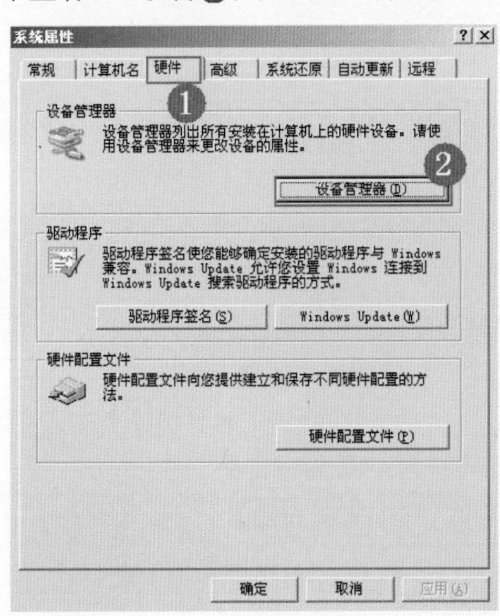

图3-40

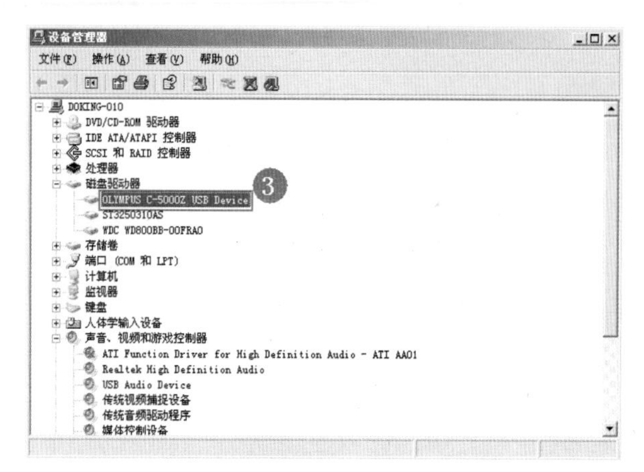

图3-41

3.1.6 从视频中获得静态图像并调整属性

在时间轴上插入一视频素材，在【属性】选项卡中单击【保存为静态图像】按钮，将当前帧保存为一个新的图像，如图3-42所示。

在图像素材库中就会出现刚捕获的图像，如图3-43所示，这样就完成了图像的捕获工作。

图3-42

图3-43

说明：在默认状态下捕获的图像格式为质量较好的BMP格式文件，也可以捕获为文件较小的JPEG格式文件，但它是有损压缩格式质量比较差。捕获图像的方法是单击菜单【文件】|【参数选择】命令，在【捕获】选项卡❶中，选择捕获静态图像的格式为“JPEG”❷，如图3-44所示。

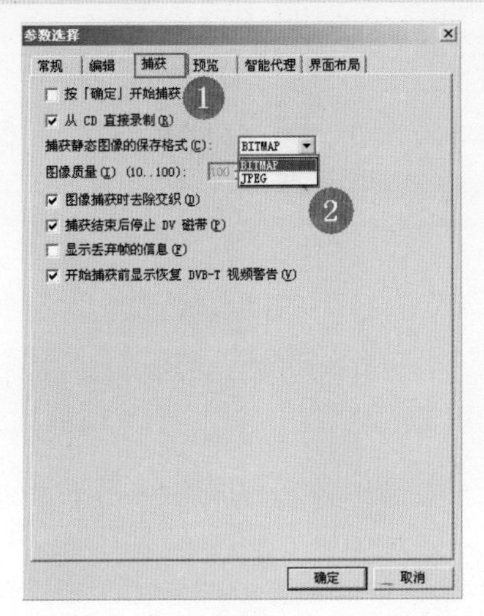

图3-44

在会声会影中可以调整图像，如调整播放区间、调整旋转角度、色彩校正和制作图像动画等，【图像】选项卡如图3-45所示。“色彩校正”面板如图3-46所示，制作图像动画面板如图3-47所示。

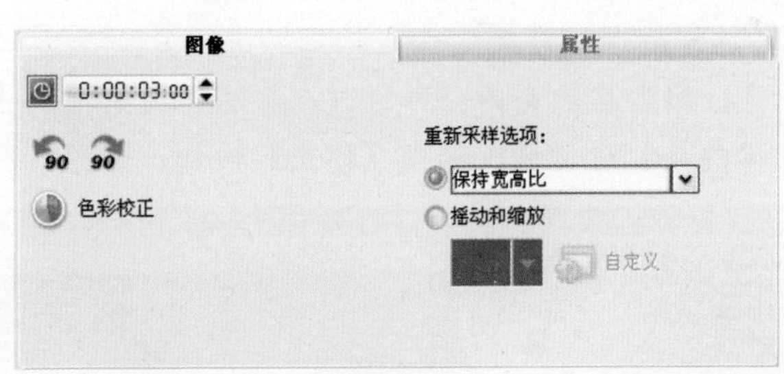

图3-45

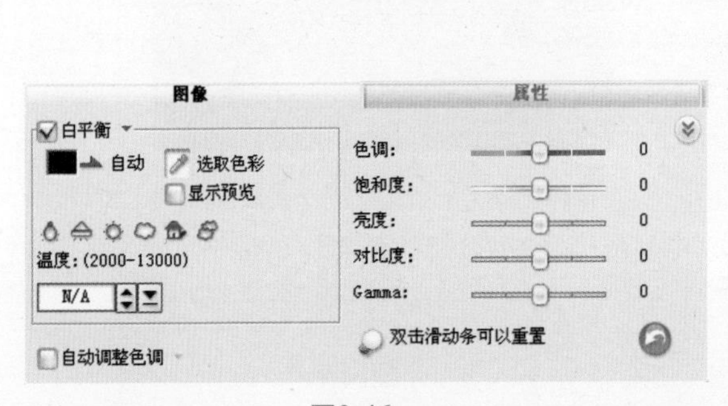

图3-46

图3-47

单击【属性】选项卡，可为图像添加滤镜并自定义滤镜，还可以对图像进行变形处理以及添加网格线等属性的调整，如图3-48所示。

图3-48

3.2 在影片向导中捕获视频

在影片向导中，除了可以捕获DV的视频，还可以捕获摄像头中的视频。由于前面已经介绍了捕获DV的视频，这里就以捕获摄像头视频为例讲行介绍。

Step01 首先安装好摄像头，然后启动会声会影11，在启动界面中单击【影片向导】按钮，弹出【影片快速剪辑向导】对话框，单击【捕获】按钮，如图3-49所示。

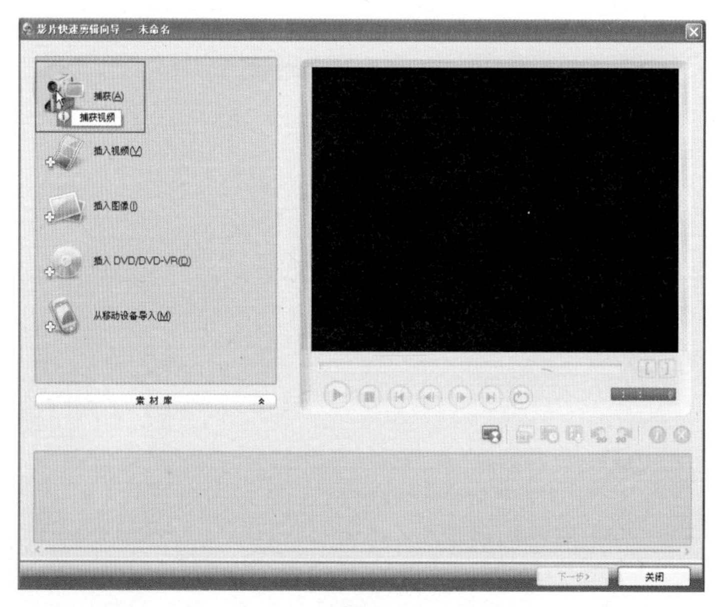

图3-49

说明：在官方中文版中“影片快速剪辑向导”名称为“会声会影影片向导”。

Step 02 弹出【捕获设定】面板，右边预览窗口中显示摄像头或DV中的镜头。在【捕获设定】面板中可捕获AVI、MPEG、VCD、SVCD和DVD格式的视频，可按指定的时间长度捕获视频，还可以捕获静态的图像，如图3-50所示。

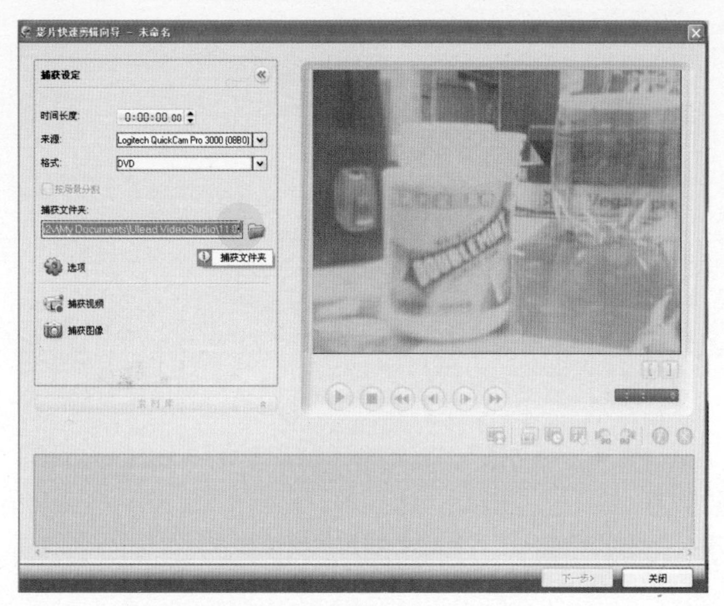

图3-50

3.2.1 捕获AVI格式的视频

在“捕获设定”面板中，选择设备来源，单击按钮设定捕获文件夹为“会声会影11”❶，选择剩余空间较大的磁盘，单击【确定】按钮❷，如图3-51所示。在【格式】下拉列表中选择“AVI”，如图3-52所示。

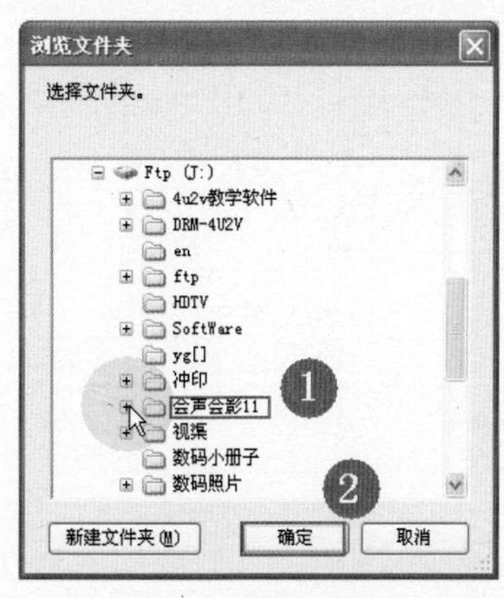

图3-51

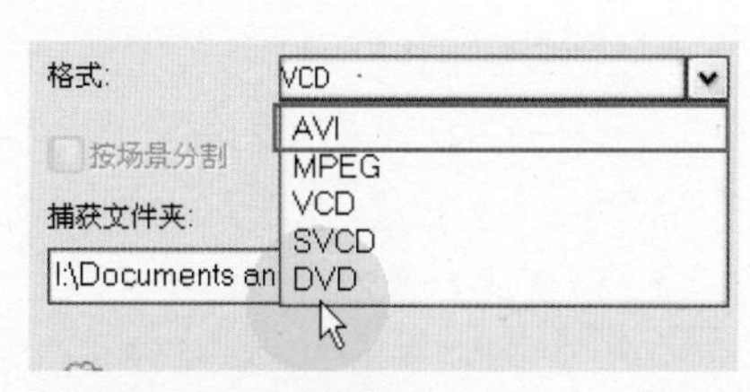

图3-52

单击【捕获视频】按钮开始捕获视频，【捕获视频】按钮便变成了【停止捕获】按钮，在【经过时间】（即区间）中会显示已经捕获的时间长度❶，单击【停止捕获】按钮

❷停止捕获，如图3-53所示，在窗口下方就会出现捕获视频的缩略图，如图3-54所示，这样就完成了视频的捕获。

图3-53

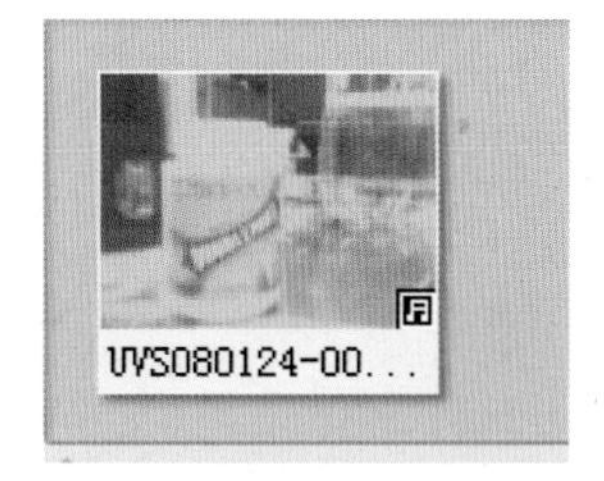

图3-54

说明：（1）如果从DV或HDV摄像机中捕获视频，使用导览面板播放录像带。将磁带置于开始捕获的视频部分，单击【捕获视频】按钮开始捕获。

（2）在官方中文版中“经过时间”的名称为“区间”。

3.2.2 捕获指定时间长度的视频

在区间中输入要捕获的视频时间长度，分别是时、分、秒、帧，比如这里输入“0:00:05:00”❶，表示指定捕获的视频长度为5秒，如图3-55所示，然后单击【捕获视频】按钮❷，在捕获了5秒的时间长度的视频之后就会自动停止捕获，捕获内容的缩略图就会出现在窗口的下方。

图3-55

3.2.3 捕获静态图像

按照前面的方法设置捕获来源为摄像头，在预览窗口中查看哪个镜头符合自己的需求❶，单击【捕获图像】按钮❷，捕获图像的缩略图就会出现在窗口的下方❸，如图3-56所示。

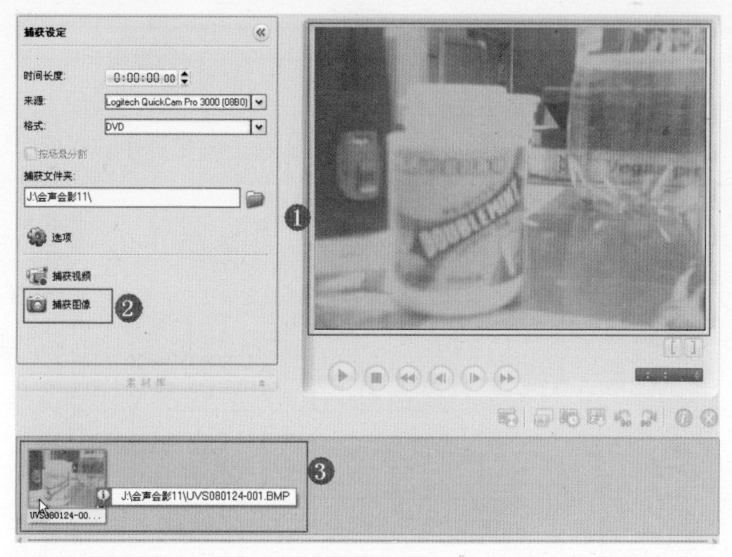

图3-56

说明：如果从 DV 或 HDV 摄像机捕获图像，使用导览面板播放录像带查看镜头，然后单击【捕获图像】按钮即可。

在影片向导中，“插入DVD/DVD-VR”和“从移动设备导入”跟前面介绍过的在会声会影编辑器中的捕获方式是相同的，在此不再说明。另外“插入视频”和“插入图像”将在第11章做详细介绍。

会声会影通过高效的捕获功能获得影片素材。本章主要介绍在会声会影编辑器和在影片向导中捕获视频和图像，涉及了从DV捕获视频、DV快速扫描、从DVD/DVD-VR导入、从移动设备导入、捕获静态图像、捕获AVI格式的视频和捕获指定时间长度的视频等知识。下一章将学习会声会影强大的“编辑”步骤，对原视频素材进行修剪及编辑。

读书笔记

第4章 素材剪辑

影片制作的第二个步骤——“编辑”步骤。

捕获好的内容往往需要剪辑和修整之后才能符合我们的制作要求。在“编辑”步骤的选项面板中，可对添加到视频轨的视频、图像和色彩素材进行编辑，比如在【属性】选项卡中对应用于素材的视频滤镜进行微调等。

本章涉及的知识点比较多，如素材的管理，插入素材的方法，修整素材的基本方法，按场景分割视频，多重修整视频，保存修整后的视频，制作快慢镜头，调整色彩亮度、色调、白平衡，应用滤镜修整视频，摇动和缩放动态效果，调整素材大小及形状和转换文件格式等素材剪辑知识。

4.1 素材的管理

什么是素材呢？素材是影片的一小段或一部分。素材可以是音频、视频、静态图像或标题。捕获的素材，可以存放在计算机磁盘中或者刻录成光盘。这些素材可直接插入到相应的轨道来制作影片，也可加载到素材库中方便随时使用。

在编辑素材之前先来了解素材的加载、删除以及素材库管理器。

4.1.1 将素材加载到素材库

素材库是存储和组织所有媒体素材的，它存储了制作影片所需的全部内容，包括视频素材、视频滤镜、音频素材、静态图像、转场效果、音乐文件、标题和色彩素材等。

素材库除了自带的素材，还可以可加载图片、音频、色彩等素材。下面就将素材加载到素材库中。

单击按钮❶，打开【打开视频文件】对话框，选择要插入素材库的媒体素材❷，单击【打开】按钮❸，即可加载视频素材，如图4-1所示。可选择一个或多个素材，若要选择多个素材，按住【Ctrl】或【Shift】键进行选择。

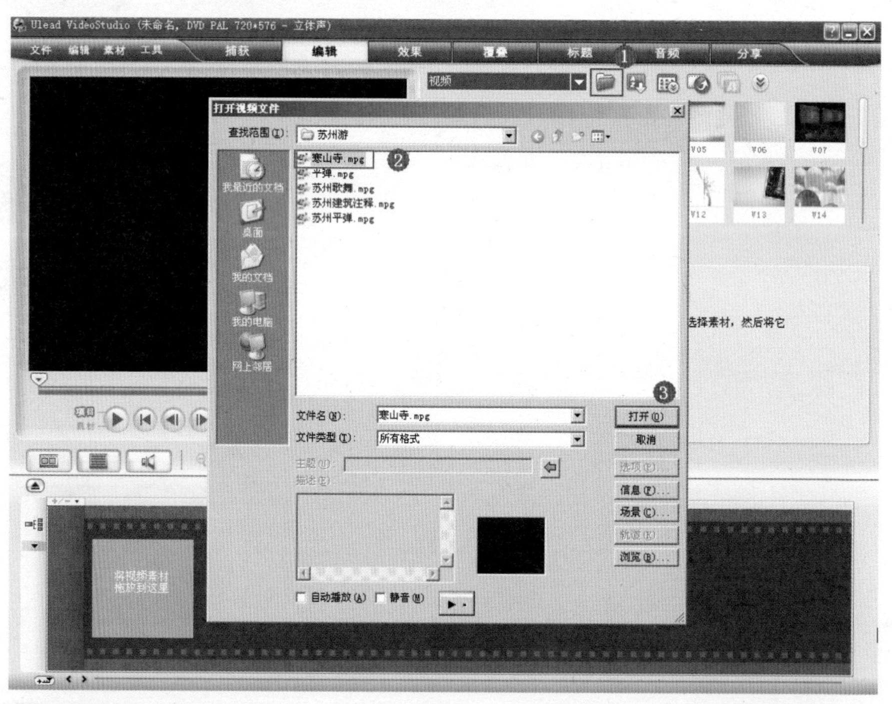

图4-1

说明：加载图片、音频、色彩等素材的方法相同。在素材库下拉列表中选择“图像”类型时，单击按钮就加载图像素材；选择“音频”类型时，单击按钮就加载音频素材。

4.1.2 从素材库中删除素材

在素材库中选择要删除的素材，然后按【Delete】键或者用鼠标右键单击素材库中要删除的素材，在快捷菜单中选择【删除】命令即可删除素材，如图4-2所示。

图4-2

注意：从素材库中删除素材，只是删除了缩略图，并没有真正删除计算机中的素材文件。

4.1.3 查看素材属性

用鼠标右键单击素材库中的其中一个素材，在快捷菜单中选择【属性】命令，如图4-3所示，弹出【属性】对话框，可以查看文件属性信息，如图4-4所示。

图4-3

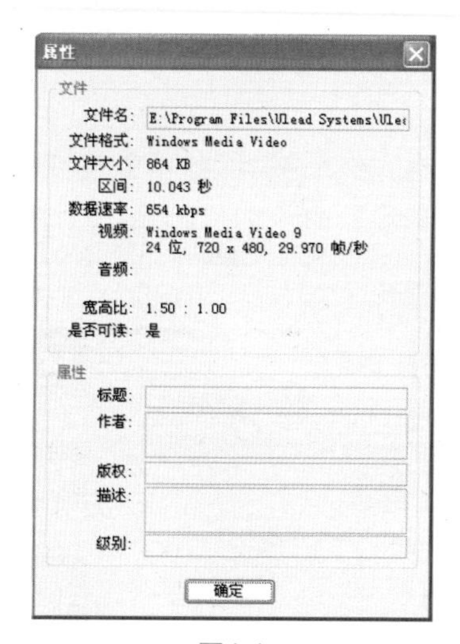

图4-4

4.1.4 预览及重命名素材

在素材库中选中一个素材❶，单击导览面板中的▶按钮❷可预览素材，如图4-5所示。

图4-5

在素材库中选中一个素材，单击其名称出现输入符号，如图4-6所示；然后输入想要修改的新名称，输入新的名称后，单击其他空白位置完成重命名的操作，如图4-7所示。

图4-6　　图4-7

4.1.5 打印图像素材

在图像素材库中选择一个素材，单击鼠标右键，在快捷菜单中选择【打印图像】|【使用图像大小】命令或其他命令，如图4-8所示。

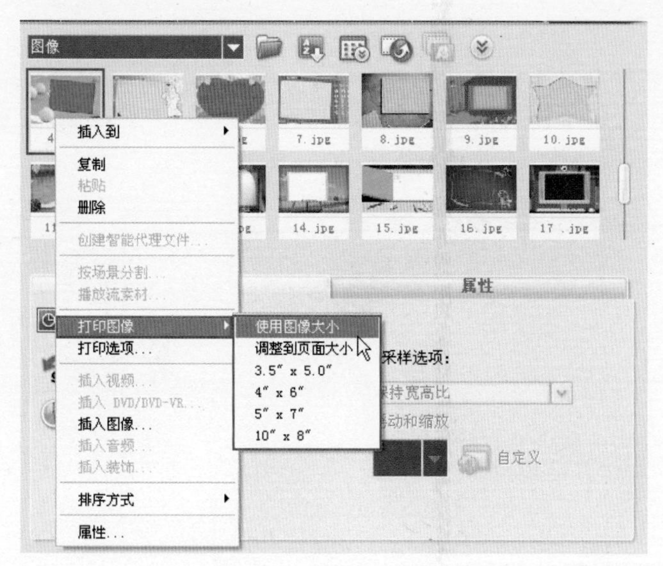

图4-8

在弹出的【打印】对话框中，选择打印机，设置页面范围及打印份数，然后单击【打印】按钮，如图4-9所示，即可完成打印。

图4-9

4.1.6 使用素材库管理器

素材多了容易混乱，使用起来也不方便，用户可以按照素材的类型或者工作习惯放置素材。会声会影提供了素材库管理器，用来组织自定义素材库文件夹，存储和管理所有类型的素材。

下面以新建、删除视频素材库文件夹为例来了解素材库管理器。

Step01 单击素材列表❶，在下拉列表中选择“素材库管理器”❷，或单击工具栏中的【素材库管理器】按钮❸，如图4-10所示，弹出【素材库管理器】对话框，在【可用的自定义文件夹】的下拉列表中选择素材类型为“视频”❶，然后单击【新建】按钮❷，如图4-11所示。

Step 02 在弹出的【新建自定义文件夹】对话框中，输入文件夹名称为“婚礼”❶，也可在【描述】的列表框中输入文字，如“值得纪念的日子”❷，单击【确定】按钮❸，如图4-12所示。

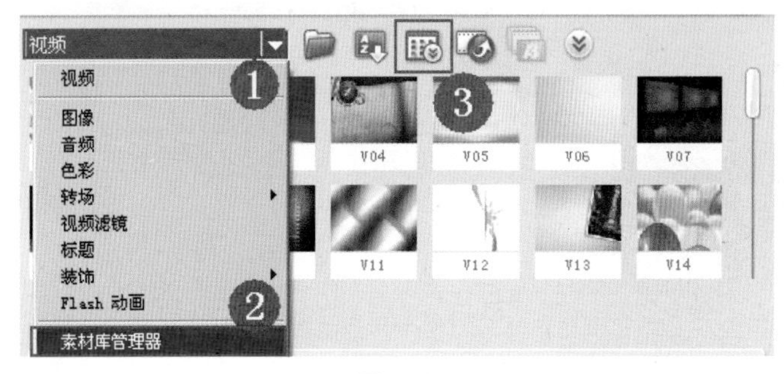

图4-10

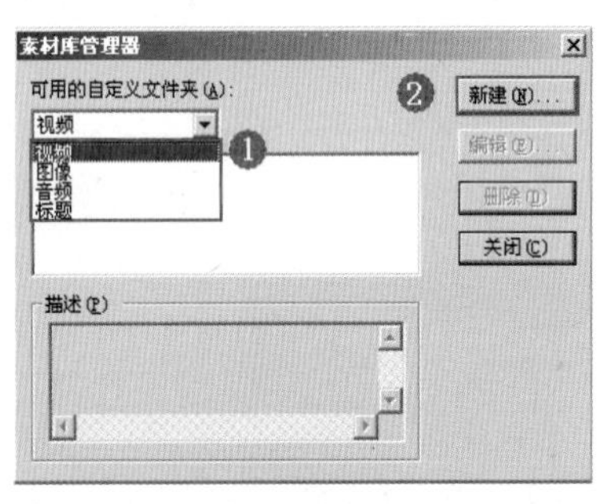

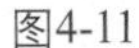

图4-11

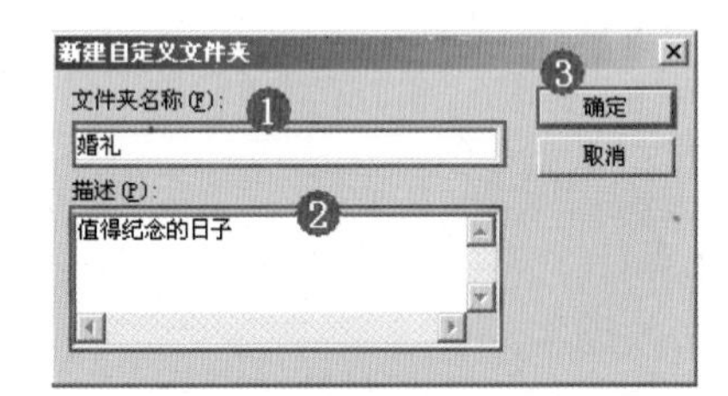

图4-12

Step 03 这样就在素材类型中新建了一个名为“视频--婚礼”的文件夹，在这个文件夹中可放置关于婚礼的素材，在编辑婚礼影片时方便调用，如图4-13所示。

图4-13

Step 04 在【素材库管理器】对话框中可继续编辑新建文件夹的名称和描述文字，单击【编辑】按钮即可重新设置。若单击【删除】按钮，可删除新建的文件夹及其在会声会影中放置的素材，如图4-14所示。

说明：可新建多个文件夹，将不同内容的视频素材放置在相应的文件夹中。图片、音频、标题素材同样可使用这种方法进行管理，这里不再讲述。

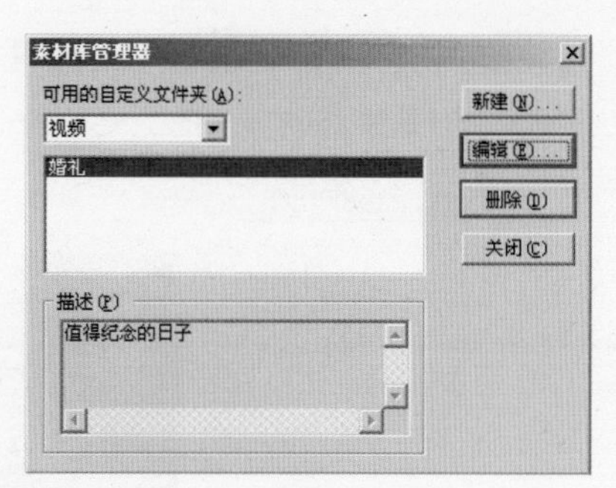

图4-14

4.2 将素材插入到视频轨

在视频轨中可以插入“视频”、“图像”、“色彩”和“转场”4种类型的素材。本节只介绍插入“视频”、“图像”和“色彩”三种素材到视频轨。

4.2.1 将视频、图像素材插入到视频轨

将视频、图像素材插入到视频轨有5种方法：

（1）在素材库中选择视频或图像素材并将它拖到视频轨上，如图4-15所示。按住【Shift】或【Ctrl】键，可以选取多个素材。

（2）用鼠标右键单击素材库中的素材，在快捷菜单中选择【插入到】|【视频轨】命令，如图4-16所示。

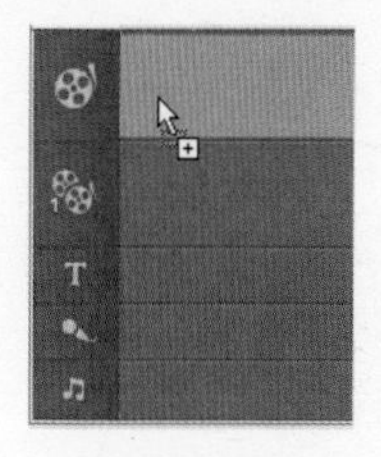

图4-15

图4-16

（3）单击位于时间轴左侧的 按钮，在下拉菜单中选择【插入视频】或【插入图像】命令，如图4-17所示，即可将素材从计算机磁盘中直接插入到视频轨。

（4）在时间轴上单击鼠标右键，在快捷菜单中选择【插入视频】或【插入图像】命令，如图4-18所示。

图4-17

图4-18

（5）单击菜单【文件】|【将媒体文件插入到时间轴】|【插入视频】或【插入图像】命令，如图4-19所示，可从文件夹中直接插入到视频轨。

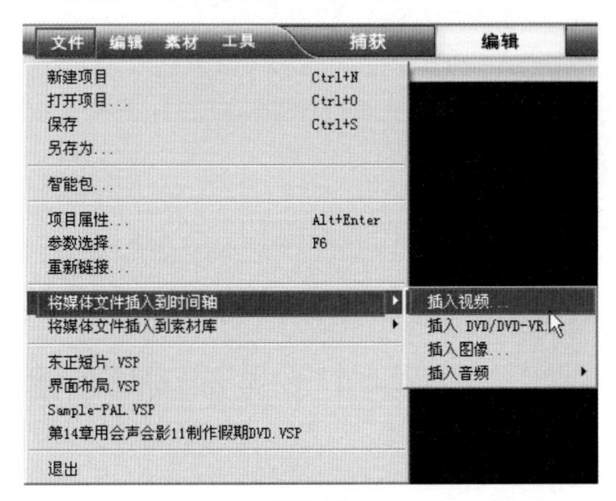

图4-19

将静态图像添加到视频轨与添加视频素材的方法相同。

注意：还可以从DVD或DVD-VR格式的光盘中添加视频。

开始向项目添加图像之前，首先确定所有图像的大小。在默认情况下，会声会影会调整图像大小，并保持图像的宽高比。若要使插入的所有图像的大小都与项目的帧大小相同，可在【参数选择】对话框【图像重新采样选项】的下拉列表中选择“调到项目大小”选项，如图4-20所示。

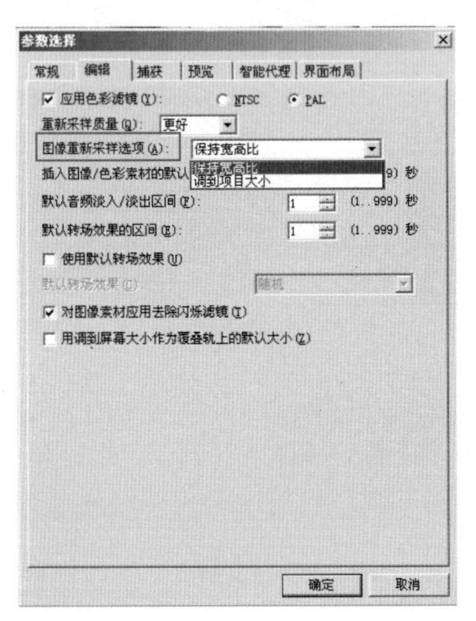

图4-20

4.2.2 将色彩素材插入到视频轨

色彩素材是可用于标题的单色背景。例如，插入色彩素材作为片尾鸣谢字幕的背景，如图4-21所示。

图4-21

可以使用素材库中预设的色彩素材，方法是在素材列表中选择“色彩”❶，在略图列表中选择色彩素材❷并拖动到视频轨❸或覆叠轨中❹，如图4-22所示。

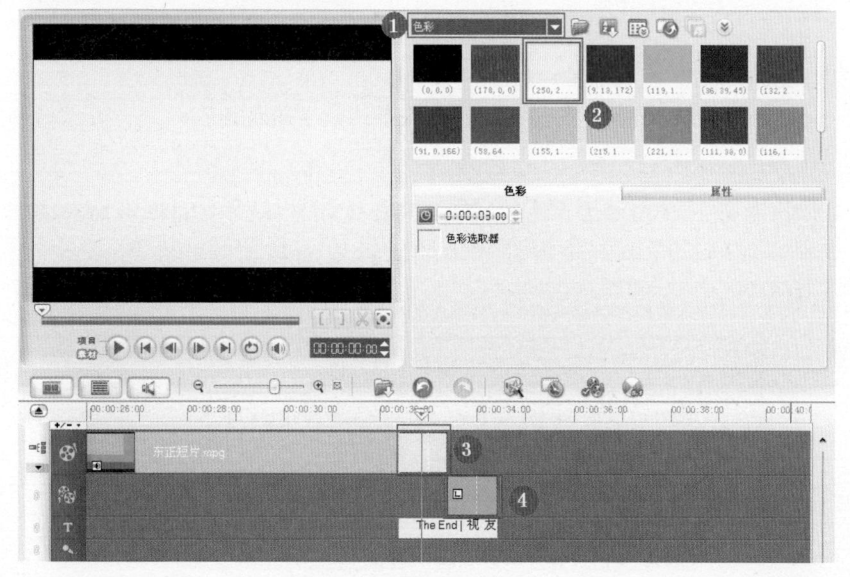

图4-22

也可以创建新的色彩素材，方法是单击色彩选取器的色框，从“友立色彩选取器”或“Windows 色彩选取器”中选择一种色彩，如图4-23所示。

图4-23

提示：按照同样的方法，将标题文字插入标题轨，将音频插入声音轨或者是音乐轨。

4.2.3 移动及删除时间轴上的素材

会声会影是以影片安排的顺序渲染影片的。在编辑影片的过程中，有时需要不断地调整各轨中素材的位置，如何进行调整呢？

打开配套光盘提供的“resource\第4章\移动及删除时间轴上的素材\移动及删除时间轴上的素材.vsp”项目文件或分别将“开头.mpg”和“来到酒店.mpg”文件插入视频轨中。

在故事板中选中“来到酒店.mpg”文件，拖动鼠标到新的位置，此时出现竖直的提示符号，将它放置到“开头.mpg”文件的后面，如图4-24所示，松开鼠标即调整了素材的位置，如图4-25所示。

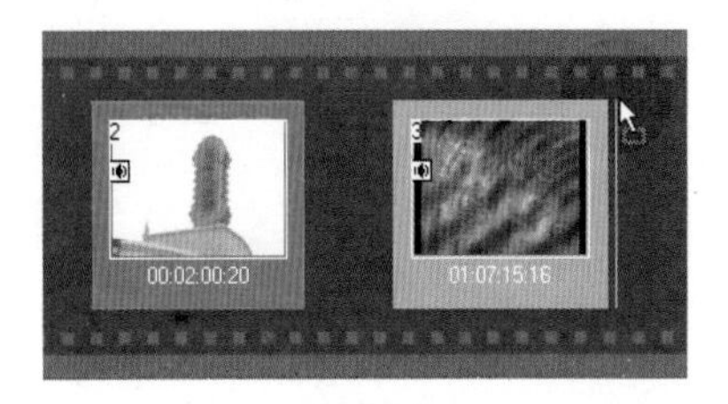

图4-24

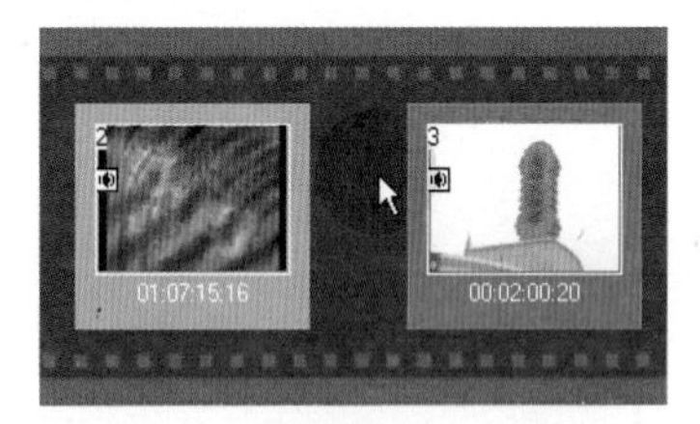

图4-25

注意：按住【Shift】键可同时选择多个素材。除了“故事板视图”以外，在“时间轴视图”和“音频视图”上的素材同样可以进行调整。

除了视频轨以外，在覆叠轨、标题轨、声音轨和音乐轨中同样可调整各轨素材的位置，方法都是一样的，读者可将素材库中的素材拖动到不同的轨进行调试，如图4-26所示。

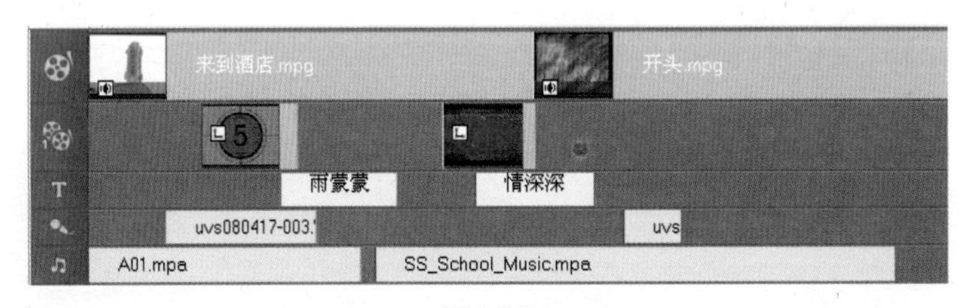

图4-26

删除插入的素材有两种方法：

（1）选择要删除的素材，单击鼠标右键，在快捷菜单中选择【删除】命令，如图4-27所示。

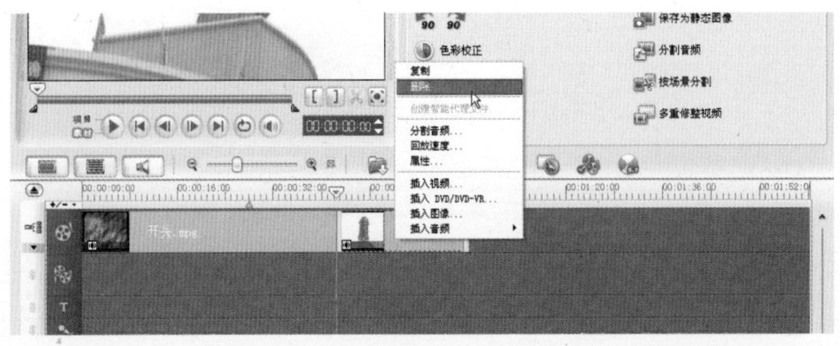

图4-27

（2）选择要删除的素材，按下键盘上的【Delete】键进行删除。

4.3　修整素材的基本方法

会声会影是非线性编辑软件，具有强大的可编辑性，可以很方便地对影片进行精确到“帧”的剪辑和修整。

先来了解一下视频编辑的基本概念“帧”。影片是由记录的各个单幅图像组成的。影片中的单幅图像称为帧。视频或动画序列中所显示图像的大小称为帧大小。

视频中每秒的帧数称为帧速率。NTSC制式的视频通常是每秒29.97 帧（fps），PAL制式的视频通常是每秒25帧（fps）。

4.3.1　将素材分割成两部分

有时要将一个完整的视频分割成两部分，这样可以添加各自不同的滤镜效果或者将其中一部分单独保存起来，也可在两个部分之间添加转场效果使画面过渡的更美。

如图4-28所示，将一个完整的视频分割成❶和❷两段视频的效果。

图4-28

打开配套光盘提供的“resource\第4章\将素材分割成两部分\将素材分割成两部分.vsp”项目文件或将“来到酒店.mpg”文件插入视频轨。

下面来分割“来到酒店.mpg”视频，这里根据不同的场景作为分割点分割视频。

Step 01 在故事板或时间轴中选择要分割的素材❶，将滑块拖到要修剪素材的分割点❷，单击按钮❸，便可将所选素材分割成两部分，如图4-29所示。

Step 02 单击导览面板中的或按钮也可以更精确地设置剪辑点。或者在00:01:30:16中输入精确的时间位置来获得剪辑点。

图4-29

Step03 单击菜单【文件】|【参数选择】命令❶，在【常规】❷选项卡中选择【素材显示模式】为“仅略图”❸，如图4-30所示。

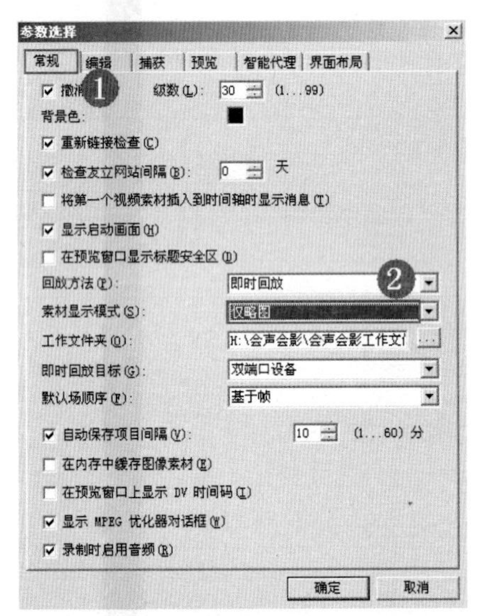

图4-30

Step04 在“时间轴视图”中即可看到各帧的画面缩略图，这样可快速而又较精确地找到要剪辑的位置，如图4-31所示。

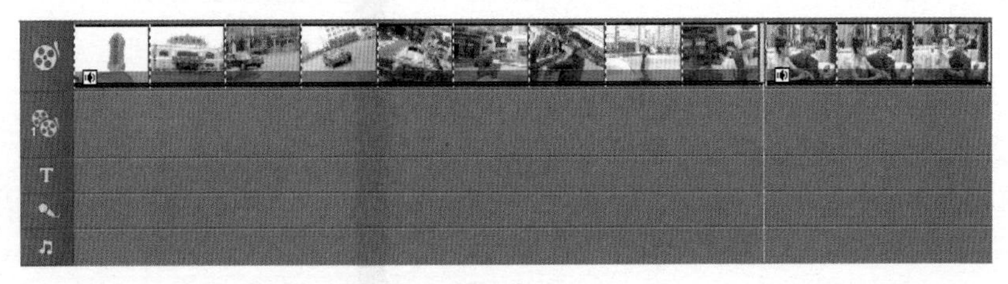

图4-31

如果要删除这些素材之一，选中不需要的素材，然后按键盘上的【Delete】键。

4.3.2 通过“修整拖柄”截取中间所需片段

继续使用上一实例，按下键盘上的【Ctrl+Z】组合键撤消到未分割状态。在故事板或时间轴中选择要截取片段的素材❶，单击并拖动左右的修整拖柄❷❸，在素材中即设置了开始标记点和结束标记点，如图4-32所示。

图4-32

> 注意：修整拖柄用于设置项目的预览范围或修整素材。单击▶按钮可预览修整过的素材。单击并按住【修整拖柄】按钮，然后再按键盘上的【←】左箭头键或【→】右箭头键，移动一次修整一帧。

4.3.3 直接在时间轴上修剪素材

继续使用上一实例，按下键盘上的【Ctrl+Z】组合键撤消到未截取片段的状态。在时间轴上单击某个素材将其选中，然后拖动素材某一侧黄色的修整拖柄来改变其长度。可以在开始位置和结束位置改变长度，如图4-33和图4-34所示。

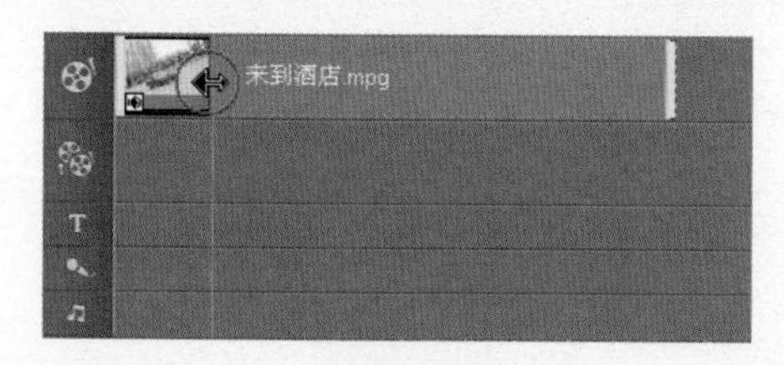

图4-33

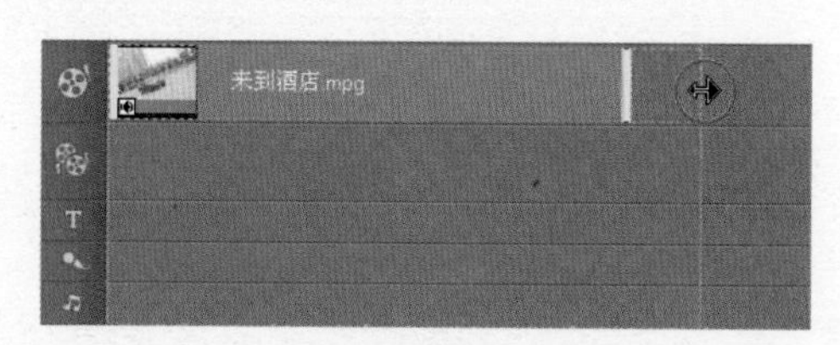

图4-34

说明：使用修整拖柄修剪了素材之后，项目中的其他素材将自动根据所做的修改重新放置。

另外还可以在【视频】选项卡的【区间】中单击时间码输入所需素材的长度，如输入“00:00:20:00”即20秒，然后按【Enter】键确认操作，素材从开始标记被裁剪成20秒的长度，如图4-35所示。但在【区间】时间码中所做的更改只影响结束标记点，开始标记点保持不变，在时间轴上可以看到视频的结束位置在第20秒，如图4-36所示。

图4-35

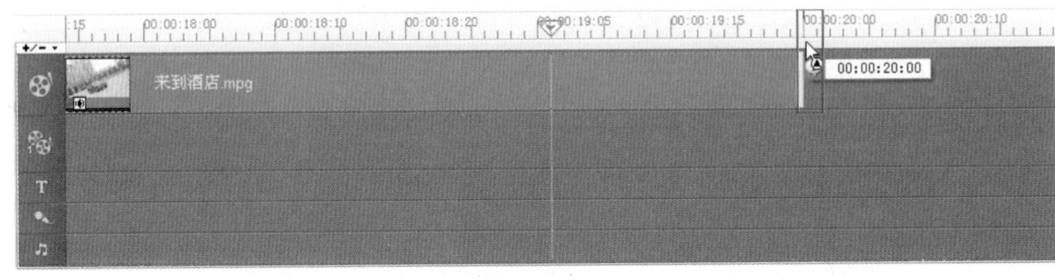

图4-36

4.4 按场景分割

使用“编辑”步骤中的“按场景分割”功能，可以检测视频文件中的不同场景，然后自动将该文件分割成多个素材文件。

Step 01 打开配套光盘提供的“resource\第4章\按场景智能分割”文件夹，将“丽江东巴宫.mpg”文件插入视频轨❶中。

注意：“按场景分割”功能可以分割DV AVI格式的文件或MPEG格式的文件。

Step 02 在【视频】选项卡中单击【按场景分割】按钮❷，打开【场景】对话框，选择所需的【扫描方法】为“帧内容”❸。单击【选项】按钮❹，在弹出的【场景扫描敏感度】对话框中拖动滑动条设置【敏感度】级别为97❺，此值越高，场景检测越精确，然后单击【确定】按钮❻，如图4-37所示。

说明：帧内容”是检测内容的变化（如画面变化、镜头转换、亮度变化等），然后将它们分割成不同的文件。在MPEG-1或MPEG-2文件中，只能根据“帧内容”来检测场景。“DV录制时间扫描”是根据拍摄日期和时间来检测场景。

图4-37

Step 03 单击【扫描】按钮❼，会声会影即扫描整个视频文件，并列出检测到的所有场景❽，扫描完成之后单击【确定】按钮❾，如图4-38所示。

图4-38

说明：会声会影根据“敏感度”级别扫描场景。

Step 04 在视频轨中的视频文件被分割成多个视频文件，如图4-39所示。

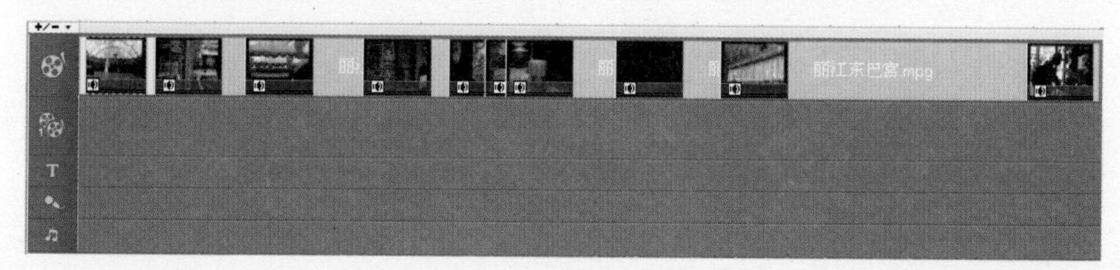

图4-39

说明：如果有些场景不需要，可取消勾选其前面的勾号，如取消勾选7、8、9这三个场景的勾号，如图4-40所示。

图4-40

Step 05 可以将检测到的部分场景合并到单个素材中。选择要连接在一起的所有场景，然后单击【连接】按钮，如选择“6”编号的场景❶，然后单击【连接】按钮❷，如图4-41所示。

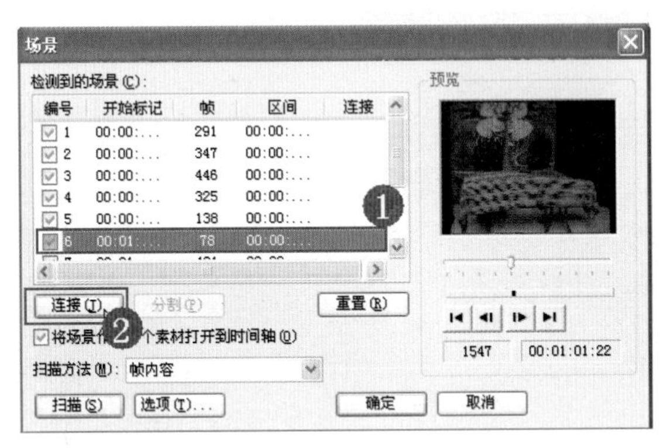

图4-41

“6”编号的场景就会连接到“5”编号的场景中，“5”编号的场景后面就多了一个“+1”符号❸。如果单击【分割】按钮可撤消已完成的所有连接操作❹，如图4-42所示。

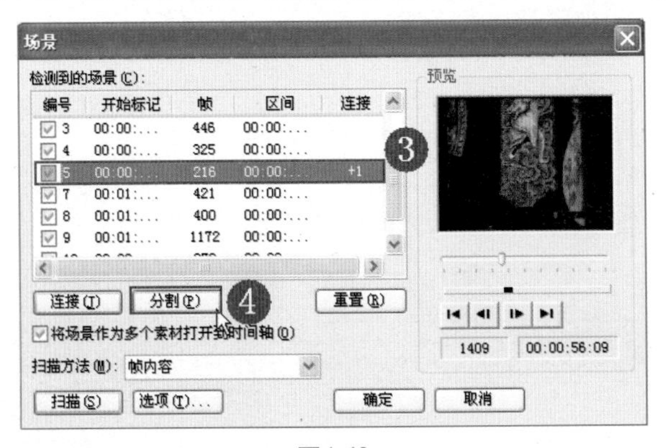

图4-42

注意：（1）会声会影检测场景的方式取决于视频文件的类型。在捕获的DV AVI文件中，场景的检测方法有两种：DV录制时间扫描和帧内容。

（2）MOV文件和WMV文件不能使用“按场景分割”功能。

4.5　多重修整视频

“多重修整视频”功能是将一个视频分割成多个片段的另一种方法。“多重修整视频”是完全手动控制要提取的素材，而“按场景分割”是通过检测扫描场景的方式由程序自动分割素材，两者各有特色。

Step01 本实例仍使用“丽江东巴宫.mpg”视频文件，将其插入视频轨❶，单击【视频】选项卡中的【多重修整视频】按钮❷，如图4-43所示。

图4-43

Step02 在弹出的【多重修整视频】对话框中，若要确定裁剪的内容，可以拖动“飞梭栏”❶或“飞梭轮”❷，也可以单击【播放】按钮查看素材❸，来确定要标记的片段。若要精确定位，可拖动“时间轴缩放”❹选择显示每秒一帧的最小分割，还可以通过“穿梭滑动条”❺调整不同的回放速度来预览素材，如图4-44所示。

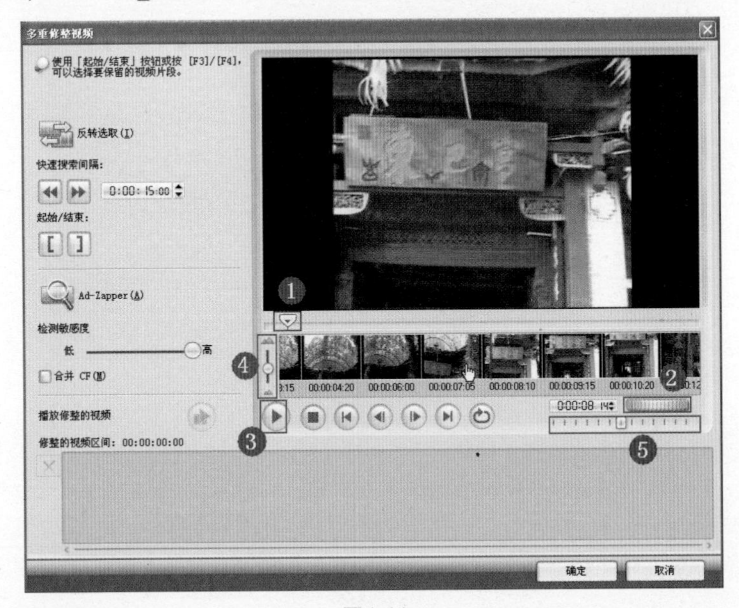

图4-44

Step 03 开始标记裁剪内容。拖动“飞梭栏”到想要的第一个片段的起始帧的视频部分❶，单击[按钮❷，再次拖动“飞梭栏”到该片段终止的位置❸，最后单击]❹按钮，这样就标记好了一段视频，如图4-45所示。

重复执行此步骤，直到标记出要保留或删除的所有片段。

图4-45

注意：键盘上的【F3】和【F4】键分别是“开始”和“结束”标记的快捷键。

Step 04 在“飞梭栏”和“精确剪辑时间轴”的蓝色部分表示裁剪保留的视频片段❶。裁剪保留的素材片段就会出现在“修整的视频区间”故事板中❷，标记完成后单击【确定】按钮❸，如图4-46所示。这样裁剪保留的视频片段即插入到时间轴上。

图4-46

Step 05 单击 [按钮图标] 按钮❶，可在时间轴上显示裁剪出的片段缩略图效果❷，如图4-47所示。

图4-47

说明：【多重修整视频】对话框中的其他命令，如图4-48所示。

(1) “反转选取”可以在标记保留素材片段和标记删除素材片段之间进行切换❶。

(2) “快速搜索间隔”用于设置帧之间的固定间隔，并以设置值浏览影片❷。

(3) “Ad-Zapper”可以搜索广告间隔的视频，此功能可将广告提取到媒体列表中❸。

(4) “检测敏感度”用于控制广告之间的区别度❹。

(5) “合并CF”对识别为广告而提取出来的所有素材进行合并❺。

(6) “播放修整的视频”只播放保留在故事板中的视频片段❻。

(7) “删除所选素材”删除“修整的视频区间”故事板中的片段❼。

(8) “精确剪辑时间轴”用来逐帧扫描视频素材，精确定位开始标记和结束标记❽。

图4-48

多重修整视频之后，单击菜单【文件】|【保存】命令（或者【另存为】|【智能包】命令），对项目文件进行保存。

4.6 保存修整后的素材

通过多重修整视频、按场景分割视频等功能修剪好素材之后，如果要对某个视频素材进行永久更改，选中在故事板、时间轴或素材库中已修整后的视频❶，单击菜单【素材】|【保存修整后的视频】命令❷，如图4-49所示，视频进行渲染并保存在素材库以及之前设定的工作文件夹中。修整后的视频保存到一个新文件中，而不是替换原始文件。

图4-49

说明：可以在菜单【文件】|【参数选择】命令的【常规】选项卡中设定工作文件夹。工作文件夹要选择剩余空间较大的磁盘。

4.7 调整色彩和亮度

如果对手头的素材效果还不满意，会声会影可以帮助提高视频或图像的质量来增强效果，如调整色彩和亮度、调整白平衡及图片摇动和缩放等功能。

Step01 打开配套光盘“resource\第4章\调整色彩和亮度”文件夹，将“丽江东巴宫-5.mpg”视频文件插入视频轨并保持被选中状态❶，在“编辑”步骤中就会弹出【视频】和【属性】选项卡❷，如图4-50所示。

图4-50

Step 02 通过调整素材的当前属性来达到增强素材的效果。单击【视频】选项卡中的【色彩校正】按钮❶，如图4-51所示。在其设置面板中拖动【亮度】和【对比度】滑块，改变色彩和亮度，滑块往右效果增强❷，这样就完成了色彩校正的操作。如果要撤消操作，单击【重置】按钮将恢复素材的原始色彩❸，如图4-52所示。

图4-51

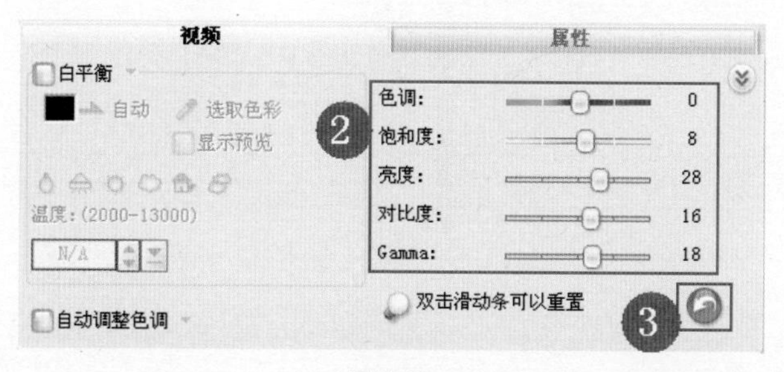

图4-52

Step 03 在预览窗口中预览调整后的效果，视频素材调整前与调整后的效果对比如图4-53和图4-54所示。

图4-53

图4-54

4.8 调整白平衡

有些素材可能出现过黄或过红等色偏现象，会声会影提供了“白平衡”功能，消除由冲突的光源和不正确的相机设置导致的错误色偏，从而恢复图像的自然色温。

这是一个室内空间偏红的视频，原效果与调整后的效果对比如图4-55和图4-56所示。

图4-55

图4-56

Step 01 打开配套光盘“resource\第4章\调整白平衡”文件夹，将“室内空间.mov”视频文件插入视频轨并保持被选中状态❶，在【视频】选项卡中单击【色彩校正】按钮❷，如图4-57所示。

图4-57

Step 02 设置“白平衡”使颜色调整为自然状态，如图4-58所示，其中有4种调整方法。

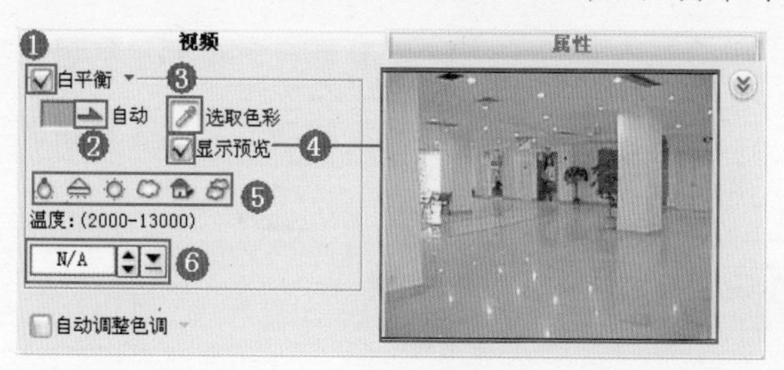

图4-58

① 选择视频或者图像素材，单击选项面板中的【色彩校正】按钮，勾选“白平衡”复选框❶，会声会影自动计算合适的白点，使图像色彩变得自然。单击【自动】按钮❷，可自动计算合适的白点，该点与图像的总体色彩非常一致，可在预览窗口中观察效果。

② 手动调整，单击【选取色彩】按钮❸，出现一个滴管状的“色彩选取工具”，在预览区单击选择白色或中性灰的参考区域，即可完成调整。勾选“显示预览”复选框可在选项面板中显示预览区域❹。

③ 通过匹配特定光条件或情景，如钨光、荧光和日光等，自动选择白点，选择中间的“白平衡预设”按钮即可❺。

④ 指定光源的温度，拖动【温度】的微调按钮进行调整❻，值的范围是2000～13000，较低的值表示钨光、荧光和日光情景，而云彩、阴影和阴暗的温度较高。

注意：单击“白平衡”的下拉箭头可显示更多的色彩调整方案。对于色彩强度，可选择“鲜艳色彩”或“一般色彩”选项。指定白平衡的强度级别可选择“较弱”、“一般”和“较强”选项，如图4-59所示。

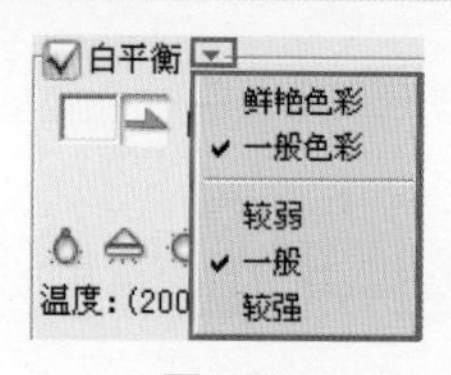

图4-59

4.9 自动调整色调

在会声会影中可调整视频或图像素材的色调质量。

Step 01 将上个实例提供的素材“室内空间.mov”视频文件插入视频轨并保持被选中状态，在【视频】选项卡中单击【色彩校正】按钮。

Step 02 勾选“自动色调调整”复选框❶，色调进行自动调整。单击旁边的下三角❷，在下拉列表中有“最亮”、“较亮”、“一般”、“较暗”和“最暗”5个选项，在默认状态下，使用的是“一般”色调效果❸，如图4-60所示。

图4-60

Step03 如图4-61和图4-62所示是“较亮”和“最暗”的色彩效果。

图4-61

图4-62

4.10 应用滤镜修整视频

会声会影提供了众多视频滤镜供用户使用，视频滤镜可改变素材的样式或外观。“去除马赛克”滤镜能减少噪点；“去除雪花”滤镜能消除视频动态雪花噪声图案；“闪电”、“云彩”、“油画”等滤镜可增加画面的特殊效果。

单击素材库列表❶，选择“视频滤镜”选项❷，如图4-63所示。弹出各种滤镜的缩略图，单击按钮最大化或最小化视频滤镜素材库，如图4-64所示。

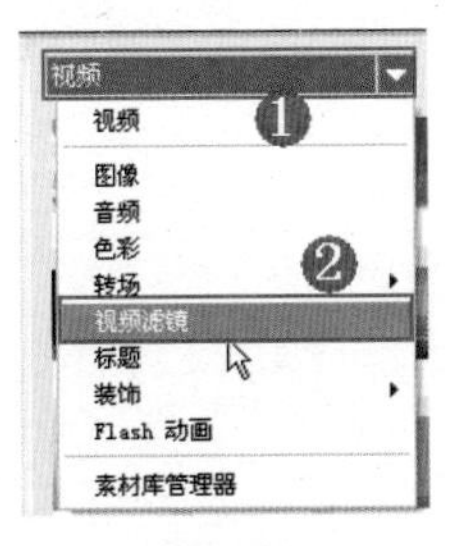

图4-63

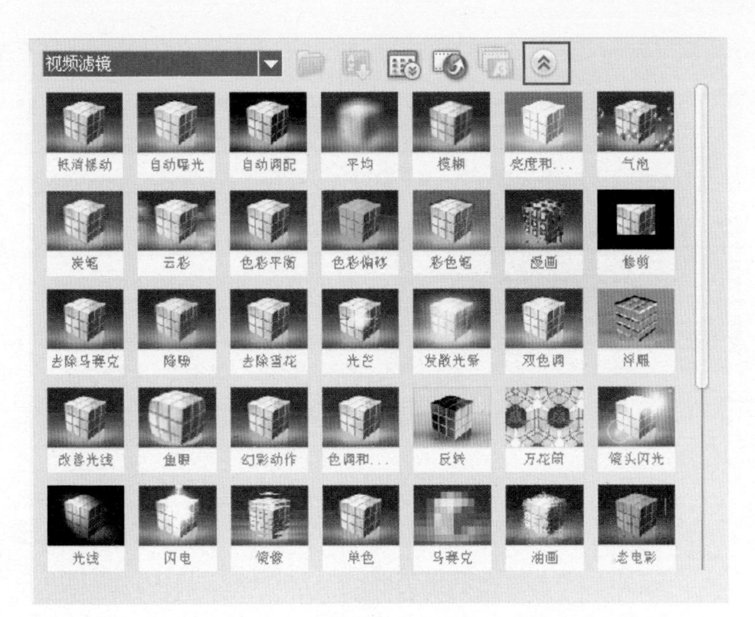

图4-64

4.10.1 使用“亮度和对比度”滤镜调整灰暗的影片

“亮度和对比度”滤镜可以快速提高素材整体的亮度和对比度，而且还可以对影片的局部进行调整，如图4-65和图4-66所示是调整前和调整后的对比效果。

图4-65

图4-66

Step01 打开配套光盘提供的“resource\第4章\ 调整灰暗的影片”文件夹，将“寒山寺.mpg”视频文件插入视频轨并保持被选中状态❶，在预览窗口中查看效果，发现画面太暗❷，需要增加亮度和对比度。

Step02 单击素材库列表中的“视频滤镜”❸，在弹出各种滤镜的缩略图中选择“亮度和对比度”滤镜❹，如图4-67所示。

Step03 将“亮度和对比度”滤镜拖动到视频轨中的视频素材中，如图4-68所示；松开鼠标即为素材运用了视频滤镜。完成添加滤镜的操作，在预览窗口中查看效果，如图4-69所示。

图4-67

图4-68

图4-69

Step 04 如果对添加的亮度和对比度效果不满意，可自定义滤镜的各个参数，如图4-70所示。

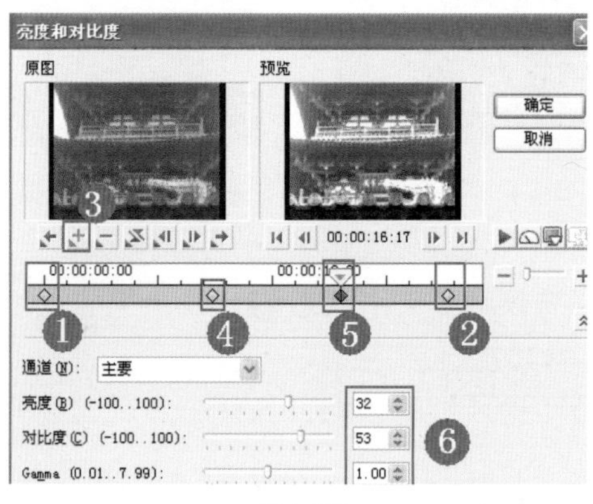

图4-70

单击【自定义滤镜】按钮，打开【亮度和对比度】对话框，可看到原图与增加滤镜之后的效果。分别选择“起始帧”❶和“结束帧”❷，对它们的亮度、对比度等参数进行调整。

若对影片中的某个位置进行调整，将“飞梭栏”移动到某个位置，然后单击【增加关键帧】按钮❸。❹和❺是添加的两个“关键帧”。被选中的关键帧变成红色，此时就可对影片的任何位置进行修改❻。另外可在不同的通道上调整亮度和对比度等。

说明：“关键帧”也就是可以进行编辑的帧，只有添加了“关键帧”才能对影片的局部进行修改，否则只能修改“起始帧”和“结束帧”。
在视频轨和覆叠轨中的视频、图像、色彩素材都可进行滤镜处理，处理的方法与视频素材相同。

Step 05 在会声会影中还提供了更多预先设定好的“亮度和对比度”滤镜的样式供用户快速选择，单击此处的向下箭头，在弹出的列表中选择不同的样式，如图4-71所示。

图4-71

下面对“属性”的选项面板进行说明，如图4-72所示。

（1）给素材添加滤镜之后，滤镜就会显示在面板中❶。

（2）若增加多个滤镜，要取消勾选“替换上一个滤镜”复选框❷，否则新添加的滤镜会替换上一个滤镜。在一个素材上最多可同时运用5个滤镜，如果有多个滤镜，可改变滤镜的次序，但同时也会改变素材效果。

（3）选中要删除的滤镜，单击【删除】按钮，可删除已经运用的滤镜❸。

（4）单击【自定义滤镜】按钮，在弹出的对话框中自定义此视频滤镜的属性❹。

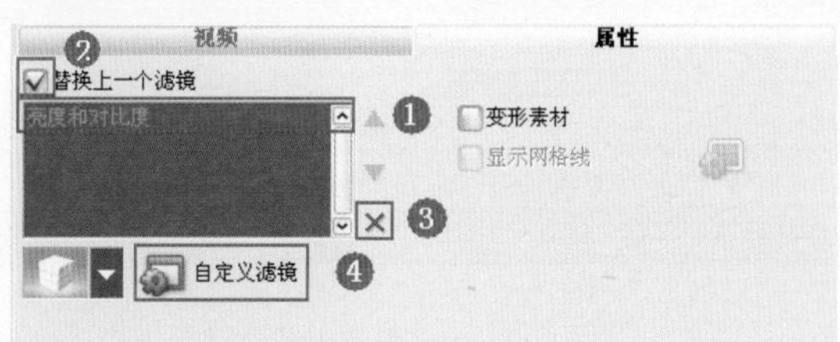

图4-72

4.10.2 使用“抵消摇动”滤镜减轻画面晃动

在拍摄DV视频时，由于各种条件的限制可导致拍摄的画面出现晃动现象。会声会影中提供的“抵消摇动”滤镜能减轻晃动现象。

Step 01 在列表中选择“视频”❶，将配套光盘提供的“resource\第4章\减轻画面晃动”文件夹中的“香港灯光夜景-1.mpg”文件加载到“视频”素材库❷，然后插入视频轨❸，单击【播放】预览影片❹，发现影片晃动得很厉害❺，如图4-73所示。

图4-73

Step02 在视频滤镜素材库中，选择并拖动“抵消摇动”滤镜到“香港灯光夜景-1.mpg”文件上，如图4-74所示。

图4-74

Step03 在【属性】选项卡中单击【自定义滤镜】按钮，如图4-75所示。

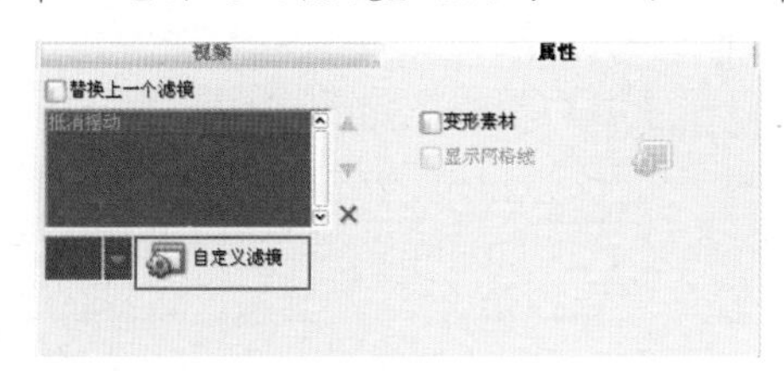

图4-75

Step04 在弹出的【抵消摇动】对话框中，选择第1个关键帧❶，调整【程度】的值为“10”❷，【增大尺寸】的值为“9%”❸，单击▶按钮预览原图和调整之后的效果❹，最后单击【确定】按钮❺完成调整，如图4-76所示。

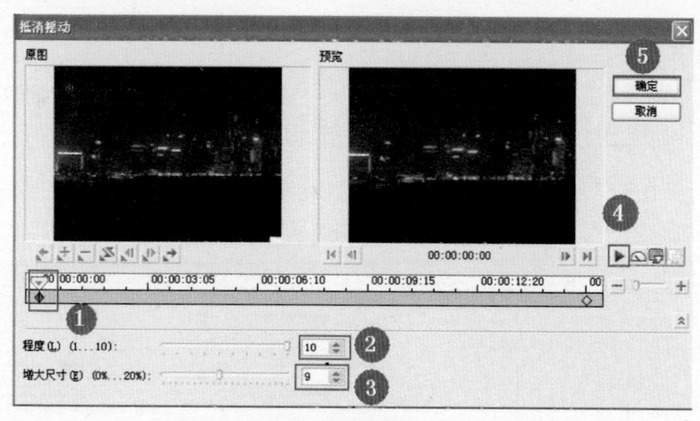

图4-76

提示：“去除雪花”滤镜在第1章新功能中已有介绍，在此不再讲述。其他滤镜都可参照这个滤镜的使用方法来设置。另外在后面的综合实例中对滤镜的艺术效果将有详细介绍。

4.11　图像“摇动和缩放”的动态效果

在会声会影中通过“摇动和缩放”功能可将静态图像制作成动态效果。摇动和缩放应用于静态图像，它可以模拟视频相机的摇动和缩放效果。

4.11.1　套用模板快速制作简单的图像动态效果

Step 01 将配套光盘提供的“resource\第4章\图像动态效果”文件夹中“091.jpg”图片文件插入时间轴并确定为选中状态❶。

Step 02 在【图像】选项卡中，选择“摇动和缩放”单选按钮❷。会声会影提供了近20种预设样式供用户快速选择，单击下三角按钮❸，在弹出的下拉列表中选择想要的摇动和缩放样式❹，这样就完成了静态图像的动态设置，如图4-77所示。

图4-77

4.11.2 制作较复杂的图像动态效果

制作从水面逐渐过渡到建筑群边摇动边缩放的效果。

Step 01 接上一小节的实例进行操作，单击【自定义】按钮，如图4-78所示。

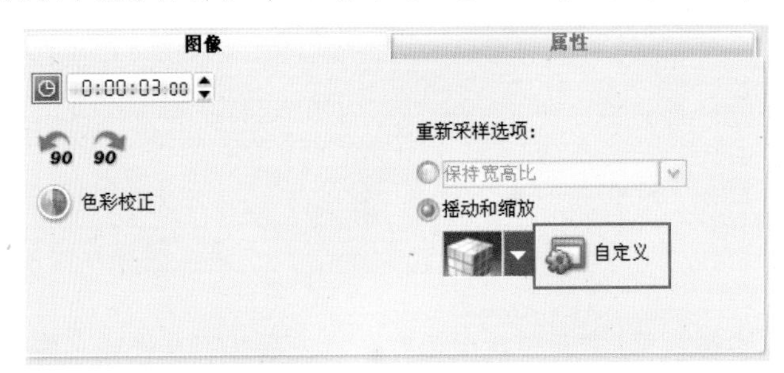

图4-78

Step 02 在弹出的【摇动和缩放】对话框中，分别选择“起始帧”❶和“结束帧”❷，在“图像”预览区中可以看到两个“+”符号，表示“起始帧”和“结束帧”的位置❸。在“选项”面板中可设置停靠、缩放率和透明度等❹，如图4-79所示。

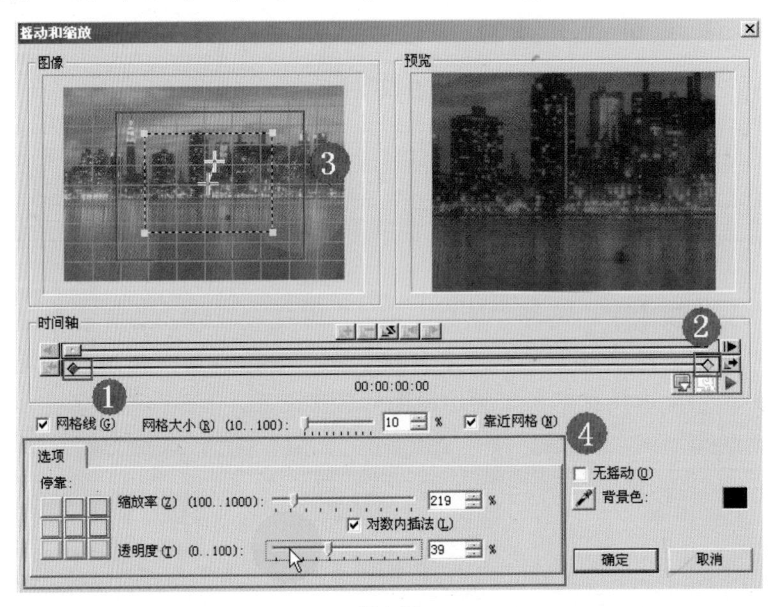

图4-79

Step 03 添加关键帧并调整位置。在【摇动和缩放】对话框中，通过单击【添加关键帧】按钮添加3个关键帧❶、❷和❸。加上“起始帧”和“结束帧”共有5个关键帧。在“图像”窗口中按顺序调整每一个关键帧的位置❹，形成一个曲线路径，这就是模拟镜头从水面逐渐往建筑群上摇动和缩放的路径，如图4-80所示。

说明：（1）在“图像”预览窗口中拖动“+”符号可移动关键帧位置。拖动黄色虚线“字幕框”可调整缩放画面的大小和位置。

（2）被选中的帧为“红色”，表示可对它进行编辑。

（3）勾选“网格线”复选框，在图像预览区中显示网格线作为移动关键帧的参考线。

（4）勾选“靠近网格”复选框，关键帧靠着网格线移动。

（5）除了手动调整之外，要获得精确的缩放效果，可通过“选项”面板中的“停靠”来调整位置，通过“缩放率”来调整聚焦画面的大小。

（6）调整“透明度”可将图像淡化到背景色。

（7）勾选“无摇动”复选框，在放大或缩小固定区域时不摇动图像，只有“缩放”的效果。

（8）单击【背景色】按钮，可以改变默认的黑色背景颜色。

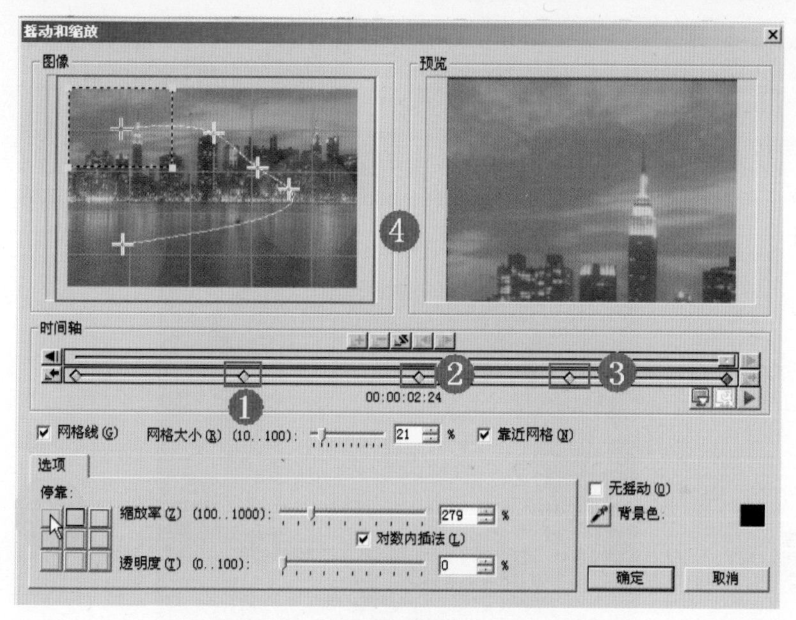

图4-80

Step 04 对于其他3个关键帧，可按同样的方法根据个人需要进行调整。设置完毕单击【确定】按钮即可将此效果应用于图像。

4.12　调整素材大小和变形素材

在会声会影中可改变素材的大小和形状。

Step 01 在视频素材库中任选一个素材并将它插入时间轴❶，然后在【属性】选项卡中勾选“变形素材”复选框❷，在预览窗口中将出现调整素材的黄色控制点❸，如图4-81所示。

Step 02 拖动角上的黄色拖柄可按比例调整素材大小；拖动边上的黄色拖柄可调整素材大小但不保持比例；角上的绿色拖柄用于倾斜素材，若同时按住【Shift】键，则两边等比例倾斜。调整后的效果如图4-82所示。

图4-81

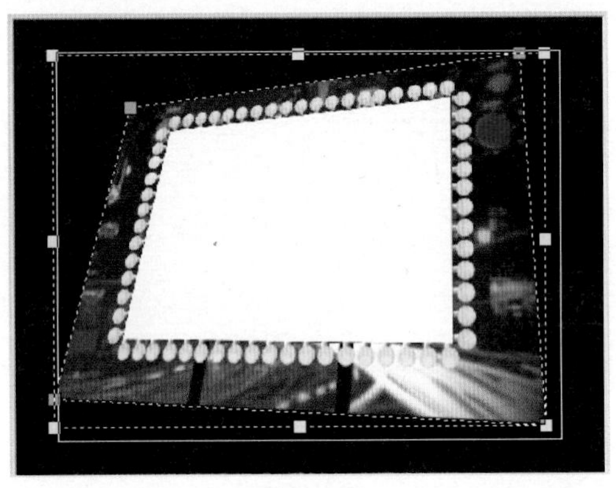

图4-82

4.13 制作慢镜头和快镜头调整播放速度

在影片中我们经常看到使用慢镜头和快镜头效果来强调某些动作，营造气氛。在会声会影中的“回放速度”功能也可以制作这种效果。

Step 01 打开配套光盘提供的“resource\第4章\按场景智能分割”文件夹，将“丽江东巴宫.mpg”文件插入时间轴，单击【视频】选项卡中的【回放速度】按钮，如图4-83所示。

Step 02 弹出【回放速度】对话框，拖动“速度滑块”可将速度随意调整成慢、正常和快三种效果❶，或直接输入一个数值，此数值范围为10%～1000%❷，设置的值越大，素材的回放速度越快。还可以在【时间延长】时间码中为素材指定区间设置❸。单击【预览】按钮查看设置的效果❹，达到满意效果后单击【确定】按钮❺，如图4-84所示。

图4-83

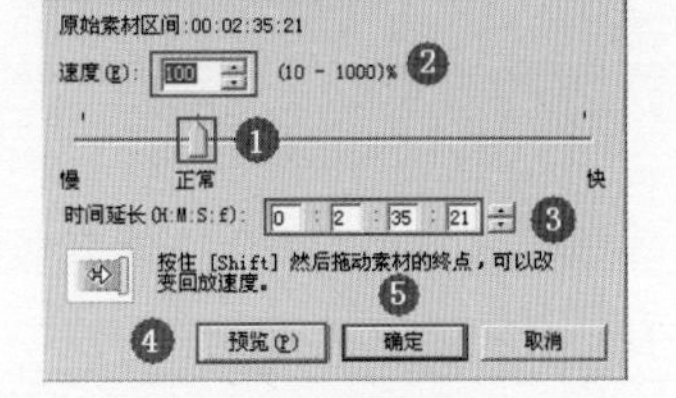

图4-84

说明：按住【Shift】键，然后在时间轴上拖动素材的终止处，可以改变回放速度，如图4-85所示，白色箭头表示正在更改回放速度。

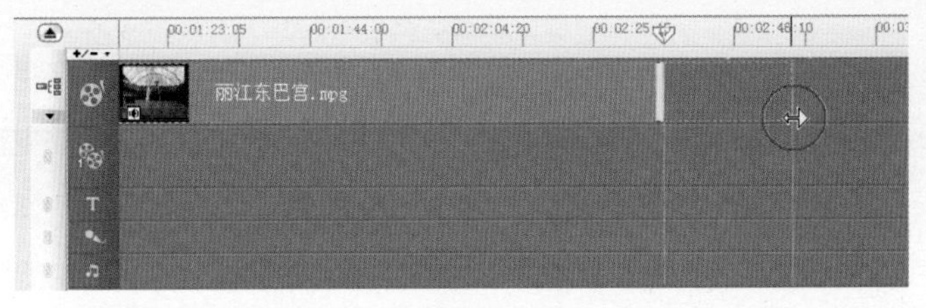

图4-85

4.14　制作倒放镜头

在影片中经常看到一些武林高手身怀绝技的镜头，或者看到跳水运动员从水面往高台上跳的镜头。这是通过怎样的技术实现的呢？不排除影片在拍摄时的技术，但在影片的后期制作中同样也可以实现将平常的画面变成特技。

本实例制作一个非常有趣的往后倒骑自行车的绝技，使影片中的人物变成身怀“骑”技人。

在视频素材库中选择会声会影自带的素材“V08.avi”文件❶，将它插入视频轨❷，勾选“反转视频”复选框❸，单击【播放】按钮❹，即可实现往后倒骑自行车的绝技，如图4-86所示。

图4-86

4.15 转换文件格式

会声会影可同时将多个文件转换成其他格式的文件，如将MOV、MPG等格式文件同时转换为avi格式的文件。

本实例不提供素材，用户可将自己计算机中或者配套光盘中其他章节提供的视频文件作为素材进行操作。

Step 01 单击菜单【工具】|【成批转换】命令，如图4-87所示，弹出【成批转换】对话框，单击【添加】按钮，如图4-88所示。

图4-87

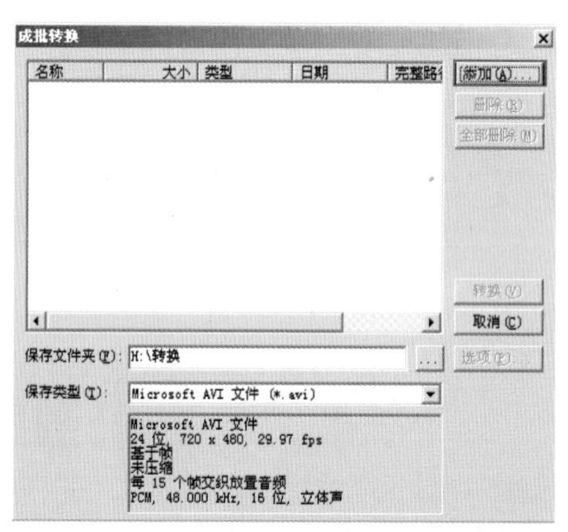

图4-88

Step 02 在弹出的【打开视频文件】对话框中选择要进行转换的文件❶，如这里选择“室内空间.MOV”，单击【预览】按钮预览文件❷，最后单击【打开】按钮❸，如图4-89所示。

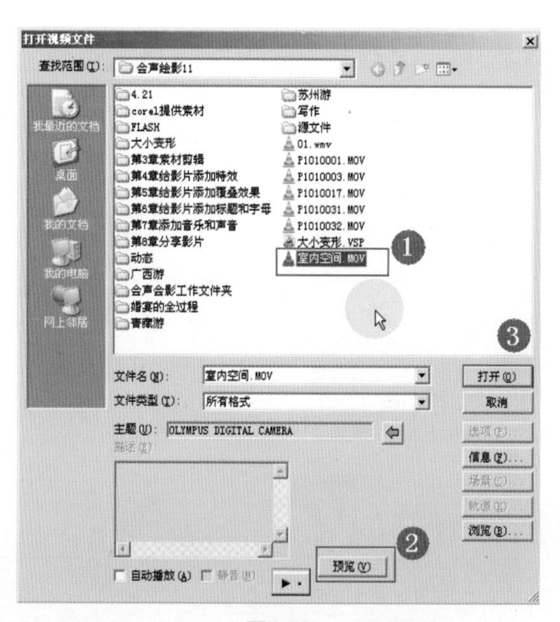

图4-89

Step 03 按照同样的方法将其他需要转换的视频文件添加进来，如继续添加“寒山寺.mpg”、“平弹.mpg”视频文件❶，单击【打开】按钮❷，弹出【改变素材序列】对话框，如果要改变素材位置，选中该文件往上或往下移动即可，单击【确定】按钮❸，即添加了多个文件，如图4-90所示。

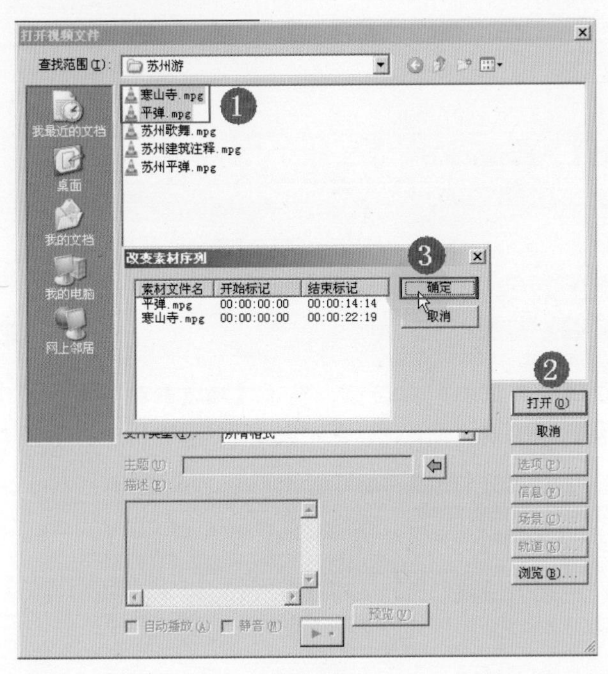

图4-90

Step 04 添加了文件之后，删除不需要的文件，如选中“平弹.mpg”，单击【删除】按钮即可删除。单击【全部删除】按钮，将删除添加的所有文件，如图4-91所示。

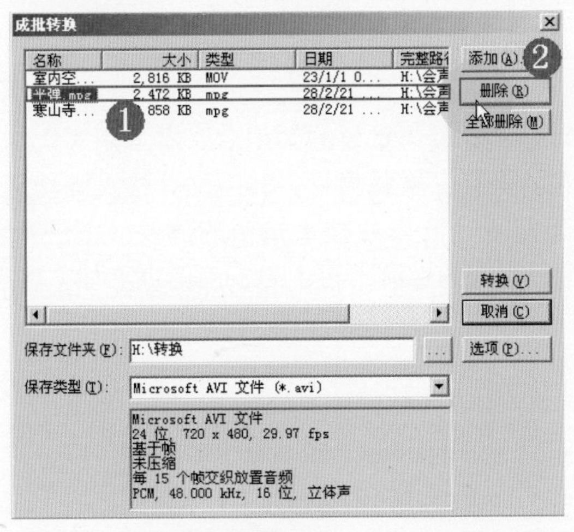

图4-91

Step 05 单击【保存文件夹】右侧的...按钮❶，在计算机磁盘中选择文件夹。在【保存类型】的下拉列表中选择希望输出的类型为“*.avi”❷，单击【选项】按钮❸，对文件格式进行设置，最后单击【转换】按钮❹开始渲染转换，如图4-92所示。

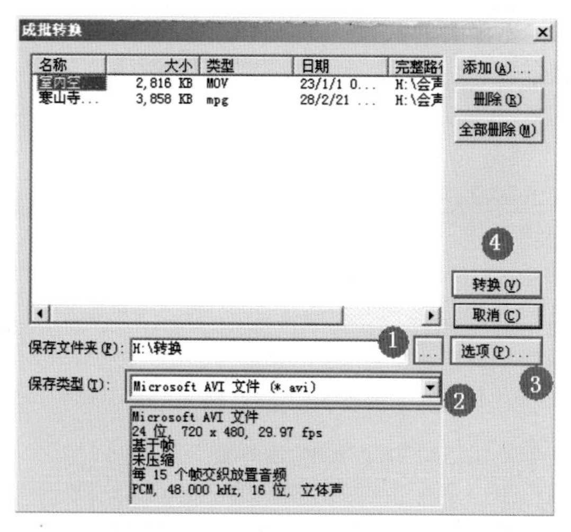

图4-92

Step 06 转换成功后弹出【任务报告】对话框，单击【确定】按钮即可在刚才设置的保存文件夹中看到已转换的“室内空间.avi”和“寒山寺.avi”文件，如图4-93所示。

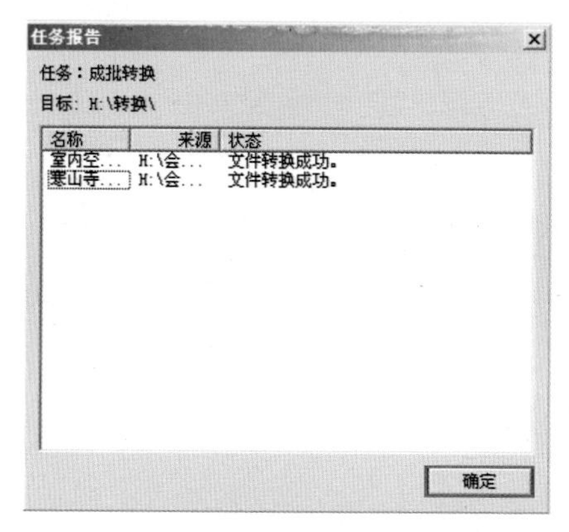

图4-93

素材剪辑是会声会影编辑器最为重要的知识点。本章用实例的方式介绍了素材修整和编辑的相关知识，如修整、保存、增强素材、转换文件格式等功能。使用“编辑”步骤，修剪及编辑视频素材使素材更适合影片故事情节的需要。下一章将学习制作精美转场的“效果”步骤，使视频片段之间的过渡不再生硬，画面也更加丰富。

第5章　给影片添加转场和特效

影片制作的第三个步骤——“效果”步骤。

将需要的视频裁剪并编辑好之后，总是希望片段之间有更好的过渡效果，以便使影片中的每一个画面都引人注目。比如要处理一段风景和人物视频的交接画面，如果从如诗如画的风景画面中突然出现一个人物，那么观众会感到很唐突，这时就需要通过转场效果来过渡。

本章除了重点介绍制作转场效果外，还将介绍使用视频滤镜给影片制作特殊效果。

5.1 关于转场效果

什么是转场效果呢？顾名思义，它是转换不同场景时添加的变化效果，也可以理解为在两个主题画面之间切换时添加的一种效果，使画面的切换不会显得突然。转场也就是一种在两个视频素材之间进行排序的方法。在会声会影中有大量的各种特殊转场效果供选择，把它们称为效果。

在会声会影11中的“效果”步骤中，提供了各式各样的近20类100多种转场效果。如三维、相册、取代、时钟、胶片、闪光、遮罩、卷动等转场类型，如图5-1所示。

图5-1

5.1.1 手动添加转场效果

会声会影的素材库中提供了大量的预设转场效果，可以将它们添加到项目中。

1．添加转场

Step 01 选择“故事板视图”❶，将会声会影素材库自带的“V01.wmv”、“I01.JPG”图像素材插入到视频轨❷，如图5-2所示。

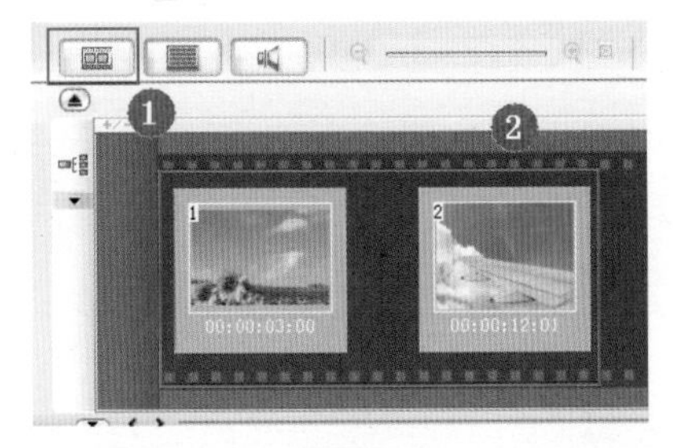

图5-2

Step 02 单击“效果”步骤❸，两个素材之间就出现了一个小方格，在素材列表中选择“三维”选项❹，再选择“手风琴”转场并将它拖动到素材之间的小方格中❺，松开鼠标即完成了添加转场的操作，如图5-3所示。

图5-3

Step03 添加转场效果之后，在“效果”步骤的选项面板中显示了所选转场的设置，如图5-4所示，在此可进行编辑转场的操作。

图5-4

注意：（1）在默认情况下，需要以手动方式将转场添加到项目中。
（2）一次只能拖放一个转场效果。

2．快速添加转场

Step01 在素材库中随意选择几个会声会影自带的图像或视频素材插入时间轴。

Step 02 双击一个转场效果，如“闪光”转场类型❶，转场即刻自动将它插入到两个素材之间第一个无转场的位置❷。重复此操作可以在下一个无转场的位置插入转场❸，如图5-5所示。

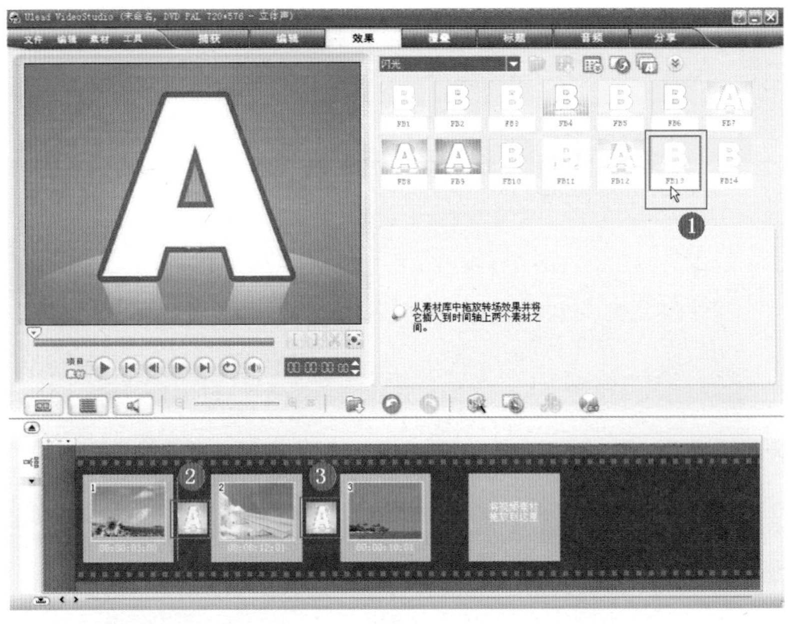

图5-5

3. 替换转场

选择一个转场❶，将它拖动到要替换的转场上❷，松开鼠标即可完成转场的替换，如图5-6所示。

图5-6

5.1.2 批量自动添加转场效果

若素材很多，对素材一一进行添加转场就会花费大量的时间。会声会影提供了批量自动添加转场效果的功能。

1. 将当前效果应用于整个项目

在素材库中选择一个转场效果❶，单击按钮❷，在下拉菜单中选择【将当前效果应用于整个项目】命令❸，如图5-7所示，或选择该转场效果并右击后选择该命令，如图5-8所示，将当前转场效果快速运用到时间轴中的所有素材上。

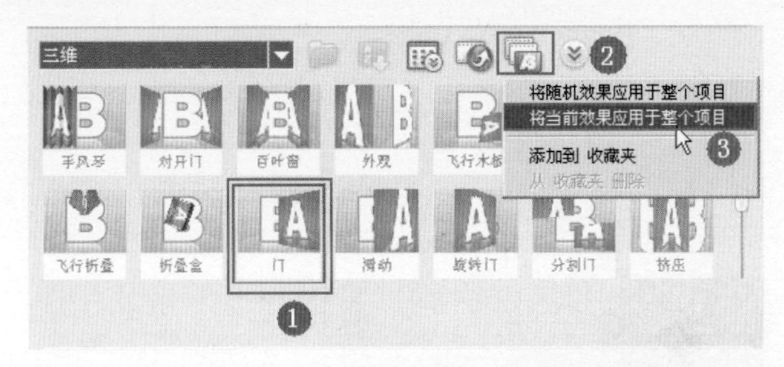

图5-7

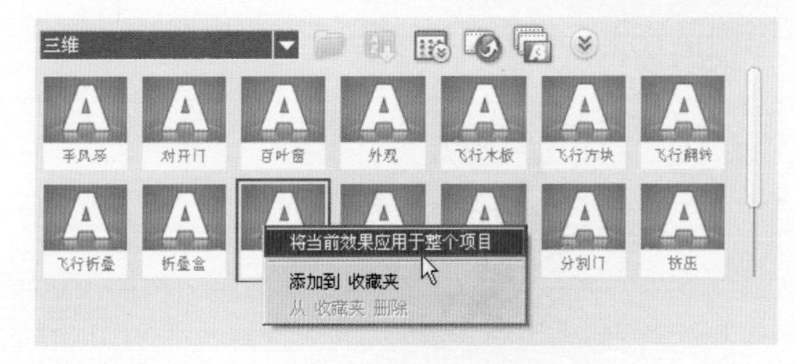

图5-8

说明：用这种方式插入的转场效果只有一种，比较单一。

2. 将随机效果应用于整个项目

选择“效果”步骤❶，单击按钮❷，在下拉菜单中选择【将随机效果应用于整个项目】命令❸，系统会随机抽取转场效果并插入到时间轴的所有素材上，如图5-9所示。

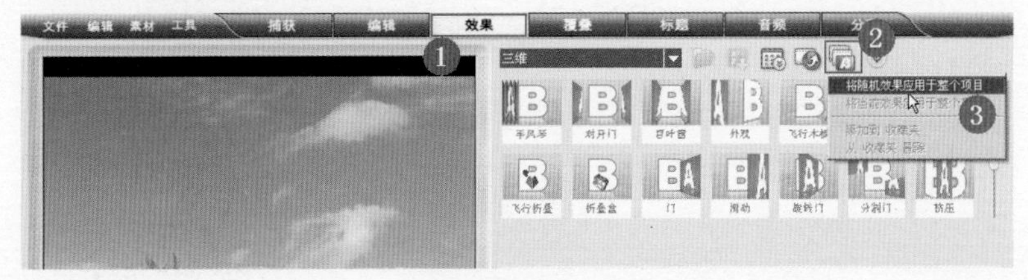

图5-9

说明：使用这种方式插入的转场效果比较丰富。

3. 超速批量添加转场效果

前面介绍的两种批量自动插入转场的方式有一个缺点就是每一次都要选择【将当前效果应用于整个项目】或者【将随机效果应用于整个项目】命令。会声会影提供了在插入素材的同时也可插入转场效果的功能，大大节约了工作时间，是一种更快速的方式。

单击菜单【文件】|【参数选择】命令，选择【编辑】选项卡，勾选“使用默认转场效果”复选框❶，指定一种转场效果或者选择“随机”效果❷，如图5-10所示。

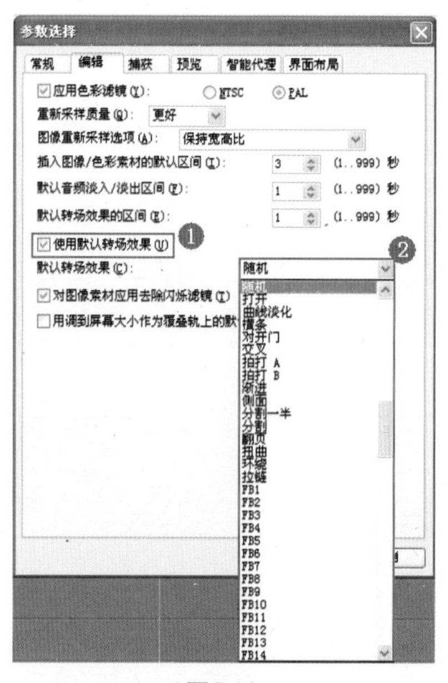

图5-10

如果指定一种转场效果，如“对开门”效果，那么每一次插入素材的同时就插入了“对开门”效果。如果选择“随机”效果，那么每一次插入素材的同时系统会随机抽取一个转场效果插入素材之间。

5.1.3 编辑转场效果

为了使转场效果更加符合影片的要求，还可以进一步对其进行编辑修改。

1. 编辑转场效果

继续上一小节的实例操作，添加转场效果之后，在“效果”步骤的选项面板中显示了所选转场的设置，如图5-11所示。

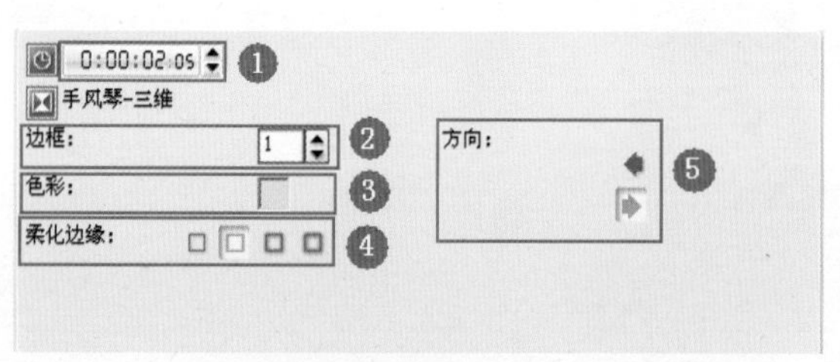

图5-11

Step 01 修改区间。单击区间时间码“0:00:01:00”，出现闪烁状态即可输入数字，这里输入“0:00:02:05”即“2秒05帧”❶。

Step 02 设置【边框】的厚度为“1”❷，若设置为“0”则删除边框。

Step 03 选择一种“色彩”确定转场效果的边框色彩，这里选择为“黄色”❸。

Step 04 选择一种“柔化边缘”效果❹，指定转场效果与素材的融合程度，实现从一个素材到另一个素材的平滑过渡。此选项适用于不规则的形状和角度。

Step 05 选择转场效果【方向】为“向左”❺。注意此选项仅适用于部分转场效果。

Step 06 编辑之后的效果，如图5-12所示。

图5-12

注意：“0:00:01:00”即“小时:分钟:秒:帧”。

2. 修改默认转场区间

单击菜单【文件】|【参数选择】命令，在【编辑】选项卡中输入【默认转场效果的区间】值为“2”秒，注意范围为“1～999”秒，如图5-13所示。这样每次添加转场时系统将自动添加区间为2秒的转场。

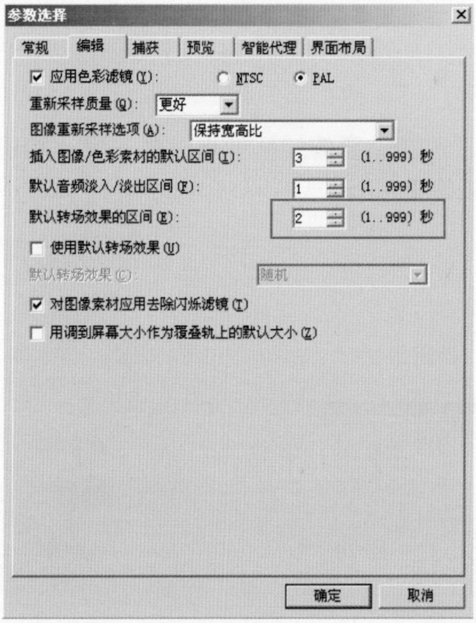

图5-13

5.1.4 预览转场效果

完成转场的添加后，在预览窗口中单击【项目】按钮❶并单击▶按钮❸，可对整个项目进行预览，包括添加了转场的所有素材及转场效果；如果单击【素材】按钮❷并单击▶按钮，则是单独对选中的转场素材进行预览，效果如图5-14所示。

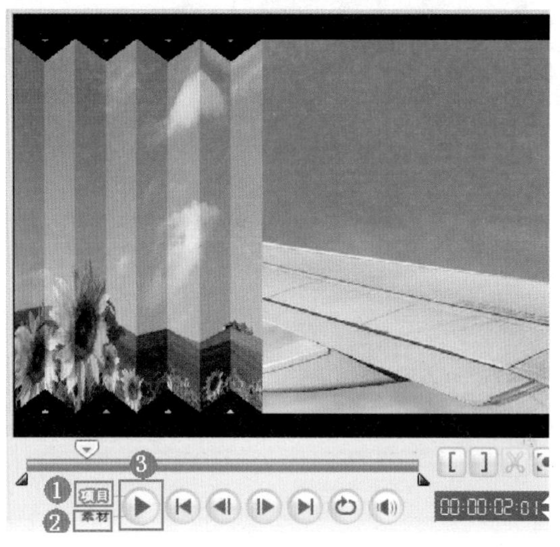

图5-14

5.2 转场效果的应用

添加转场效果，能够丰富影片的观赏性，但插入转场效果之后会占用两段影片的部分秒数，因为转场效果利用了影片重叠融合功能，所以在拍摄和后期处理时要注意。

5.2.1 转场效果类型

单击“效果”步骤，可选择需要的转场效果，如三维、相册、取代、时钟、胶片等转场类型，下面介绍两种转场效果。

1．闪光转场

Step 01 使用闪光转场可以模拟闪光，或为下一场景引入梦幻效果。添加的灯光对场景进行溶解，形成梦幻效果，如图5-15所示。

图5-15

Step 02 添加其中的一个“闪光”转场，如“FB1-闪光”❶，单击【自定义】按钮❷，弹出【闪光-闪光】对话框❸，手动设置闪光转场的参数，如图5-16所示。

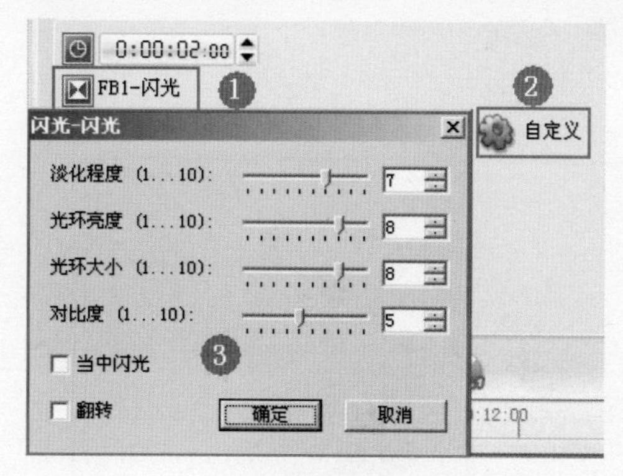

图5-16

说明：“淡化程度”设置遮罩柔化边缘的厚度。“光环亮度”设置灯光的强度。“光环大小”设置灯光的覆盖范围。“对比度”设置两个素材之间的色彩对比度。“当中闪光”为向溶解遮罩添加一个灯光元素。“翻转”为翻转遮罩的效果。

2. 遮罩转场

遮罩，简单地说就是上面层盖住下面层，被盖住的看不见，没有盖住的就看得见。将不同的图案或对象（如形状、叶、球等）通过渲染而成遮罩。遮罩转场略图列表如图5-17所示。

图5-17

根据不同的遮罩类型，遮罩转场分为遮罩A、遮罩B、遮罩C、遮罩D、遮罩E和遮罩F共6种。这些遮罩都可自定义。遮罩A、遮罩B和遮罩C的自定义窗口，分别如图5-18～图5-20所示，它们有各自不同的设置选项。

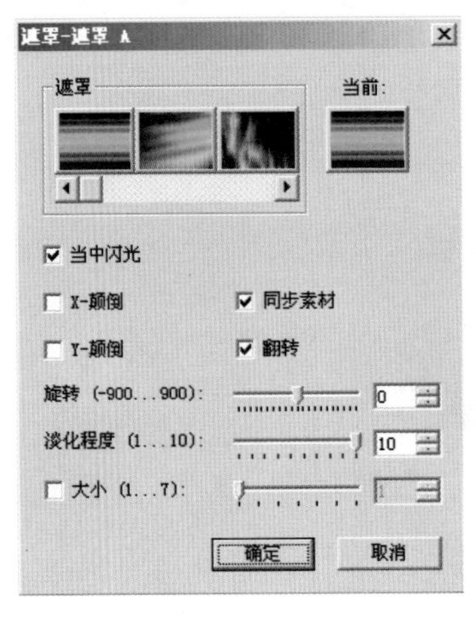

图5-18

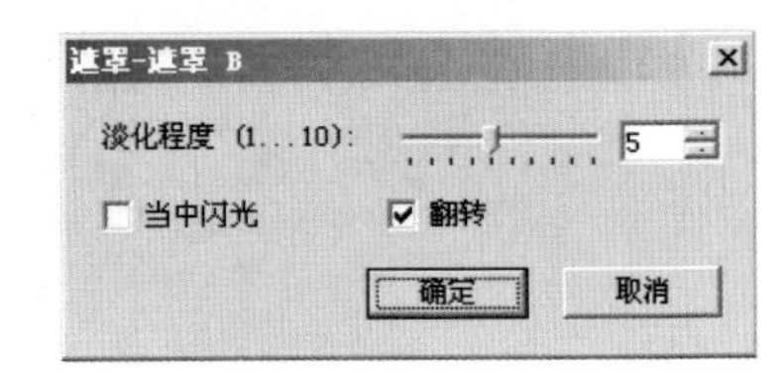

图5-19

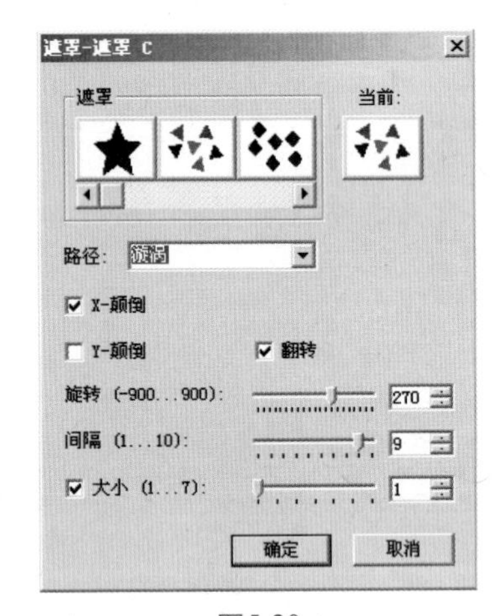

图5-20

说明：不同的遮罩有不同的设置方案。在【遮罩-遮罩C】对话框中单击【当前】按钮，可以导入一个BMP文件，将它用作转场的遮罩。

5.2.2 自定义相册转场效果

相册转场效果会模拟翻动相册页面的操作，可自定义相册布局，并可改变相册、页面的封面、背景、大小以及它的位置等。相册转场略图列表如图5-21所示。

图5-21

下面介绍如何自定义相册转场。

Step01 打开配套光盘提供的“resource\第5章\自定义相册转场效果\自定义相册转场效果.VSP”项目文件。

Step 02 单击“效果”步骤❶，选择“相册”类型❷，再选择“翻转2”转场效果❸，将转场缩略图拖到视频轨的两个素材之间❹，如图5-22所示。

图5-22

Step 03 确保此转场被选中，在选项面板中单击【自定义】按钮，如图5-23所示。

Step 04 在弹出的【翻转-相册】对话框中进行设置。首先选择一个布局❶，单击【相册】选项卡❷，调整其【大小】❸，再选择相册的封面模板❹，然后再调整相册的【位置】❺并设置【方向】❻，如图5-24所示。

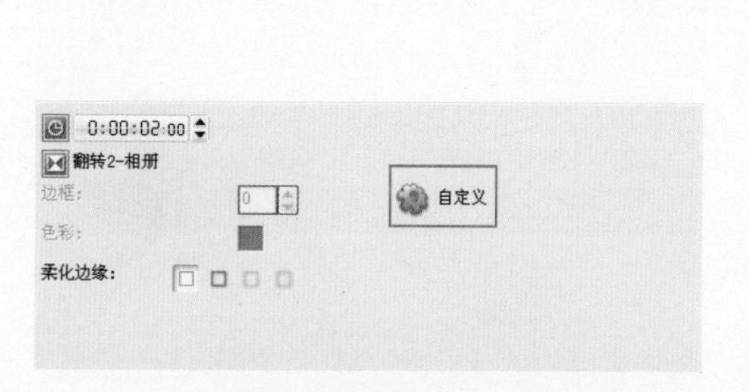

图5-23

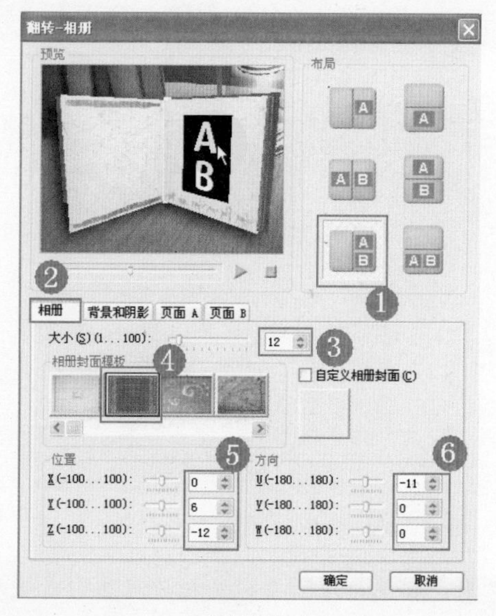

图5-24

Step 05 单击【背景和阴影】选项卡❶，选择一个背景模板❷，勾选“阴影”复选框，设置X、Y轴偏移的位置和柔化边缘的效果❸，如图5-25所示。

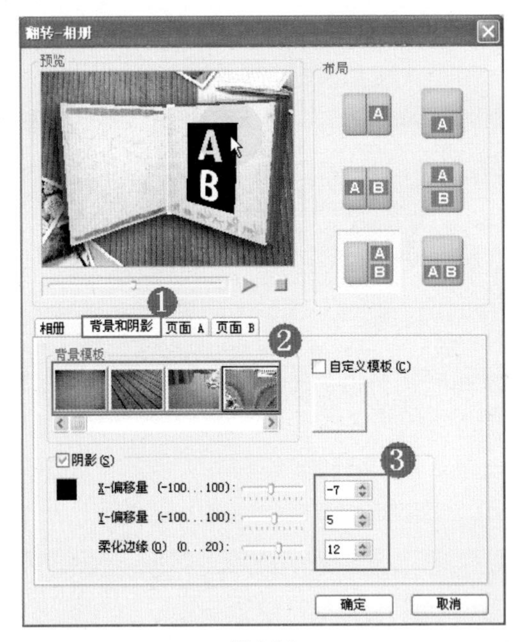

图5-25

Step 06 单击【页面A】选项卡❶，选择一个模板❷，然后设置大小及位置❸，如图5-26所示。在【页面B】选项卡中也按照这种方法进行设置，设置完毕单击【确定】按钮。

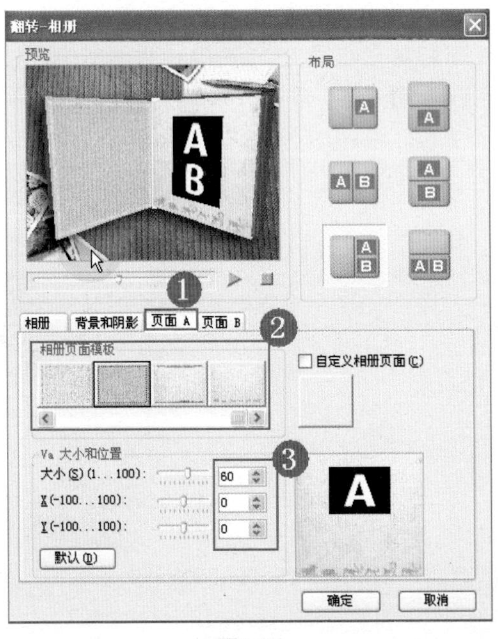

图5-26

> 注意：如果勾选“自定义相册页面”复选框，会弹出【打开】对话框，在此选择一个图像文件，如JPG或PNG文件类型，单击【打开】按钮，即可应用自定义的效果。

Step 07 在预览窗口中播放预览自定义相册之后的效果。

5.2.3 将转场效果添加到收藏夹

可以从不同类别中收集自己喜欢的转场，将它们汇集到“收藏夹”文件夹中。通过这种方式，可以很方便地搜索用户常用的转场效果。选择略图列表中的转场效果并右击，在快捷菜单中选择【添加到收藏夹】命令，如图5-27所示。

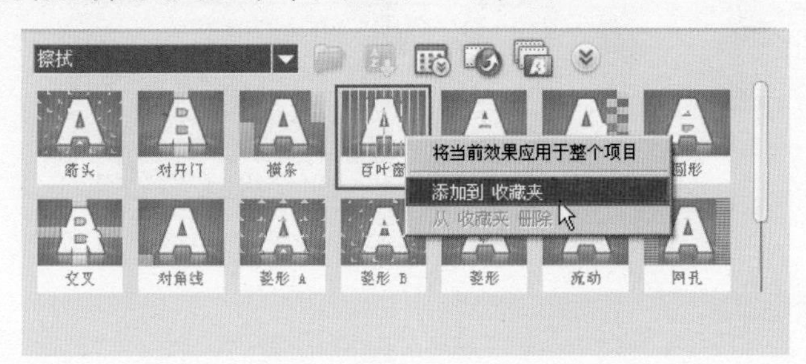

图5-27

在素材列表中选择“收藏夹”，然后在略图列表中选择喜欢的转场类型并将其拖动到素材之间即可，如图5-28所示。

图5-28

5.3 好莱坞视频特效插件

会声会影虽然提供了丰富的转场效果，但缺少一些主题转场模板，如婚庆、小孩成长历程及旅游等的主题转场效果。

Pinnacle公司的“好莱坞插件”（Hollywood FX）具有丰富的主题转场特效，它可作为众多其他视频编辑软件的插件来使用。下面展示的是用它来制作的转场效果，如图5-29～图5-34所示。

图5-29

图5-30

图5-31

图5-32

图5-33

图5-34

Step 01 用户可在网上搜索“好莱坞插件Hollywood FX”的相关信息，查找下载此软件的地址及其安装方法，然后安装该插件。

Step 02 安装好之后，启动会声会影，单击“效果”步骤，在素材库列表中选择“Hollywood FX”类型，如图5-35所示。选中并将其拖动到两个素材之间，然后单击【自定义】按钮，如图5-36所示。

Step 03 在随后弹出的窗口中展开“FX目录”，其下拉列表中包含了丰富的转场效果，如图5-37所示。

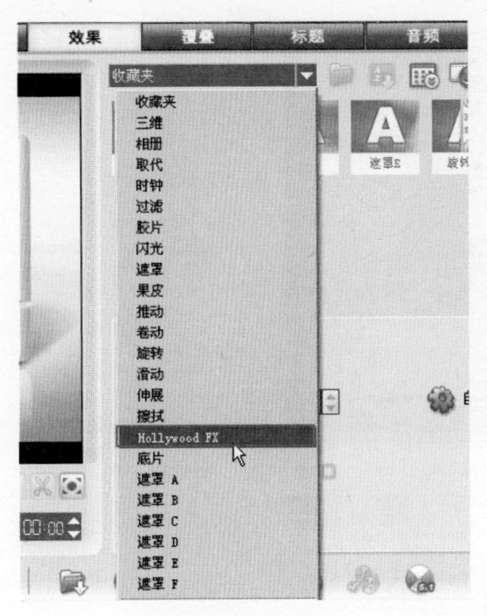

图5-35

图5-36

图5-37

Step 04 选择“婚庆特技1”选项❶，在略图列表中选择一个特技❷，单击【播放】按钮预览效果❸，确定无误后单击【确定】按钮❹，如图5-38所示。

图5-38

Step 05 这样便添加了好莱坞婚庆特效，单击▶按钮预览效果，如图5-39所示。

图5-39

5.4 视频滤镜制作影片特效

前面章节中介绍了使用视频滤镜修整视频，这里介绍使用视频滤镜制作影片特殊效果。

5.4.1 模拟太阳光线闪光特效

在户外拍摄的景物光线都是自然光，也就是太阳光，在会声会影中也可以模拟这种光线的效果，使景物更加自然。

本实例采用“镜头闪光”滤镜制作从天空往高山峡谷深处照射的光线。如图5-40和图5-41所示为原图和效果图的对比。

图5-40

图5-41

Step 01 打开配套光盘提供的“resource\第5章\模拟太阳光线闪光特效”文件夹，将“泸沽湖-1.mpg”视频插入视频轨，选择“镜头闪光”滤镜❶，并将它拖动到时间轴中的视频素材上❷。单击【自定义滤镜】按钮❸，弹出【镜头闪光】对话框。

Step 02 在【闪光镜头】对话框中选择第一个关键帧❹，调整闪光的高度及位置❺，模拟太阳的光线要与自然的光线保持同一的方向，选择【镜头类型】为“50～300mm缩放”❻，设置【光线色彩】为淡蓝色❼。调整【亮度】、【大小】、【额外强度】的值分别为“246”、“45”、“194”❽，然后单击【播放】按钮预览效果❾，设置完毕单击【确定】按钮❿。

图5-42

5.4.2 肖像画艺术效果

在会声会影中可以为影片添加各种形状如椭圆、正圆、长方形和正方形的不同透明度、不同色彩的肖像框艺术效果，如图5-43～图5-46所示。

图5-43

图5-44

图5-45

图5-46

将会声会影自带的“V13.wmv”视频插入视频轨，选择“肖像画”滤镜❶，将它拖动到时间轴中的视频素材上❷。单击【自定义滤镜】按钮❸，在弹出的【肖像画】对话框中，选择第一个关键帧❹，调整【镂空罩色彩】为白色❺，选择一种形状❻并调整边框的柔和度❼，设置完毕单击【确定】按钮❽，如图5-47所示。

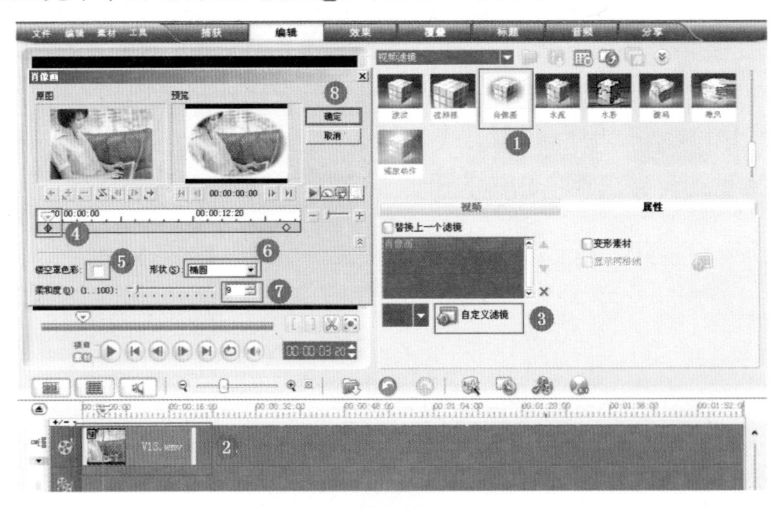

图5-47

在会声会影提供的模板中，可快速选择不同的“肖像画”滤镜效果模板，如图5-48所示。

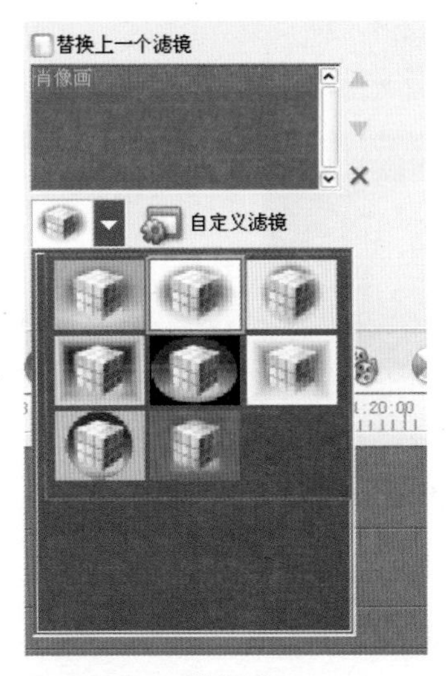

图5-48

5.4.3 局部马赛克处理

在观看新闻或者一些视频时，会看到某些人物的脸部被加入了一格一格的马赛克效果，这是为了保护肖像权或有些内容不方便给观众完全显示出来而加的一种特效。在会声会影中提供的“马赛克”滤镜功能和“修剪”滤镜能帮助我们实现这个效果。

如图5-49和5-50所示是原图与加入马赛克效果的图。

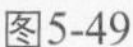

图5-49

图5-50

1. 给图像添加马赛克效果

Step 01 打开配套光盘提供的“resource\第5章\局部马赛克处理”文件夹，把“DSC04618-1.JPG”图片加载到素材库❶，分别插入视频轨和覆叠轨❷，如图5-51所示。

图5-51

Step 02 选中“修剪”滤镜❶，将它拖动到覆叠轨的图像中❷，单击【自定义滤镜】按钮❸，在弹出的【修剪】对话框中选择第一个关键帧❹，调整修剪的中心位置❺，确保宽度和高度都为50%❻；取消勾选“填充色”复选框❼，否则默认情况下会有黑色边框，勾选“静止”复选框❽使裁剪框固定，如图5-52所示。

Step 03 选择最后一帧❾，同样要确定修剪中心❿，设置【宽度】和【高度】的值都为50%⓫，取消勾选“填充色”复选框⓬，勾选“静止”复选框⓭，设置完毕单击【确定】按钮⓮，设置后的画面大小不会出现变化，如图5-53所示。

Step 04 选中“马赛克”滤镜❶，将它拖动到覆叠轨的图像中❷，单击【自定义滤镜】按钮❸，在弹出的【马赛克】对话框中选择第一个关键帧❹，设置【宽度】和【高度】的值都为“15”❺，如图5-54所示。

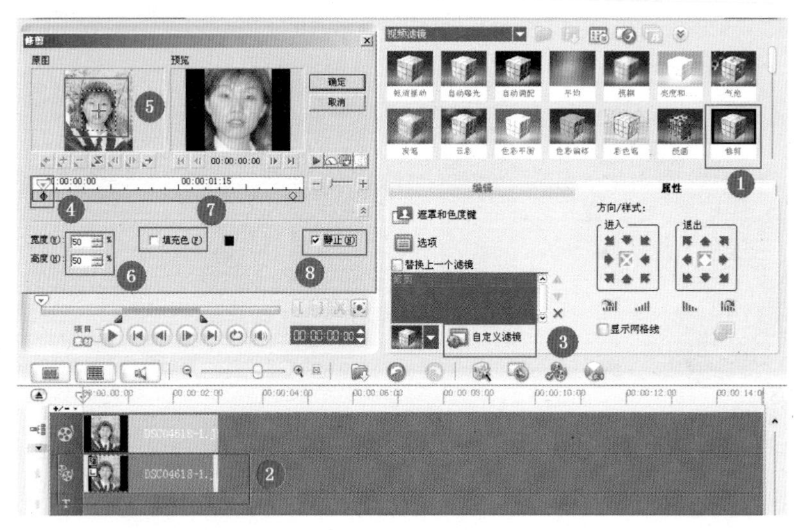

图5-52

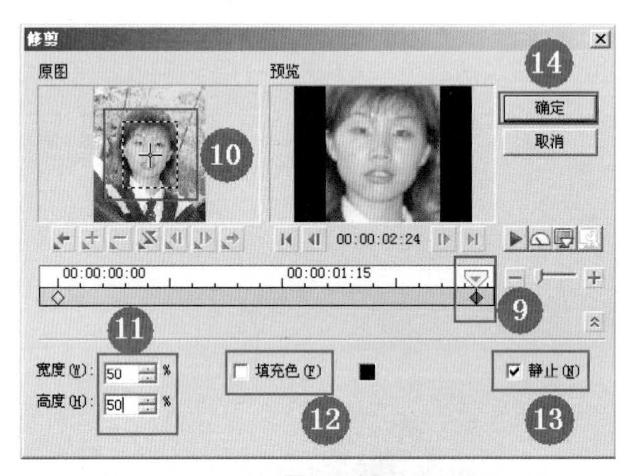

图5-53

图5-54

Step05 选择最后一帧❻，勾选“正方形”复选框❼，只需输入其中一个【高度】或者【宽度】值即可❽，设置完毕单击【确定】按钮❾，如图5-55所示。这样就完成了局部“马赛克”效果的添加。

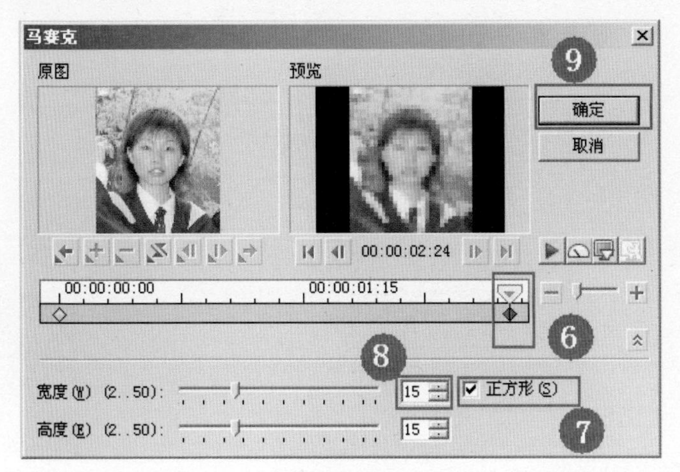

图5-55

2．给视频添加马赛克效果

可以为图像制作马赛克效果，也可以为视频制作局部马赛克效果，其制作方法是一样的。但视频素材的画面变化比较大，这里介绍一个比较笨的方法，就是将不同变化的画面剪切成不同的片段，然后单独进行马赛克效果的设置。

如何裁剪并单独保存片段呢？下面进行详细介绍。

Step01 先预览视频，查看画面变化，通过“飞梭栏”进行定位❶，然后在导览面板中单击按钮❷，将所选素材剪辑为两部分，如图5-56所示。

图5-56

Step02 选中裁剪出来的前一段视频片段❶，单击菜单【素材】|【保存修整后的视频】命令❷即可开始渲染，渲染出来的缩略图放置在视频素材库中，如图5-57所示。按照这种方法，将后一段视频片段也保存为单独的视频文件。

Step03 渲染出的视频保存在设定的工作文件夹中。单击菜单【文件】|【参数选择】命令，在【常规】选项卡中改变“工作文件夹”的路径。一般选择工作文件夹在剩余空间较大的磁盘中。

在素材库中将保存好的视频片段放置在对应的位置，❶对应❷，❸对应❹，如图5-58所示。

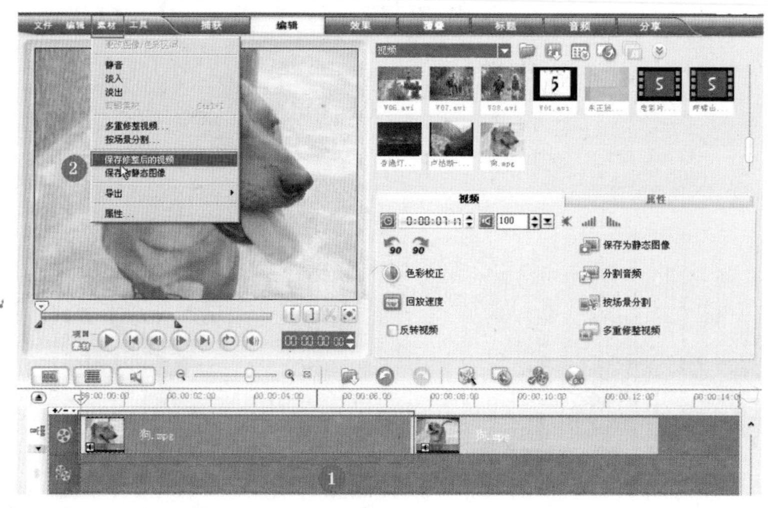

图5-57

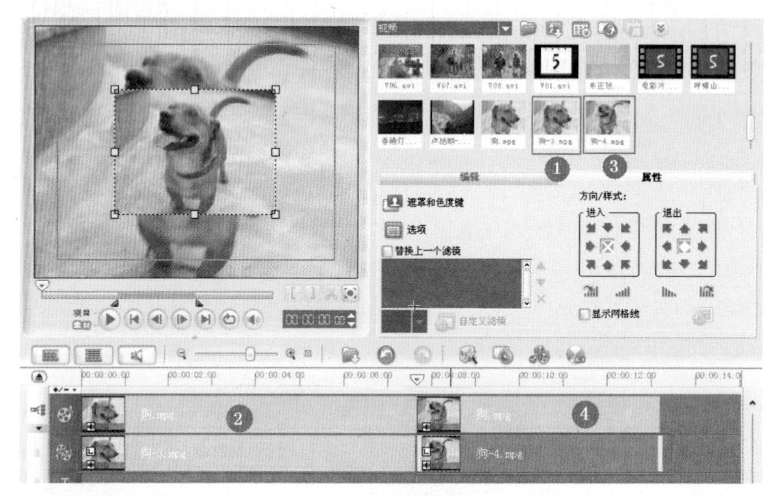

图5-58

Step 04 将视频裁剪并单独保存为片段后，按照前面介绍的方法对每一个片段进行局部马赛克处理。最后到“分享”步骤将项目创建成视频文件或者刻录成光盘等。

本章介绍了制作精美转场的“效果”步骤。介绍了手动添加转场、自动批量添加转场、编辑转场效果、好莱坞插件、模拟太阳光线闪光特效、肖像画艺术效果和局部马赛克处理等知识点。下一章介绍在“覆叠”步骤中制作画中画效果。

第6章 给影片添加覆叠效果

影片制作的第四个步骤——“覆叠”步骤。

影片中的画中画效果、字幕条图形效果，在会声会影中称为“覆叠”效果，这种效果的原理就是将画面互相重叠，就像多张纸重叠放在一起。会声会影中的“覆叠”效果，就是叠加在项目中现有素材之上的视频或图像素材。

为了实现这些效果，会声会影提供了6个覆叠轨，可摆放7轨视频素材，如图6-1所示，可以让视频影片重叠播放。

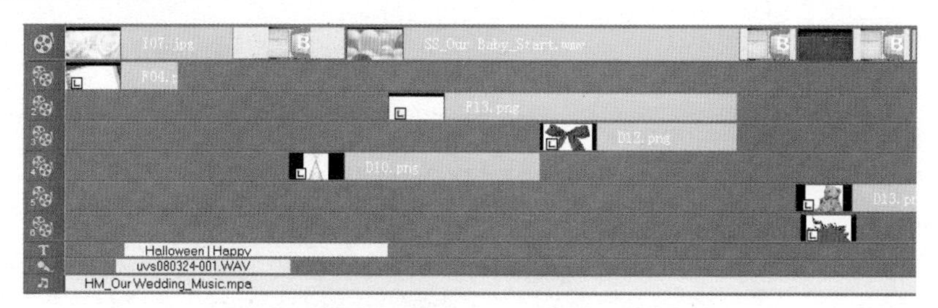

图6-1

6.1 将素材添加到覆叠轨

在“覆叠”步骤中添加覆叠素材，可以将两个或多个视频素材的重叠形成画中画的效果，或者添加字幕条图形来创建更具有专业外观的影片作品。

添加覆叠素材很简单，将媒体文件拖到时间轴的覆叠轨上即可，具体步骤如图6-2所示。

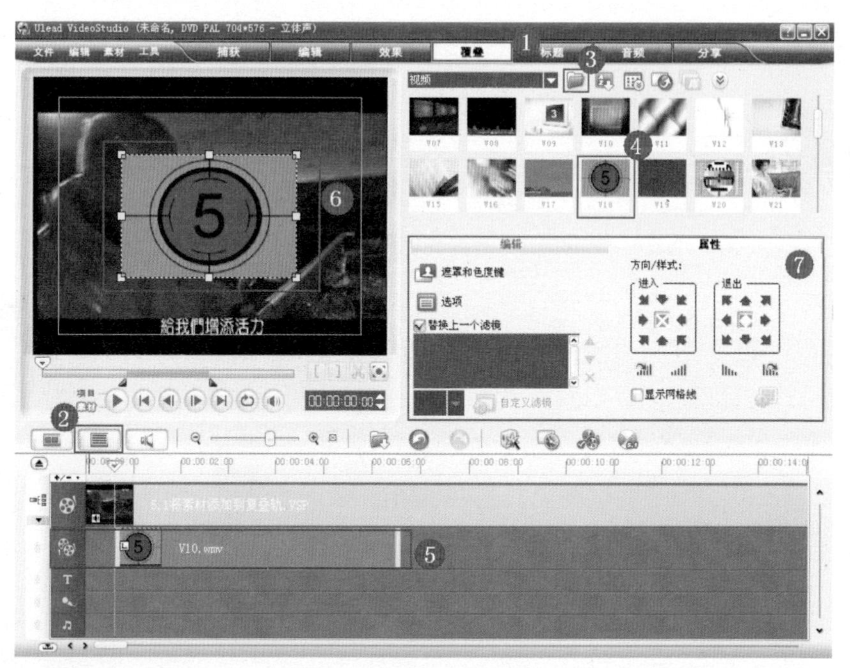

图6-2

Step01 单击“覆叠”步骤①，视图模式也随之更改为“时间轴视图”②。

Step02 单击按钮③，将配套光盘提供的“resource\第6章\将素材添加到覆叠轨”文件夹中的“捕蟹.mpg”和“V10.wmv”素材加载到视频素材库。将“捕蟹.mpg”插入视频轨，然后选择并拖动“V10.wmv”文件④到覆叠轨中⑤，这样就完成了操作。

Step03 在预览窗口中可见已添加的覆叠效果⑥，在其面板中可进行编辑及属性的修改⑦。

用鼠标右键单击覆叠轨，在快捷菜单中选择要添加的文件的类型，如插入视频或图像，如图6-3所示。

图6-3

说明：（1）本书中“覆叠素材”指的是插入到覆叠轨中的素材。
（2）视频、图像、色彩、滤镜、对象、边框和Flash动画都可作为覆叠素材。
（3）只有在“时间轴视图”中才能添加覆叠素材。

6.2　覆叠素材的编辑和设置

在“覆叠”步骤面板中包含【编辑】选项卡和【属性】选项卡。【编辑】选项卡用来自定义覆叠素材。【属性】选项卡可为覆叠素材应用动画、添加滤镜、调整素材的大小和位置等。

选项卡中的可用选项取决于所选的覆叠素材。在覆叠轨选择视频文件，其【编辑】和【属性】选项卡如图6-4和图6-5所示。

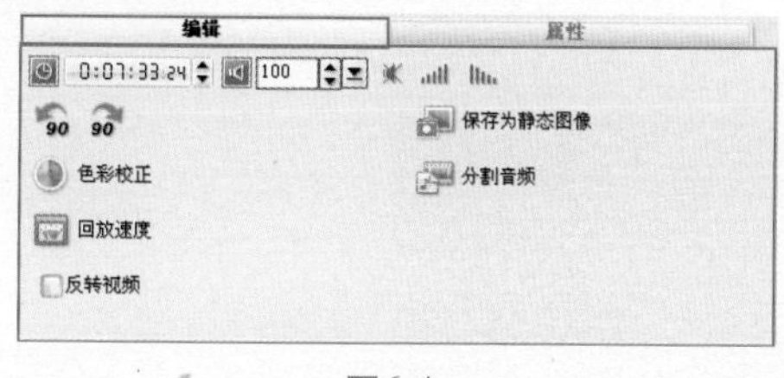

图6-4

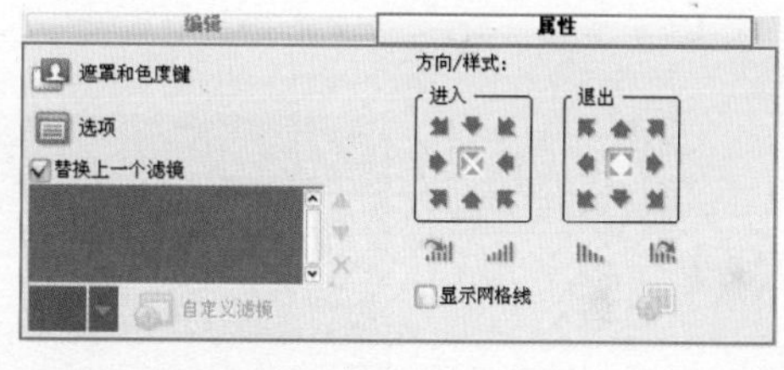

图6-5

（1）【编辑】选项卡。

此选项卡中有我们非常熟悉的选项，与前面学过的第4章素材剪辑中的知识基本是相同的，如区间、色彩校正和回放速度等，在此不再说明。

可以像修整视频轨中的素材一样修整覆叠轨中的素材。例如选中覆叠轨中的素材，在导览面板中将滑动条拖动到要剪辑的部分，然后单击按钮一次性剪辑素材。

（2）【属性】选项卡。

此选项卡中也有我们熟悉的“替换上一个滤镜”、“自定义滤镜”等功能，与之前学过的为视频轨中的素材设置滤镜的方法一样，在此也不再说明。

6.2.1　调整当前覆叠素材的位置

添加了覆叠素材之后，其位置可以由用户自行调整，在会声会影中可对当前选择的覆叠素材的位置进行重新调整。

Step 01 单击选择时间轴中的覆叠素材❶，如图6-6所示。

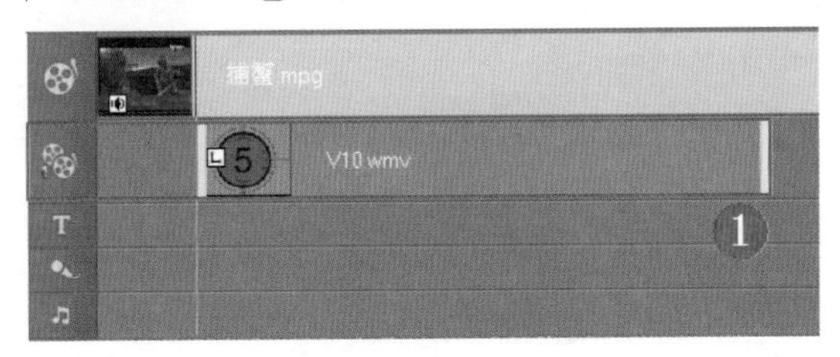

图6-6

Step 02 在预览窗口中选择覆叠素材，移动光标即可调整其位置，这是一种方法。另外一种方法是单击【属性】选项卡❷中的【选项】按钮，在下拉菜单中选择停靠的位置，如选择【停靠在顶部】|【居右】命令❸，如图6-7所示。

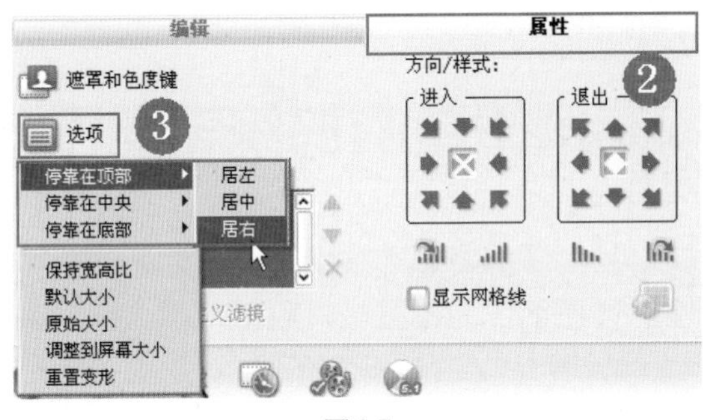

图6-7

Step 03 系统自动将覆叠素材放置到视频中预设的位置，在预览窗口中的效果❹如图6-8所示。

图6-8

将覆叠素材拖到预览窗口中想要放置的区域，但最好将覆叠素材保留在标题安全区内。

6.2.2 调整覆叠素材的大小和形状

对覆叠素材的大小和形状进行调整，从而使画中画的效果更加多姿多彩。

在预览窗口中拖动覆叠素材上的黄色拖柄可以调整大小，如图6-9所示。拖动对角上的黄色拖柄可以保持图像的宽高比，如图6-10所示。

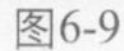
图6-9

图6-10

覆叠素材选取框的每个角上都有绿色的“节点”，拖动绿色节点可使覆叠素材变形。比如改变为不规则形状，如图6-11所示。

拖动绿色节点的同时按住【Shift】键可使变形保持在当前素材的选取框中，如图6-12所示。

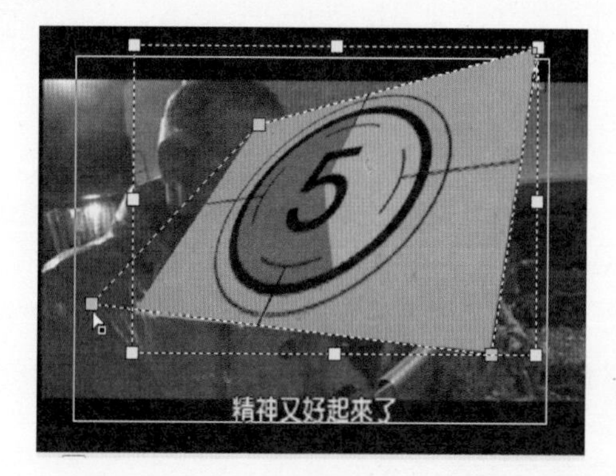

图6-11

图6-12

选择时间轴中的覆叠素材，单击【属性】选项卡❶中的【选项】按钮❷，在下拉菜单中可以选择【保持宽高比】、【默认大小】、【原始大小】、【调整到屏幕大小】或【重置变形】命令恢复素材原始的形状❸，如图6-13所示。

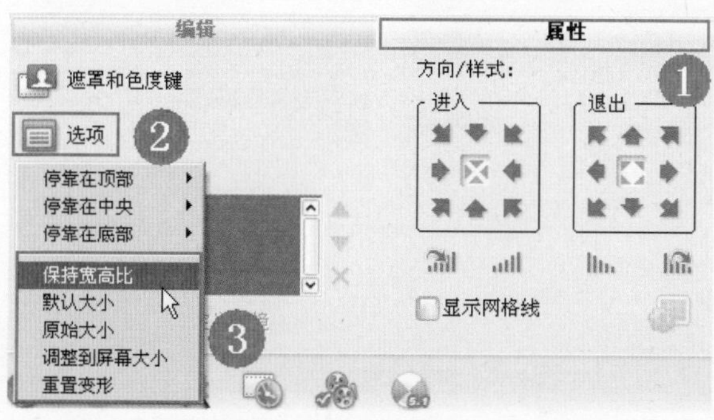

图6-13

显示网格线可辅助覆叠素材进行定位。勾选“显示网格线”复选框❶，单击按钮❷，在弹出的【网格线选项】对话框中可对网格大小、线型、色彩等进行设置❸，在预览窗口中显示调整后的效果❹，如图6-14所示。

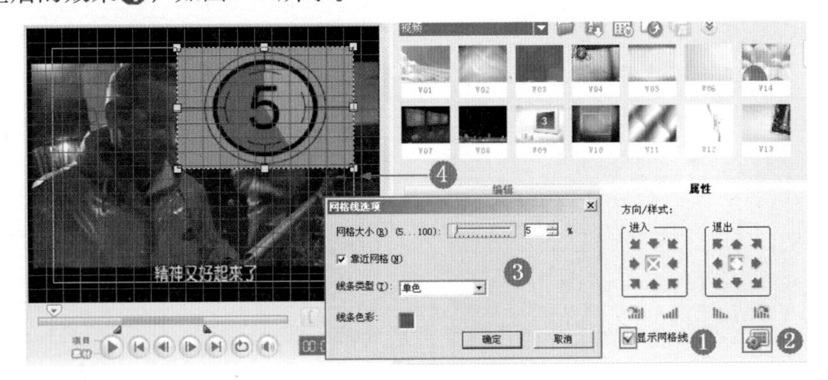

图6-14

说明：（1）“保持宽高比”是以较长者为准调整覆叠素材的大小。

（2）在调整覆叠素材的大小或者将其变形之后返回【编辑】选项卡，此时覆叠素材将显示为原始大小，但仍然保留覆叠素材的大小和形状等属性。

（3）最好将覆叠素材保留在标题安全区内。

6.2.3 将动画应用到覆叠素材

在会声会影中可将动画应用到覆叠素材。本实例制作一个覆叠素材从屏幕的右上方向左下方旋转运动并逐渐增加透明度，在退出屏幕时向左下方旋转运动并降低其透明度，如图6-15所示。

图6-15

Step01 按前面已学的操作方法将“捕蟹.mpg”插入视频轨，将“V10.wmv”插入到覆叠轨。

Step02 选择【属性】选项卡，在“方向/样式”组中分别选择覆叠素材“进入”和“退出”屏幕时的位置❶❷。

Step03 选择“进入”和“退出”屏幕时的“淡入”和“淡出”样式❸。分别选择在暂停区间之前和之后旋转素材❹❺。

Step04 通过拖动“修整拖柄”设置“暂停区间”❻，在预览窗口中观察调整后的效果❼。

说明：（1）“方向/样式”，确定要应用于覆叠素材的移动类型。

（2）“进入/退出”，设置素材进入和退出屏幕的方向。

（3）“暂停区间前/后旋转”，选择在暂停区间之前或之后旋转素材。“暂停区间”决定素材在退出屏幕之前暂停在指定区域的时间长度。

（4）“淡入/淡出动画效果”，在素材进入或退出屏幕时逐渐增加或降低其透明度。

6.3　多重覆叠轨的应用

如果影片中需要同时出现多个画中画的效果，就需要添加多个覆叠轨，然后在不同的覆叠轨中插入媒体文件，最后在预览窗口中调整覆叠素材的位置，如图6-16所示。

图6-16

Step01 在默认状态下，只显示了一个覆叠轨，单击工具栏中的按钮❶，打开【覆叠轨管理器】对话框，勾选要显示的覆叠轨❷，然后单击【确定】按钮❸，如图6-17所示，打开6个覆叠轨。

Step02 单击【扩大】按钮，展开时间轴中所有的覆叠轨，这样能在更大的工作区中直接安排素材，而不用通过滚动来查找不同的覆叠轨。

注意：可展开6个覆叠轨是会声会影11的新功能。

Step03 选择会声会影11自带的“HM_General 02_Start.wmv”视频素材❶，将它拖动到覆叠轨2中❷，在预览窗口中调整大小及位置❸，如图6-18所示。这样就形成了多重画中画效果。

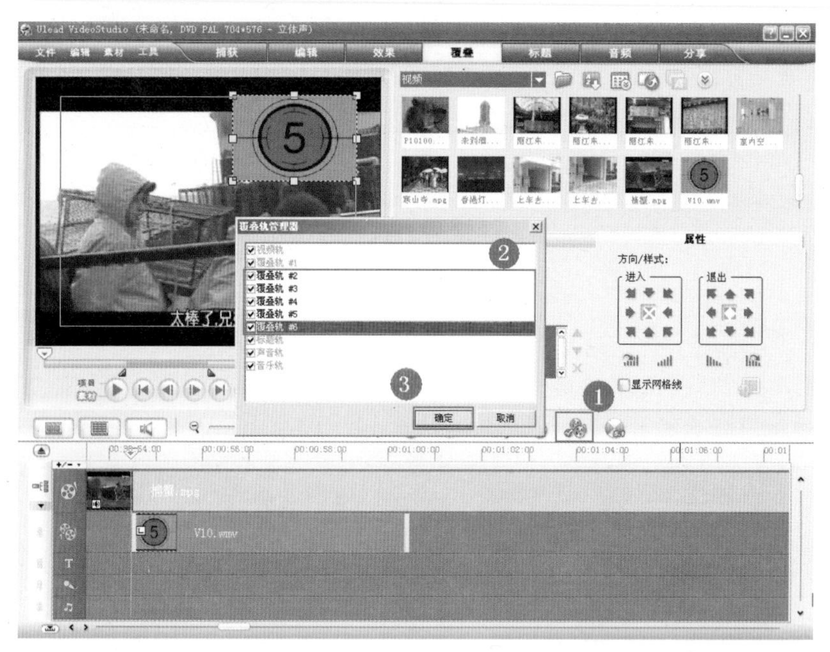

图6-17

图6-18

说明：同样可在覆叠轨3～覆叠轨6中添加素材，形成更多的画中画效果。

会声会影有6个覆叠轨，它们有什么区别呢？顾名思义“覆叠”也就是“叠加”的意思，覆叠轨素材会叠加在视频轨素材上，覆叠轨2会叠加到覆叠轨1上，如此类推，效果如图6-19所示，就像几张纸叠放在一起，当位置有相交时，上面的纸就会叠加或覆盖下面的纸。

图6-19

6.4　添加抠像的合成效果

抠像合成也就是将画面中的某个部分提取出来，然后与另一个画面合成。一些旅游景点、天气预报等节目常使用抠像技术，将事先录制好的人物从背景中抠出，然后合成到影片中。这个效果也是画中画效果。

6.4.1　抠像素材制作要求

制作方便抠像的影片对于抠像技术也很重要。如何准备这样的素材呢?

（1）背景的准备。要取得良好的抠像效果，背景最好是单色，且背景要大于被摄影者，建议使用蓝色（布）或者绿色（布）作为背景。

（2）服饰的准备。被摄影者的服饰必须回避背景颜色，且差异越大越好，如果服饰跟背景一样或相近，那样软件在抠像时就很难判断哪些是要去除的背景，哪些是该保留的背景。

（3）摄影方式。如果被摄影者是以静态方式坐着或站着不走动进行讲解，摄影时最好固定摄像机，避免产生晃动；如被摄影者是以动态方式进行讲解，摄影时最好先固定好摄像机的高度，这样拍摄的效果会好些。

6.4.2　自动去除背景

会声会影的“色度键”功能可以去除背景来达到抠像的效果。下面以去除覆叠轨素材中的黑色背景作为影片的结束提示，如图6-20所示。

图6-20

Step 01 将配套光盘提供的“resource\第6章\自动去除背景”文件夹中的“捕蟹.mpg”插入视频轨，将“V01.avi”插入覆叠轨。

Step 02 在覆叠轨中，将插入的素材移动到“视频轨”素材的结束位置❶，在预览窗口中调整覆叠素材的大小及位置❷。单击【属性】选项卡❸中的【遮罩和色度键】按钮❹，如图6-21所示。

图6-21

Step 03 勾选“应用覆叠选项”复选框❶，在【类型】下拉列表中选择“色度键”❷，如图6-22所示，系统自动去除黑色的背景，在预览窗口中即可看到黑色背景被去除的效果❸，如图6-23所示，完成操作后可播放预览效果。

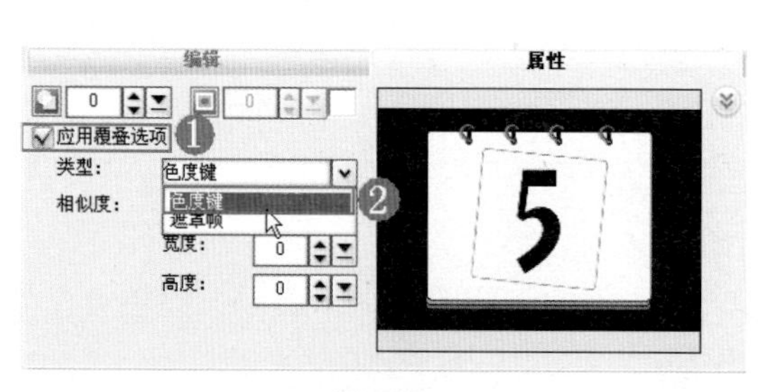

图6-22

图6-23

Step 04 设置完成，按【Ctrl+S】组合键保存项目文件，保存为“自动去除背景.vsp”文件。

说明：“色度键”是一种常用技巧，它可使素材中的某一特定颜色“透明”并删除其背景色，使位于下面的素材、对象或图层显示出来。色度键通常用于影片或电视节目天气预报中的特殊效果。

6.4.3 手动去除背景

如果要去除某种颜色的背景该如何操作呢？可用“相似度”功能，它用来指定将被渲染为透明的所选色彩像素的色彩范围。

下面来看如何去除白色背景。

Step 01 按照前面的操作，单击【遮罩和色度键】按钮。

Step 02 单击■按钮❶，然后选择将被渲染为透明的色彩为“白色”❷，如图6-24所示，或者单击按钮❸在预览窗口中单击选择覆叠素材中的“白色”部分，即可将白色渲染为“透明”，如图6-25所示。

图6-24

图6-25

Step 03 拖动“相似度”的滑动条，如调整数值为“65”❶，可指定要被渲染为透明的选定色彩的色彩范围❷，如图6-26所示。调整“相似度”后的效果如图6-27所示。

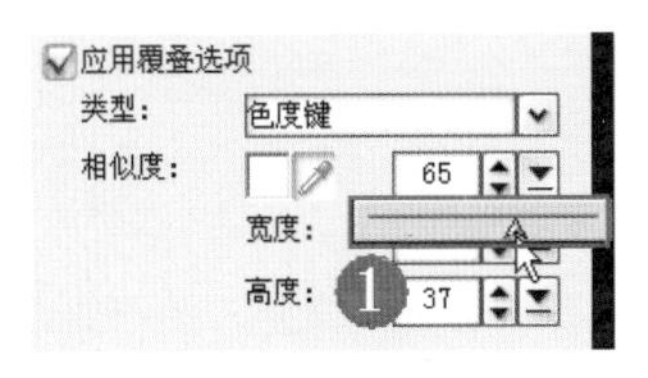

图6-26

图6-27

6.4.4 修剪素材背景

打开之前保存的“自动去除背景.vsp”项目文件，使用“色度键”功能，删除覆叠素材中不需要的部分。设置素材中需要修剪部分的【高度】和【宽度】，如分别输入“37”和“46”❶，如图6-28所示；在预览窗口中观察效果❷，如图6-29所示。

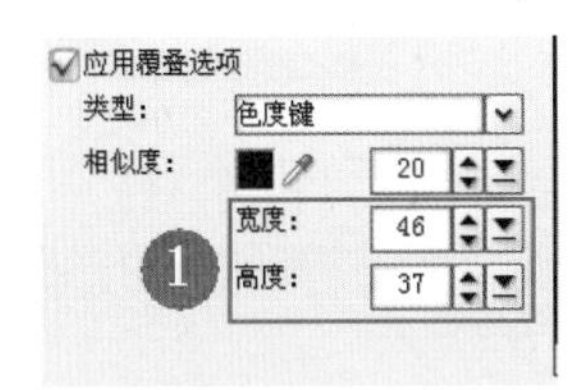

图6-28

图6-29

6.5 添加遮罩效果

在会声会影中可以添加各种遮罩帧效果，使影片效果更加丰富。

遮罩又称镂空罩，是一种黑白图像，用于在项目中定义将哪些视频区域变为透明，哪些区域保持不透明。也就是说，遮罩是一种控制素材透明度的方法。如图6-30～图6-33所示是已制作好的遮罩效果供读者欣赏，以便对遮罩有一个更直观的理解。

图6-30

图6-31

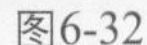
图6-32

图6-33

6.5.1　为覆叠素材添加遮罩

在会声会影中也可以为覆叠素材添加遮罩。

Step01 将配套光盘提供的“resource\第6章\为覆叠素材添加遮罩”文件夹中“人和狗.mpg”视频素材和“I01.jpg”图片素材加载到视频素材库。然后将“I01.jpg”图片插入视频轨，将“人和狗.mpg”插入到覆叠轨，并将“I01.jpg”图片播放长度调整到与“人和狗.mpg”同样的播放长度，如图6-34所示。

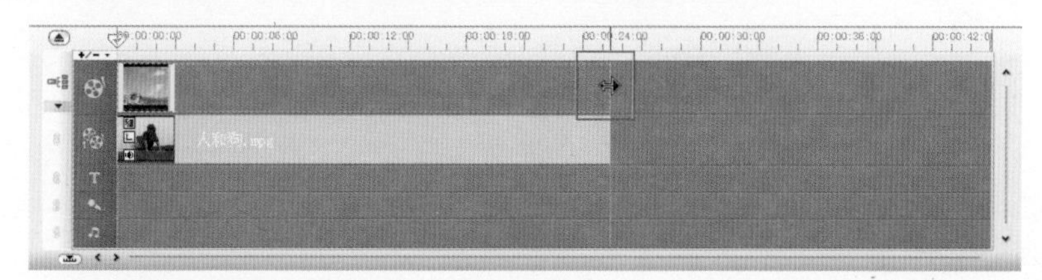

图6-34

Step02 在时间轴中选择“人和狗.mpg”覆叠素材❶，在预览窗口中调整位置❷。单击【属性】选项卡中的【遮罩和色度键】按钮❸，如图6-35所示。

图6-35

Step 03 勾选“应用覆叠选项”复选框❶，选择【类型】为“遮罩帧”❷，在右侧列表中拖动滑块进行查看❸，选择其中的一个遮罩帧❹，如图6-36所示。

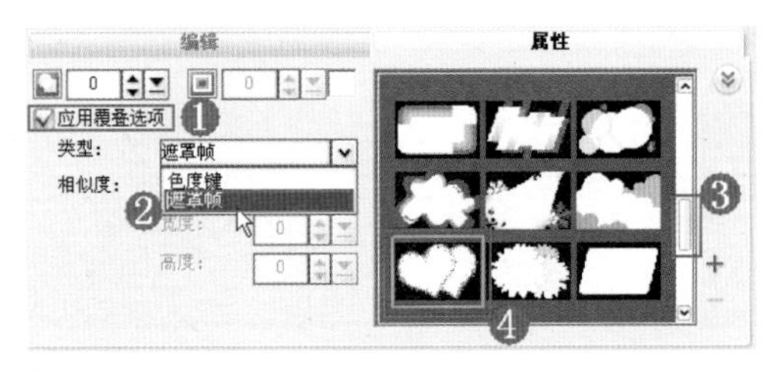

图6-36

Step 04 在预览窗口中观察遮罩效果，这样就完成了添加遮罩的操作，如图6-37所示。

图6-37

6.5.2 导入和删除遮罩帧

除了自带的遮罩帧模板外，会声会影允许用户导入自己喜欢的图像作为遮罩帧。

Step 01 单击【添加遮罩帧】按钮❶，如图6-38所示。在弹出的【打开图像文件】对话框中选择“resource\第6章\为覆叠素材添加遮罩\Frame”文件夹中的“06.png”文件❷，单击【打开】按钮❸，即可导入遮罩帧，如图6-39所示。

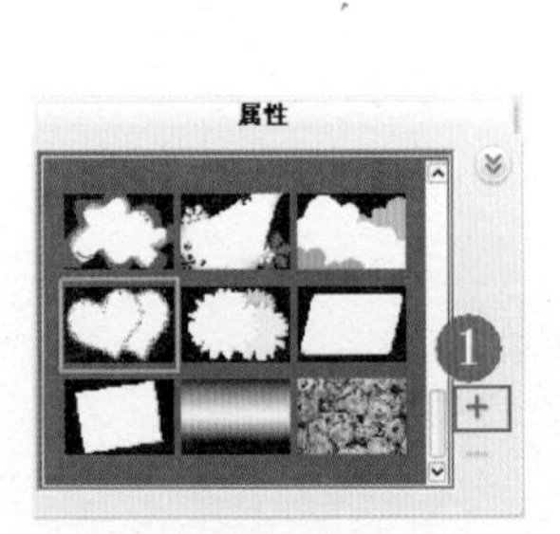

图6-38

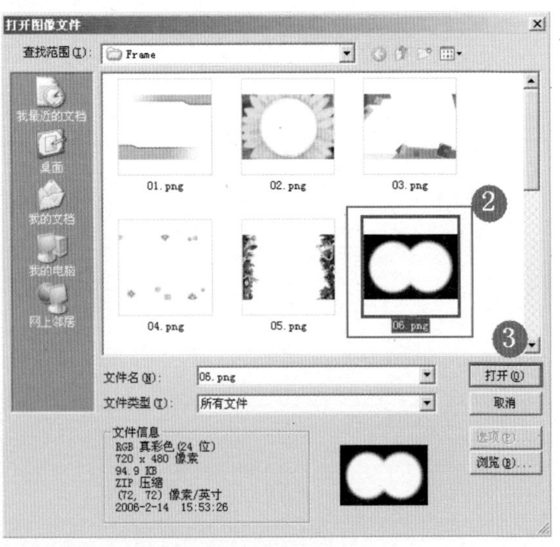

图6-39

Step 02 可导入如JPG、BMP、TIF、GIF、PNG等格式的图像文件。如果导入时文件不是8位位图，则会弹出提示转换对话框，单击【确定】按钮，即可转换，如图6-40所示。在预览窗口中即可看到导入遮罩帧后的效果，如图6-41所示。

图6-40 图6-41

Step 03 导入遮罩帧以后，【删除遮罩帧】按钮呈可用状态，选中要删除的遮罩帧❶，单击 — 按钮❷即可删除，如图6-42所示。

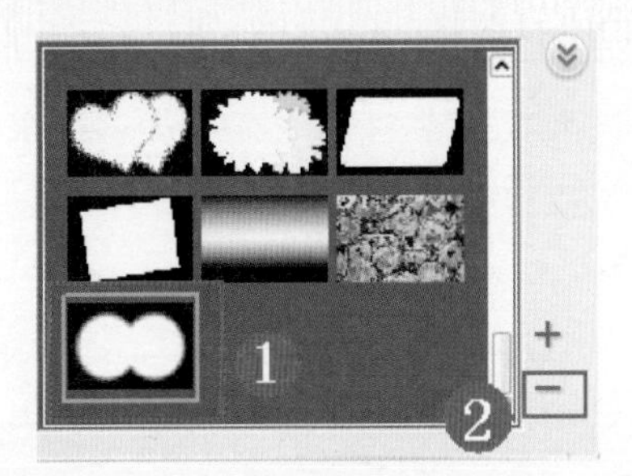

图6-42

6.6 添加边框

在会声会影中可以为视频添加边框效果，添加边框的方法有两种：用【属性】选项卡中的“边框”功能直接为覆叠素材设置边框和在素材库中直接拖动边框素材到覆叠轨中。

6.6.1 直接为覆叠素材设置边框

【属性】选项卡中的“边框”功能只能添加简单的边框，且只能为覆叠素材添加边框。

Step 01 使用前面的实例素材，将“I01.jpg”文件插入视频轨，将“人和狗.mpg”文件插入到覆叠轨，并将“I01.jpg”图片播放长度调整到与“人和狗.mpg”同样的播放长度。

Step 02 选择覆叠轨中的“人和狗.mpg”素材❶，在【属性】选项卡中单击【遮罩和色度键】按钮❷，如图6-43所示。

图6-43

Step 03 拖动“边框”滑动条以设置覆叠素材的边框厚度，这里设置为“4”❶，单击滑动条旁边的“色彩框”设置边框的颜色，这里设置为黄色❷，如图6-44所示。

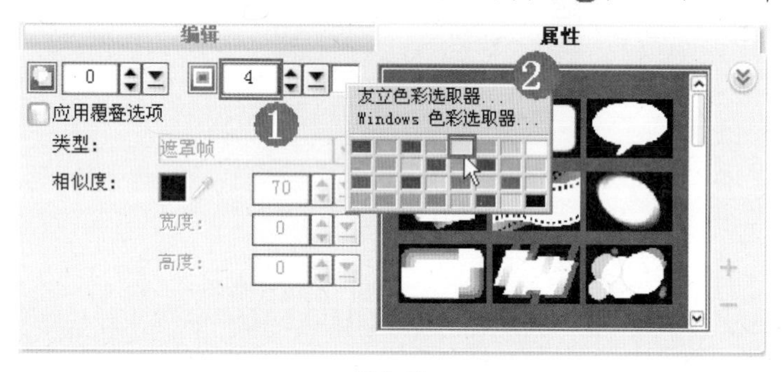

图6-44

Step 04 这样就为素材添加了边框效果，如图6-45所示。

图6-45

6.6.2 添加边框素材

将边框素材插入覆叠轨可为覆叠素材制作各式各样的边框效果。如图6-46～图6-49所示为已制作出的边框效果。

图6-46

图6-47

图6-48

图6-49

Step 01 在覆叠轨中插入“人和狗.mpg”素材❶，选择素材列表中“装饰”下的“边框”类型❷，边框素材将显示在略图列表中，如图6-50所示。

图6-50

Step 02 选择会声会影自带的边框素材“F05.png”❶，拖动另一覆叠轨中，调整边框素材的长度❷，然后在预览窗口中调整视频及边框素材的大小及位置❸，如图6-51所示。这样就完成了边框的添加。

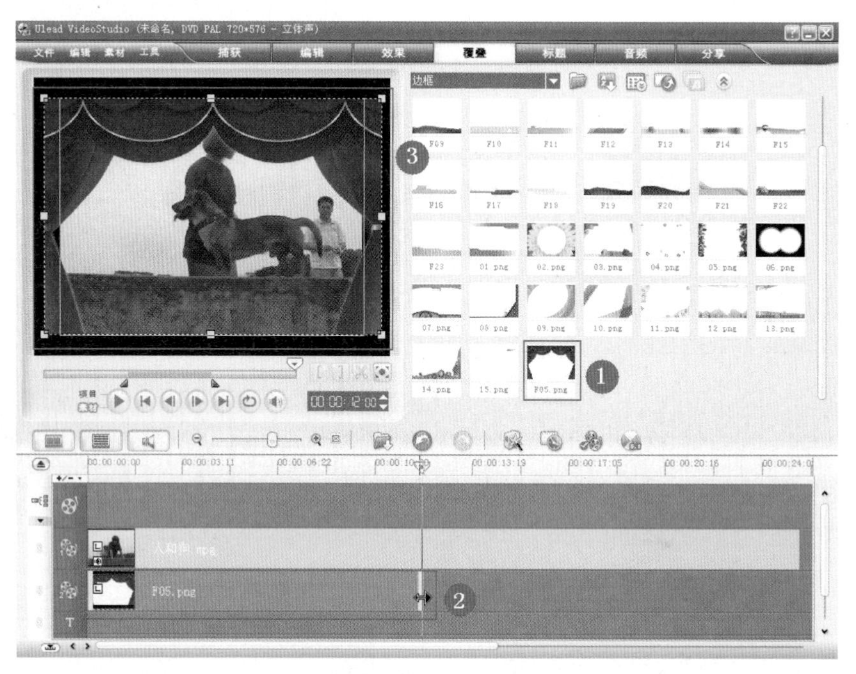

图6-51

Step 03 可在同一个覆叠轨中插入多个边框素材，方法与上一步相同，调整好位置即可，但要保证覆叠素材有足够的长度，如图6-52所示。

图6-52

说明：可在同一个覆叠轨中添加多个边框，也可在不同的覆叠轨中添加边框。另外还可为视频轨中的素材添加边框，如图6-53所示。但是添加边框素材最好还是在“覆叠轨”中进行，便于调整。

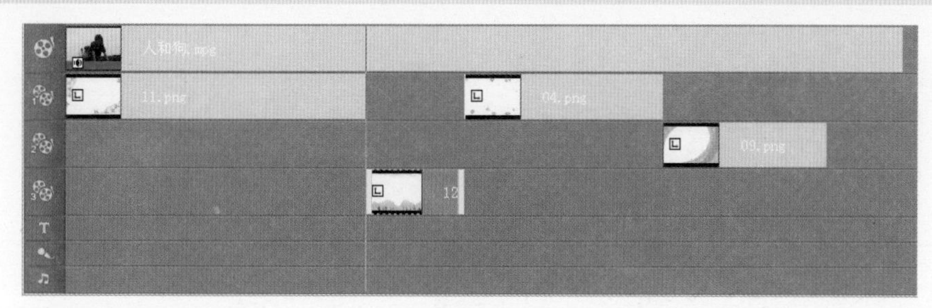

图6-53

6.6.3 加载边框素材

除了使用会声会影自带的边框素材以外，也可加载自己喜欢的边框。

Step 01 将素材插入覆叠轨之后❶，单击按钮❷，在【打开装饰文件】对话框中选择配套光盘提供的“resource\第6章\添加边框”文件夹中的多个文件❸，然后单击【确定】按钮❹，将需要的素材加载到会声会影中，如图6-54所示。

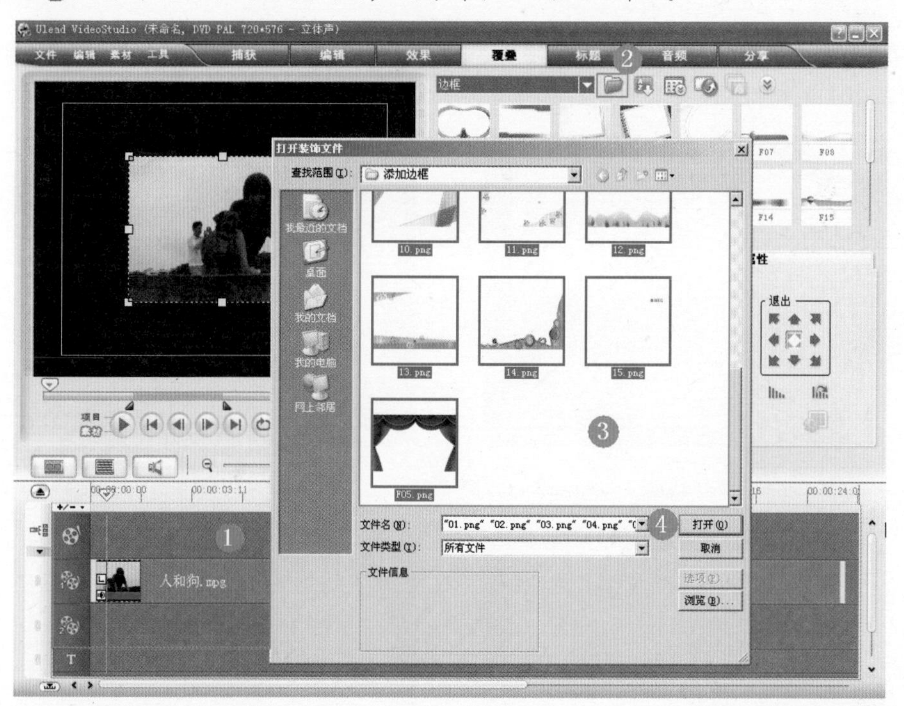

图6-54

Step 02 加载后的略图列表如图6-55所示。

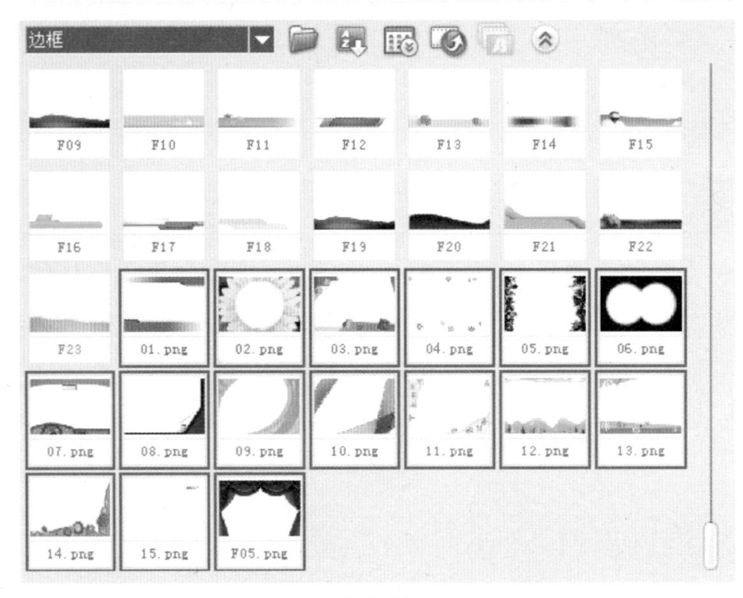

图6-55

6.7 添加Flash动画

Flash动画可作为覆叠素材添加到覆叠轨中，利用Flash动画的趣味性可为影片带来更多活力。如图6-56～图6-61所示为加载Flash动画后的效果。

图6-56

图6-57

图6-58

图6-59

图6-60

图6-61

6.7.1 为覆叠轨添加Flash动画

可在一个覆叠轨上添加一个或多个Flash动画，也可在多个覆叠轨中同时添加多个Flash动画。Flash动画也可以插入视频轨，但它只能作为视频轨的素材属性进行调整，不能实现覆叠素材效果，因此一般不插入视频轨。

Step 01 打开覆叠轨，比如打开覆叠轨3，如图6-62所示。

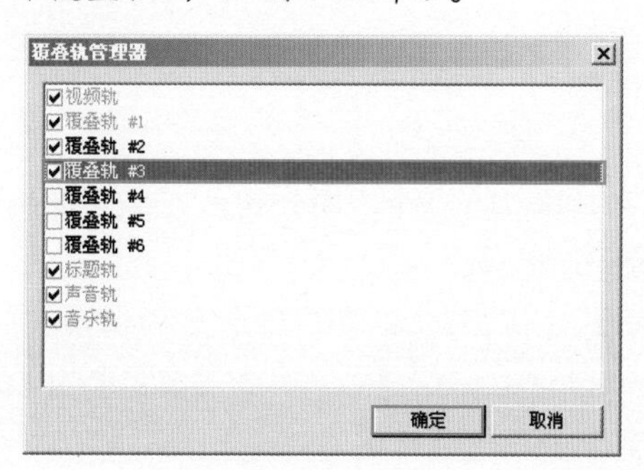

图6-62

Step 02 在素材库列表中选择“Flash动画”类型，如图6-63所示，在Flash动画略图列表中选择一个喜欢的Flash动画，如图6-64所示，将其拖动到覆叠轨3并调整长度，如图6-65所示，完成Flash动画的添加。

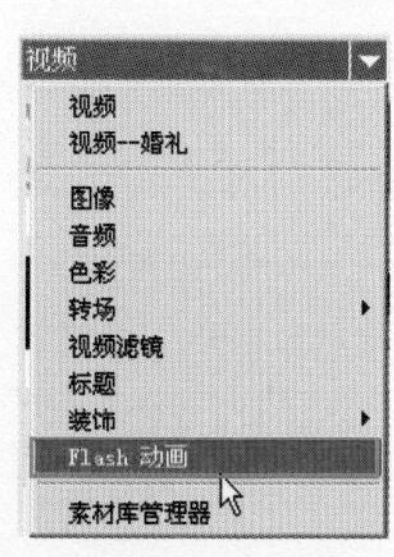

图6-63

图6-64

图6-65

Step 03 在预览窗口中调整Flash动画大小并放置在适当的位置，如图6-66所示。

图6-66

6.7.2 加载Flash动画

除了使用会声会影自带的Flash动画外，用户也可加载自己喜欢的Flash动画。

Step 01 单击按钮❶，如图6-67所示。

Step 02 弹出【打开Flash文件】对话框，选择配套光盘提供的“resource\第6章\添加flash动画”文件夹中的“sinryoku01.swf”❷，单击【预览】按钮，然后再单击按钮❸预览Flash动画效果，最后单击【打开】按钮❹，完成加载的操作，如图6-68所示。在添加时可同时选取多个Flash动画素材。

图6-67

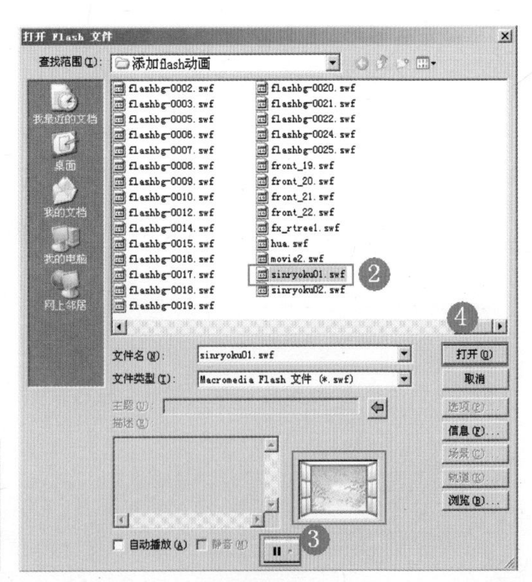

图6-68

单击【打开】按钮之后就会弹出【改变素材序列】对话框，选中素材往下或往上拖动即可改变排列次序，然后单击【确定】按钮，如图6-69所示。所选择的Flash动画将展示在Flash动画素材库中，如图6-70所示。

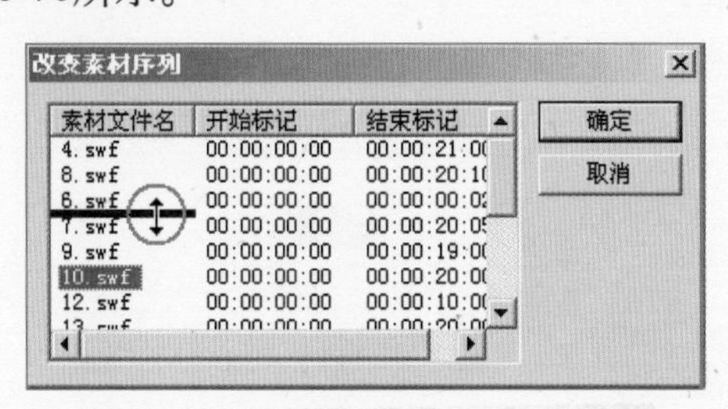

图6-69

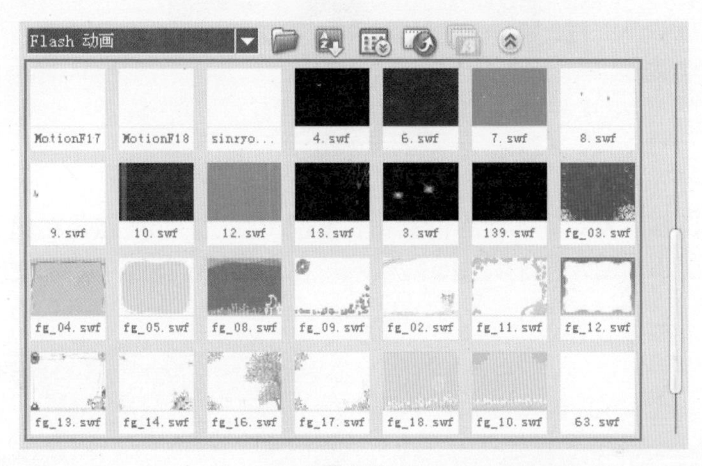

图6-70

说明：对插入在时间轴上的Flash动画，选中之后，同样可用【编辑】和【属性】选项卡中的各种可用选项自定义对象和帧，如添加动画、应用透明度、调整对象或帧的大小等。

6.8　添加装饰对象

将装饰对象或帧作为覆叠素材添加到视频，可以使影片更具有趣味性，如图6-71～图6-73所示是添加了装饰对象后的效果。

图6-71

图6-72

图6-73

6.8.1 为覆叠轨添加装饰对象

在素材列表中选择“装饰”下的“对象”选项❶，如图6-74所示。在略图列表中选择并拖动对象素材❷到时间轴中的覆叠轨上，如图6-75所示。

图6-74

图6-75

在覆叠轨中调整插入对象素材的位置和长度❸，如图6-76所示。在预览窗口中调整对象素材的位置、大小和形状❹，如图6-77所示。在对象素材上还可添加文字，使画面更富有趣味。

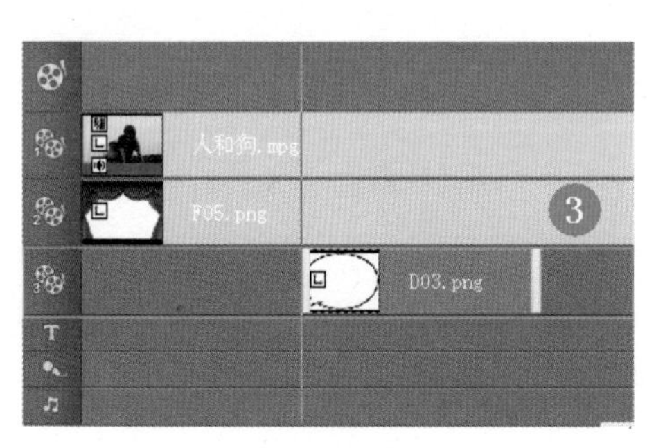

图6-76

图6-77

说明：也可以在【编辑】或【属性】选项卡中调整此对象的大小和位置，设置进入或退出动画效果，如图6-78所示。

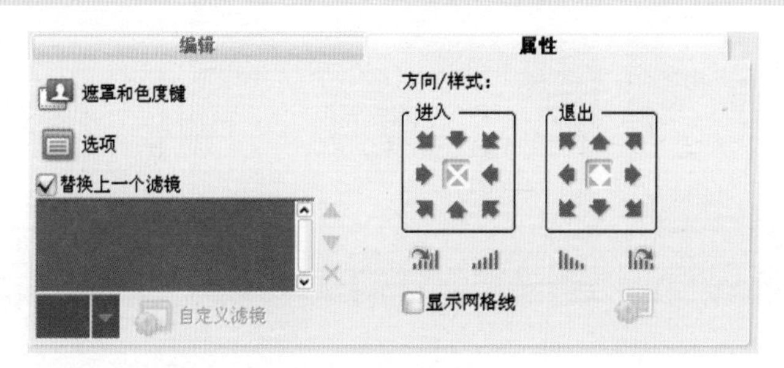

图6-78

6.8.2 加载对象

加载装饰对象素材与加载视频、图像、边框和Flash动画素材的方法一样，不再详细说明，步骤如图6-79中的❶和图6-80中的❷和❸所示。

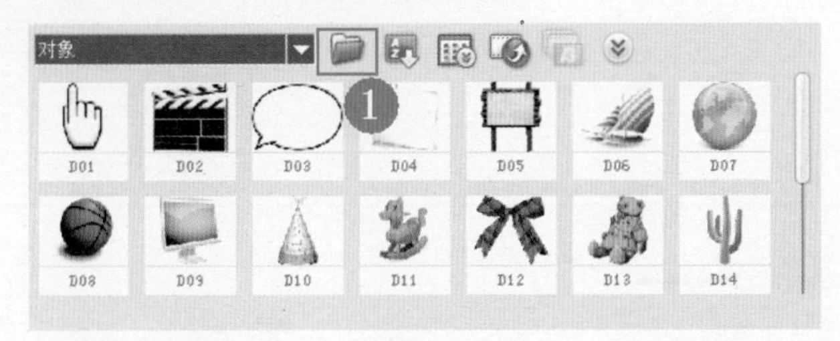

图6-79

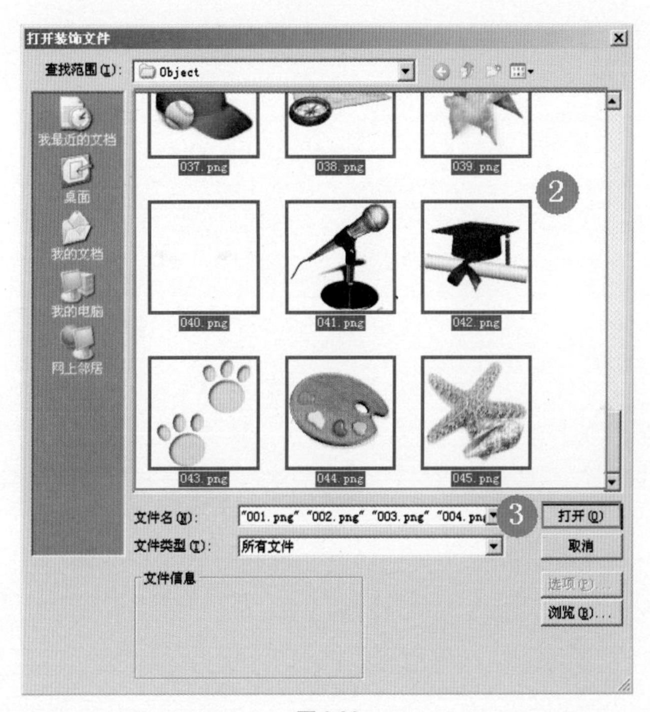

图6-80

本章学习了在覆叠轨中添加覆叠素材、编辑覆叠素材及调整属性、制作多重覆叠效果、抠像去除背景的方法，以及添加遮罩、对象、边框和Flash动画等效果使影片画面更加丰富多彩，产生预想不到的效果。

覆叠轨素材可进行编辑及属性的修改，如自定义覆叠素材的区间、色彩校正、回放速度等，为覆叠素材应用动画、调整素材的大小和位置等，通过应用透明度、边框和滤镜等方法增强覆叠素材，对覆叠素材应用色度键删除其背景色。

此外，会声会影还支持图形图像文件，也就是透明背景格式文件，如TGA、TIF、PNG、PSD等，或者由友立的Cool 3D所制作的文件。下一章将介绍“标题”步骤。

读书笔记

第7章 给影片添加标题和字幕

影片制作的第五个步骤——“标题”步骤。

字幕、开场和结束时的演职员表等都是视频作品中的文字，它们使影片更为清晰明了。会声会影的“标题”步骤，可在几分钟内创建出带有特殊效果的标题。

“标题”步骤，提供了多种文字样式模板供用户直接套用，另外对插入的文字也能制作各种特殊效果，可调整大小、角度、文字样式、文字背景、文字播放长度以及文字动画制作等。

适当的文字效果能给影片画面带来美的视觉艺术效果，如图7-1～图7-4所示。

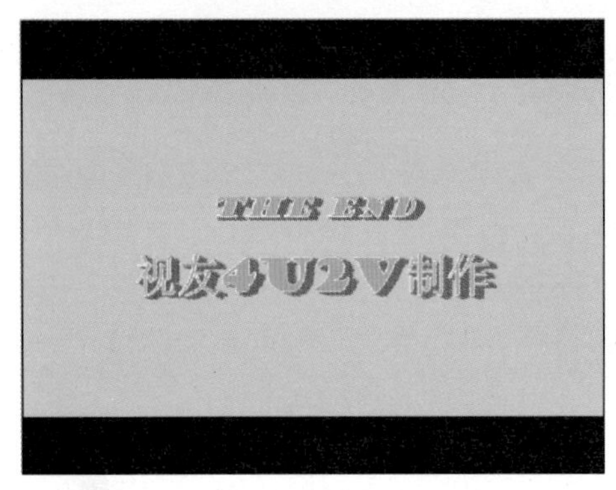

图7-1

图7-2

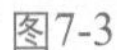
图7-3

图7-4

7.1 为影片添加开场和谢幕标题——单个标题

会声会影允许使用“多文字框”和“单文字框”来添加文字。“多文字框”即是“多个标题”命令；“单文字框”即是“单个标题”命令。

标题和鸣谢名单常使用单文字框来制作。如图7-5和图7-6所示是为视友短片添加的影片开场标题和谢幕文字效果。

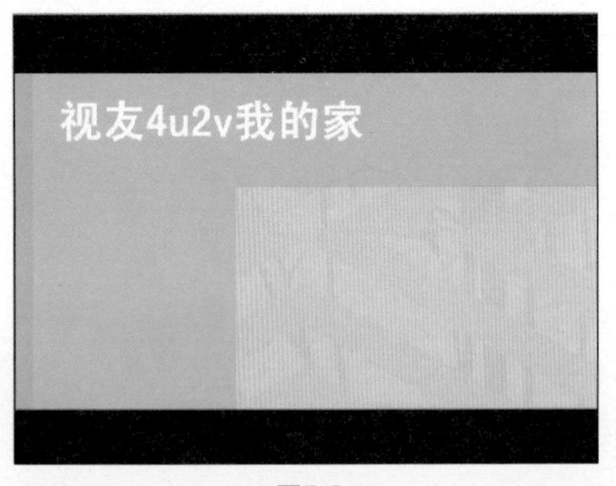

图7-5

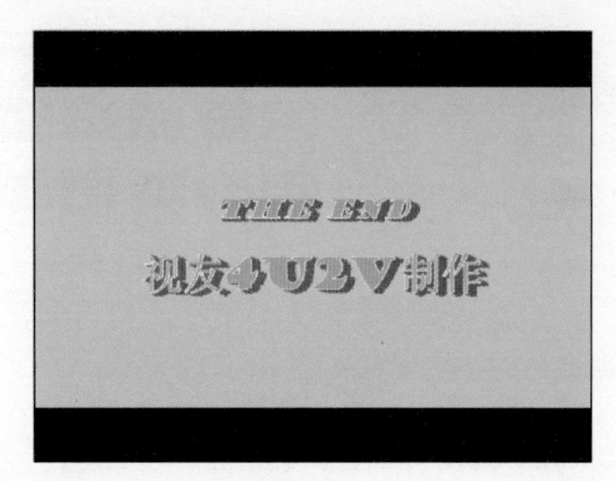

图7-6

7.1.1 添加开场标题

为影片添加开场标题。

Step01 打开配套光盘提供的“resource\第7章\添加标题\视友短片”文件夹中“视友短片.VSP”项目文件。

Step02 添加文字并进行编辑。进入“标题”步骤❶，将时间轴放置在影片开头处❷，在预览窗口中双击鼠标❸，调出文字【编辑】选项卡❹，选择“单个标题”单选按钮❺，如图7-7所示。

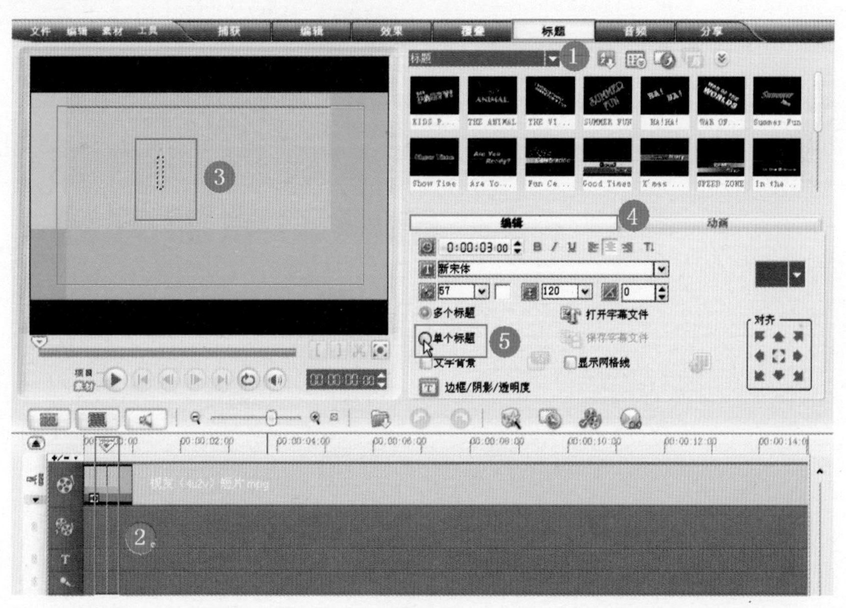

图7-7

Step03 再次双击预览窗口，输入“视友4u2v我的家”并选取所有文字❶，单击按钮设置文字为“粗体”❷，单击按钮设置文字为“左对齐”❸，设置字体大小的数值为“58”❹，单击按钮选择白色❺，单击的下拉列表选择“黑体”❻，如图7-8所示。在界面中的其他区域单击结束文字输入，即可看到文字出现在标题轨上。

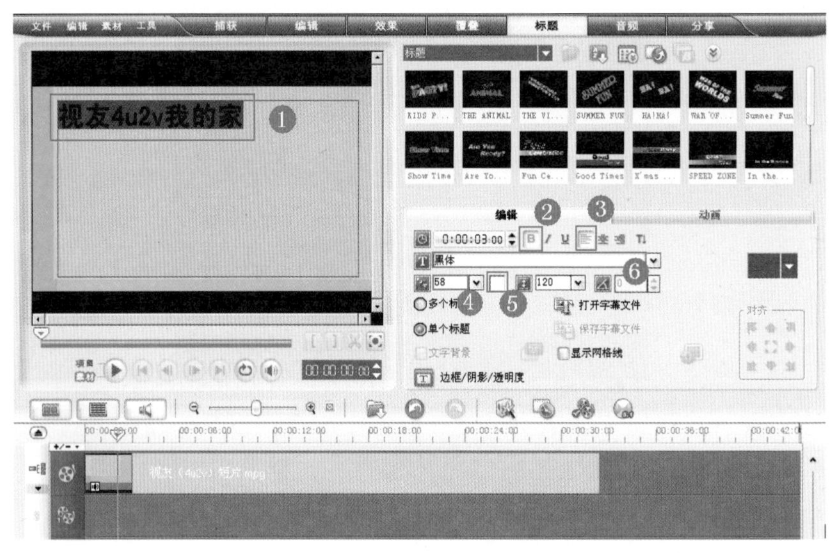

图7-8

7.1.2 添加谢幕文字

为影片添加谢幕文字。

Step01 进入“标题”步骤❶，将时间轴放置在影片结尾处❷，在预览窗口中双击鼠标，在【编辑】选项卡中选择“单个标题”单选按钮❸，输入“The End 视友4u2v制作”文字❹，如图7-9所示。

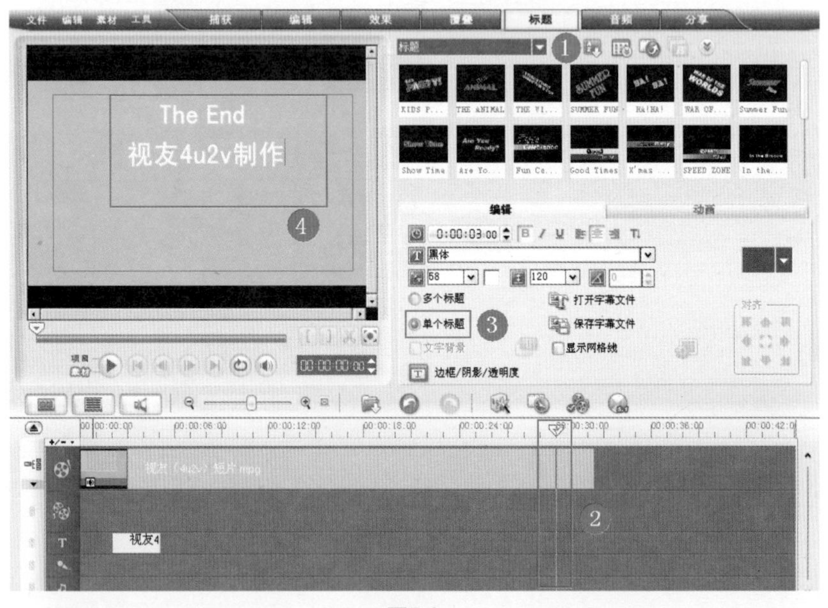

图7-9

注意：文字换行按【Enter】键。

Step02 在时间码中输入“00:00:02:00”❶，选择“居中对齐”方式❷，单击的下拉列表选择“Goudy Stout”字体❸，设置字体大小的数值为“58”❹，单击按钮选择颜色为深蓝色❺，在预览窗口中查看效果，如图7-10所示❻。

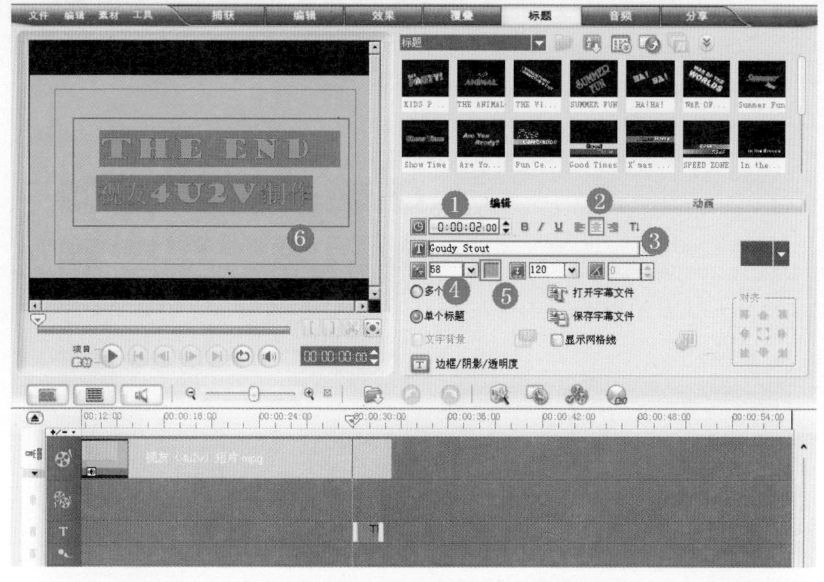

图7-10

7.1.3 制作立体标题文字

选中文字，单击【边框/阴影/透明度】按钮❶，在弹出的对话框中单击【阴影】选项卡❷，然后选择“突起阴影”模式❸，输入阴影的X、Y轴的阴影偏移量分别为“15.0”和“5.0”❹，单击颜色框，选择深灰色❺，预览效果❻，如图7-11所示，文字具有了立体效果。

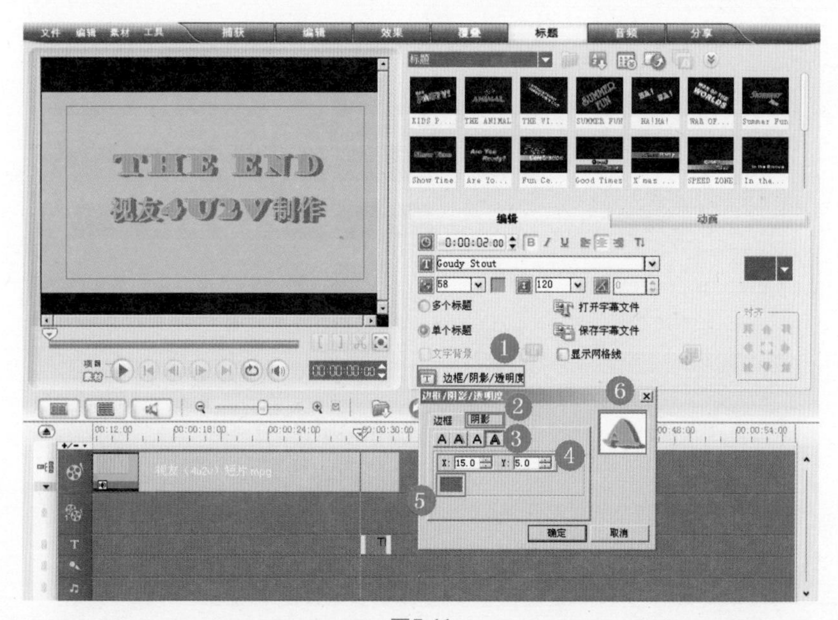

图7-11

7.1.4 给文字添加边框

继续上一小节的操作，打开【边框】选项卡❶，设置边框宽度为“2.0”❷，【线条色彩】为白色❸，文字透明度为“5”❹，单击【确定】按钮❺，完成立体文字的边框效果，如图7-12所示。

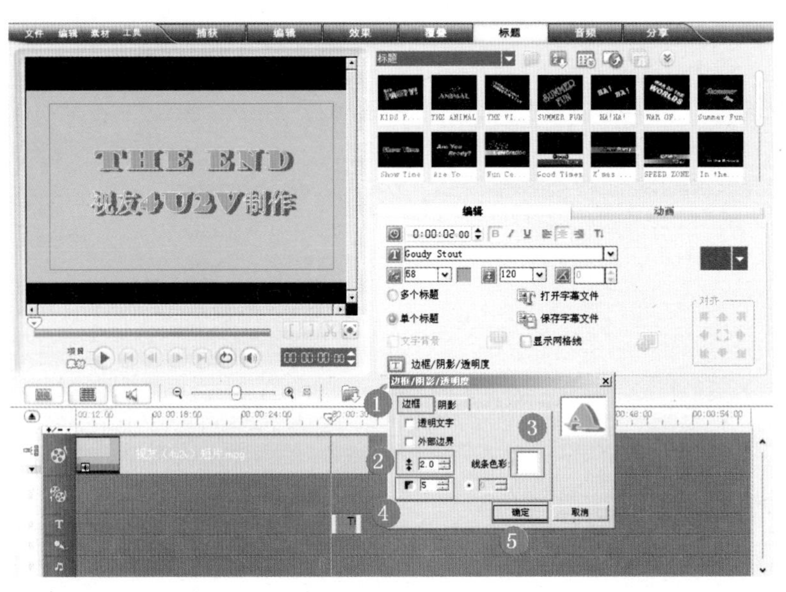

图7-12

7.1.5 对单个标题中的个别字进行设置

为了使文字效果显得活泼，可对单个标题的个别字进行设置。选取第一行文字“The End”❶，设置字体大小的数值为“34”❷，字体设置为“斜体”❸，如图7-13所示。本实例操作完成。

图7-13

7.2 为影片同时添加多种艺术文字——多个标题

使用“多个标题”功能为婚礼影片添加多个标题，使影片画面中同时出现多种文字艺术效果，如图7-14所示。

图7-14

7.2.1 输入多个标题

在影片中输入说明文字。

Step01 将配套光盘提供的“resource\第7章\为影片同时添加多种艺术文字”文件夹中的“婚纱5.jpg”插入视频轨。

Step02 选择“标题”步骤❶，选择“多个标题”单选按钮❷，双击预览窗口，输入“身无彩凤双飞翼，心有灵犀一点通。”文字，在预览窗口空白处单击结束这句话的输入❸。再次双击预览窗口，继续输入文字“第一次亲吻才知道什么是爱与被爱 第一次亲吻才知道谁是今生我的最爱”，在预览窗口空白处单击结束文字的输入❹。在标题轨中将文字移动到开始处❺，如图7-15所示。

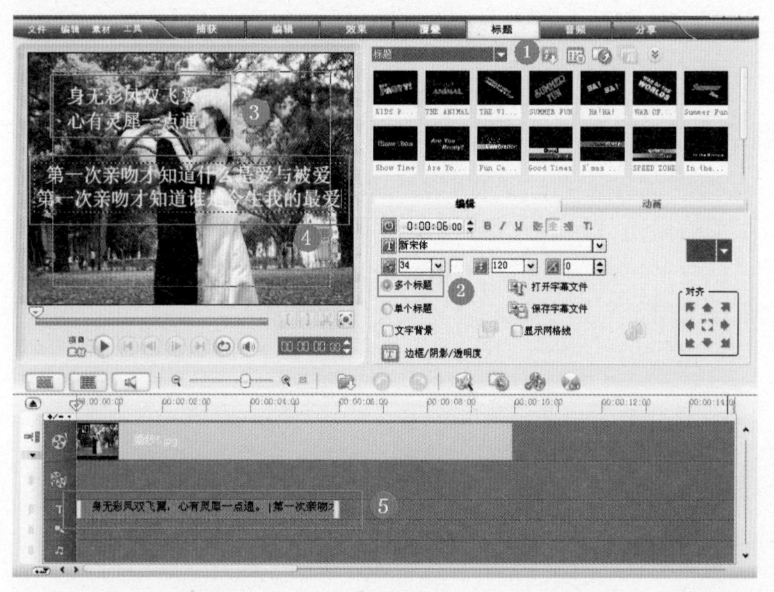

图7-15

注意：在默认状态下，“多个标题”处于被选择状态。

7.2.2 制作半透明文字

选取“身无彩凤双飞翼，心有灵犀一点通。”文字❶，在【编辑】选项卡中，选择“居中对齐”方式❷，在的下拉列表中选择“楷体”❸，设置字体大小的数值为“180”❹，单击颜色框选择白色❺。单击【边框/阴影/透明度】按钮❻，在弹出的对话框中选择【边框】选项卡❼，【线条色彩】设置为白色❽，设置文字透明度为“60”❾，单击【确定】按钮❿，完成半透明文字效果的制作，如图7-16所示。

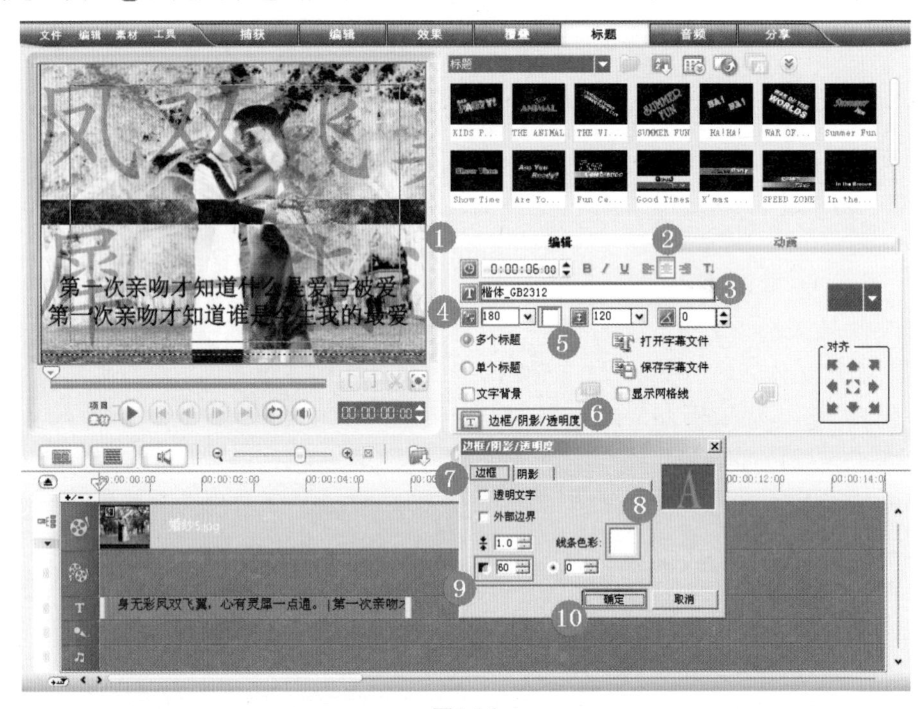

图7-16

7.2.3 制作渐变透明文字背景

继续上一小节的操作，勾选“文字背景”复选框❶，单击按钮❷，在【文字背景】对话框中选择“渐变”单选按钮❸，单击颜色框选择黄色❹，单击另一个颜色框选择紫色❺，单击按钮设置向下的渐变方式❻，设置【透明度】的值为“65”❼，单击【确定】按钮，如图7-17所示。

说明：也可设置成单色背景。在“多个标题”状态下❶，勾选“文字背景”复选框❷，单击按钮❸，在弹出的对话框中选择“单色”单选按钮❹，设置【透明度】的值为“60”❺，单击【确定】按钮❻，如图7-18所示，即可完成单色背景的添加。此时在预览窗口中可观察效果，如图7-19所示。

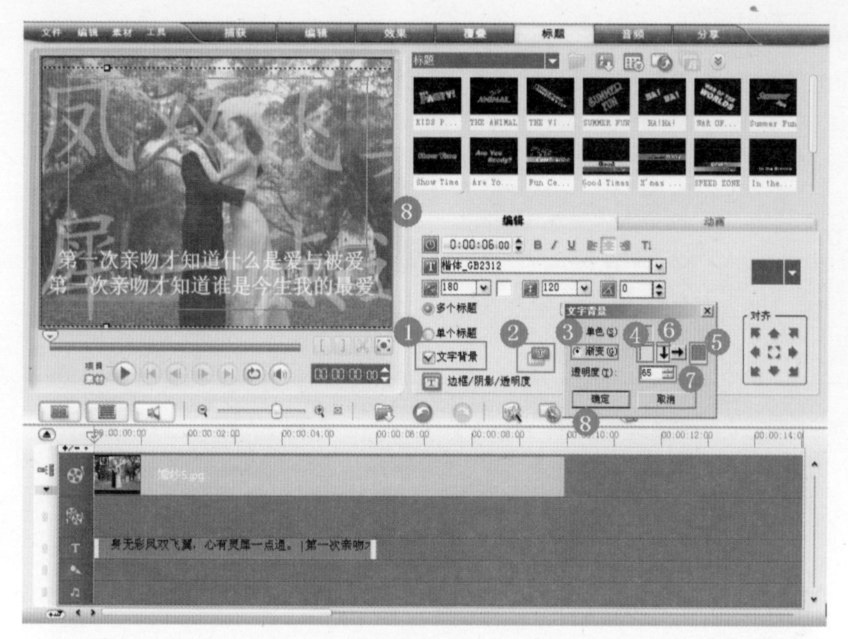

图7-17

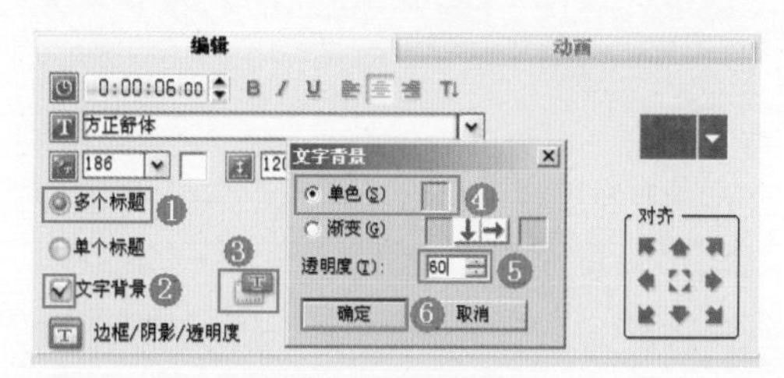

图7-18

图7-19

7.2.4 制作垂直文字

选择“第一次亲吻才知道什么是爱与被爱 第一次亲吻才知道谁是今生我的最爱”文字，在【编辑】选项卡中选择 “居中对齐”方式❶，然后单击 按钮将文字方向改为垂直方向❷，在预览窗口中使用【Enter】键、空格键和退格键对文字进行排列❸，在 的下拉列表选择“黑体”❹，设置字体大小的数值为“30”❺，单击颜色框选择白色❻，设置文字间距的数值为“140”❼，如图7-20所示。

图7-20

7.2.5 对个别文字进行编辑

按照前面的方法，选取个别字体如“爱”、“谁”等，对它们进行大小及颜色的修改，使字体效果更加丰富，如图7-21所示。

图7-21

7.2.6 手动调整文字大小和旋转角度

在预览窗口中可拖动文字框的调节点来调整文字的大小，如图7-22所示。

图7-22

使用文字框的调节点还可以旋转文字角度。在预览窗口中选择文字框，单击紫色拖柄并将其旋转到需要的角度❶，也可在【编辑】选项卡中的文本框中指定一个值❷，以便应用更精确的旋转角度，如图7-23所示。

图7-23

说明：在预览窗口中旋转文字，是会声会影11的新功能。

7.2.7 重新排列多个标题的叠放次序

在预览窗口中，单击选中要重新排列的文字框并单击鼠标右键，在弹出的快捷菜单中选择【移到顶端】命令重新叠放文字，如图7-24所示。根据文字框当前的位置还可以选择【移动底端】、【向上一层】和【向下一层】命令。

图7-24

7.2.8 保存标题文字到素材库

如果还希望对其他项目使用已创建的标题，比如在创建具有相同属性的多个标题时，较好的方法是将标题素材的一个副本存储在素材库中。

只需在时间轴中选择标题❶，并将其拖动到素材库即可保存，在素材库中便会出现此标题的缩略图❷，如图7-25所示，再使用时可直接从素材库中拖到时间轴。

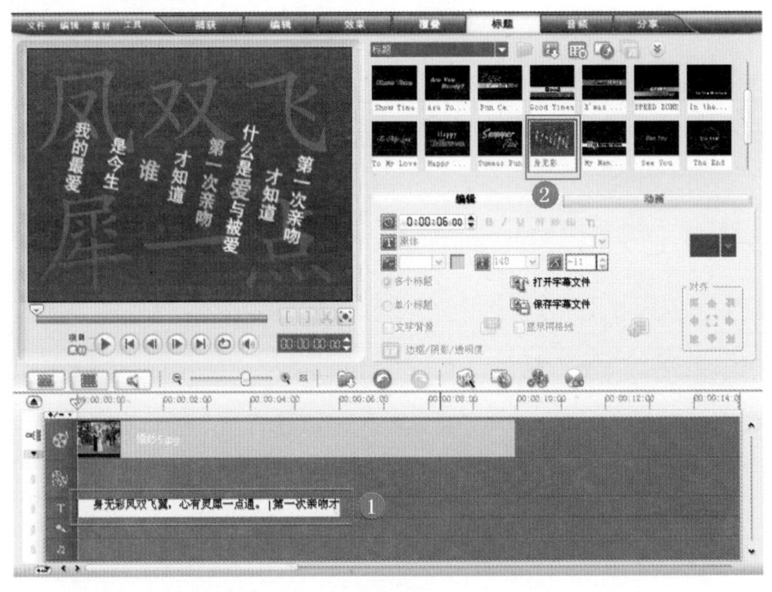

图7-25

7.2.9 修改标题的播放长度

修改文字的播放长度有两种方法。

（1）手动修改。在时间轴标题轨上，将光标放置在标题的开始或结束位置的黄色拖柄上即出现黑色三角箭头，如图7-26所示，单击并拖动鼠标，即可修改文字的播放长度，如图7-27所示。

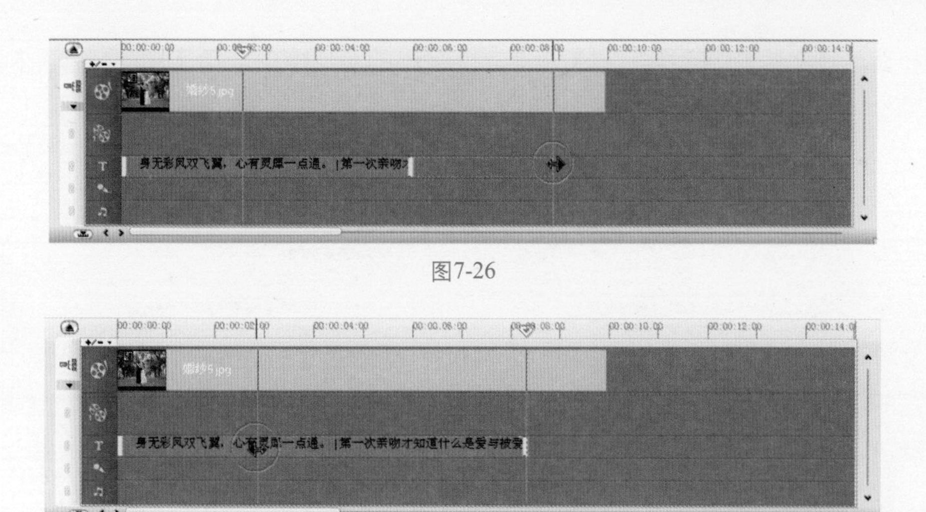

图7-26

图7-27

（2）精确修改。选中文字框，在【编辑】选项卡中输入区间的时间码来修改文字的播放长度，如图7-28所示。

图7-28

7.2.10 移动标题在标题轨中的位置

在时间轴的标题轨上，还可调整改变标题文字的位置，选中文字并拖动到想要放置的位置即可，如图7-29所示。

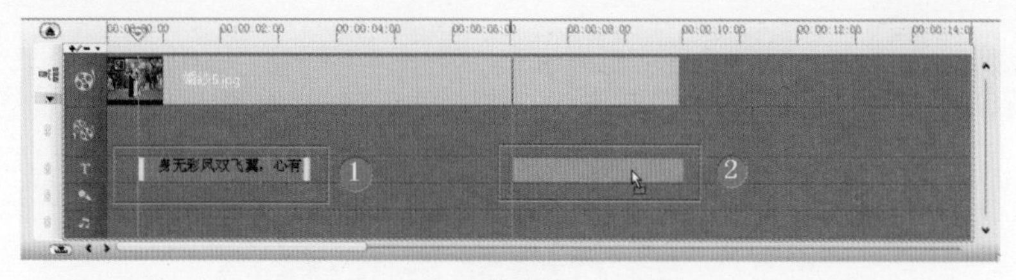

图7-29

7.2.11 将文字保留在标题安全区内

标题安全区是预览窗口中的矩形框，如图7-30所示，如果将文字保留在标题安全区的范围之内，则在电视上查看这些文字时，不会出现被截断的现象。

选择菜单【文件】|【参数选择】命令，在弹出的对话框中选择【常规】选项卡，勾选“在预览窗口显示标题安全区”复选框可显示或隐藏标题安全区，如图7-31所示。

图7-30

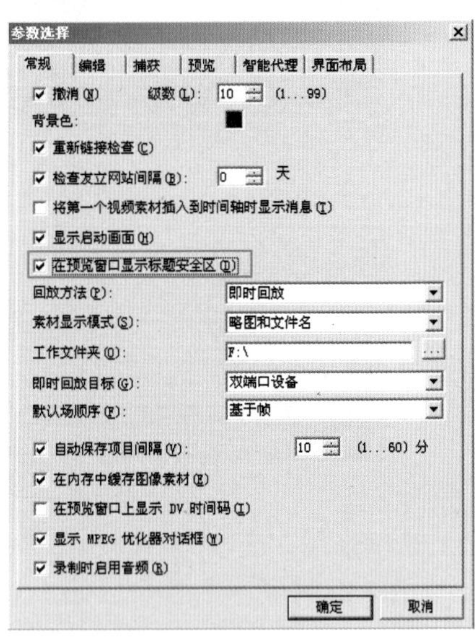

图7-31

7.2.12 完成实例

可根据个人的喜好给文字设置不同的字体和背景，如把字体设置成“方正舒体”制作文字背景，如图7-32所示的文字效果和图7-33所示的渐变及单色文字背景效果。

图7-32

图7-33

7.3 通过模板添加标题

套用会声会影提供的预设文字样式模板可以快速套用文字属性，提高工作效率。

Step 01 继续上一节的实例操作，将光标插入时间轴上适当的位置，进入“标题”步骤❶，在文字样式模板中选择其中一种模板❷，把它拖动至标题轨❸，此时在预览窗口中可看见文字效果，双击文字框选取文字❹，如图7-34所示。

图7-34

> **说明：** 在时间轴上还可以继续添加标题，单击想要输入标题的位置，然后在预览窗口中输入文字即可。

Step 02 选取要编辑的单个或者整个字体之后，输入其他文字，如“my”，即可代替原文字，但其属性颜色、样式、大小、边框、动画效果都保持不变，如图7-35所示。

图7-35

Step 03 按同样的方法输入其他文字“love”❶；如果对模板效果不太满意，比如字体不够大等，可在【编辑】选项卡中进行修改❷，如图7-36所示。

Step 04 还可以对文字模板原有的动画效果进行修改，如图7-37所示。

Step 05 单击导览面板的▶按钮查看文字动画效果，并保存项目文件为“套用模板.vsp”，即完成了套用文字模板的操作。

图7-36

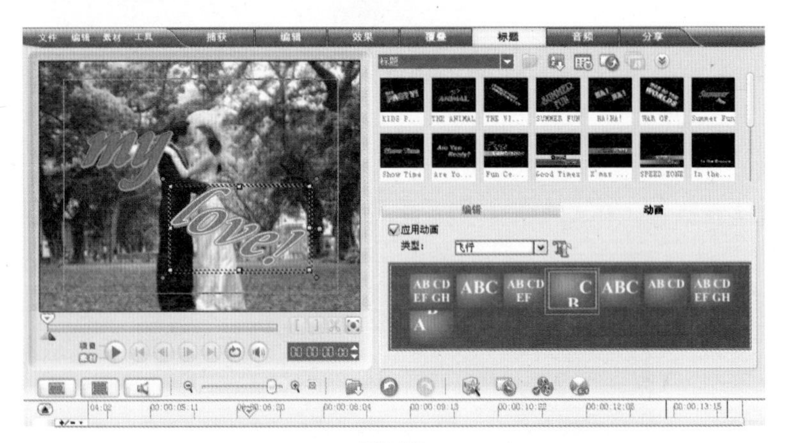

图7-37

7.4 制作文字动画

在会声会影中可将动画应用到文字中，如弹出、翻转、飞行、缩放、淡化、下降、摇摆、移动路径等，使画面更加富有动感。

打开配套光盘提供的“resource\第7章\为婚礼影片制作文字动画\多个标题.vsp”文件，为项目中的文字添加动画。

7.4.1 制作文字下降动画

进入“标题”步骤❶，选中“第一次亲吻才知道什么是爱与被爱”文本框❷，在【动画】选项卡❸中勾选“应用动画”复选框❹，设置【类型】为“下降”❺，并在列表框中选择一种预设效果❻，单击按钮❼，在弹出的对话框中设置【单位】类型为“字符”❽，单击【确定】按钮❾，如图7-38所示。在预览窗口中播放查看动画效果。

图7-38

说明：在【下降动画】对话框中，

(1) “加速”是指在当前单位的标题素材退出屏幕之前启动下一个单位的动画。

(2) “单位”是确定标题如何在场景中出现。

(3) “文本”表示完整标题出现在场景中。

(4) “字符”表示标题一次一个字符出现在场景中。

(5) “单词”表示标题一次一个单词出现在场景中。

(6) “行”表示文字一次一行出现在场景中。

7.4.2 制作文字弹出动画

进入“标题”步骤❶，选中“第一次亲吻才知道谁是今生我的最爱”文本框❷，在【动画】选项卡❸中勾选“应用动画”复选框❹，设置【类型】为“弹出”❺，在列表框中选择一种预设效果❻，单击按钮❼，在弹出的对话框中修改动画效果，设置【单位】类型为“字符”❽，设置【暂停】类型为“无暂停”❾，【方向】选择为方向❿，单击【确定】按钮⓫，如图7-39所示。

说明：在【弹出动画】对话框中，

(1) 勾选“基于字符”复选框，在预览窗口中显示应用的字体。

(2) “单位”是指确定标题如何出现在场景中。

(3) “暂停”是指在动画的开始和结束方向之间应用的暂停。选择“无暂停”以使动画流畅运行。

(4) 方向是指定在触发该效果时文字将源自于哪个方向。

图7-39

7.4.3 制作文字缩放动画

进入“标题”步骤❶，选中“身无彩凤双飞翼，心有灵犀一点通。”文本框❷，在【动画】选项卡❸中勾选“应用动画”复选框❹，设置【类型】为“缩放”❺，在列表框中选择一种预设效果❻，单击按钮❼，在弹出的对话框中修改动画效果，设置【单位】为“文本”❽，设置【缩放起始】的数值为“5.0”❾，【缩放终止】的数值为“1.0”❿，单击【确定】按钮⓫，如图7-40所示。

图7-40

说明：在【缩放动画】对话框中，

(1) “显示标题”表示是否在动画结束处显示标题。

(2) “缩放起始/缩放终止”表示输入动画开始和结束位置的标题缩放率。

7.5 保存及打开字幕

在会声会影中提供了打开和保存字幕文件的功能。打开字幕文件用以插入以前保存的影片字幕；保存字幕文件用以将影片字幕保存到文件中以备将来之用。

7.5.1 保存字幕

打开前面保存的实例“套用模板.vsp”文件。当项目中有标题文字时，在【编辑】选项卡中就会同时出现【打开字幕文件】和【保存字幕文件】按钮，可将项目的字幕保存起来。

进入“标题”步骤❶，单击【保存字幕文件】按钮❷，弹出【另存为】对话框，选择保存路径❸，输入文件名为“婚礼字幕1”❹，保存类型为“电影字幕文件（*.utf）”❺，选择保存的语言为“简体中文”❻，单击【保存】按钮❼，即可将本项目中的所有字幕保存起来，如图7-41所示。

图7-41

注意：(1) 影片字幕将自动保存为 *.utf文件格式。

(2) 在会声会影11中提供了加入多重语言标题这一新功能，在“语言”选项中除了简体中文，还支持其他多种语言的字幕，如韩语文字、日文、土耳其语等，如图7-42所示。

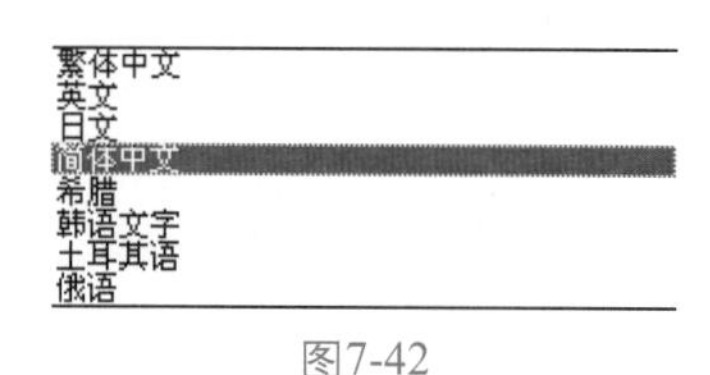

图7-42

7.5.2 打开字幕

在会声会影中可将影片字幕文件用于项目中。若要插入影片字幕文件，单击“标题”步骤❶，单击【编辑】选项卡中的【打开字幕文件】按钮❷，在【打开】对话框中单击字幕文件❸，可为即将打开的字幕设置“字体”、“字体大小”、“字体颜色”、“行间距”、“字体颜色”、“光晕阴影”和“垂直文字”等，这里保持默认参数不变❹，然后单击【打开】按钮❺，如图7-43所示。

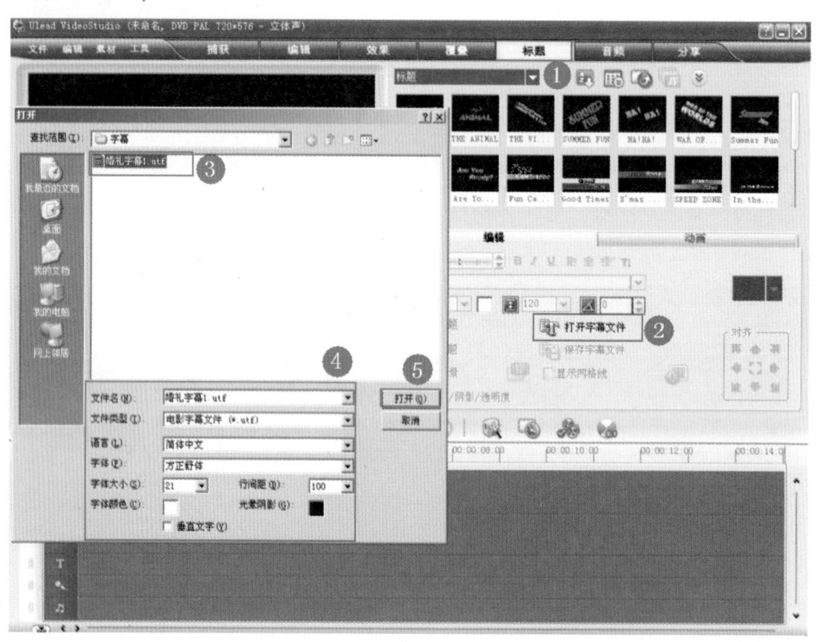

图7-43

在打开之前会弹出提示窗口，如图7-44所示，单击【确定】按钮即可。

图7-44

字幕插入到标题轨中❶，在预览窗口中显示打开的字幕效果❷，如图7-45所示。

注意：要打开中文、日语或希腊语等语言的字幕，在【编辑】选项卡中单击【打开字幕文件】按钮，然后通过浏览查找特定文件，在打开该文件之前，确保已在“语言”中选择了相应的语言。

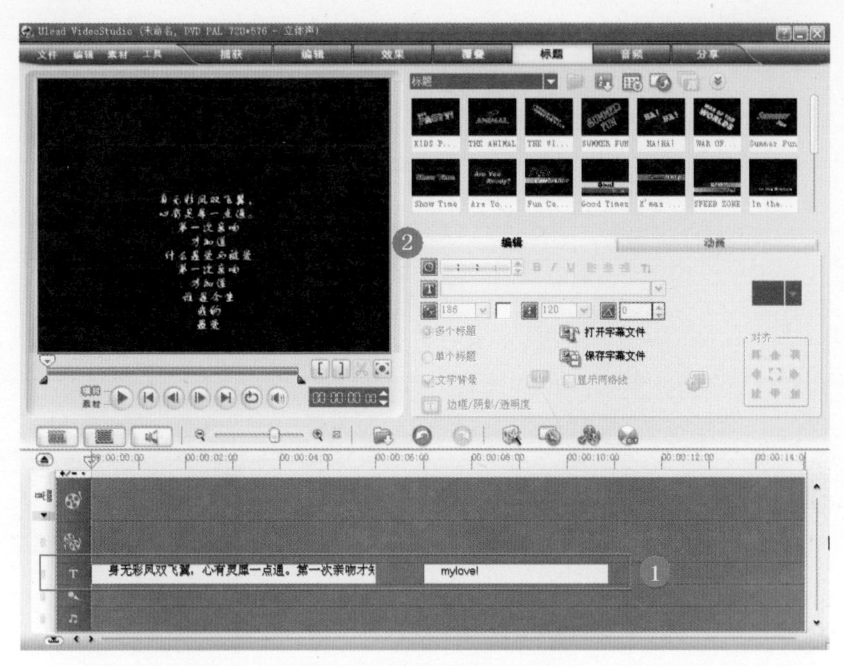

图7-45

7.6 安装自己喜欢的字体

字体是艺术作品不可缺少的一部分，文字不仅起到解说的作用，漂亮的字体还能增加艺术作品的艺术效果，会声会影提供了多种字体供用户使用。

下面来详细介绍如何将这些漂亮的字体安装到会声会影中。

Step01 可通过“百度”搜索引擎搜索字体，单击下载想要的字体❶即可，如图7-46所示。

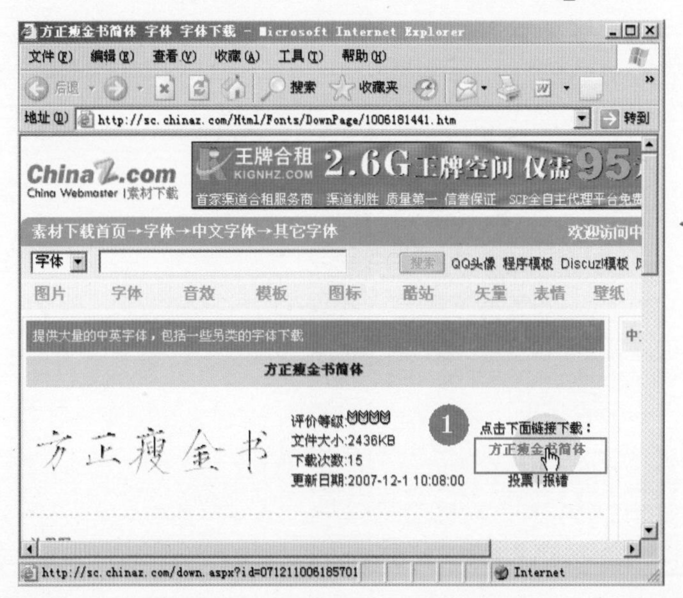

图7-46

Step 02 单击下载页面中的【浏览】按钮❷，为下载的字体选择路径，单击【开始下载】按钮❸，即可开始下载，如图7-47所示。

Step 03 下载到计算机上进行解压，如图7-48所示。

图7-47

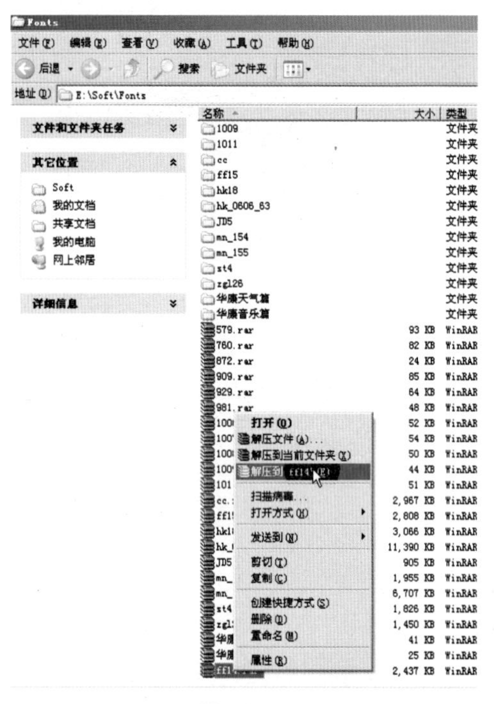

图7-48

Step 04 解压之后，将其中的字体文件❶移动到的“Fonts”文件夹中即可❷，如图7-49所示。

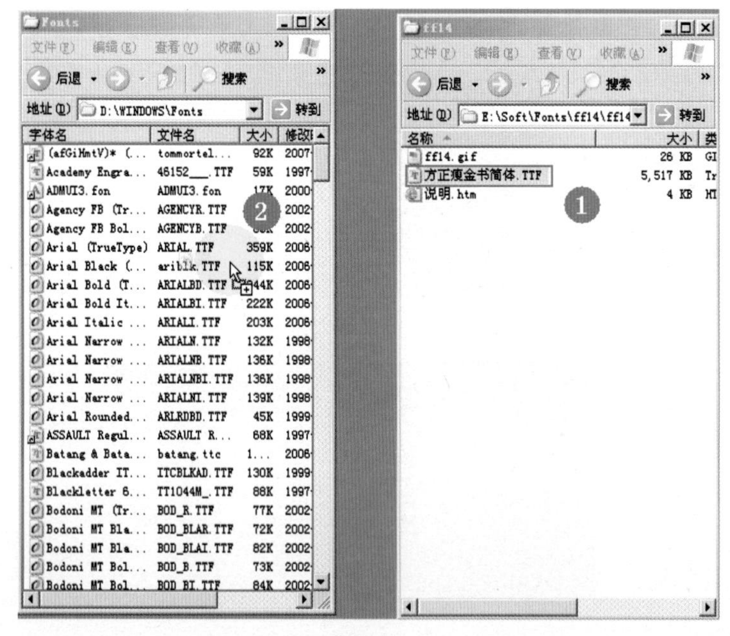

图7-49

注意： 通常选择C盘作为系统盘，因此一般通过此路径“C:\WINDOWS\Fonts”打开“Fonts”文件夹。

Step 05 启动会声会影，即可为输入的文字设置已安装好的字体，如竹节字效果，如图7-50所示。

图7-50

本章主要介绍了如何使用单个标题、多个标题制作影片开场及谢幕文字，介绍了立体字、透明字、透明渐变文字背景的制作，以及使用标题模板、文字动画、保存和安装字幕等知识。文字说明使影片情节更容易理解。下一章介绍“音频”步骤，为影片添加旁白和背景音乐，使影片有声有色，同时也渲染了故事情节。

读书笔记

第8章　添加音乐和声音

影片制作的第六个步骤——“音频”步骤。

影片中若没有声音，就象失去了听觉。音频是视频作品能否获得成功的关键元素之一。在会声会影中也可为影片添加声音，使影片有声有色。

会声会影的“音频”步骤提供了单独的“声音轨”和“音乐轨”，可以交替地将声音和音乐文件插入到任何一种轨上。一般情况下应将旁白插入“声音轨”，将背景音乐或声音效果插入“音乐轨”。

8.1 插入并预览音频素材

在会声会影中自带有一些音频素材，可以直接调用。音频素材的添加方法跟视频、图片素材一样，拖动至相应的轨即可。

8.1.1 插入素材库中的音频素材

单击“音频”步骤❶，选择音频素材库自带的素材，如“A02.mpa”文件❷，将它拖动至声音轨❸或者音乐轨❹，即完成了素材库的音频插入，如图8-1所示。

图8-1

8.1.2 预览音频素材

在音频素材库中选中一个音频素材❶或者在时间轴中选中一个音频素材❷，单击导览面板中的▶按钮❸，即可听到音频素材的声音，如图8-2所示。

图8-2

8.2　加载硬盘上的音乐

将硬盘上的音乐插入时间轴，可以加载硬盘上的音频到素材库，然后再从素材库插入到声音轨或者音乐轨，也可以直接将音频插入声音轨或者音乐轨。

8.2.1　加载硬盘上的音频到素材库

可将保存在计算机硬盘上的音频添加到会声会影素材库中以便随时使用。

Step 01 选择“音频”步骤❶，单击 按钮❷，在计算机硬盘中找到存放音频的文件夹或者将配套光盘中的“resource\第8章\音频”文件夹中的文件复制到自己的计算机硬盘中。选择要加载到素材库的音频文件，如“绿色田野.wma”、“想跳舞的狗狗.wma”和“小狗豆豆.wma”❸，单击【打开】按钮❹，如图8-3所示。

Step 02 在弹出的【改变素材序列】对话框中选择并拖动来调整音乐素材的次序排列方式❺，单击【确定】按钮❻，完成加载的操作，如图8-4所示，在略图列表中即显示所加载音乐的缩略图❼，如图8-5所示。

Step 03 选中素材库中的音频文件然后拖动到声音轨或音乐轨即可。

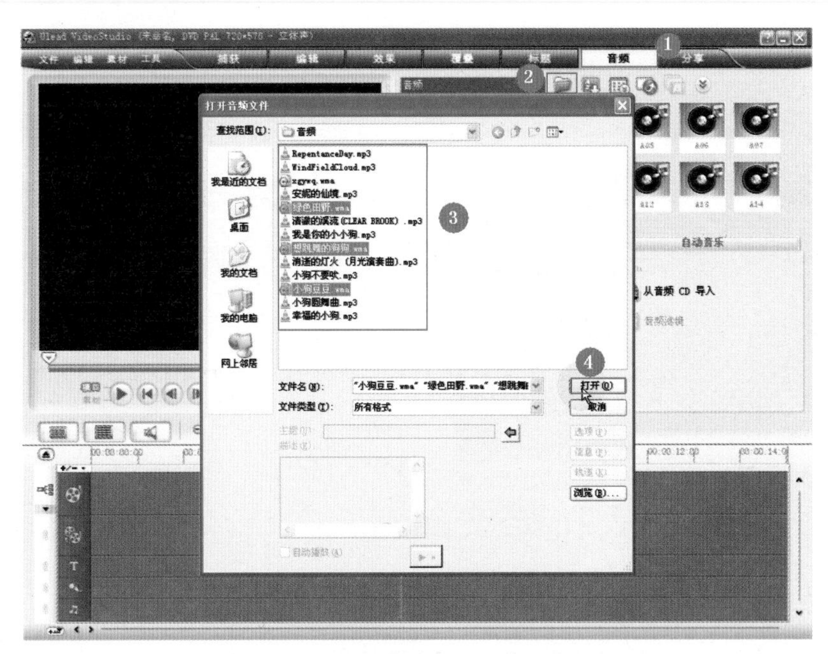

图8-3

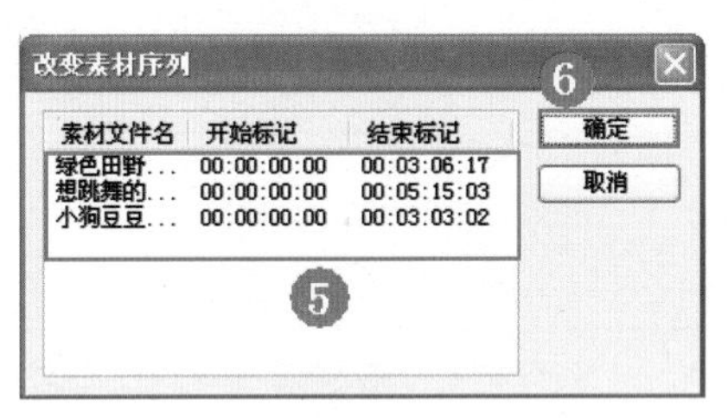

图8-4

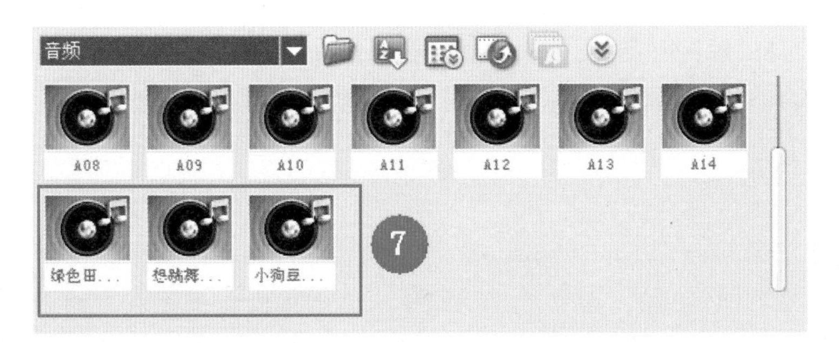

图8-5

8.2.2 直接插入硬盘中的音频素材

用鼠标右键单击时间轴上的任意地方，在快捷菜单中选择【插入音频】|【到声音轨】或【到音乐轨】命令，如图8-6所示，然后在【打开音频文件】对话框中选择并打开需要的音频即可。

单击工具栏中的 按钮❶，在下拉菜单中选择【插入音频】❷|【到声音轨】或【到音乐轨】命令❸，如图8-7所示，然后在【打开音频文件】对话框中选择并打开需要的音频。

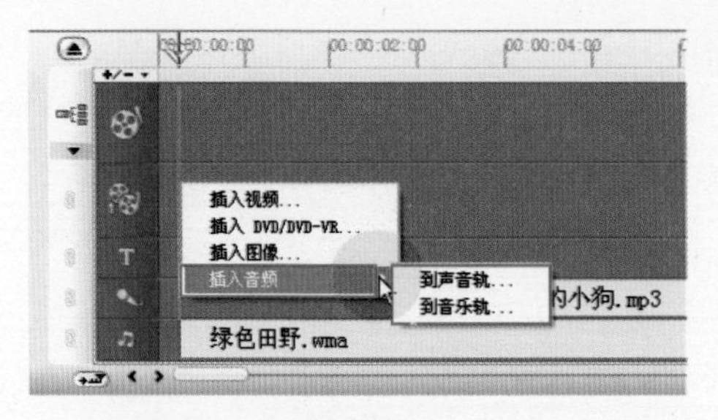

图8-6

图8-7

说明： 在会声会影中可从计算机硬盘中加载音乐，也可从音频CD、网络上导入音乐，在下面的章节中将有详细介绍。

8.3　音频素材的设置

在“音频”步骤中，可在【音乐和声音】选项卡和【自动音乐】选项卡中对音频素材进行设置。

8.3.1　【音乐和声音】选项卡

在【音乐和声音】选项卡中可选择从音频CD上导入音乐、录制声音、对音频轨应用音频滤镜、调整音频播放时间长度及回放速度，如图8-8所示。

图8-8

- ❶区间：以“时:分:秒:帧”的形式显示音频轨的区间。也可通过输入所要的区间来预设录音的长度。
- ❷素材音量：调整所录制素材的音量级别。
- ❸淡入：逐渐增加素材的音量。
- ❹淡出：逐渐降低素材的音量。
- ❺录音：通过话筒录制声音到声音轨。
- ❻回放速度：更改音频素材的速度和区间。
- ❼音频视图：将时间轴更改成音频波形。
- ❽从音频CD导入：从音频 CD 导入音乐轨。单击以更新来自于音频CD的CD文字或Internet的CD信息。
- ❾音频滤镜：对所选音频素材应用音频滤镜。

8.3.2 【自动音乐】选项卡

在【自动音乐】选项卡中可为项目使用第三方音乐轨，如图8-9所示。

图8-9

- ❶区间：显示所选音乐的总区间。
- ❷素材音量：调整所选音乐的音量级别。值为100时表示保持音乐的原始音量级别。
- ❸淡入：逐渐增加音乐的音量。
- ❹淡出：逐渐降低音乐的音量。
- ❺范围：指定程序将如何搜索SmartSound文件。
  - ◆ 本地：搜索存储在磁盘上的SmartSound文件。
  - ◆ 固定：搜索存储在磁盘和CD-ROM驱动器上的SmartSound文件。
  - ◆ 自有：搜索所拥有的SmartSound文件，包括存储在CD中的SmartSound。
  - ◆ 全部：搜索计算机和Internet上可用的所有SmartSound文件。
- ❻库：列出可从中导入音乐的可用素材库。
- ❼音乐：选择要添加到项目中的所有音乐。
- ❽变化：从各种乐器和拍子中选择要应用于所选音乐的项。
- ❾播放所选的音乐：以所选变化回放音乐。
- ❿添加到时间轴：将所选轨添加到时间轴的音乐轨。
- ⓫自动修整：根据飞梭栏位置将音频素材自动修整为适合的空白空间。
- ⓬SmartSound Quicktracks：查看信息以及管理SmartSound库。

8.4 去除影片原来的声音

消除噪音是添加背景音乐和旁白等声音的前提。用DV拍下的录像难免有噪音，影响了影片整体的效果，因此可将视频的原声去除。

8.4.1 使用“静音”功能

使用“静音”可去除视频原来的声音。

Step 01 将配套光盘提供的“resource\第8章\几个人和狗.mpg”视频文件插入视频轨。

Step 02 选择“故事板视图”❶，视频素材缩略图上有一个“小喇叭”图标❷，如图8-10所示。

图8-10

Step 03 选中视频素材，单击【视频】选项卡中的按钮❸，即可去掉原来的声音，如图8-11所示。此时视频素材缩略图上的“小喇叭”多了一个“×”符号❹，说明视频声音已成为静音状态，如图8-12所示。

图8-11

图8-12

注意： 选择“静音”之后，并不代表此视频不包含声音，而是处以静音的状态。再次单击【静音】按钮又可将声音体现出来。但使用静音处理后所渲染出来的影片不会再有声音。

8.4.2 使用“分割音频”功能

分割音频就是将视频与音频分离，然后删除音频。在时间轴上选中“几个人和狗.mpg”视频素材❶，如图8-13所示。

图8-13

单击【视频】选项卡中的【分割音频】按钮❷，如图8-14所示。可以在时间轴中看到分割的音频被放置在“声音轨”中❸，如图8-15所示。选中此音频单击鼠标右键，在快捷菜单中选择【删除】命令，即可消除原来视频的声音。

图8-14

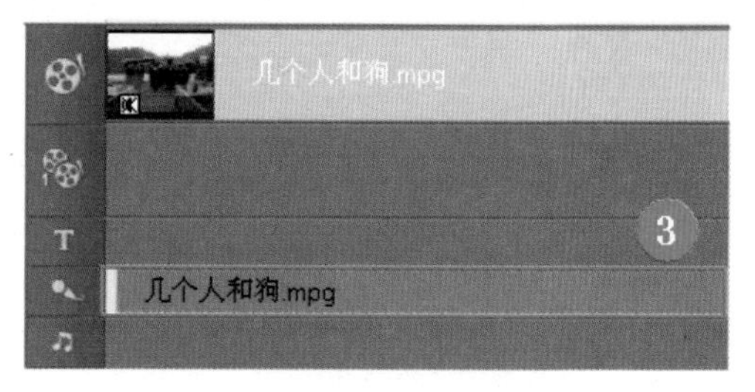

图8-15

注意：分割音频是方便单独对音频进行编辑。被分割了音频的视频处于静音状态，要恢复其声音，再次单击【静音】按钮即可。

8.5 旁白素材的制作与添加

纪录片和新闻节目通常使用旁白来帮助观众理解画面中所发生的事情，在会声会影中也可自行录制旁白。

录制旁白之前要做好准备工作。

Step 01 录制旁白需要用到麦克风。麦克风与计算机连接后要进行相应的设置。

Step 02 双击【音量】按钮❶，打开【扬声器】设置窗口❷，如图8-16所示。或者单击Windows菜单【开始】❶|【所有程序】❷|【控制面板】❸|【声音和音频设备】命令❹打开【扬声器】设置窗口，如图8-17所示。

图8-16

图8-17

Step03 在弹出的【声音和音频设备 属性】对话框的【音量】选项卡中勾选“将音量图标放入任务栏”复选框❶，单击【高级】按钮❷，如图8-18所示。在【扬声器】窗口中单击菜单【选项】|【属性】❸命令，如图8-19所示。

Step04 在【属性】对话框中选择一个混音器，这里选择的是一个USB接口的带麦克风的耳机❹，然后选择“播放”或者“录音”单选按钮❺，勾选“麦克风”复选框❻，单击【确定】按钮❼，如图8-20所示，在弹出的窗口中调整音量❽，如图8-21所示。

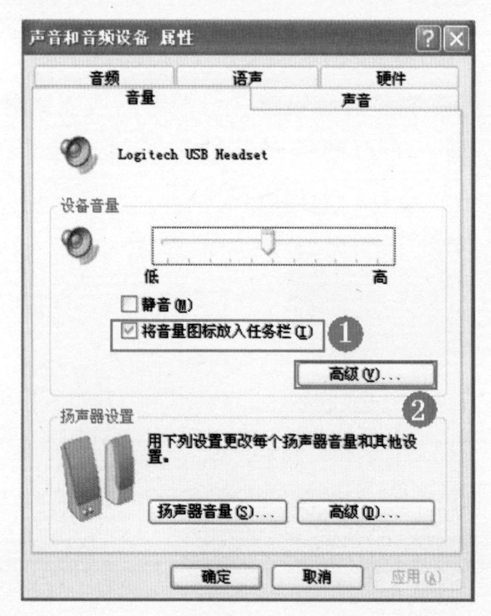

图8-18

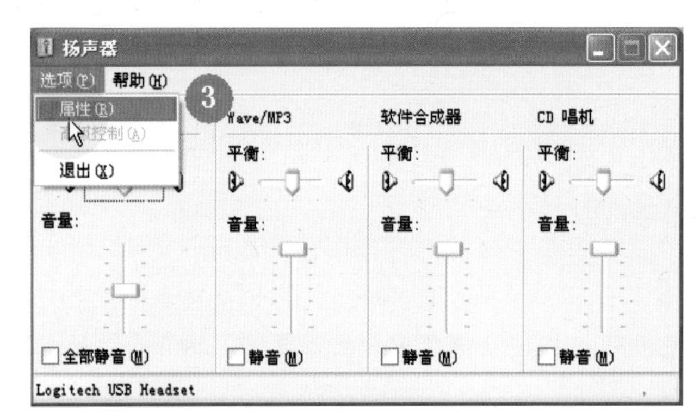

图8-19

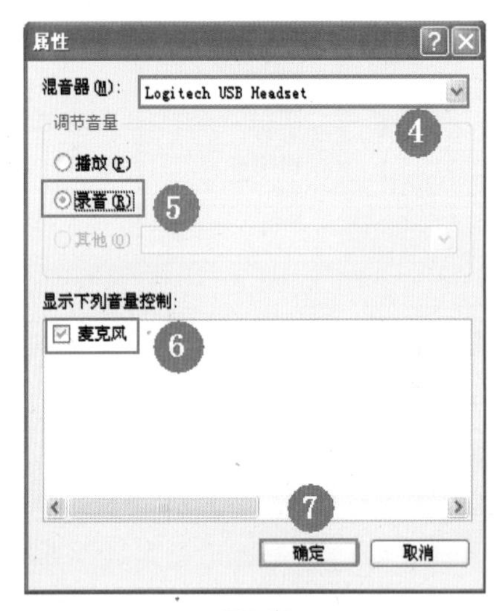

图8-20

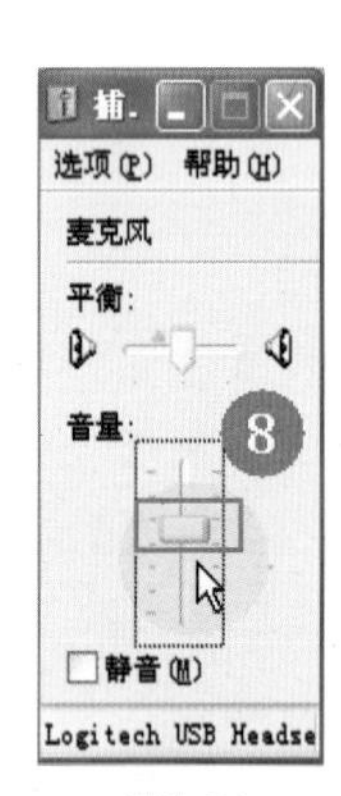

图8-21

准备工作完成后，即可开始录制旁白。

Step 01 回到会声会影中，按前面学习到的知识将视频素材设置成静音消除噪音。

Step 02 将“飞梭栏”移到要插入旁白的视频段❶，在【音乐和声音】选项卡中单击【录音】按钮❷，即开始录制旁白，如图8-22所示。

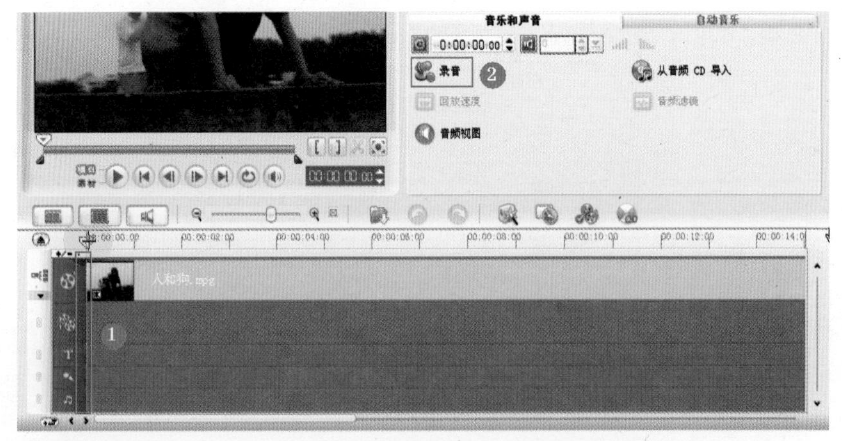

图8-22

注意：单击时间轴上的空白区域，确保未选中任何音频素材，因为不能在现有音频素材上录音，否则选中素材后，录音将被禁用。

Step 03 在弹出的【调整音量】对话框中单击【开始】按钮❸并对着话筒讲话可检查音量表是否有反应。

Step 04 若一切正常就可以开始录制旁白的内容，如“旺财一边走一边回头看”，如图8-23所示，录制完毕，单击【停止】按钮❹或按【Esc】键停止录音，如图8-24所示，录制的内容被插入声音轨，拖动可调整旁白的位置❺，如图8-25所示，这样就完成了旁白的录制。

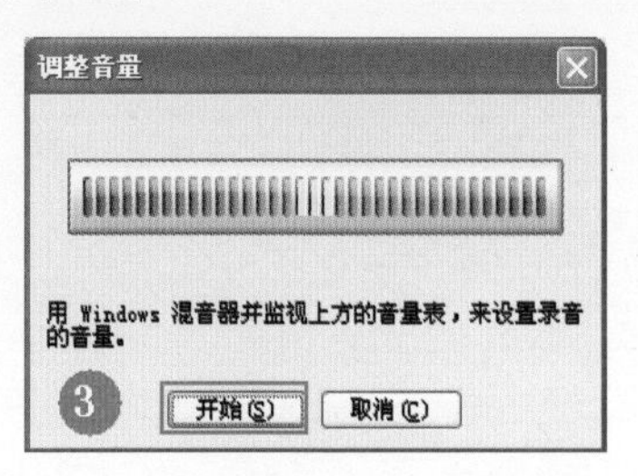

图8-23

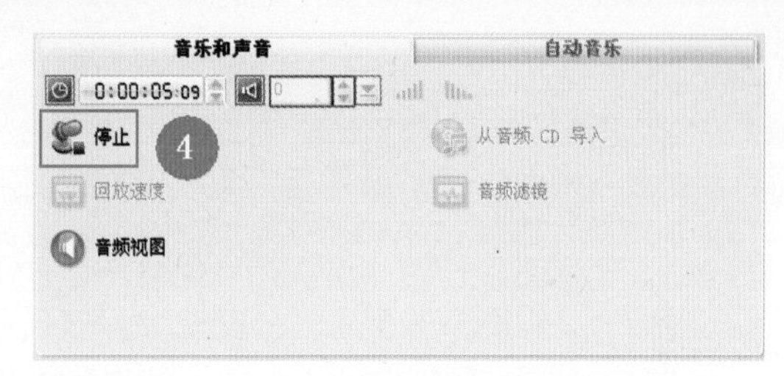

图8-24

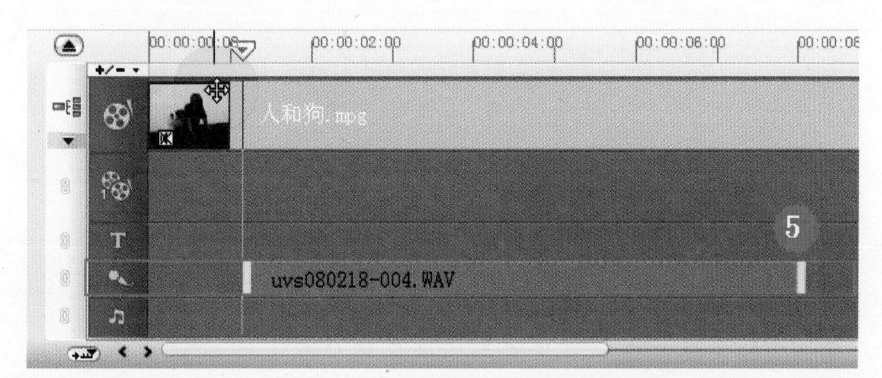

图8-25

提示：（1）如果话筒音量不够，可使用Windows混音器调整话筒的音量。
（2）录制旁白的最佳方法是录制10～15秒的会话。可以很方便地删除录制效果较差的旁白并重新进行录制。要删除旁白，只需在时间轴上选取此素材并按【Delete】键即可。

8.6　添加背景音乐

优美的背景音乐能为影片营造轻松的氛围，用背景音乐效果告示影片即将发生的故事情节，如喜剧影片加上轻松愉快的背景音乐等。

会声会影可以将CD上的曲目录制并转换为WAV文件。会声会影支持WMA、AVI以及其他可直接插入音乐轨中的流行音频文件格式。

8.6.1 从音频CD导入音乐

会声会影可复制CD音频文件，然后将其作为WAV文件保存在磁盘上。

Step01 首先将“音频CD”放进计算机“光驱”，然后启动会声会影。

Step02 在“音频”步骤的【音乐和声音】选项卡中单击【从音频CD导入】按钮❶，如图8-26所示。

Step03 在打开的【转存CD音频】对话框中选择【音频驱动器】的路径❷，即选择放置了CD光盘的光驱，如图8-27所示。

图8-26

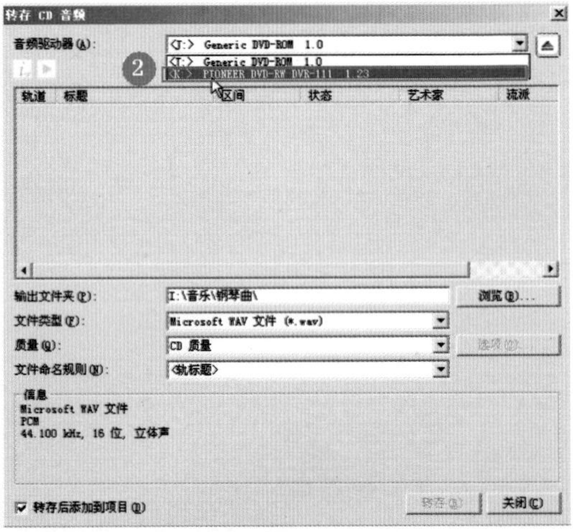

图8-27

注意：音频驱动器是否启用，要看是否检测到了光盘。

Step04 在轨列表中选择要导入的音轨❸。

Step05 单击【浏览】按钮，选择要保存导入文件的目标文件夹❹。【文件类型】选择“*.wav”格式❺，【质量】选择“CD质量”类型❻，【文件命名规则】设置为“轨标题”❼，勾选“转存后添加到项目”复选框❽，单击【转存】按钮❾开始转换音频为wav格式，如图8-28所示。

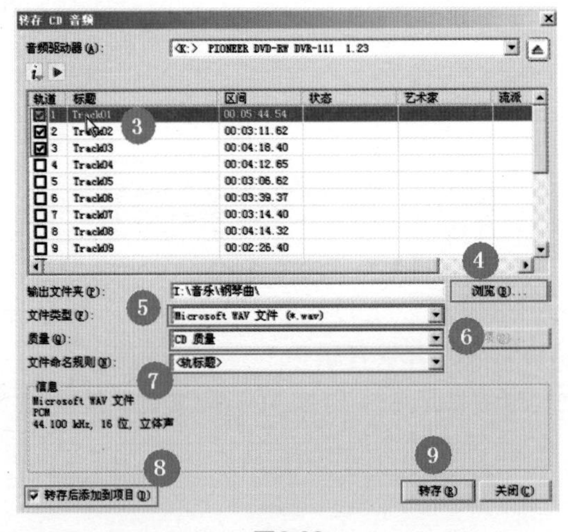

图8-28

Step 06 转换完毕，状态栏会显示为“完成”⑩，单击【关闭】按钮⑪，即可将文件导入到音频轨，如图8-29所示。

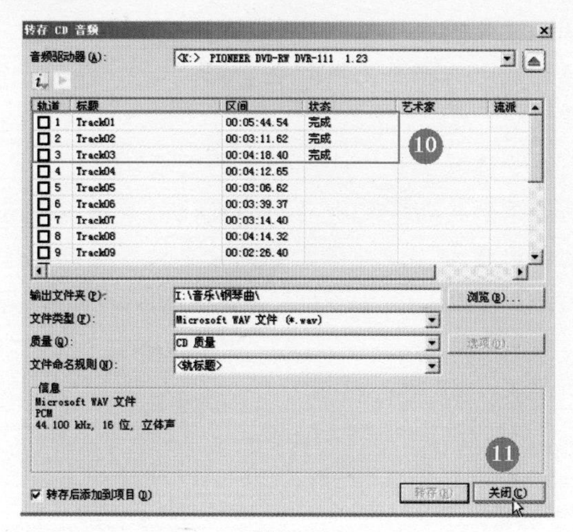

图8-29

Step 07 由于前面勾选了“转存后添加到项目”复选框，那么转换的音频将被插入到音乐轨⑫，如图8-30所示。

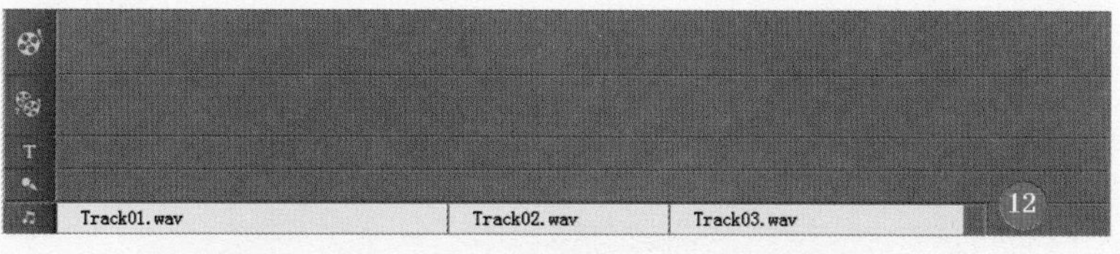

图8-30

Step 08 在设定的输出文件夹中可找到被转换的音频⑬，如图8-31所示。

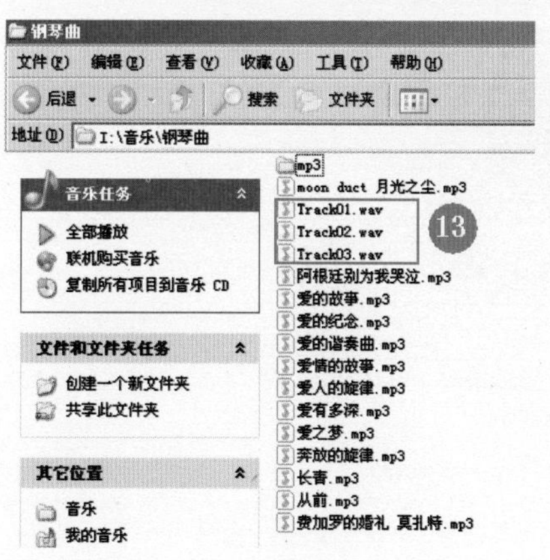

图8-31

8.6.2 应用自动音乐添加第三方音乐

会声会影的“自动音乐”功能基于无版税音乐，可轻松创建作曲家水平的配乐，并将其用作项目的背景音乐。每段音乐可采用不同的拍子或乐器变化。

Step01 单击【自动音乐】选项卡❶。

Step02 在【范围】下拉列表中选择程序如何搜索音乐文件的范围，如选择“自有”❷，搜索所拥有的SmartSound文件，包括存储在CD中的文件。

Step03 在【音乐】的下拉列表中选择要使用的音乐❸。

Step04 选择所选音乐的“变化”❹。

Step05 在【库】的下拉列表中选择要从中导入音乐的选项❺。

Step06 单击【播放所选的音乐】按钮❻回放已应用变化的音乐。

Step07 勾选“自动修整”复选框❼，使插入的音频被自动修整到合适的空白空间。

Step08 单击【添加到时间轴】按钮❽，如图8-32所示，插入的效果❾如图8-33所示。

图8-32

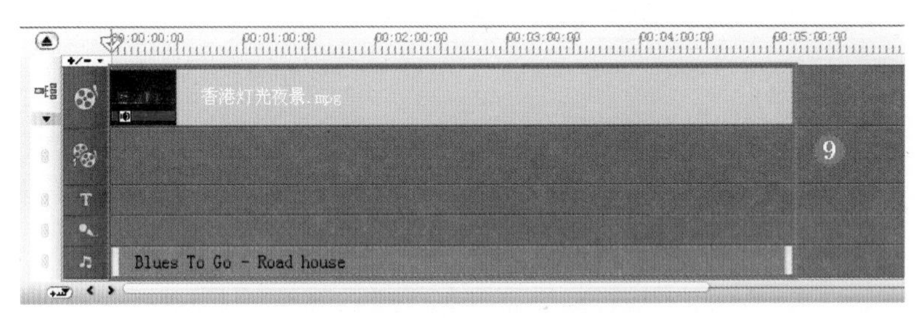

图8-33

Step09 插入至音乐轨之后，还可设置素材音量的“音量级别”为“106”❿，并设置“淡入”⓫和“淡出”⓬效果，如图8-34所示。

图8-34

说明：（1）素材音量代表原始录制音量的百分比。数值范围从0%～500%，其中0%将使素材完全静音，100%将保留原始的录制音量，如果是500%将比原始音量提高5倍。

（2）“淡入”和“淡出”使素材起始和结束位置处的音量具有淡入和淡出的效果。

如果要为视频轨或覆叠轨的其他素材继续添加自动音乐，那么要将光标放置在要添加音乐的素材范围内，否则不能插入自动音乐，如图8-35所示。注意查看光标的位置。

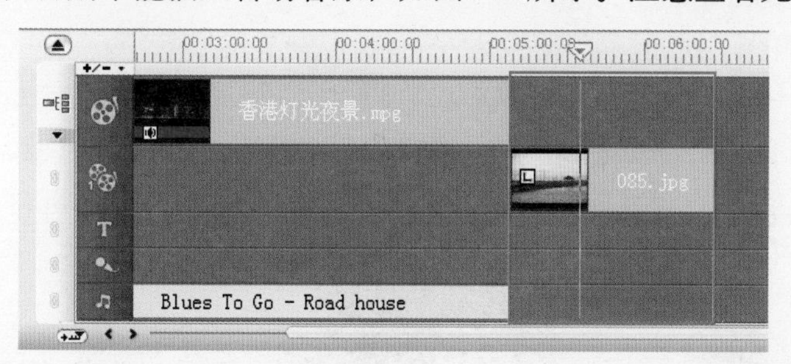

图8-35

如果要使用“自动修整”功能，那么要将光标放置在素材的起始帧上，如图8-36所示，否则不能使用此功能。注意查看光标的位置。

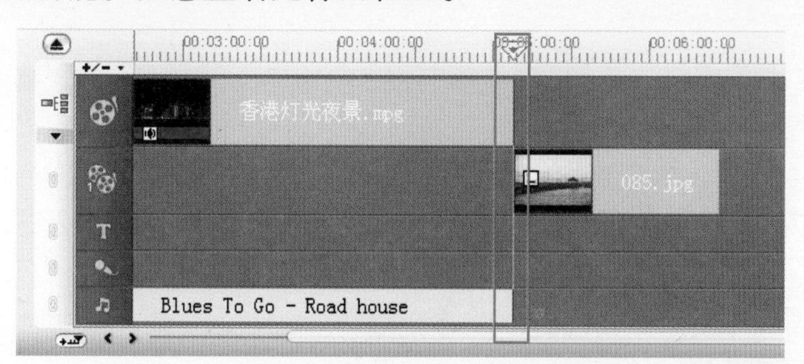

图8-36

说明： 自动音乐制作器在配乐制作方面利用已获专利的SmartSound Quicktracks技术，并有多种SmartSound无版税音乐。选择范围为“全部”时通过购买才能使用音乐轨❶，单击【购买】按钮❷，进入Internet购买SmartSound文件，如图8-37所示。

图8-37

说明： SmartSound是一个非常傻瓜化的背景音乐发生器，可即时创建与电影完全匹配的音轨，轻松为影片配上优美的背景音乐。SmartSound能够随意调节背景音乐的长度。通过SmartSound可把音乐转换为WAV等格式。

8.7 音频的修整

在录制声音和音乐素材后，可以在时间轴上轻松修整音频素材。

8.7.1 在时间轴上修剪音频

打开配套光盘提供的“resource\第8章”文件夹，将“丽江东巴宫.mpg”文件插入视频轨❶。把会声会影自带的“A08”音频素材选中❷并拖动到音乐轨中❸。

在时间轴上被选中的音频素材有两个黄色的拖柄，可用它们来进行修整。单击并拖动“起始”或“结束”位置两个黄色的拖柄以缩短素材，如图8-38所示。

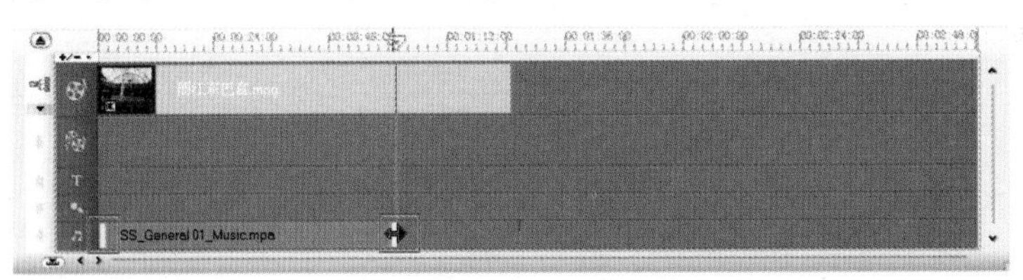

图8-38

8.7.2 提取音频的中间部分

拖动“修整拖柄”❶和❷可提取音频的中间部分，在时间轴上音频被修剪后的效果❸如图8-39所示。

图8-39

8.7.3 将音频分成两半

将“飞梭栏”❶拖到要剪辑音频素材的位置，然后单击✂按钮❷，如图8-40所示，修整后时间轴上的音频效果如图8-41所示。

图8-40

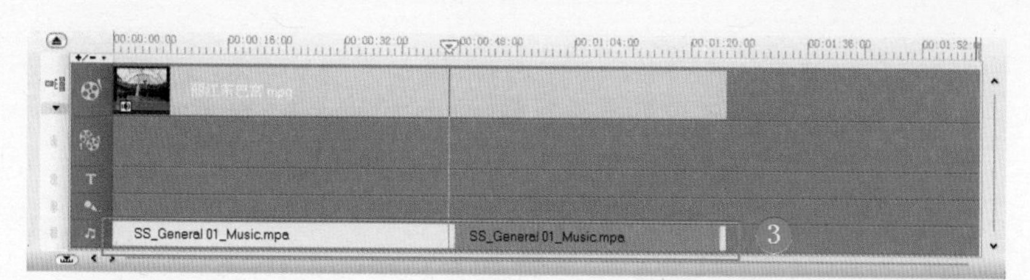

图8-41

8.8　音量的基本调整

8.8.1　音量调整

选择插入在时间轴中的音频素材❶，在【音乐和声音】选项卡中，通过在的文本框中输入参数❷，或者单击按钮在弹出的调节滑块中可调整音量的大小❸，如图8-42所示。

图8-42

说明： 素材音量代表原始录制音量的百分比。数值范围从0%～500%，其中 0% 将素材完全静音，100% 将保留原始的录制音量。

8.8.2　音量调节线

音量调节线是轨道中央的水平线，只有在“音频视图”中才可以看到。可以用音量调节线来调整视频素材中音频轨、音乐轨和声音轨上的音频素材的音量，如图8-43所示。

Step01 单击“音频视图”❶，在时间轴中带声音的素材上会出现音量调节线。

Step02 单击要调整其音量的轨道，将光标放置在调节线上，便会出现一个黑色小箭头❷，此时单击调节线，就能添加一个节点即关键帧。

Step 03 只有在关键帧上才能调整轨道的音量。向上或向下拖动关键帧以增加或减小素材在此位置上的音量。可添加更多的关键帧到调节线并调整音量。

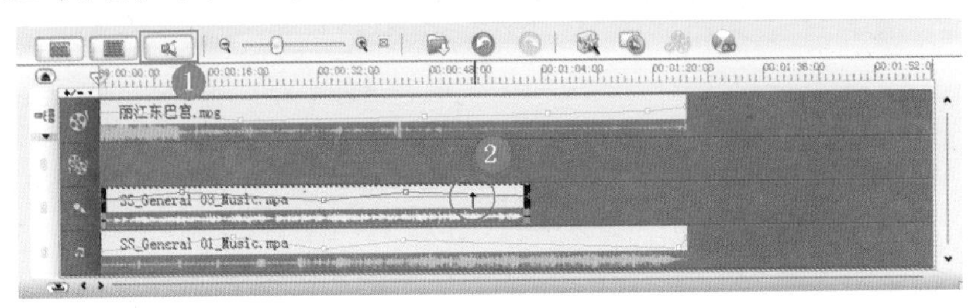

图8-43

Step 04 往外拖动关键帧节点，即可删除该节点，如图8-44所示。

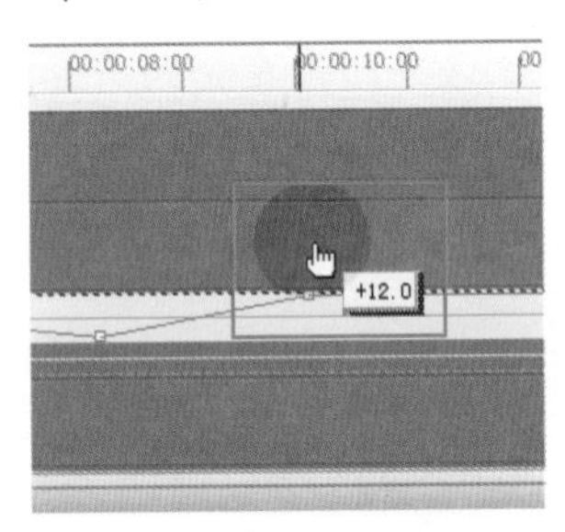

图8-44

8.8.3 淡入和淡出音量

使用淡入和淡出功能可以将音频素材的开始和结束位置从低音量到正常音量逐渐平滑的过渡。每个音乐素材都可以使用淡入和淡出效果。

选中时间轴上的音频素材❶，在【音乐和声音】选项卡❷中单击按钮❸和按钮❹，如图8-45所示。

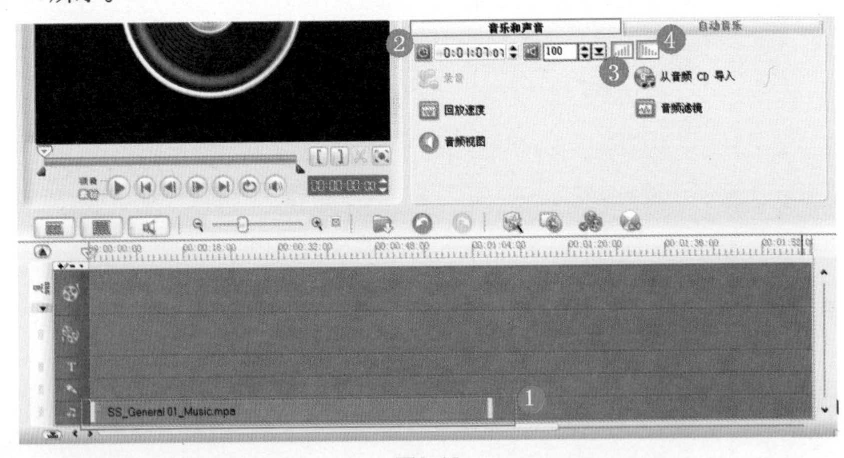

图8-45

单击【音频视图】按钮❶，在时间轴上可见添加了“淡入”和“淡出”音频素材的音量调节线的开始和结束部分的变化，如图8-46所示。

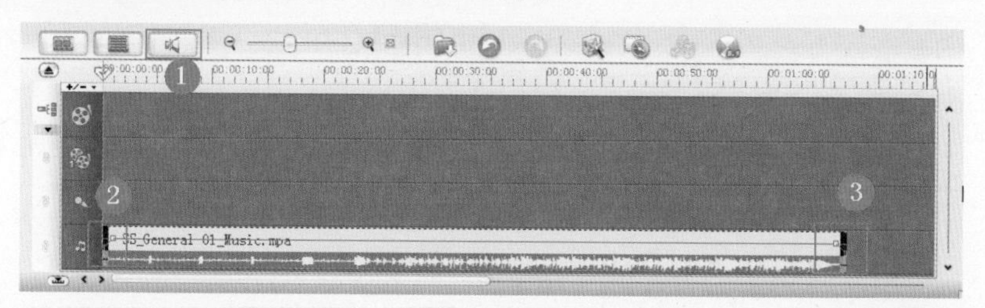

图8-46

8.9　使用“音频滤镜”制作长回声

音频素材常需要增强一些特殊效果来表达气氛或者是需要降低噪音等来完善音频效果。会声会影提供了音频滤镜功能，能对音乐和声音轨中的音频素材进行长回音、等量化、放大、混响、删除噪音、声音降低、嘶声降低、体育场、音调偏移和音量级别等滤镜设置。

下面制作一个长回声音频滤镜效果。

Step 01 在“时间轴视图”中选中要应用音频滤镜的音频素材❶。

注意：只能在“时间轴视图”中才能应用音频滤镜。

Step 02 在【音乐和声音】选项卡中，单击【音频滤镜】按钮❷。

Step 03 打开【音频滤镜】对话框，在【可用滤镜】下拉列表中选择“长回音”类型❸，单击【添加】按钮❹，就会将“长回音”添加到【已用滤镜】列表中，如图8-47所示。

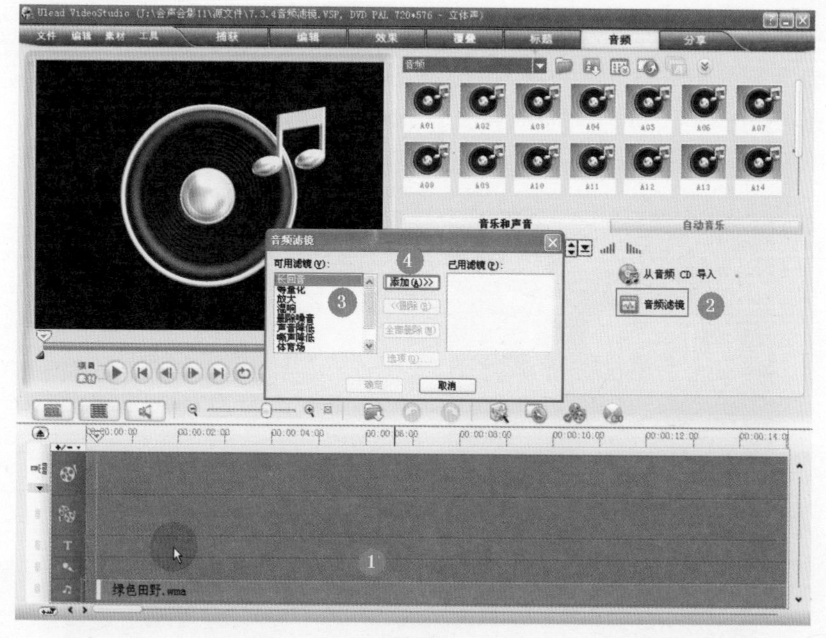

图8-47

Step 04 最后，单击【确定】按钮❺即可，如图8-48所示。

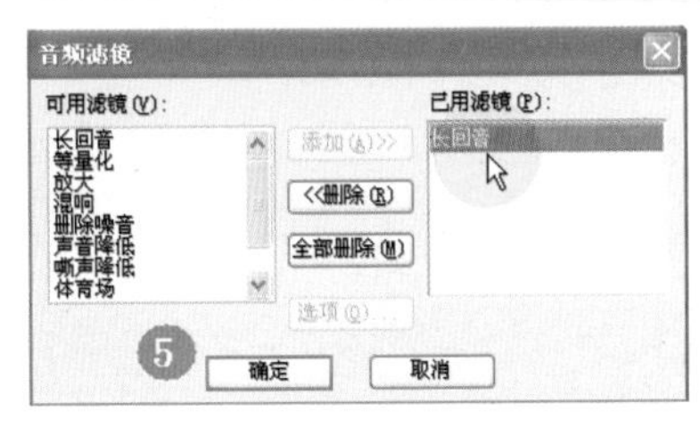

图8-48

注意：（1）如果对添加的滤镜不满意，选中该滤镜单击【删除】按钮即可删除；如果添加了多个滤镜，单击【全部删除】按钮即可删除要删除的滤镜。

（2）启用【选项】按钮，则可以对音频滤镜进行自定义。单击【选项】按钮打开一个对话框，可在其中为特定音频滤镜定义设置。“长回音”、“等量化”和“体育场”等选项不能启用【选项】按钮。

8.10 调整“回放速度”延长音频播放长度

在项目中会遇到视频与音频长度不一的情况，如果为了使视频与音频长度相同而延长或缩短“视频”素材，将导致“视频”素材中的声音失真。而在会声会影中的“回放速度”功能则可以延长音频素材，且在一定范围内不会失真，此时“音频”素材听上去更像是以“更慢的拍子”在进行播放。

8.10.1 延长音频素材

Step 01 打开配套光盘提供的“resource\第8章”文件夹，将“丽江东巴宫.mpg”文件插入视频轨❶。把会声会影自带的“A08”音频素材选中❷并拖动到音乐轨❸，打开【音乐和声音】选项卡，单击【回放速度】按钮❹，如图8-49所示。

图8-49

Step02 打开【回放速度】对话框。在【速度】文本框中输入数值或拖动滑动条，可改变音频素材的速度，输入一个大概的参数“77”，单击【确定】按钮即可延长音频素材的长度与视频素材的长度基本一致，如图8-50所示。

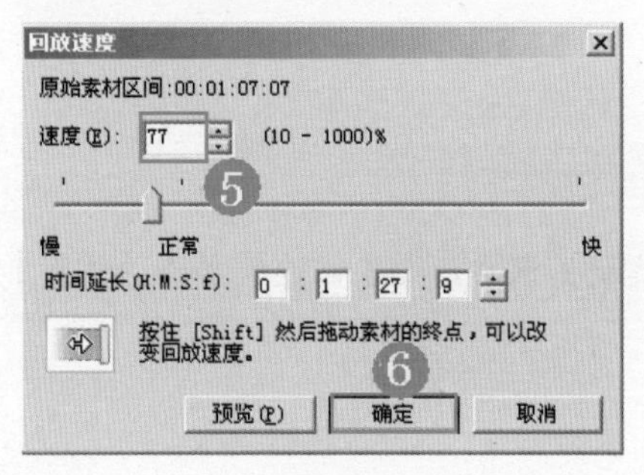

图8-50

注意：音频素材延长的范围在50%～150%之间时声音才不会失真，如果延长到更低或更高的范围，则声音可能会失真。

8.10.2 精确延长音频素材

如何才能使音频素材延长到与视频素材的长度刚好一致呢？有两种方法可以实现。

(1) 在“时间延长”功能中输入时间码。

首先要了解视频素材的长度，选中该视频素材❶，在区间内查看视频素材播放的长度为“00:01:25:00”❷，如图8-51所示。

图8-51

然后，选择时间轴上的音频素材❶，单击【回放速度】按钮❷，在【回放速度】对话框中输入时间延长值“00:01:25:00”❸，此时在【速度】文本框中就会出现精确的对应参数79。单击【预览】按钮❹，达到满意的效果后可单击【确认】按钮完成操作❺，如图8-52所示。

图8-52

（2）使用快捷键。

在“时间轴视图”中，选择并将光标放在音频素材黄色拖柄上，出现黑色箭头后，再按【Shift】键，此时鼠标变成白色箭头，往右拖动白色箭头即可延长音频素材，如图8-53所示。

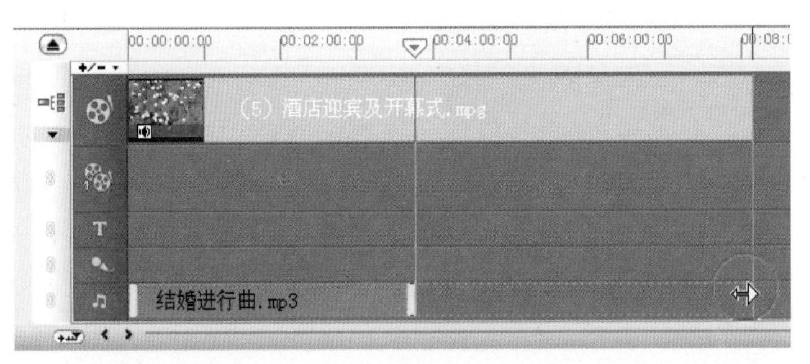

图8-53

提示：较慢的速度使素材的区间更长，而较快的速度则使区间更短。在【时间延长】中指定的是素材播放的时间长度。指定较短的时间，不会对素材进行修整，而是加快了播放的节奏和播放时间。素材的速度是根据指定区间播放的长度而自动调整的。

8.11 复制音频的声道

有时音频文件会把人声和背景音频分开并放到不同的声道上。例如，左声道是人声，右声道是背景音乐。复制音频的声道可以使其他声道产生静音。比如在复制右声道时，歌曲的人声部分为静音，但背景音乐保持播放。也就是说右声道复制到左声道，左声道播放的也是右声道的声音。

要复制声道，在“音频视图”下❶选择“音频”素材❷，打开【属性】选项卡❸，勾选“复制声道”复选框❹，最后选择“左”或“右”单选按钮，如图8-54所示复制的是左声道，即右声道为静音，单击▶按钮感受声效。

图8-54

8.12 调整立体声

将旁白、背景音乐和视频素材中已有的音频很好地混合在一起的关键是控制素材的音量。使用【环绕混音】选项卡可以将项目中不同的音频轨混合起来。

使用前面的实例。在“时间轴视图”中选择音乐轨上的素材❶，在打开的【音乐和声音】选项卡中单击【音频视图】按钮❷，如图8-55所示，直接进入【环绕混音】选项卡。也可单击工具栏中的【音频视图】按钮❸，直接打开【环绕混音】选项卡。

图8-55

8.12.1 预览各轨混合声

在未调整立体声音之前要确保5.1环绕声处于被禁用的状态❶。在【环绕混音】选项卡中选择音乐轨❷，单击 按钮❸播放各轨混合在一起的立体声音，如图8-56所示。

图8-56

播放时即出现表示左右声道的波形❹，单击 按钮❺暂停播放，如图8-57所示。

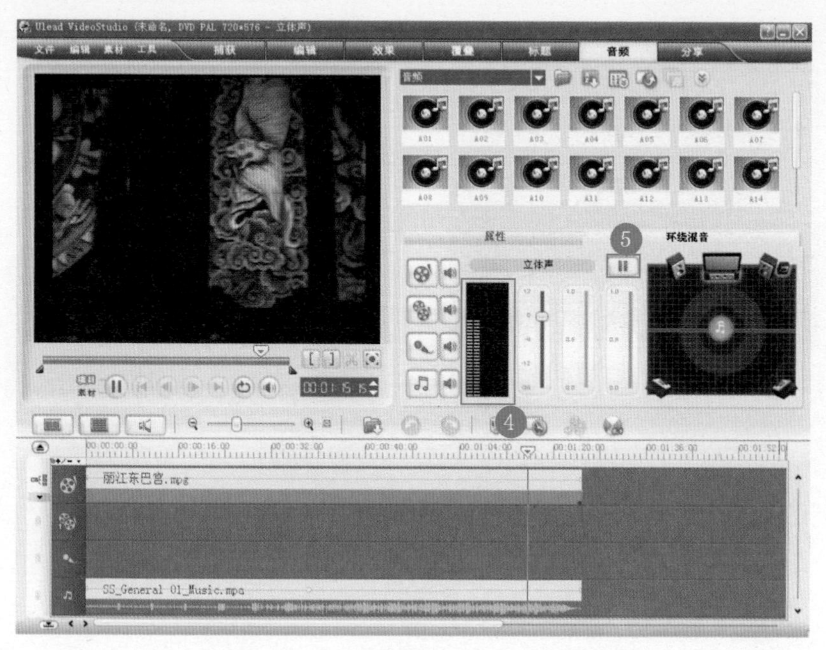

图8-57

8.12.2 禁用声音预览

单击视频轨中的按钮，在预览声音时将不出现视频轨中的声音，如图8-58所示。

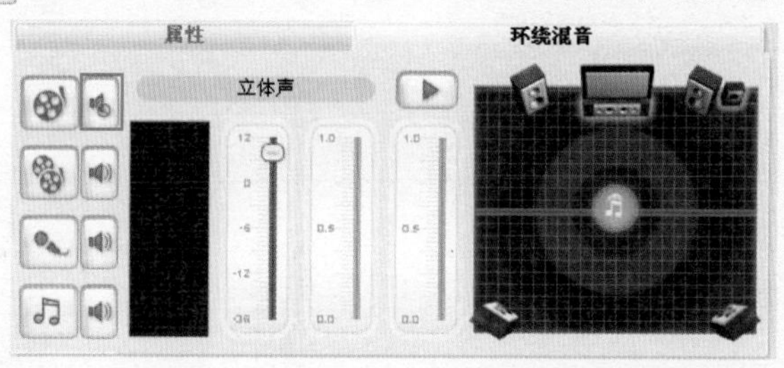

图8-58

说明：（1）在【环绕混音】选项卡中预览时禁用各轨声音，则生成影片时原有的声音还是存在的。

（2）“视频轨”和“覆叠轨”的声音如果是在原视频的声音中进行了静音处理，则静音处理后生成的影片其原声将不再存在。

8.12.3 调整立体声

在【环绕混音】选项卡中选择音乐轨❶，拖动音量滑块往上或往下❷调整音量大小，这时时间轴音频视图中会多了一个被调整了音量的节点❸，如图8-59所示。

说明：在“音频视图”中，素材中间的一条线是音量调节线。在未调整前，音量调节线是一条水平线，增加或减少音量之后是包含了节点的曲线。

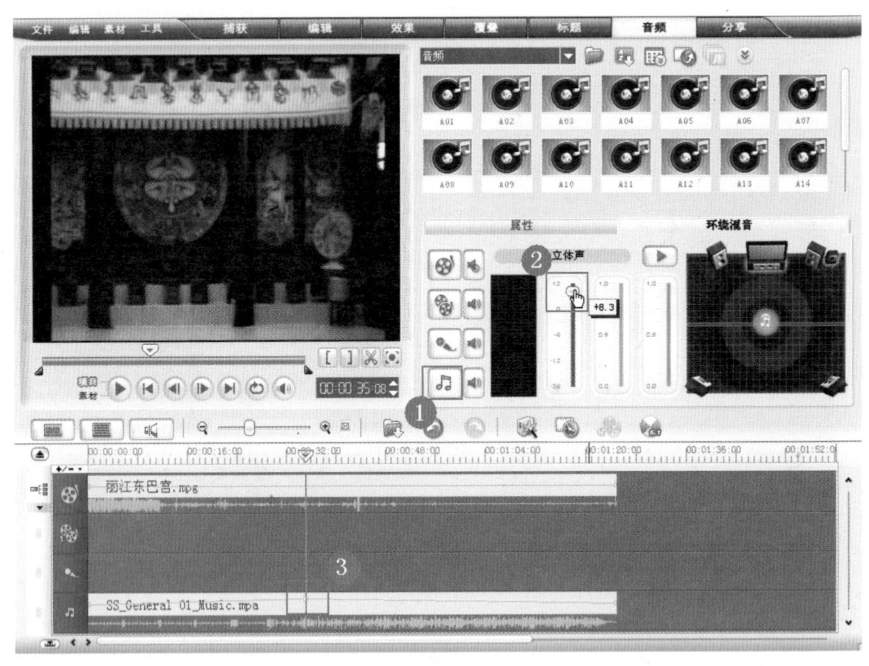

图8-59

按照同样的方法调整立体声音，单击▶按钮预览效果，如图8-60所示。

图8-60

8.12.4 制作从左声道到右声道的声音

将光标放置在时间轴要调整声道的位置❶，单击并往左拖动【环绕混音】选项卡中央的音符符号❷，此时在音频素材调节线上就会增加一个关键帧节点❸，如图8-61所示，表示右声道的声音逐渐减小，就像一个演员在舞台上由右向左、边走边唱，我们的耳朵会感觉到左边的声音越来越大，而右边的声音则越来越小一样。

图8-61

说明：移动音符符号将放大来自于首选方向的声音，但必须禁用“5.1环绕声”。

单击▶按钮从头播放预览调整后的效果。播放到此关键帧节点❶时全部都是左声道的声音❶，波形图也只有左声道的音量图形❷，中央的音符符号也一直在左边❸，如图8-62所示。

图8-62

按照同样的方法添加另一关键帧❶，然后将中央的音符符号拖动至右边❷，如图8-63所示。

图8-63

单击▶按钮预览从第一个关键帧节点到第二个关键帧节点之间的声音，可以感受到从左到右的声音。这样就完成了从左声道到右声道的调整。

8.13 启用5.1环绕声并进行调整

与仅携带两个声道的立体声不同，环绕声有5个单独的声道编码在一个文件中，该文件可实现同时发送到5个扬声器和一个副低音频率扬声器的效果。

“环绕混音”完全控制声音在收听者周围的布置，通过多个扬声器的5.1配置输出音频。还可以使用此混音器调整立体声文件的音量，使之听上去就像是音频从一个扬声器移至另一个扬声器，从而产生“环绕音”效果。

Step01 单击工具栏中的按钮，5.1环绕声按钮状态处于启用状态❶，单击【音频视图】按钮❷，选择音乐轨❸，单击▶按钮❹预览各轨混合在一起的环绕声音，如图8-64所示。播放时5.1环绕声的图形效果如图8-65所示。

Step02 将光标放置在时间轴适当的位置上并单击，移动中央的“音符符号”到6个声道中的任何一个位置❶，此时在时间轴音量调节线上就多了一个关键帧节点❷，如图8-66所示。这样每设置一次即可增加一个关键帧节点。

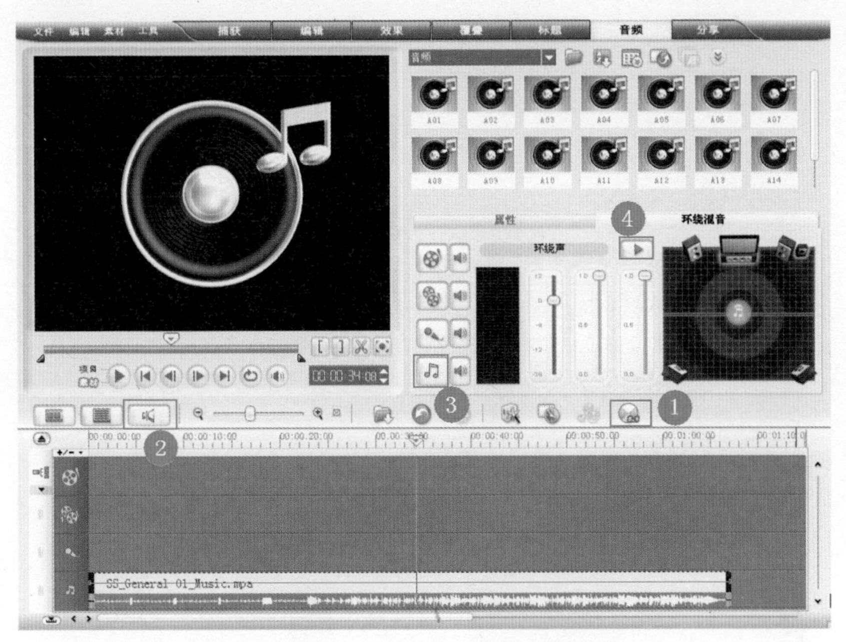

图8-64

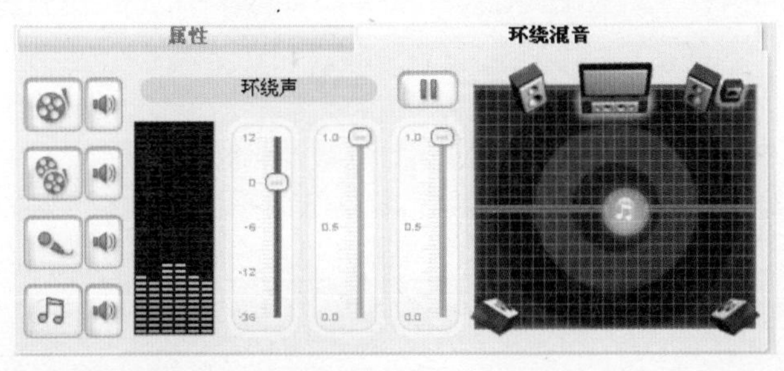

图8-65

图8-66

Step 05 按照同样的方法，添加多个关键帧，分别对应6个声道中不同的位置，音频素材被添加关键帧后的效果如图8-67所示。

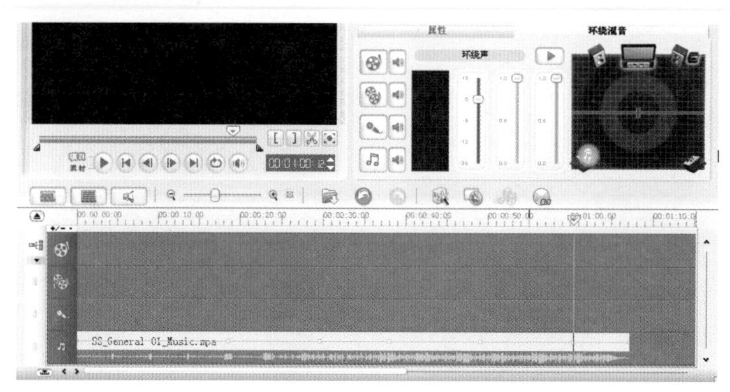

图8-67

Step 04 拖动“音量”❶、“中央”❷和“副低音”❸调整音频的声音，单击▶按钮❹预览效果，如图8-68所示，播放以后的效果如图8-69所示。

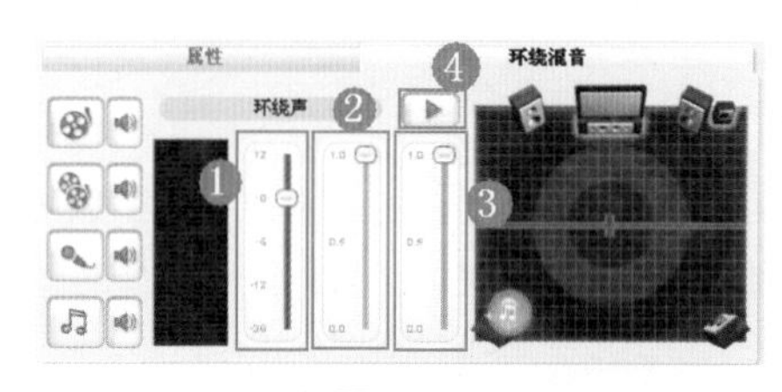

图8-68

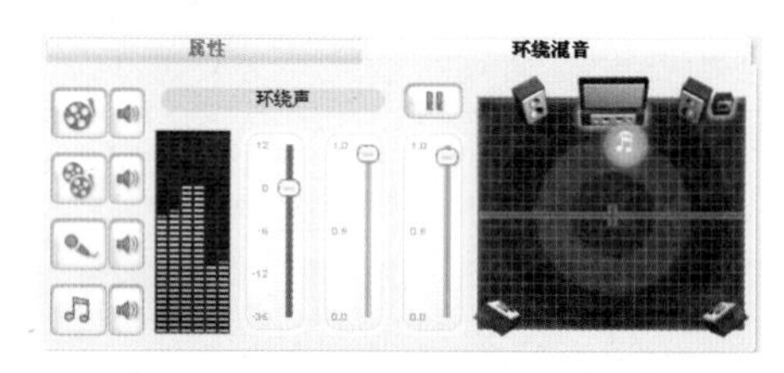

图8-69

说明：“六声道VU表”中分别是左前、右前、中心、副低音、左环绕和右环绕。“中央”控制中心扬声器的输出音量；“副低音”控制低频音输出音量。副低音的方向性低于来自周围扬声器的声音输出，因此，可将其放置在房间的任何位置。每一个生活空间都有其自身的音响效果，因此没有固定规则。

这里只在音乐轨中插入了素材作为示范，也可以在视频轨、覆叠轨和声音轨中调整轨道的声音位置参数。这里选择声音轨，按照前面的介绍方法进行调整，如图8-70所示。

图8-70

本章主要介绍了“插入并预览音频素材”、“编辑音频”、“音频滤镜”、“去除原来的声音”、“旁白的录制与添加”、“音量调整”、“音频修整”、“添加背景音乐”、“复制声道”、“调整立体声”、“制作从左声道到右声道的声音”和“启用5.1环绕声”等知识点。“音频”步骤能使影片有声有色。下一章进入“分享”步骤，将制作好的影片创建成光盘、各种格式的视频文件、声音文件，并能在网络上发布视频、将影片制作成贺卡、网页等形式，便于亲友之间的共享。

读书笔记

第9章　分享影片

影片制作的第七个步骤，也是最后一个步骤——“分享”步骤。

当我们完成了“成长写真”、“国外旅游”、“个人MTV”、“生日派对”、“毕业典礼”等精彩而鲜活的影片时，希望把它制作成VCD、SVCD、DVD光盘、电子邮件或网络流媒体等与亲朋好友分享。会声会影可以满足用户与家人和朋友的分享，以影带、发送网络媒体、DVD、VCD或SVCD的方式共享视频。

9.1 认识“分享”步骤的选项面板

当编辑完项目之后，进入会声会影的“分享”步骤，可将项目渲染为满足用户需求或者适合其他用途的视频文件格式。

单击“分享”步骤，即可使用分享选项，如图9-1所示。

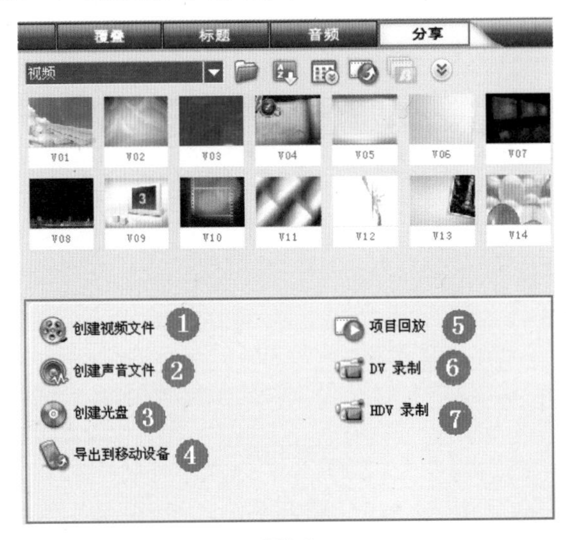

图9-1

- ❶创建视频文件：创建项目的视频文件。可使用影片模板或者自定义影片模板来创建最终的视频文件。
- ❷创建声音文件：将项目的音频部分保存为声音文件。
- ❸创建光盘：调用DVD制作向导，将项目以HD DVD、DVD、SVCD或VCD格式刻录光盘。
- ❹导出到移动设备：音频文件可导出到其他外部设备，如PSP、基于Windows Mobile 的设备、SD（安全数字）卡以及用于刻录的DVD-RAM和Ulead DVD-VR向导，但只能在创建视频文件之后才能导出项目。
- ❺项目回放：清空屏幕并在黑色背景上显示整个项目或所选片段。如果有连接到系统的VGA-TV转换器、摄像机或录像机，还可以输出到录像带。
- ❻DV录制：可使用 DV 摄像机将所选视频文件录制到DV磁带上。
- ❼HDV录制：可使用 HDV 摄像机将所选视频文件录制到DV磁带上。

9.2 在显示器、电视和DV摄像机上预览项目

如果要将视频项目输出到DV摄像机、电视或者计算机显示器等进行全屏预览影片，可使用“分享”步骤的“项目回放”功能。电视、计算机显示器可预览实际大小的影片。

9.2.1 以实际大小回放项目

选取整个项目进行预览。

Step01 打开配套光盘“resource\第9章\从左到右的声音\从左到右的声音.VSP”项目文件。

Step02 进入“分享”步骤❶，单击【项目回放】按钮❷，打开【项目回放-选项】对话框，在默认状态下选择“整个项目”单选按钮❸，单击【完成】按钮❹，如图9-2所示，即可在可视的屏幕（计算机显示器、电视）上显示整个项目全屏的播放效果，如图9-3所示，按【Esc】键退出预览。

图9-2

图9-3

选取范围片段进行预览。

Step01 在导览面板中通过移动“修整拖柄”❶❷选取想要播放的片段。

Step02 进入“分享”步骤❸，单击【项目回放】按钮❹，选择“预览范围”单选按钮❺，然后单击【完成】按钮❻，即可显示项目所选片段全屏的播放效果，如图9-4所示。

图9-4

说明：在【项目回放-选项】对话框中“提醒您”里面的“PC监视器”指的就是计算机显示器。如果项目使用的是DV AVI模板，则只能将项目输出到DV摄像机。

9.2.2 将项目录制到DV摄像机

“项目回放”功能可将整个或部分项目输出到DV摄像机上。

(1) 打开 DV 摄像机，并将其设置为“播放”（VTR/VCR）模式。

(2) 在【分享】选项卡中单击【项目回放】按钮。

(3) 在【项目回放－选项】对话框中勾选“使用设备控制”复选框，然后单击【下一步】按钮。

注意：如果仅想将项目的预览范围输出到DV摄像机上，则选择“预览范围”单选按钮。

(4) 在【项目回放－设备控制】对话框中用“导览面板”转到开始录制项目的DV磁带上的位置。

提示：单击【传送到设备进行预览】按钮可以在DV摄像机的LCD显示器上预览项目。

(5) 单击【录制】按钮即可开始录制。

9.3 创建视频文件

本节中主要介绍创建视频前的准备工作、使用影片模板、渲染选取范围的视频文件以及定制自己喜欢的影片模板等。

9.3.1 创建视频前的准备

当项目文件编辑完成之后，要将影片渲染成视频文件。在将整个项目渲染为影片文件之前，必须先做一些准备工作。

（1）保存文件。

项目完成后，单击菜单【文件】|【保存】或【另存为】命令，将项目保存为“会声会影”项目文件（*.VSP）。可以随时对保存的项目进行编辑。

（2）预览项目。

单击菜单【文件】|【参数选择】命令，在弹出的对话框中选择【常规】选项卡，在【回放方法】下拉列表中选择“即时回放”或者“高质量回放”选项来确定项目回放的方法，如图9-5所示。

在创建影片文件之前最好先预览一下项目，以检查项目是否达到预期的效果。切换为“项目”模式❶，然后单击▶按钮进行预览❷，如图9-6所示。

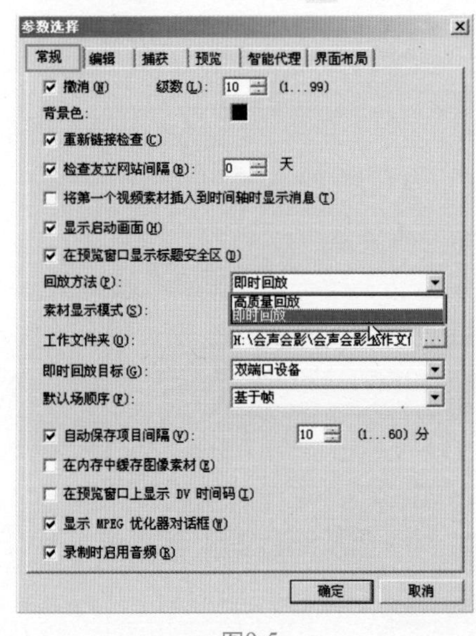

图9-5

图9-6

（3）创建视频文件。

进入“分享”❶步骤，单击【创建视频文件】按钮❷，弹出创建影片模板的下拉菜单❸，可选择【与项目设置相同】、【DV】→【PAL DV (4:3)】、【DVD/VCD/SVCD/MPEG】等已经设定的影片模板类型，如图9-7所示，也可选择【自定义】影片模板类型自定义格式。

说明：（1）如果要使用当前项目设置创建影片文件，可选择【与项目设置相同】命令。

（2）要检查当前项目设置，可选择菜单【文件】|【项目属性】命令。

（3）可以通过选择【与第一个视频素材相同】命令来使用视频轨上的第一个视频素材的设置。

（4）要查看由影片模板提供的保存选项，可选择菜单【工具】|【制作影片模板管理器】命令。

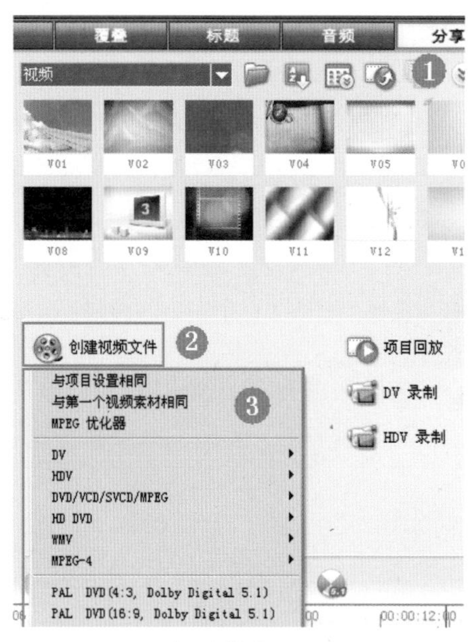

图9-7

9.3.2 使用影片模板快速创建视频

利用会声会影默认的影片模板导出影片可以提高工作效率。

Step01 打开配套光盘“resource\第9章\从左到右的声音\从左到右的声音.VSP”项目文件。

Step02 项目编辑完成后，进入“分享”步骤❶，单击【创建视频文件】按钮❷，在下拉菜单中单击【DVD/VCD/SVCD/MPEG】|【PAL MPEG1(352×288，25fps)】命令❸，选择已经设定的影片模板，如图9-8所示。

图9-8

Step 03 在弹出的【创建视频文件】对话框中找到保存文件的相应路径，然后输入文件名称❹，单击【保存】按钮❺，如图9-9所示，即可开始影片的渲染，渲染的过程如图9-10所示。

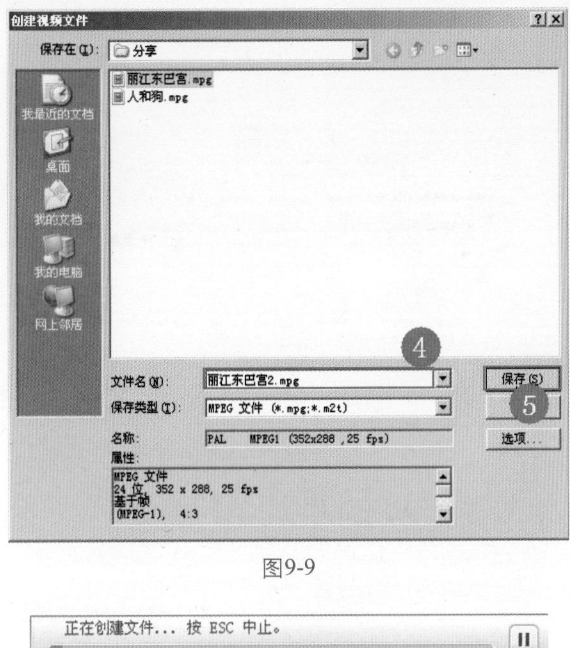

图9-9

图9-10

说明：【创建视频文件】对话框中显示了使用视频模板的属性，如“MPEG-1”、“4：3”、“数据速率”等信息。

Step 04 在渲染的过程中，按【Esc】键可中止渲染，若有需要可继续渲染。影片渲染完成后，保存并放入视频素材库中，这样就完成了整个项目的渲染。

9.3.3 渲染选取范围的视频文件

会声会影中可对整个项目进行渲染，也可对视频文件的选取范围进行渲染。

Step 01 打开配套光盘“resource\第9章\从左到右的声音\从左到右的声音.VSP”项目文件。

Step 02 在未选择任何素材的状态下，使用“修整拖柄”选择一个预览范围❶❷。

Step 03 打开“分享”步骤❸，单击【创建视频文件】按钮❹，在弹出的下拉菜单中任意选择一个命令，比如选择【与第一个视频素材相同】命令❺，如图9-11所示。

在弹出的【创建视频文件】对话框中输入文件名称❶，单击【选项】按钮❷，在弹出的对话框中选择“预览范围”单选按钮❸，然后单击【确定】按钮❹返回【创建视频文件】对话框，单击【保存】按钮❺，即可开始渲染指定范围内的影片内容，如图9-12所示。

Step 04 渲染出来的影片缩略图即出现在略图列表中，如图9-13所示。

图9-11

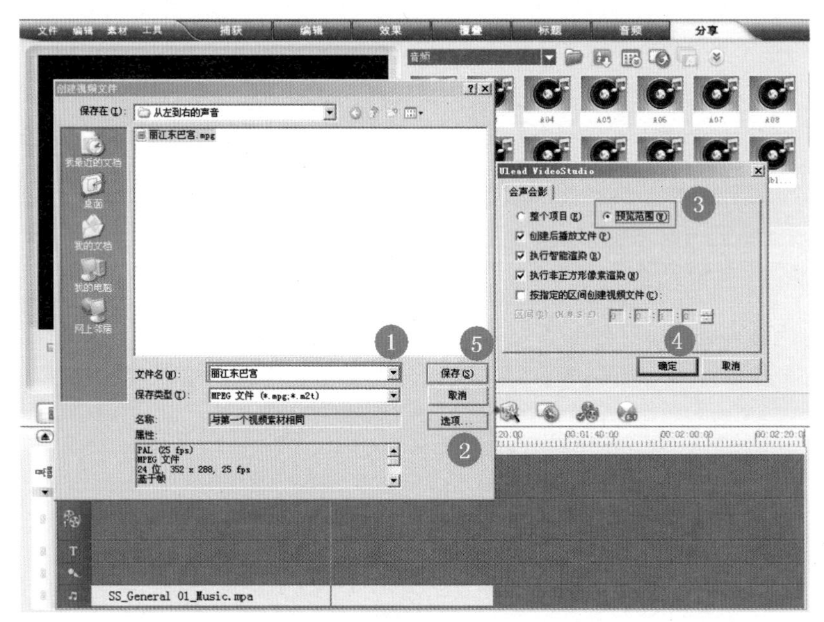

图9-12

图9-13

9.3.4　定制自己喜欢的影片模板

在会声会影中可自定义模板，为创建最终影片选择自己的设置或直接使用当前的项目设置。

Step01 在"分享"步骤中单击【创建视频文件】按钮，在下拉菜单中选择【自定义】命令，如图9-14所示。

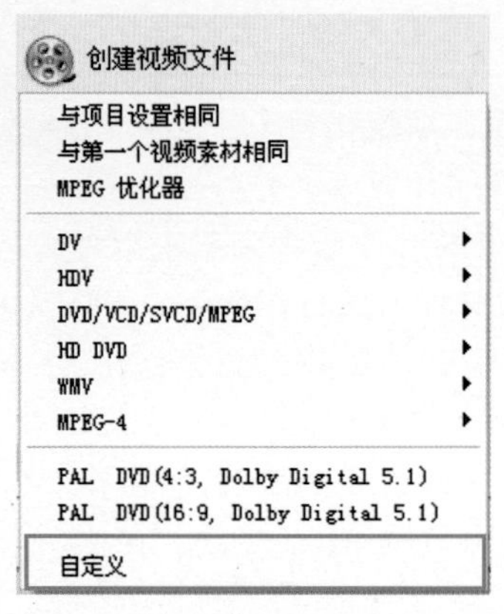

图9-14

Step02 在【创建视频文件】对话框中选择【保存类型】为"*.avi"文件格式❶，单击【选项】按钮❷，如图9-15所示，在弹出的【视频保存选项】对话框中根据自己的需要对【会声会影】、【常规】和【AVI】选项卡进行自定义设置❸，设置完毕后单击【确定】按钮，如图9-16所示，返回【创建视频文件】对话框。

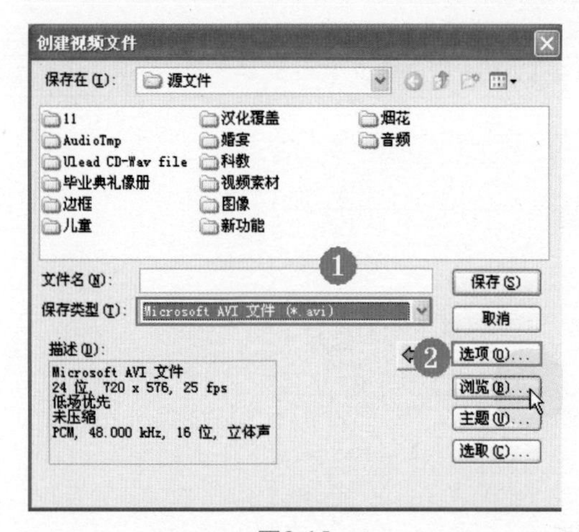

图9-15

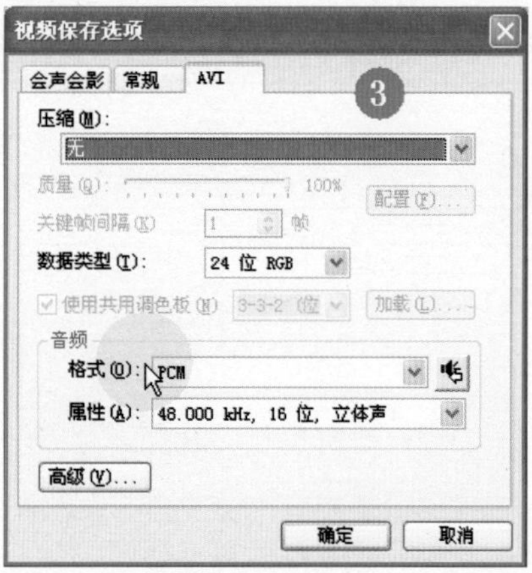

图9-16

Step03 在【创建视频文件】对话框中输入文件名称❹并单击【保存】按钮❺，即可创建自己需要的视频文件，如图9-17所示。

说明：

- 【会声会影】选项卡。

  (1) 执行智能渲染，智能渲染可以仅渲染"有变化"的部分，因此当项目只做了轻微改动时，无需重新渲染整个视频序列。

（2）执行非正方形像素渲染，选择在预览视频时执行非正方形像素渲染。非正方形像素支持有助于避免失真，并保持DV和MPEG-2内容的真实分辨率。一般来说，正方形像素适合于计算机显示器的宽高比，而非正方形像素用于观看电视屏幕则是最佳的显示模式。

（3）按指定区间创建视频文件，选择指定将要创建的视频文件的区间。当影片项目很长并且将超出光盘容量时，需要勾选此项，会声会影将把项目作为多个视频文件输出。

- 【常规】选项卡。

（1）"数据轨"，指定是仅创建视频文件还是音频和视频文件。

（2）"帧速率"，指定要用于视频文件的帧速率。

（3）"帧类型"，选择是将作品保存为基于场的视频文件还是基于帧的视频文件。基于场的视频对于每个帧将视频数据作为两个不同的信息场进行存储。如果视频仅用于计算机回放，则应将作品保存为基于帧的视频文件。

（3）"帧大小"，为视频文件选择帧大小或自定义自己的值。

（4）"显示宽高比"，通过应用正确的宽高比，图像在预览时将以恰当的外观显示，从而避免图像出现失真的动作和透明度。

- 【AVI】选项卡。

（1）"压缩"，显示可用的压缩方案。也可选择"无"不进行压缩。

（2）"质量"，拖动滑动条控制文件的压缩率。

（3）"配置"，单击该按钮获得更多压缩选项。

（4）"关键帧间隔"，指定压缩方案所使用的关键帧之间的距离。

（5）"数据类型"，从当前选定的视频压缩方案的可用数据类型列表中进行选择。

（6）"音频"，可选择音频格式和更改音频特性。

（7）"高级"，单击可打开【高级选项】对话框，可在其中指定已存视频的更多设置。

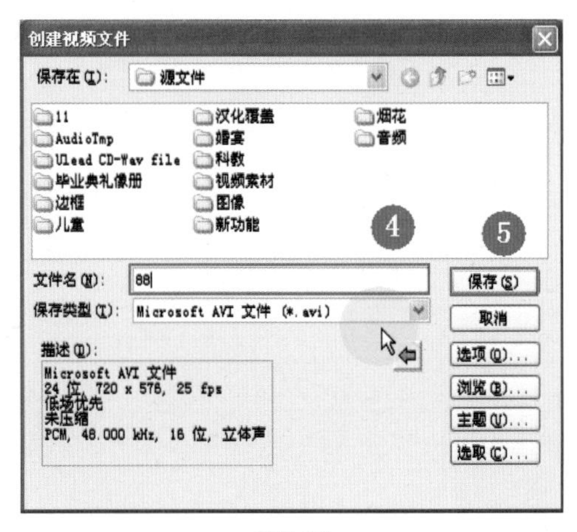

图9-17

Step 04 不同的保存类型，其相关的设置也不同，如选择MPEG文件❶，单击【选项】按钮❷，如图9-18所示，在对话框中出现了【压缩】选项卡的设置选项❸，如图9-19所示。

图9-18

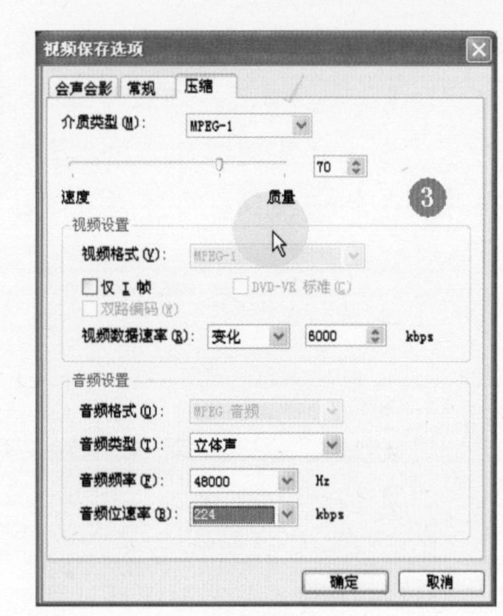

图9-19

Step 05 单击菜单【工具】❶ |【制作影片模板管理器】命令❷，如图9-20所示，在打开的对话框中可新建、编辑、删除、添加影片模板❸，如图9-21所示。

图9-20

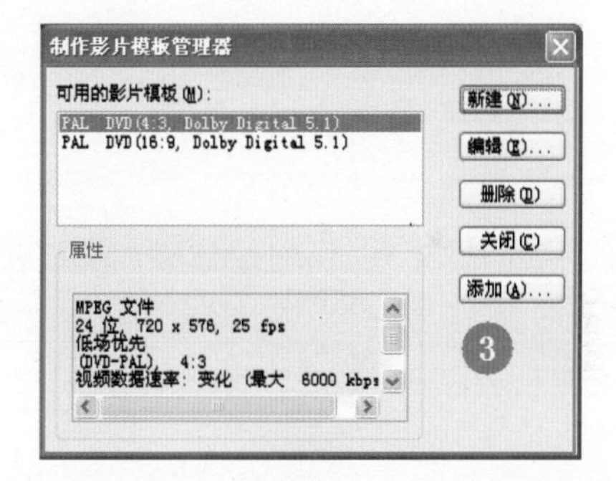

图9-21

说明： 通过使用会声会影提供的预设影片模板或在“制作影片模板管理器”中创建自己的模板，可以获得最终影片的多种变化形式。比如可创建提供高质量输出的影片模板用于DVD和录像带录制，也可建立提供质量较低但尚可接受的输出影片模板用于Web流媒体和电子邮件分发等。

9.4　创建适合网络发布的视频并进行网络上传

9.4.1　创建适合网络发布的视频文件

创建适合网络发布的视频并将其上传到“酷6”网与人共享。

Step 01 打开配套光盘提供的“resource\第9章\东正短片\东正短片.VSP”项目文件。

Step 02 首先创建一个适合网络媒体传播的视频文件，如WMV格式的视频文件。单击【创建视频文件】按钮❶，在下拉菜单中选择【自定义】命令❷，在打开的对话框中输入文件名“东正短片网络发布.wav”❸并选择【保存类型】为“*.wav”文件格式❹，单击【保存】❺按钮，即可渲染输出影片，如图9-22和图9-23所示。

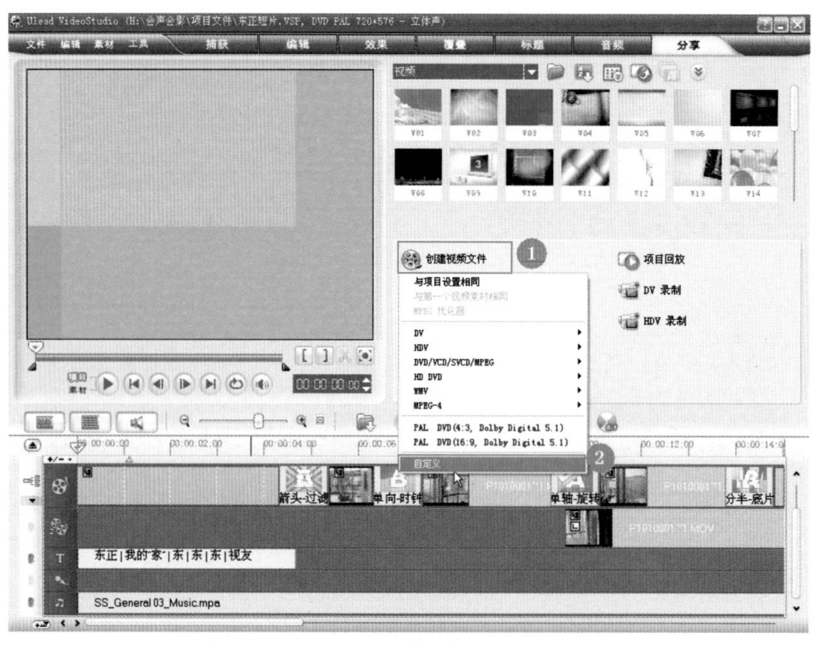

图9-22

图9-23

注意：在上传视频时要从文件保存的路径中选择所创建的“东正短片网络发布”视频文件。

9.4.2 注册登录视频共享网站

上传视频文件前，需要在视频网站进行注册。

Step 01 打开“酷6”网❶，若是新用户，则需要先注册，在网页中单击【注册】按钮❷，如图9-24所示。

图9-24

Step 02 在注册窗口中输入用户信息，包括用户名❸、密码❹❺、昵称❻、性别❼、验证码❽，最后单击【完成注册】按钮❾，如图9-25所示。

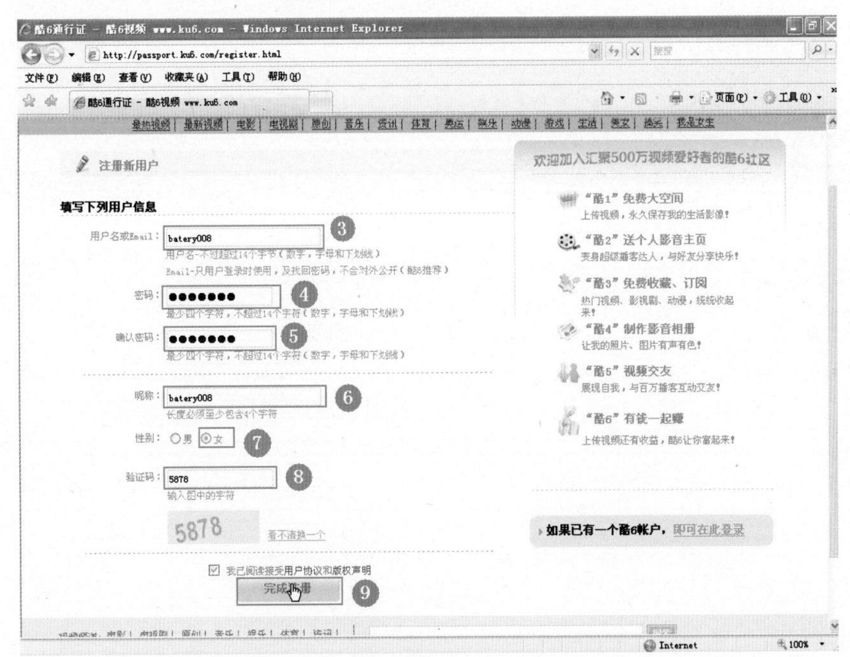

图9-25

Step 03 注册成功，显示个人主页网址信息❿⓫⓬，单击【保存设置】按钮⓭，如图9-26所示。

图9-26

9.4.3 上传视频

网站注册完成后，即可登录网站上传视频文件与他人分享。

Step01 单击【上传视频】按钮❶，如图9-27所示，打开上传视频的窗口，单击【浏览】按钮❷，如图9-28所示，在弹出的窗口中选择已创建的“东正短片网络发布.wav”视频文件❸，然后单击【打开】按钮❹，如图9-29所示。

图9-27 图9-28

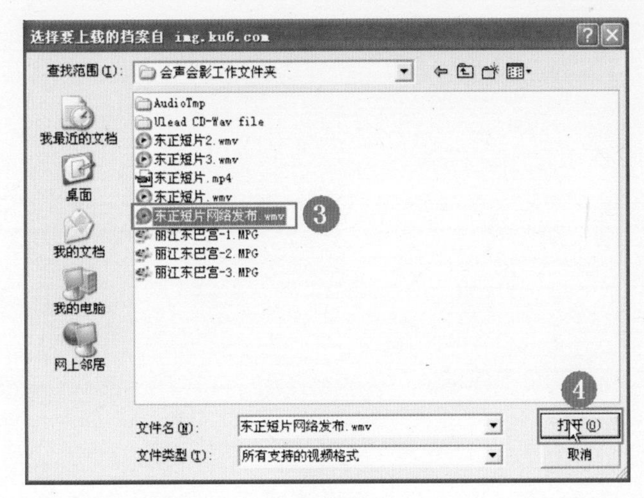

图9-29

Step 02 返回上传视频窗口对上传的视频进行设置，如输入标题❺、介绍❻、标签❼、指定频道❽类别等，如果还有疑问可阅读旁边的帮助信息❾，如图9-30所示。

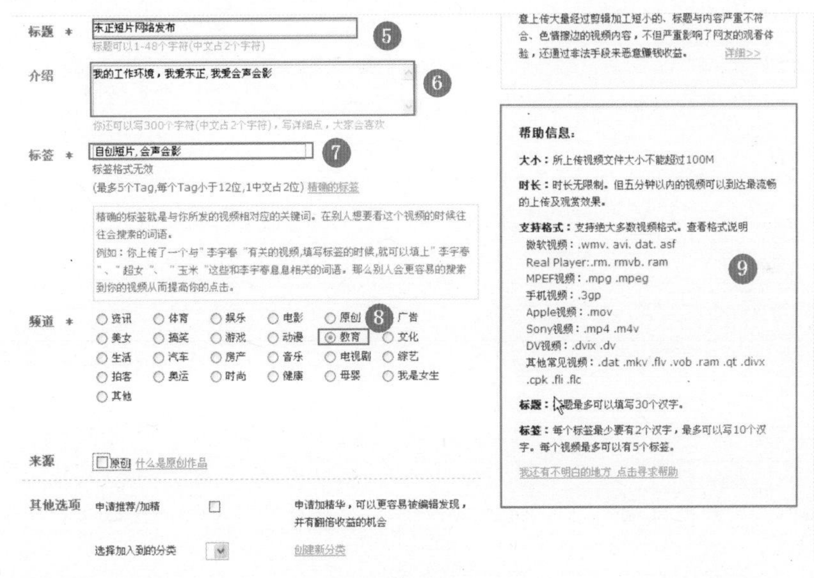

图9-30

Step 03 设置完毕后单击【下一步】按钮❿，如图9-31所示，开始上传视频。

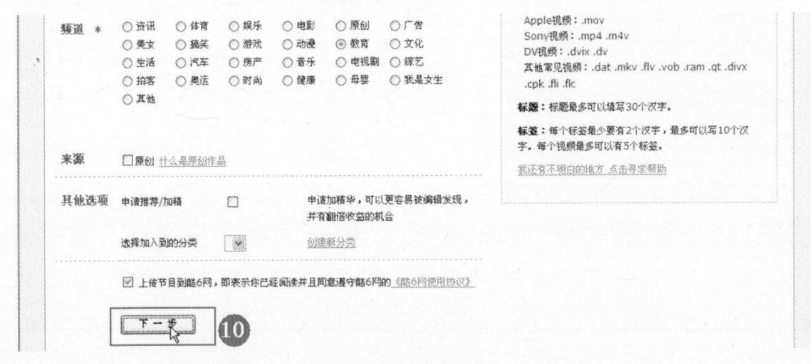

图9-31

Step04 视频上传成功，出现提示窗口，选择【是】或【否】按钮继续上传视频，这里选择【否】暂时不上传⑪，如图9-32所示，完成视频的上传。

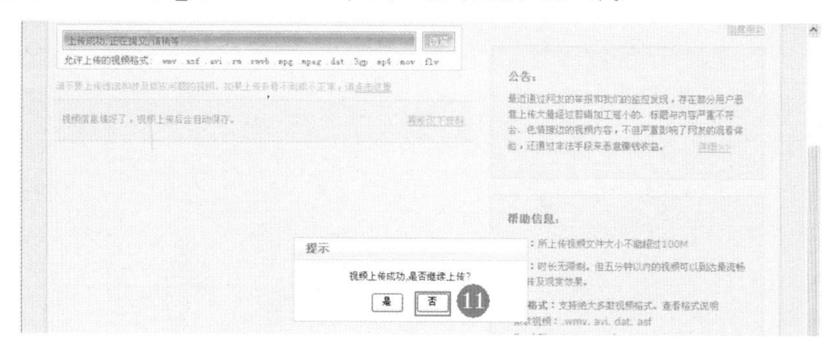

图9-32

Step05 登录个人主页中，如果还要上传，则单击【上传视频】按钮即可继续上传⑫，如图9-33所示。

图9-33

提示：许多视频共享网站都支持wmv、asf、avi、rm、rmvb、mpg、dat、mp4、mov、flv等文件格式。不同的格式有不同的优点及缺点，应根据实际需要进行选择。

9.5 创建声音文件

如果要将同一个声音应用到其他影像上或者将捕获现场表演的音频转换成声音文件，可将视频项目中的音频轨保存为单独的音频文件。

Step01 打开配套光盘“resource\第9章\从左到右的声音\从左到右的声音.VSP”项目文件。

Step02 在“分享”步骤中，单击【创建声音文件】按钮❶，在弹出的【创建声音文件】对话框中选择【保存类型】为“*.wma”格式❷。如果需要调整音频，单击【选项】按钮❸，可在弹出的【音频保存选项】对话框中通过三个选项卡对音频的属性进行调整❹，单击【确定】按钮。返回到【创建声音文件】对话框，输入文件名称❺，然后单击【保存】按钮❻，如图9-34所示，这样既渲染出单独的音频文件，同时此音频也被加载到音频素材库中。

图9-34

说明：使用会声会影也可轻松创建MPA、RM或WAV等格式的音频文件。

9.6 制作光盘

会声会影能将视频刻录成VCD或DVD光盘，且光盘中可包含有简介、片段选择以及交互式选项等常用功能。

刻录使用的DVD光盘由于其质量优势，因此在视频光盘制作中被广泛应用。它不仅能保证一流的音频和视频质量，而且保存的数据量也比VCD光盘多。DVD以“单面或双面”以及“单层或双层”的形式制造，使其容量更大。市面上出售的空白DVD光盘大多为单面单层的产品，即常见的4.7GB容量的光盘。DVD可以在普通的DVD播放机中播放，也可以在计算机的DVD-ROM驱动器中播放。

会声会影“分享”步骤中的“创建光盘”功能，可创建DVD、VCD、SVCD或HD DVD光盘，如图9-35所示。

图9-35

单击【创建光盘】按钮，在弹出的对话框中，有飞梭栏❶，修整拖柄❷，开始标记❸，结束标记❹，剪辑素材❺，导览面板❻，媒体素材列表❼，设置和选项❽，项目设置❾和更改显示宽高比❿，如图9-36所示。

图9-36

提示：可用飞梭栏、开始/结束标记和导览面板来修整视频或会声会影项目。修整视频可随意或精确地编辑视频的长度。

9.6.1 创建光盘流程

创建光盘的流程如下。

(1) 完成项目编辑处理并保存好项目文件。

注意：未保存的项目文件也可刻录在光盘中，但刻录过程可能会出错，导致编辑好的项目受到损坏，因此最好先保存项目文件。

(2) 在计算机上连接好光驱并放置刻录光盘，比如DVD 4.7GB刻录盘。单击【创建光盘】按钮，选择刻录格式（有DVD、VCD、SVCD和HD DVD格式）。这里主要介绍常用的DVD、VCD和SVCD光盘刻录格式。

(3) 进入光盘的媒体设置环节。这里主要设置光盘的封面、菜单、章节等光盘的多媒体元素。

(4) 预览添加了媒体环节的光盘。

(5) 设置刻录属性并开始刻录。

9.6.2 确认刻录格式

刻录光盘之前应确定刻盘格式，避免出现重新刻盘的情况。

Step 01 打开配套光盘提供的“resource\第9章\创建视频文件.VSP”项目文件。打开“分享”步骤，单击【创建光盘】按钮，在打开窗口中单击 DVD 4.7G 按钮❶，选择“DVD 4.7GB”格式❷，如图9-37所示。

图9-37

说明：（1）“DVD 4.7GB”就是我们最常用的DVD格式了，也就是单面的DVD格式，总容量是4.7GB。它的DVD刻录机、刻录盘价格都便宜，因此是最好的选择。另外“DVD”还包括“DVD 8.5GB”和“DVD 1.4GB”两种类型。“DVD 8.5GB”双面刻录盘价格比“DVD 4.7GB”昂贵且与家用电视连接的DVD播放器的兼容不够好，因此不建议使用。

（2）VCD格式是较早出现的，它是这里可供选择的最差的一种格式，如果片源质量好，就不要选择此格式。VCD使用MPEG-1格式的CD-ROM的特殊版本，可在CD-ROM驱动器、VCD播放机中回放，甚至还可以在DVD播放机中回放。

（3）SVCD是超级VCD，介于VCD和DVD之间，是VCD的改良版，没有质的飞跃。SVCD的典型播放时间约为30～45分钟。虽然可将播放时间延长到70分钟，但需要降低声音和图像的质量。SVCD可以在单独的VCD/SVCD播放机上播放、也可在DVD播放机和所有带有DVD/SVCD播放器软件的CD-ROM/DVD-ROM上播放。

（4）HD DVD是下一代DVD的标准，也就是高清DVD，如果是1029×1080的全高清DVD则信息量大，容量大约是30GB，如果是128×720的全高清DVD则容量大约是15GB。下一代的DVD产品发展趋势比较明显了，因为东芝已经宣布放弃HD DVD，因此高清标准目前只有蓝光DVD，但蓝光DVD刻录机价格相当昂贵，不适合家庭用户使用。

Step 02 在输出格式旁边显示了目前项目的容量❶和视频时间的长度❷，假如再增加内容，也会增加相应的容量和时间。一张光盘的容量是有限的，它有一条警示线，如果容量超过黄线❸，一些刻录机便无法刻录，而有一些光碟和刻录机比较好，可以刻录到红线❹。最后还显示了整个光盘的容量❺，如图9-38所示。

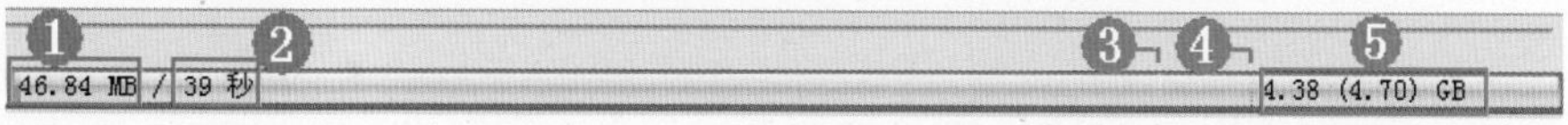

❶ 46.84 MB / ❷ 39 秒　❸ ❹ ❺ 4.38 (4.70) GB

图9-38

一般情况下，超过黄线就会提示刻录光盘空间不足，此时最好是处理一下视频，减小容量使它的大小不超过黄线。

9.6.3 添加视频和项目文件

在会声会影中，当前的整个项目可以放入到【创建光盘】对话框中进行刻录，其他会声会影的项目或视频也可以在【创建光盘】对话框中进行刻录。

添加最终影片中的视频文件。

Step 01 单击按钮❶，如图9-39所示。

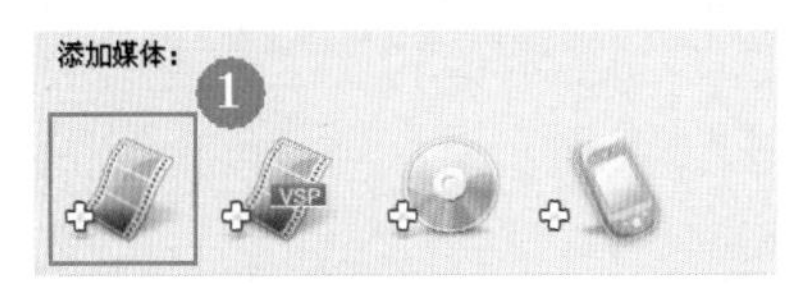

图9-39

说明：也可以从DVD/DVD-VR光盘中添加视频。

Step 02 在打开的【打开视频文件】对话框中找到视频所在的文件夹，然后选择要添加的一个或多个视频素材，这里选择配套光盘提供的“resource\第9章\MVI_0931.AVI”视频文件❷，单击【打开】按钮❸。如果在打开之前想预览一下文件，可单击【预览】按钮❹，如图9-40所示。

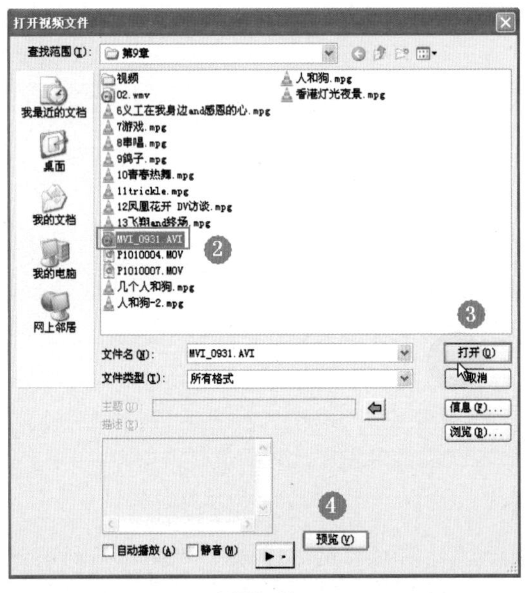

图9-40

Step 03 媒体素材列表中将显示所添加的视频素材，如图9-41所示。

图9-41

说明：（1）可以添加多种视频格式的文件，如AVI、QuickTime和MPEG文件，还可以添加VCD视频（DAT）文件。

（2）把视频素材添加到“媒体素材列表”后，如果看到的是一个黑色的缩略图，是因为此视频素材的第一个场景（帧）为黑屏。若要进行更改，单击此视频素材，将“飞梭栏”移到所要的场景❶，然后右击视频素材的缩略图，在右键菜单中选择【更改略图】命令❷，如图9-42所示。

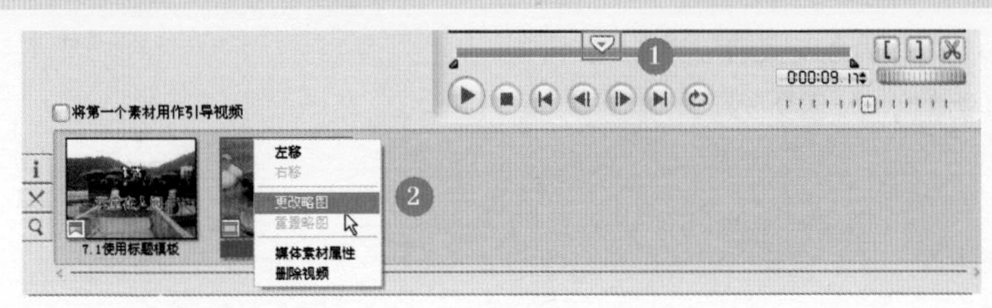

图9-42

添加最终影片中的会声会影项目文件。

Step01 单击按钮❶，如图9-43所示。

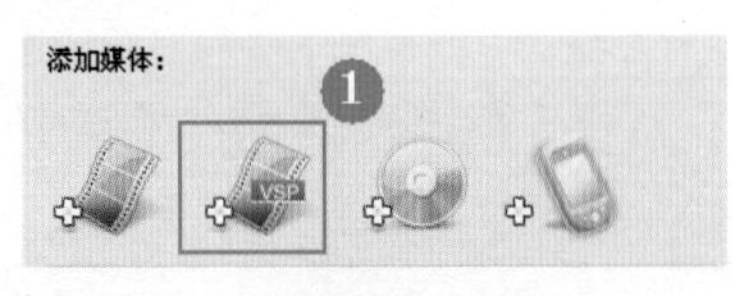

图9-43

Step02 选择配套光盘提供的“resource\多重覆叠轨的应用good.VSP”项目文件❷，然后单击【打开】按钮❸，如图9-44所示。这样即添加了会声会影项目文件，如图9-45所示。

图9-44

图9-45

说明：（1）在【创建光盘设置】窗口中选中素材❶，单击【属性】按钮❷，可查看其属性❸，如图9-46所示。

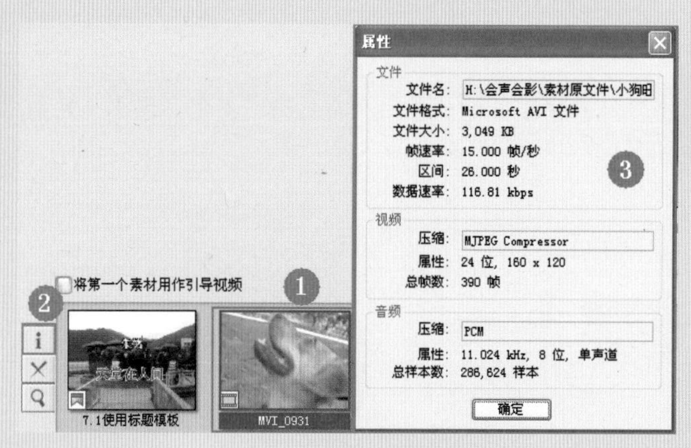

图9-46

（2）也可修改素材文件的位置，选择并拖动到合适的位置松开鼠标即可，如图9-47所示。

图9-47

（3）勾选“将第一个素材用作引导视频”复选框❶，在第一个视频素材上就多了一个“1”符号❷，表示此视频作为本光盘影片的片头，不再作为素材文件，如图9-48所示。

图9-48

9.6.4 添加/编辑章节

通过添加章节，可以创建链接到其相关视频素材的“子菜单”。现在添加的每个章节表示为子菜单中的一个视频略图，它就好像是视频素材的书签。当单击某个章节时，视频回放将从所选章节开始。添加章节有手动和自动添加章节两种方式。

手动为视频添加章节。

Step 01 选中要添加章节的素材文件❶，然后单击【添加/编辑章节】按钮❷，如图9-49所示。

图9-49

Step 02 在【添加/编辑章节】对话框中，手动拖动“飞梭栏”到要设置为章节的场景位置❶，单击【添加章节】按钮❷，如图9-50所示。

图9-50

Step 03 在媒体素材列表中便多了一个添加的章节后的缩略图❶，在章节分点处会出现红线❷，如图9-51所示。

图9-51

Step 04 按前面的方法，添加更多的章节点，一个视频素材最多可创建99个章节。

Step 05 选择不需要的章节缩略图❶，单击【删除章节】按钮❷即删除所选章节。这样就完成了本素材章节的编辑，如图9-52所示。

图9-52

注意：如果视频被选定作为引导视频，就不再是素材文件了，因此不能为其添加章节。在创建只有一个会声会影项目或一个视频素材的光盘时，如果要创建菜单，就要取消勾选“将第一个素材用作引导视频”复选框。

自动为视频添加章节。

Step 01 单击【当前选取的素材】的下拉列表按钮，选择要添加章节的素材“多重覆叠轨的应用good.VSP”文件❶，然后单击【自动添加章节】按钮❷，如图9-53所示。

图9-53

Step 02 在【自动添加章节】对话框中，勾选“以固定间隔添加章节”单选按钮并设置固定时间，然后单击【确定】按钮，会声会影将自动选择章节，如图9-54所示。

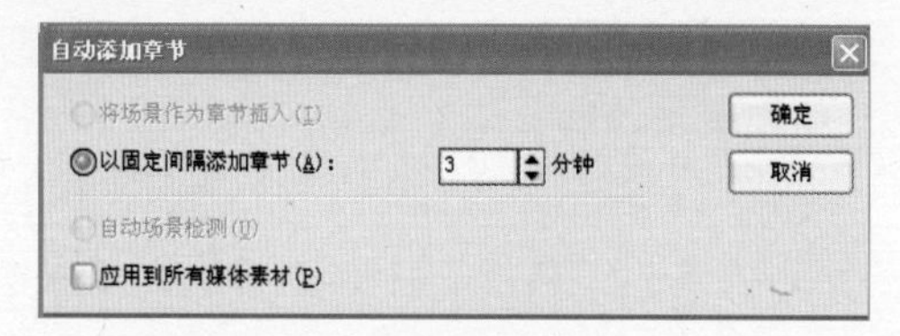

图9-54

注意：（1）要使用“自动添加章节”功能，视频必须有至少一分钟的长度或者该视频有场景变化信息。

（2）如果视频是从DV摄像机上捕获DV格式的AVI文件，那么会声会影可自动检测到场景的变化，并相应地添加章节；如果所选的视频是带场景变化信息的MPEG-2文件，会声会影将自动生成章节。

9.6.5 调整相关设置

添加了章节之后，就要调整相关设置以提高光盘的兼容性和质量。

先进行参数选择的设置。

Step 01 单击按钮❶，在下拉菜单中选择【参数选择】命令❷，如图9-55所示。

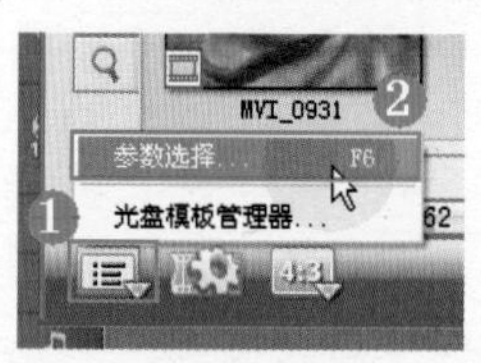

图9-55

Step 02 在【参数选择】对话框中选择【常规】选项卡，勾选“去除闪烁滤镜”复选框❶，选择“PAL/SECAM”电视制式❷，勾选“为台式DVD+VR录像机保留最大30MB的菜单”复选框，指定【工作文件夹】的路径，单击【浏览】按钮❸，在弹出的【浏览文件夹】对话框中选择一个至少有4.7GB空闲空间的磁盘❹，然后单击【确定】按钮❺，如图9-56和图9-57所示。

图9-56

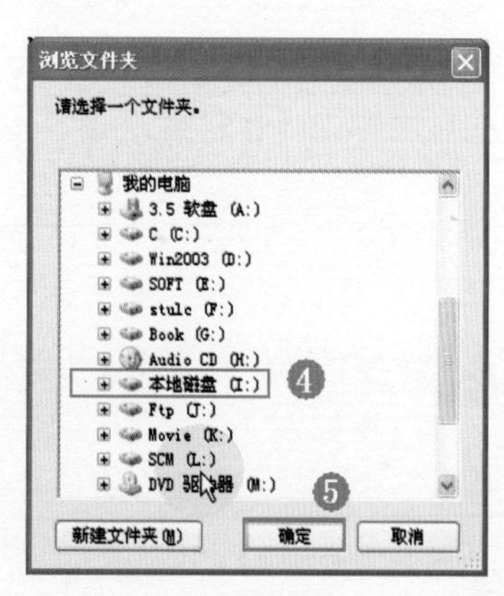

图9-57

说明：（1）在【常规】选项卡中，勾选“去除闪烁滤镜”复选框有何作用？由于一般电视是交织显示，播放时容易造成闪烁，选择此项，可减少在电视播放时出现的闪烁现象。但是在投影仪、计算机显示器或者其他的渐变扫描设备上播放显示时，此功能没任何意义。

（2）如果刻录的是VCD光盘，勾选“VCD播放机兼容”复选框，将大大提高光盘的兼容性，即使是一些老式的播放机也能播放。因为会声会影VCD格式采用的是“具备交互式菜单的VCD2.0格式”，而一些老式的播放机不支持这种格式，所以无法播放。

（3）勾选“为台式DVD+VR录像机保留最大30MB的菜单”复选框，将DVD菜单的文件大小上限为30MB，以提高DVD影片、DVD播放器或者是DVD录像机的播放兼容性。因为有一些播放机不能识别超过30MB的菜单，因此保持默认勾选此项。

（4）选择一个至少有4.7GB空闲空间的磁盘是非常重要的，由于此案例要刻录成DVD格式，在刻录之前会声会影会在磁盘工作区先制作一个影像文件，然后才会刻录成DVD，这意味着工作区至少有4.7GB的可用空间，否则无法进行刻录。

Step 03 设定安全工作区。

由于不同的电视设备显示影片的大小可能也不一致，要想所有的电视设备都能显示完整的影片，就要设置工作区。在会声会影的预览窗口中设置了安全的播放边界，以方框的形式显示，用户编辑显示的对象，比如文字、缩略图等都能显示在工作区域内，保证了影片的完整性。

在【参数选择】对话框中选择【高级】选项卡，按默认设定【电视安全区】为“10%”❶，即90%为安全的工作区域。最后单击【确定】按钮❷完成参数选择设置，如图9-58所示。

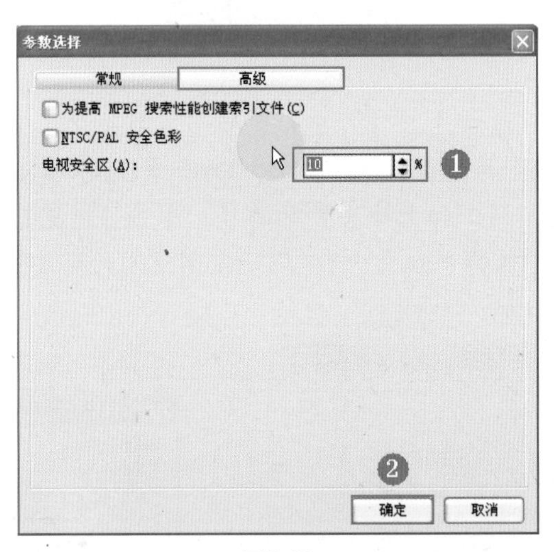

图9-58

说明：勾选“为提高MPEG搜索性能创建索引文件”复选框，可使用“飞梭栏”改善预览效果，但仅适用MPEG-1和MPEG-2的文件格式。

勾选“NTSC/PAL安全色彩”复选框，能提高视频色彩，让用户在任何系统上观赏影片时都具有很好的显示质量，在观赏影片时也不会出现闪烁的问题。

对相关参数设置完成后就进入光盘模板的调整。

Step01 单击按钮❶，在下拉菜单中选择【光盘模板管理器】命令❷，如图9-59所示。

Step02 在弹出的对话框中选择【电视制式】为“PAL/SECAM”制式❶，选择【光盘类型】为“DVD”类型❷，在【可用的光盘模板】下拉列表中选择可供使用的“DVD”类型模板❸，如图9-60所示。选择【关闭】按钮即使用了相应的模板。

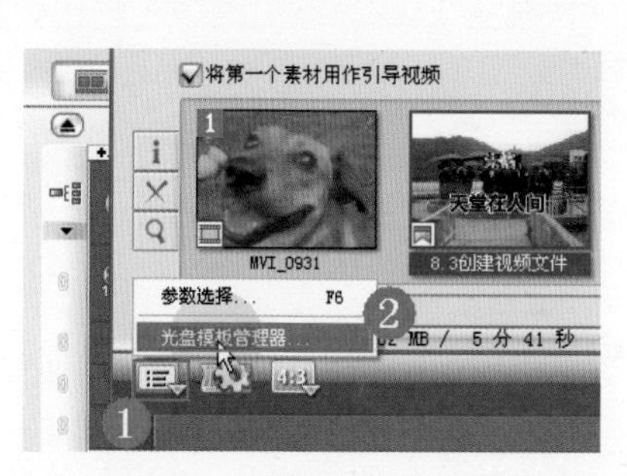

图9-59

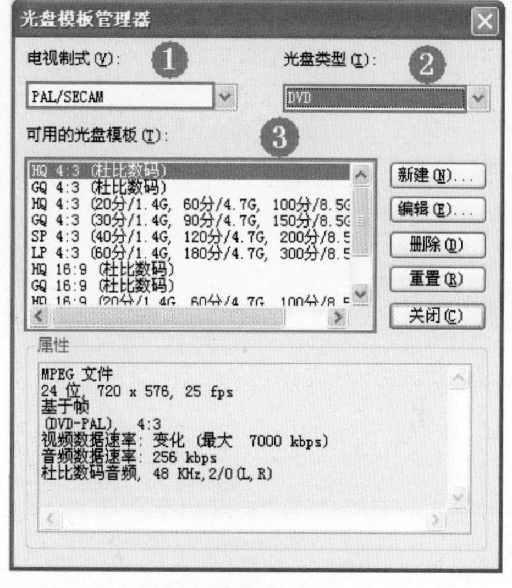

图9-60

Step03 若在会声会影提供的光盘模板中找不到需要的光盘模板，可新建光盘模板。

单击【新建】按钮❶，如图9-61所示。在弹出的【光盘模板选项】对话框中选择【模板别名】选项卡，输入模板名称为“younger”❷，如图9-62所示。

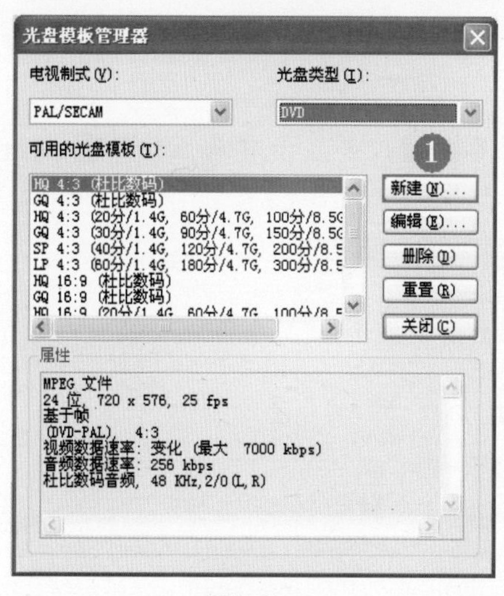

图9-61

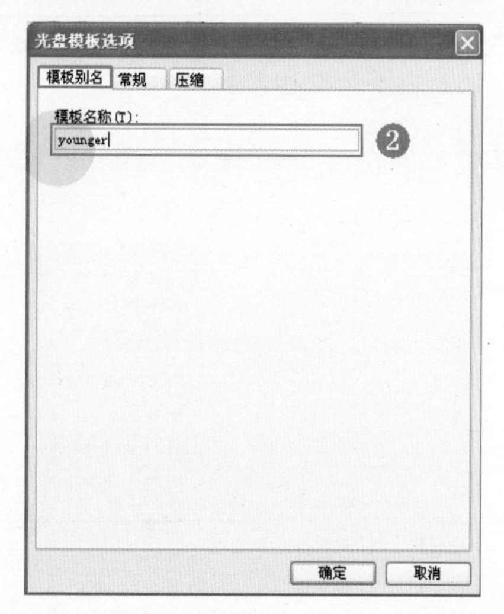

图9-62

Step04 单击【常规】选项卡，选择【编码程序】为“Ulead MPEG Now Encoder”类型❸，在【帧类型】下拉列表中选择“低场优先”❹，在【帧大小】组中勾选“标准”单选按钮，在其下拉列表中选择“720×576”的尺寸❺，如图9-63所示。

说明："低场优先"帧类型比较适合在电视系统中播放，若刻录的光盘是在电视中播放，可选择此项，因为它的宽高比是根据DV录制的格式进行调整的。

Step 05 打开【压缩】选项卡，设定质量与速度为默认的"90"❻，设置【视频数据速率】为"恒定"的"6000" kbps❼，然后单击【确定】按钮❽，如图9-64所示。

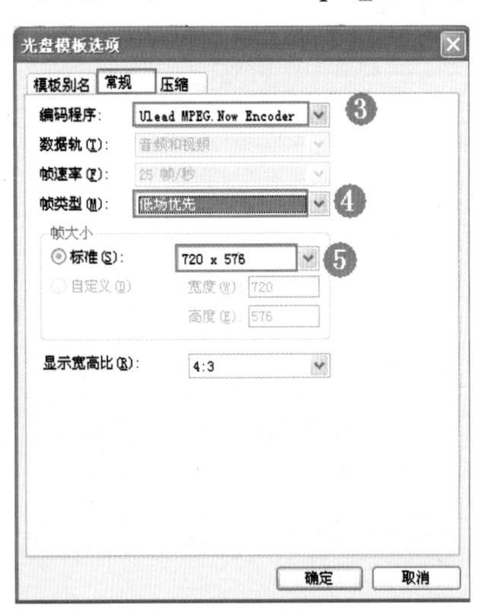

图9-63

图9-64

说明：（1）质量越高画面效果越好，但容量就越大，播放的速度也会越慢。相反，速度要求越快，那么质量就会越差。可根据实际需要选取一个平衡。

（2）DVD-VR标准是针对DVD播放机的，经常在DVD播放机中播放，可勾选此项。

（3）选择"恒定"能保持视频质量的稳定性；选择"变化"可减少文件的大小，降低占用的磁盘空间，但系统会根据视频属性忽略部分数据。

（4）对于DVD视频数据速率尽量不要低于4000kbps，容易看出瑕疵且质量与VCD差不多，没有什么意义。

Step 06 这样就多了一个名称为"younger"的新模板❾，并显示其属性信息❿，如图9-65所示。

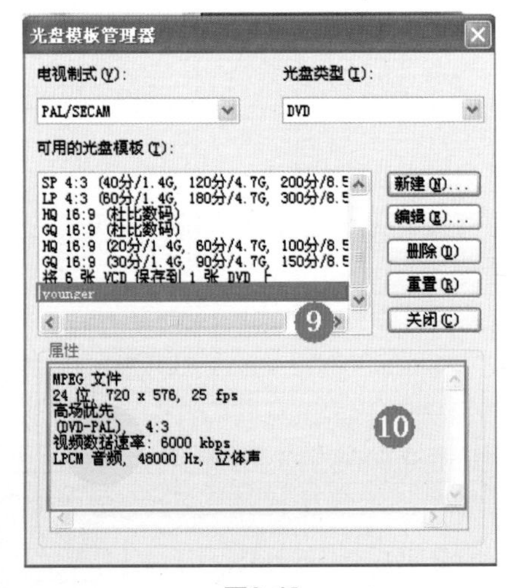

图9-65

Step 07 若要修改光盘模板，可选择一个模板❶，单击【编辑】按钮❷，如图9-66所示。根据自己的需要在弹出的【光盘模板选项】对话框中调整模板❸，如图9-67所示。

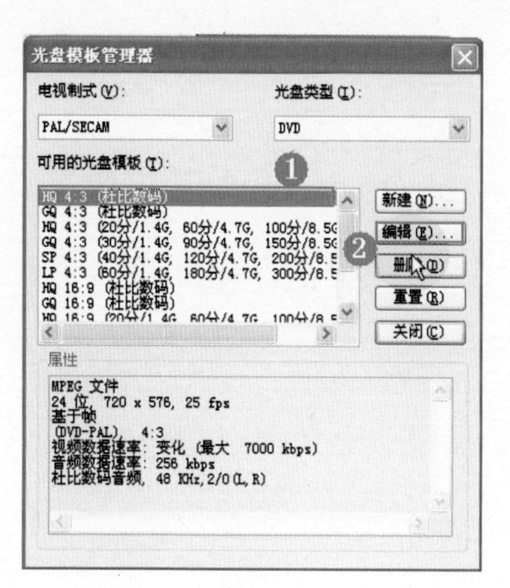

图9-66

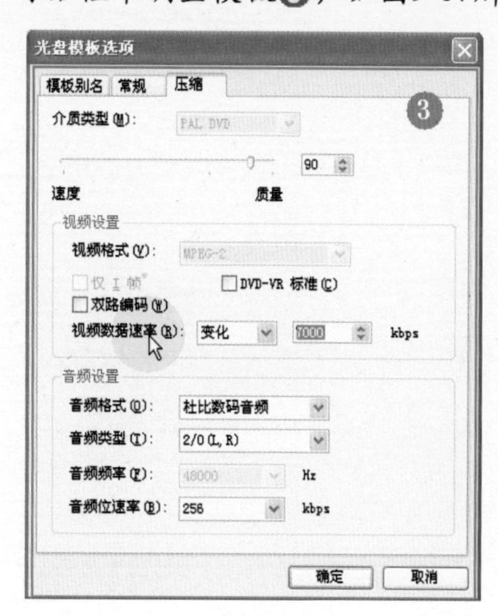

图9-67

制作光盘的过程，其实就是将项目内容与相关设置渲染成多媒体文件，再转换为刻录所用的格式。为了使这个过程更加符合需求，可以对项目进行设置。

Step 01 单击按钮❶，弹出相应的对话框，单击【修改MPEG设置】按钮❷，在下拉菜单中选择一个光盘模板❸，如图9-68所示。

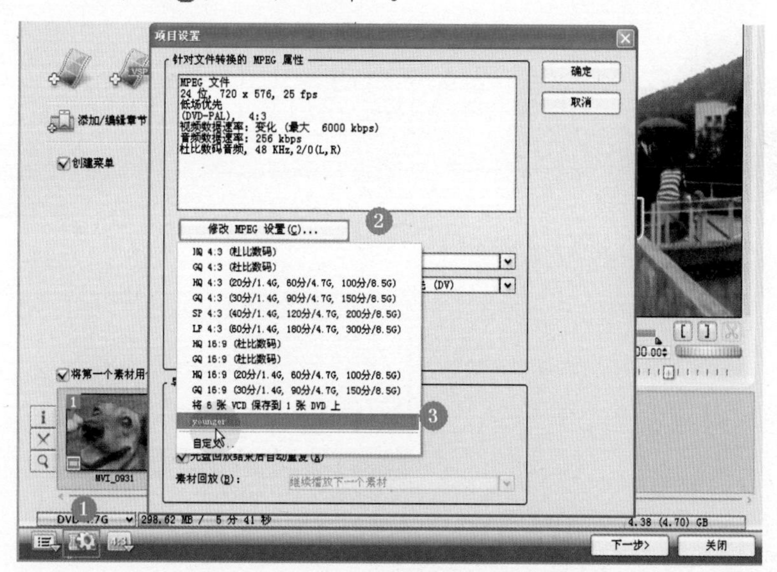

图9-68

说明：在刻录前会声会影先将前面所做的设置按“针对文件转换的MPEG属性”的要求渲染成一个文件，最后才刻录到DVD光盘上，所以“修改MPEG设置”是针对刻录过程渲染转换文件要运用的格式进行设置的。

Step 02 选择【显示宽高比】格式为“4：3”❹，选择【场类型】为“低场优先”❺，勾选“不转换兼容的MPEG文件”复选框❻，最后单击【确定】按钮❼，如图9-69所示。

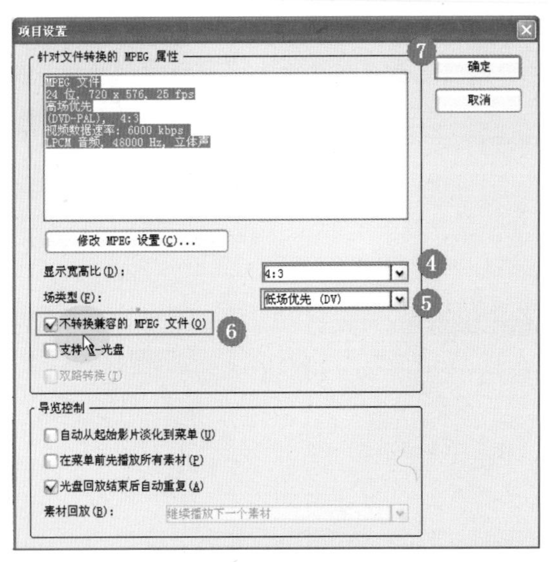

图9-69

说明：勾选“不转换兼容的MPEG文件”复选框，系统会自动判断素材中的音频和视频是否符合标准规定，如果不符合就会转换成兼容的文件。选择此项，如果判断符合规定，就会智能跳过，可节省时间且能确保质量，否则会对所有的素材都进行转换操作。

9.6.6 制作光盘菜单

在此步骤中可以创建主菜单和子菜单。菜单为影片观众提供了可用于选择要观看的视频的互动窗口。

在制作菜单前，最好对各个视频的缩略图进行调整，选择一个最能代表此视频内容的画面作为略图。单击此视频素材，将“飞梭栏”移到所要的场景❶，右击此略图并选择【更改略图】命令❷，如图9-70所示。

图9-70

调整好缩略图后，勾选“创建菜单”复选框❶，单击【下一步】按钮❷，如图9-71所示，进入菜单制作设置窗口。

图9-71

说明： 因为已添加了章节并调整了相关设置，所以若要顺利完成光盘菜单的制作，就必须勾选“创建菜单”复选框。若取消勾选“创建菜单”复选框，则单击【下一步】按钮后，将直接进入预览步骤，而不会创建任何菜单。

1. 为主菜单选择特定模板

在【当前显示的菜单】下拉列表中选择“主菜单”❶，打开【画廊】选项卡❷，在下拉列表中选择“全部”❸，任选其中一个特定的模板作为背景❹，背景即应用该模板的样式❺，如图9-72所示。

图9-72

提示： 会声会影包括一组菜单模板，可以用它们来创建菜单和子菜单。模板包括了背景、边框、标题文字样式、背景音乐等。

2. 编辑主菜单模板

如果对模板不满意可进行编辑，如添加背景图像、音乐或音频，或者通过修改字体属性进一步定制影片。

（1）设置背景音乐。

打开【编辑】选项卡❶，单击按钮❷，选择【为此菜单选取音乐】命令❸，如图9-73所示。

图9-73

弹出【打开音频文件】对话框，随意选择喜欢的音频文件❹，然后单击【打开】按钮❺，如图9-74所示，完成背景音乐的修改。

图9-74

（2）修改背景图像。

单击按钮❶，选择【为此菜单选取背景图像】命令❷，如图9-75所示，弹出【打开图像文件】对话框，选择一张图片❸，然后单击【打开】按钮❹，如图9-76所示，完成背景图像的修改。

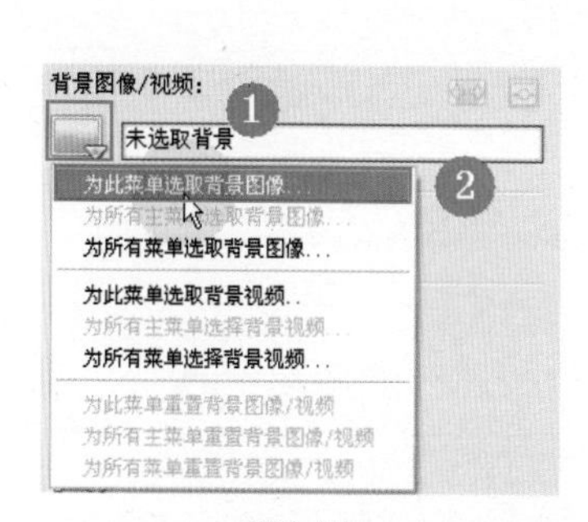

图9-75

图9-76

提示：背景可以是图像也可以是视频。如要选择视频，可选择【为此菜单选取背景视频】，【为所有主菜单选择背景视频】或【为所有菜单选择背景视频】。

（3）修改主题文字。

在左侧的预览窗口中，选取文字“我的主题”，如图9-77所示。

图9-77

将“我的主题”更改为“younger的光盘”菜单标题并移动到适当位置❶。单击【字体设置】按钮❷，对字体❸、字形❹、大小❺、颜色❻等进行设置，如图9-78所示，最后单击【确定】按钮完成❼。

图9-78

单击每个视频略图下面的文字，可对描述文字进行修改，分别输入“第1段”❶和“第2段”❷，如图9-79所示。然后单击【自定义】按钮，如图9-80所示。

图9-79

图9-80

提示：（1）勾选“动态菜单”复选框可启用所选菜单模板的动态属性。
（2）“布局设置”指定是将布局应用到菜单的所有页面和重置该页面，还是重置菜单的所有页面。

打开【自定义菜单】对话框，在【边框】列表中选择“F004”边框❶，在预览窗口即显示心形的边框效果❷，也可根据自己的需要应用摇动和缩放、动态滤镜、菜单进入和菜单离开等效果❸，设置完毕单击【确定】按钮❹，如图9-81所示。

提示：单击【高级设置】按钮❶，在下拉菜单中选择【显示略图编号】命令❷，如图9-82所示。并可对编号的字体颜色等进行修改❸❹，效果如图9-83所示。

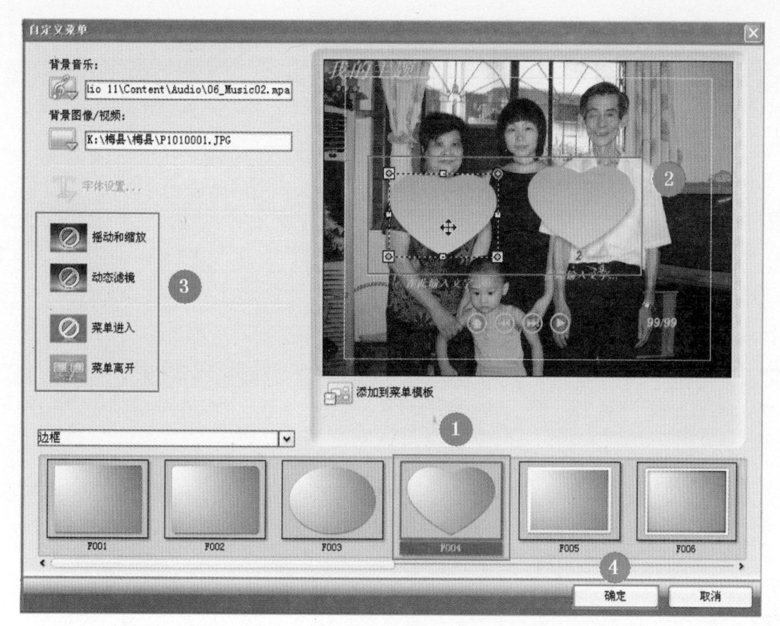

图9-81

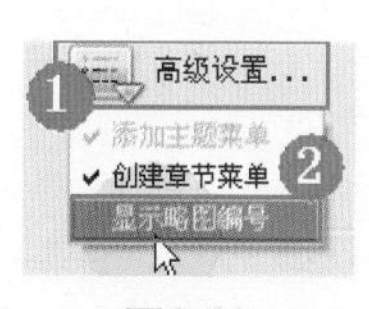

图9-82

图9-83

说明：可根据个人喜好在自定义窗口中对背景图像、音频、标题、按钮、边框等的大小、位置、角度等属性进行调整，产生各式各样的艺术效果，如图9-84所示。

图9-84

3．为其他视频设置子菜单

设置完“主菜单”之后，就可以为添加了章节的视频设置子菜单。

在【当前显示菜单】下拉列表中选择“创建视频文件”，通过【画廊】和【编辑】选项卡对其进行设置，如图9-85所示，设置方法与主菜单一样，在此不再详述。

图9-85

9.6.7 预览播放

在将影片刻录到光盘之前，可以对影片进行预览。单击【预览】按钮❶，如图9-86所示。勾选“预先渲染菜单”复选框❷，然后单击[▶]按钮❸，如图9-87所示，即可在计算机上观看影片并测试菜单选项。

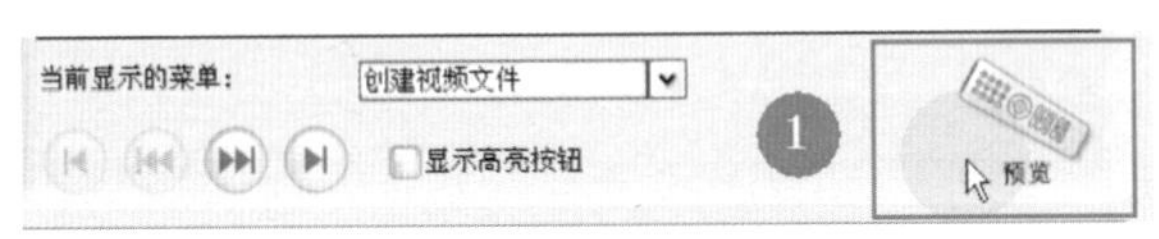

图9-86

图9-87

说明：这里使用了类似于家用 DVD 播放机标准遥控器上的按钮控制，如前进、后退、暂停等。

一边渲染一边预览查看效果❹❺，单击【返回】按钮❻可返回编辑窗口进行编辑。单击【后退】按钮可回到上一步。单击【下一步】按钮即可开始刻录的设置，如图9-88所示。

图9-88

9.6.8 刻录设置

刻录设置是光盘创建过程的最后一步。可以将影片刻录到光盘上，也可在磁盘上创建DVD文件夹结构以便在计算机上播放此DVD影片或者创建要保存在磁盘上的影片镜像文件。

Step01 完成了预览，没有再修改的问题就可单击【下一步】按钮，进入了刻录环节。在刻录之前，要确保已经将一张4.7GB的DVD空白光盘放置在DVD刻录机中。

Step02 在刻录设置窗口中保持默认设置，单击按钮❶，弹出【刻录选项】对话框，选择刻录速度为“4.0X”❷，单击【确定】按钮❸返回，最后单击【刻录】按钮❹，如图9-89所示。

说明：下面对刻录设置进行介绍：

（1）“驱动器”就是用于刻录视频文件的光盘刻录机。

（2）“份数”指刻录的份数，每一份的内容都是一样的，假如要3个DVD盘，可输入“3”，就会连续刻录3张光盘。

（3）DVD类型决定于我们放进刻录机上的光盘类型。

（4）“创建光盘”，默认为选中状态，否则无法刻录。

（5）刻录格式为“DVD-Video”。要快速重新编辑光盘，而无需将文件复制到磁盘上，就要选择这种符合工业标准的格式，且在使用机顶盒家用DVD播放器和计算机DVD-ROM时它有着极高的兼容性。对于支持DVD+VR格式DVD播放器可选择“DVD+VR”。

（6）创建DVD文件夹。当选择了DVD-Video格式时可启用此项。创建的文件用于将视频文件刻录到DVD。另外还可使用DVD-Video播放器软件在计算机上观看已完成的DVD文件。

（7）如果打算多次刻录视频文件，可选择“创建光盘镜像文件”选项，这样要刻录同一个视频文件时，就不必再次生成该文件。ISO 镜像文件的容量跟光盘的容量一样，但必须确保选择放置的目录下有足够的磁盘空间。

（8）不同的视频素材在创建时可能有不同的音频录制级别。当这些视频素材合在一起时，音量相互之间可能有极大差异。“等量化音频”功能可调整整个项目的音频波形，以确保整个视频中均衡的音频级别。

（9）擦除，删除可重写光盘上的所有数据。

（10）刻录速度，默认是“最大”，建议使用“4.0X”，这样能保证最好的品质及兼容性。速度太快可能会损失一些信息，另外刻录出来的光盘放置一些播放机中可能会出现兼容性的问题。

（11）“不关闭光盘”意思是刻录完成之后，刻录机不封闭光盘，下一次还可继续刻录。优点是一个盘可多次使用，缺点是播放时可能会出现兼容性问题。

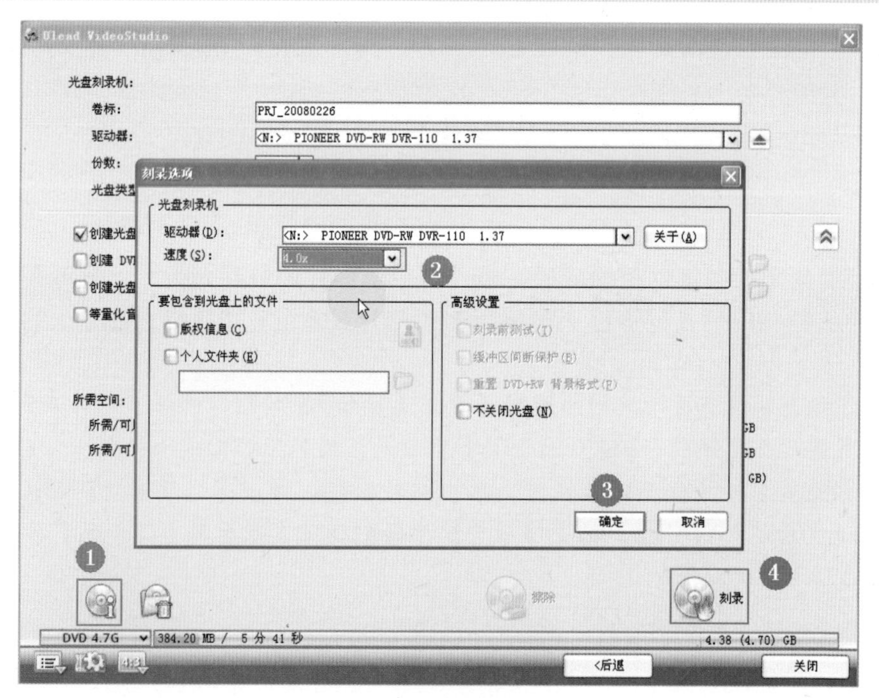

图9-89

Step03 单击【刻录】按钮，弹出是否确定渲染的提示对话框，单击【确定】按钮❺，即可开始进行渲染成单个视频文件，最后进行刻录，如图9-90所示。

图9-90

Step 04 在成功刻录光盘后，将出现一个对话框，可从中选择下一个步骤。单击【关闭】按钮提示保存工作并关闭“会声会影”运行程序，DVD光盘制作完成。

9.7 导出到移动设备

会声会影提供了多种用于导出和分享影片的方法。项目文件可以导出到苹果的MP4、psp游戏机、移动电话、掌上计算机等其他外部设备中。

单击【导出到移动设备】按钮❶并选择相应的视频属性❷，如图9-91所示，在弹出的【将媒体文件保存至磁盘/外部设备】对话框中，输入文件名称❸，然后单击影片要导出到的设备❹，最后单击【确定】按钮❺开始渲染，如图9-92所示。

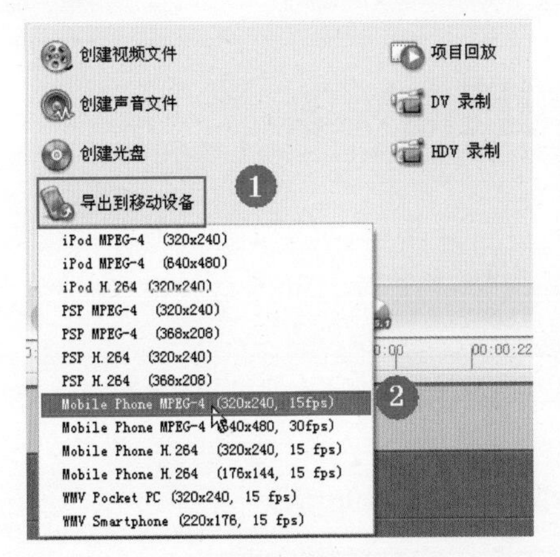

图9-91

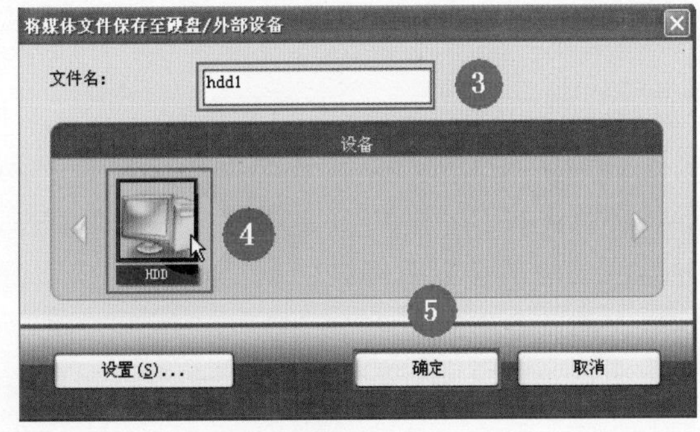

图9-92

若是插入移动电话等其他移动设备，则在设备列表中就会显示该设备，导出时选择该设备即可，如图9-93所示。

图9-93

渲染生成的文件一般保存在系统盘的“Ulead Video\11.0”目录下，单击【设置】按钮，即可弹出【设置】对话框，可以看到对默认的导入/导出路径，也可以重新设置路径，如图9-94所示。

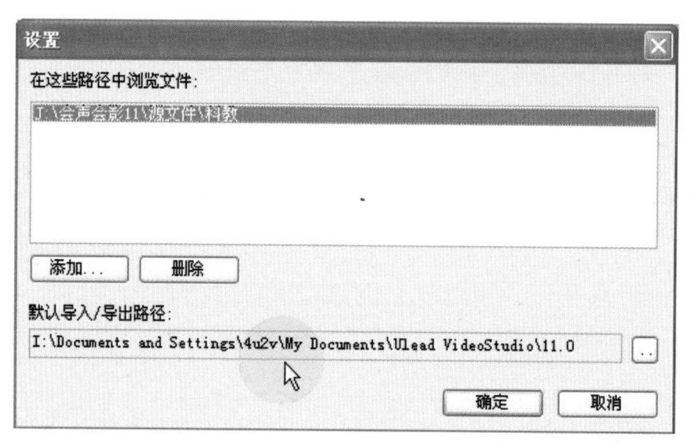

图9-94

说明：除了可以通过以上步骤将文件导出到移动设备外，对于有些不支持直接导出的移动设备，也可通过数据线等连接方式将保存在默认路径下的生成文件转移到移动设备，但要注意移动设备要有对应的解码器，否则移动设备不能播放文件。

9.8 将影片导出为其他媒体

独乐乐不如众乐乐，在信息共享的时代，人们更乐意将自己的作品通过各种媒体传播出去。在会声会影中可将视频输出为适合各种媒体方式的影片，如网页、电子邮件、贺卡、影片屏幕保护等，让用户之间有更多的共享方式。

在素材库中选择一个视频素材，单击按钮❶，在下拉菜单中选择一种媒体❷，即可开始共享之旅，如图9-95所示。

也可通过菜单【素材】|【导出】命令选择相关媒体，如图9-96所示。

图9-95

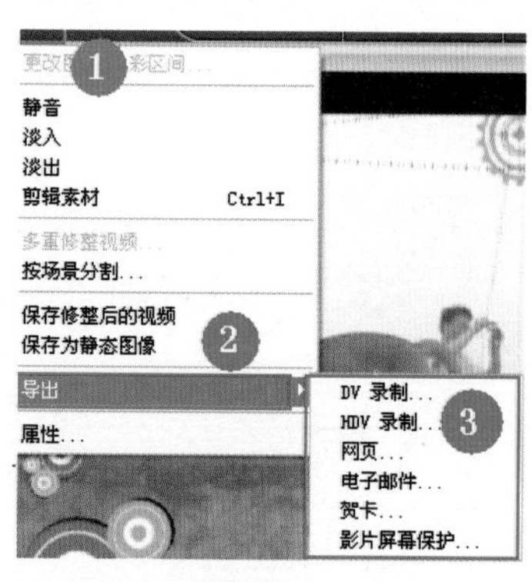

图9-96

说明：要使用“将视频文件输出到不同的介质”功能，必须确保视频出现在素材库中。因为此功能不能导出为项目文件，只能在创建了项目的最终视频文件中或选择了素材库中的视频文件才可使用。

9.8.1 将影片制作成网页

在会声会影中可将素材库中的视频文件制作成网页的形式，以便上传到个人网站，让亲朋好友直接到自己的网站上观赏影片作品。

视频文件一般体积都比较大，短短几分钟的视频可能就需要几十兆的磁盘空间，且下载也要花费不少时间，因此首先要创建适用于Internet的视频。适当地使用视频格式和压缩率，生成高质量但尺寸小的视频文件，然后会声会影会协助生成HTML网页文件。

Step 01 在素材库中选择随意一个视频素材，或者将配套光盘提供的“resource\第9章\人和狗-2.mpg”视频文件加载到素材库❶，单击按钮❷，在下拉菜单中选择【网页】命令❸，如图9-97所示。

图9-97

Step 02 在出现的提示框中询问是否要使用 Microsoft’s ActiveMovie控制设备，单击【是】按钮❹，如图9-98所示。

图9-98

提示： ActiveMovie是观看者需要安装的用于 Internet 浏览器（标准为IE4.0或以上版本）的小插件。如果单击【否】按钮，则网页仅包含指向该影片的简单链接。

Step 03 为新的HTML文件输入文件名和选定保存的位置❺，最后单击【确定】按钮❻，如图9-99所示。

图9-99

Step04 网页文件做好之后，播放时要启用ActiveX 控件，因此要允许此控件的播放。右击选择【允许阻止的内容】命令❼，如图9-100所示，在弹出的【安全警告】对话框中单击【是】按钮❽，如图9-101所示。

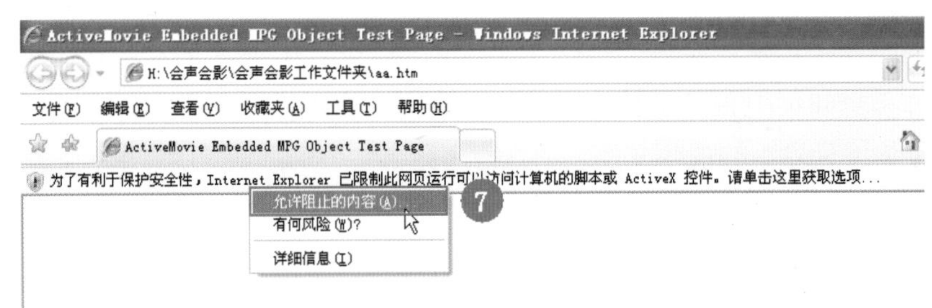

图9-100

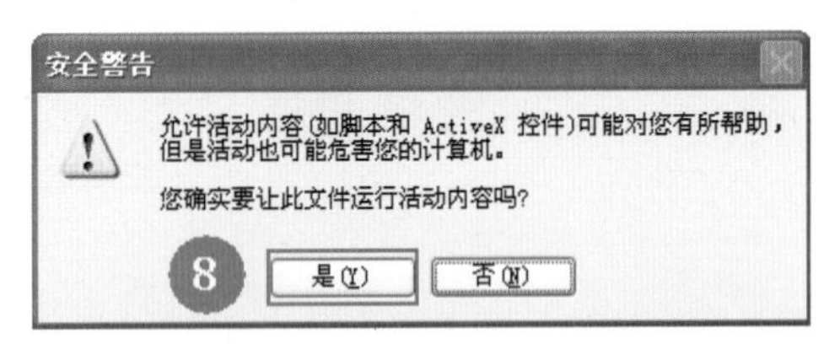

图9-101

Step05 在默认浏览器中单击【播放】按钮❾即可打开显示此网页的内容，如图9-102所示。

图9-102

9.8.2 通过电子邮件发送影片

要成功发送电子邮件必需注意两个问题，一是自己的邮箱允许传输文件的大小，二是对方邮箱的空间大小。因为有些邮箱不支持超过5MB的文件，所以一般一个附件最好不要超过5MB。有些邮箱虽然允许传输的文件大小超过10MB，但速度也是非常慢。

视频文件一般都比较大，因此一般不采用电子邮件这种方式来发送视频文件。但会声会影仍给用户提供了通过电子邮件发送影片的功能。

Step 01 在素材库中，选择“人和狗-2.mpg”视频素材❶，单击按钮❷，在下拉菜单中选择【电子邮件】命令❸，如图9-103所示。

图9-103

说明：此实例要发送的视频文件大小为2.27MB，符合发送要求。

Step 02 选择了【电子邮件】之后，“会声会影”自动打开默认的电子邮件客户端，并将所选的视频素材作为附件插入到新邮件中❹。在相应字段中输入需要的信息，包括收件人❺、邮件的主题❻、正文内容❼，最后单击【发送】按钮即可❽，如图9-104所示。

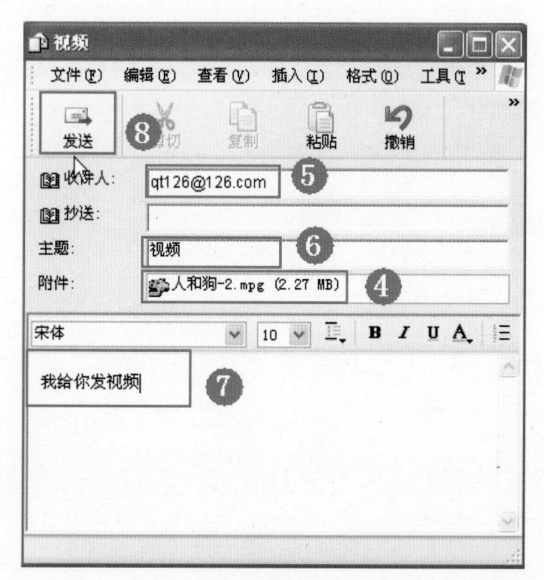

图9-104

9.8.3 将影片制作成贺卡

通过创建多媒体贺卡，可以和亲朋好友分享视频作品。会声会影能将影片打包为一个可自动播放视频的.exe可执行文件，把这个文件以贺卡的形式发送给亲友，只需双击这个“.exe”文件，即可观看贺卡。

Step01 在素材库中选择“人和狗-2.mpg”视频素材❶，单击按钮❷，在下拉菜单中选择【贺卡】命令❸，如图9-105所示。

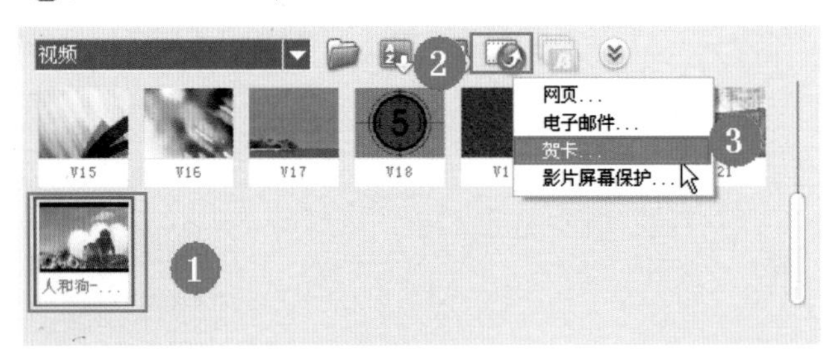

图9-105

注意： 制作贺卡的视频文件其格式是有限制的，可以使用素材库中的MPG、AVI等格式的文件，但不能使用WMV、MOV、MP4、RM、FLX、DV AVI等格式的文件。

Step02 在【多媒体贺卡】对话框中双击【背景模板】下拉列表中的某个图像将其作为背景❶。拖动缩略图调整位置并通过周围的黑色控制框来改变图像的尺寸大小，也可通过在【宽度】和【高度】、【X】和【Y】文本框中输入参数的方式来调整大小及位置❷。

Step03 单击【浏览】按钮❸，打开【浏览】对话框，设定贺卡输出后的存放位置❹，以及贺卡的名称❺，然后单击【打开】按钮❻。

Step04 单击▶按钮可预览效果❼，最后单击【确定】按钮创建贺卡❽，如图9-106所示。

图9-106

Step05 在上一步设定的存放位置中找到创建的贺卡❾，双击即可查看。把此文件通过QQ、FTP等方式发送给好友，即可达到共享的目的，如图9-107所示。

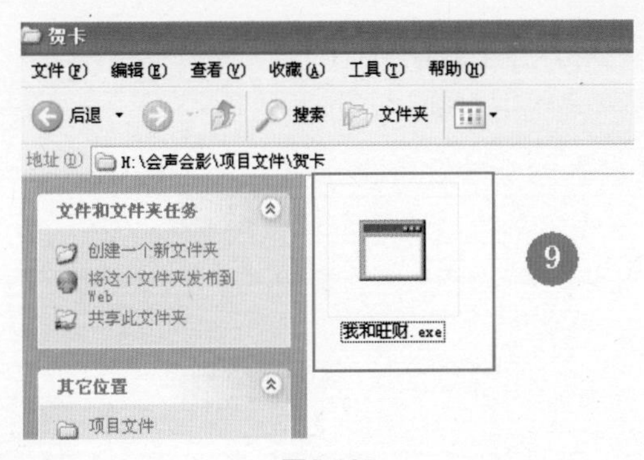

图9-107

Step 06 在【多媒体贺卡】对话框中，单击【浏览】按钮❶，打开【浏览】对话框，找到图片文件夹，选择一个JPEG或者BMP格式的图像文件❷，单击【打开】按钮❸，可为贺卡添加背景❹。

保存此背景，单击【添加】按钮❺即可，该图片的缩略图就会出现在【背景模板】的下拉列表中❻。也可单击【删除】按钮❼进行删除，如图9-108所示。

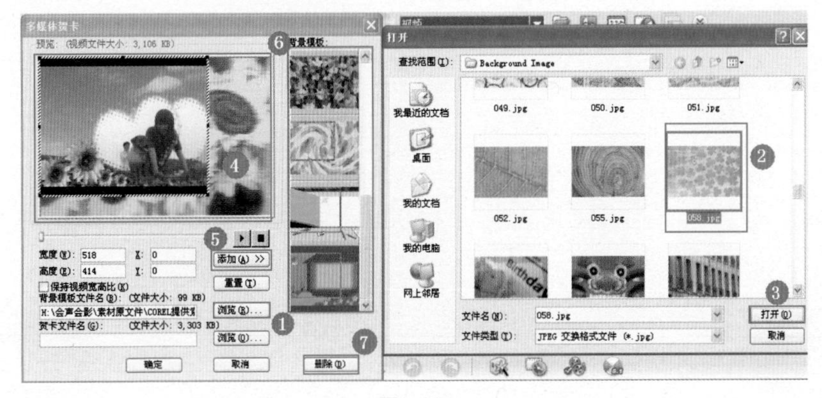

图9-108

9.8.4　将影片制作成影片屏幕保护程序

希望将自己的计算机桌面进行个性化设置吗？在会声会影中可将视频设置为影片屏幕保护程序。

Step 01 从素材库中选择一个WMV格式的视频文件，如“02.wmv”文件❶，单击按钮❷，在下拉列表中选择【影片屏幕保护】命令❸，如图9-109所示。

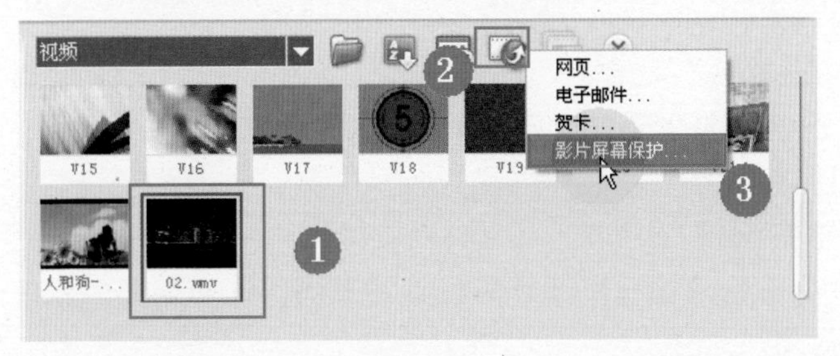

图9-109

注意：在会声会影中必须在素材库中选择WMV文件，其他格式的视频文件不能设置为影片屏幕保护程序，否则会弹出如图9-110所示的窗口。

Step 02 选择【影片屏幕保护】命令后，会弹出【显示属性】对话框，其中该视频文件已作为选中的屏幕保护程序，单击【确定】按钮即可应用❹，如图9-111所示。

图9-110

图9-111

9.9 优化MPEG视频快速创建影片

“MPEG 优化器”是会声会影11的新功能，能快速创建和渲染MPEG格式的影片。

“MPEG 优化器”会自动检测项目中的更改，并且仅渲染编辑过的部分，从而使渲染时间更短更快。

“MPEG 优化器”能分析并查找要用于项目的最佳MPEG设置或“最佳项目设置配置文件”。它使项目原始片段的设置与最佳项目设置配置文件相兼容，不仅节省了时间，又能保持片段的高质量，包括那些需要重新编码或重新渲染的片段。

Step 01 打开一个包含有MPEG格式的视频的项目文件❶，在“分享”步骤选项面板中单击【创建视频文件】按钮❷，在下拉菜单中选择【MPEG优化器】命令❸，如图9-112所示。

注意：当项目文件中没有包含有mpeg格式的视频素材时，“MPEG 优化器”不可用。

Step 02 选择“MPEG优化器”之后，“会声会影”将显示【MPEG优化器】对话框，并显示项目需要重新渲染部分的百分比，单击【接受】按钮❹，确定最佳项目设置配置文件，如图9-113所示。

Step 03 弹出【创建视频文件】对话框，给文件命名❺，单击【保存】按钮即可开始渲染❻，如图9-114所示。在渲染过程中可以发现仅渲染编辑过的部分，渲染时间短速度也快，因此节约了时间。

图9-112

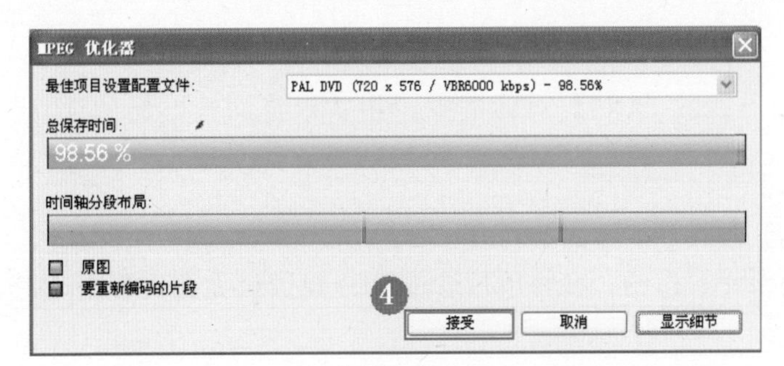

图9-113

图9-114

注意：（1）选择MPEG影片模板时，“MPEG优化器”将自动启用。

（2）单击菜单【文件】|【参数选择】命令，在弹出对话框的【常规】选项卡中，有“显示MPEG优化器对话框”复选项，决定是否显示此对话框。

（3）单击【显示细节】按钮并阅读该对话框中指定的信息，尤其是“最佳项目设置配置文件”。

9.10 将视频录入DV摄像机

在编辑项目和创建视频文件之后，会声会影允许将视频录入DV摄像机。但只能将DV AVI格式的视频录入DV摄像机。

（1）打开摄像机并将其设置为“播放”模式（或VTR/VCR模式）。查看摄像机手册以了解具体操作说明。

（2）单击“分享”步骤。

（3）从素材库中选择兼容的DV AVI文件。

（4）单击【DV录制】按钮。

（5）在打开的【DV录制-预览】对话框中可预览视频文件。预览完成后，单击【下一步】按钮。

（6）在【项目回放-录制】对话框中，用“导览面板”转到DV磁带上开始录制的位置。

提示：单击【传送到设备进行预览】按钮可以在DV摄像机的LCD显示器上预览项目。

（7）单击【录制】按钮，在将项目录制到DV摄像机完成后单击【完成】按钮。

注意：在将视频文件录回DV摄像机之前，请确保视频是使用正确的编码解码器保存的。例如，编码解码器DV视频编码器通常适合于大多数NTSC DV摄像机。可以从【视频保存选项】对话框的【压缩】选项卡中选择该编码器。

9.11 将视频录入HDV摄像机

要将已完成的项目录入HDV/HD摄像机，必须首先将其渲染为HDV/HD编码的MPEG-2传输流文件。

（1）打开HDV摄像机，并将其设置为“播放/编辑”（Play/Edit）模式。

说明：查看摄像机手册以了解具体的操作说明。

（2）在“分享”步骤选项面板中，单击【HDV录制】按钮，然后选择传输流模板。

（3）在打开的【创建视频文件】对话框中输入文件名。

（4）单击【打开】按钮，会声会影将渲染该项目。完成后可打开【HDV录制-预览】对话框预览视频文件。

（5）单击【下一步】按钮开始刻录。

（6）在【项目回放-录制】对话框中，使用“导览面板”转到DV磁带上开始录制的位置。

提示：单击【传送到设备进行预览】按钮可以在HDV摄像机的LCD显示器上预览项目。

（7）单击【录制】按钮，将项目录制到HDV摄像机，最后单击【完成】按钮。

9.12 为影片添加水印保护版权

在作品中添加水印来保护版权是非常普遍的做法。会声会影中也可以给影片制作水印效果，如图9-115和图9-116所示。

图9-115

图9-116

一般标志都会以图片的形式保存，方便以后使用。在会声会影中可直接将标志图片加载到素材库或者直接插入到覆叠轨，然后去除不需要的背景。如图9-117和图9-118所示是添加水印的企业标志。

图9-117

图9-118

Step 01 将要制作水印的视频作品插入视频轨，再将水印图像插入覆叠轨❶并调整水印的大小❷，在覆叠轨选中该标志图像之后，单击【遮罩和色度键】按钮❸，如图9-119所示。

Step 02 勾选“应用覆叠选项”复选框❹，【类型】设置为“色度键”❺，单击按钮❻，并单击标志白色区域❼，去除白色的背景，如图9-120所示。

Step 03 将水印长度调整到视频的长度，以在整个影片中都可以显示水印效果，如图9-121所示。

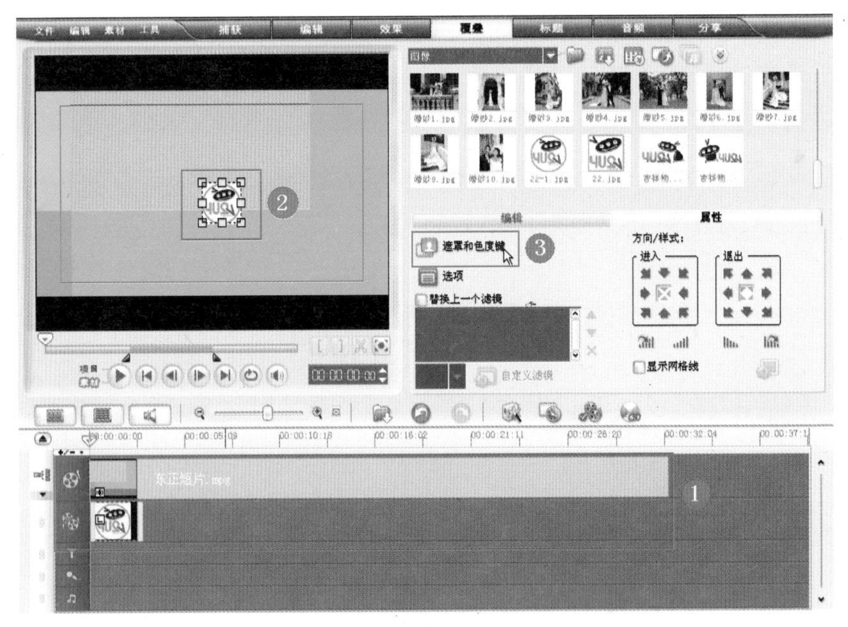

图9-119

图9-120

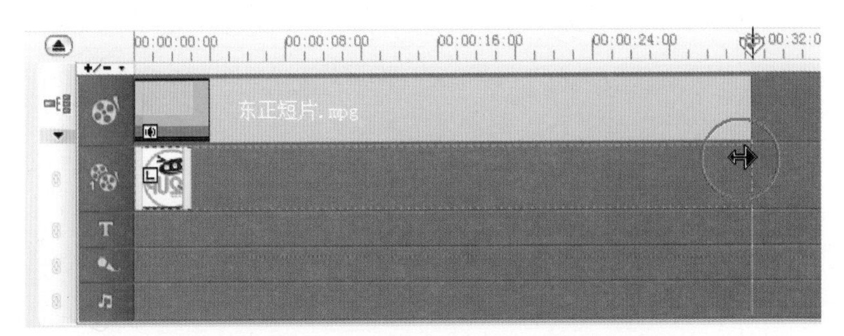

图9-121

Step 04 如果喜欢淡淡的水印效果，可输入透明度❶及调整“遮罩色彩相似度”❷的参数，最后调整水印的位置❸，如图9-122所示。完成此操作，播放预览效果。

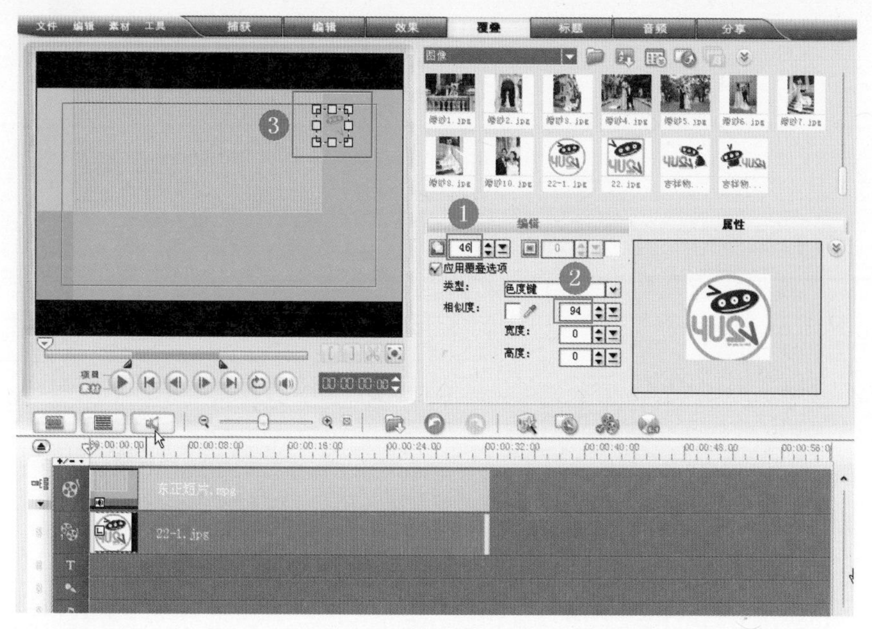

图9-122

Step 05 按照同样的方法，可为影片添加各种不同的水印，如图9-123所示。

图9-123

Step 06 最后在“分享”步骤中单击【创建视频文件】按钮，比如输出为适合网络发布的wmv格式影片，如图9-124所示。

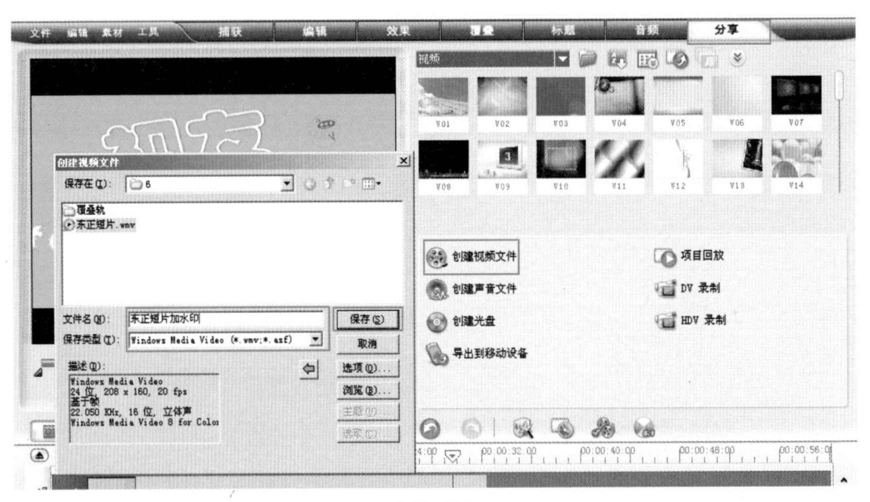

图9-124

9.13 用Nero刻录ISO镜像文件

使用Nero软件可以将视频和照片制作成各种类型的光盘，也可将录音资料制作成CD、WMA及MP3音乐光盘。把心爱的影片、数码照片等刻录成VCD或DVD，就能在普通的家庭VCD或DVD上播放，让更多的人分享作品。

9.13.1 认识Nero

Nero是由德国公司出品的光盘刻录程序，支持ATAPI（IDE）的光盘刻录机，并支持中文长文件名刻录等，是一个十分常用的光盘刻录程序。

运行Nero出现如图9-125所示的欢迎界面。软件的布局及命令的主要功能请查看本章配套光盘中的“认识Nero”视频，这里不再详细介绍。

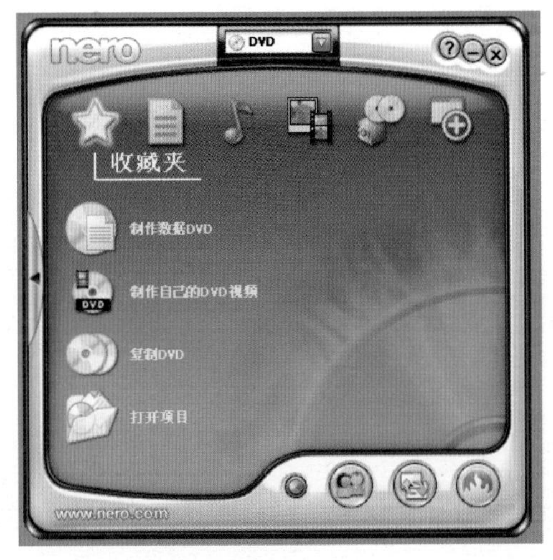

图9-125

9.13.2 刻录ISO镜像文件

启动Nero程序之后，单击按钮❶，在选项面板中单击【将映像刻录到光盘】按钮❷，如图9-126所示。

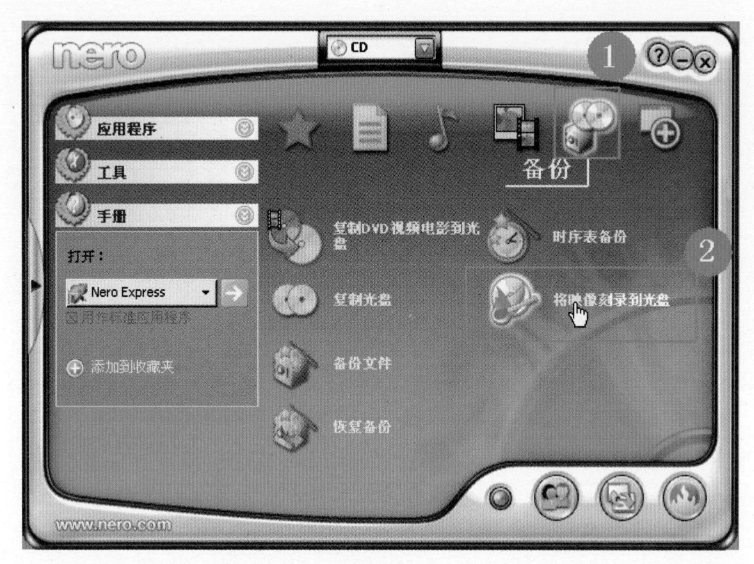

图9-126

在打开的【打开】对话框中选择计算机中的ISO镜像文件❶，然后单击【打开】按钮❷，如图9-127所示。

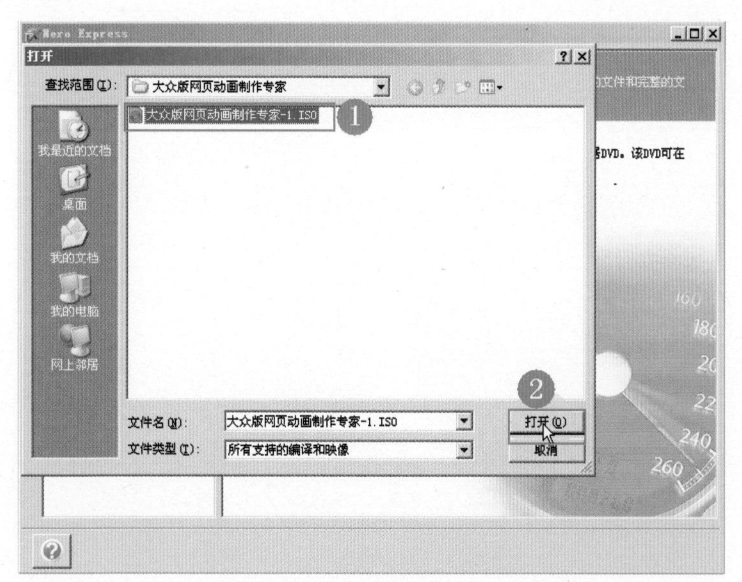

图9-127

在弹出的对话框中选择一种较慢的写入速度❶，这样刻录的过程会比较稳定，然后单击【刻录】按钮❷，如图9-128所示。这样就将此ISO镜像文件刻录成了可播放的光盘。

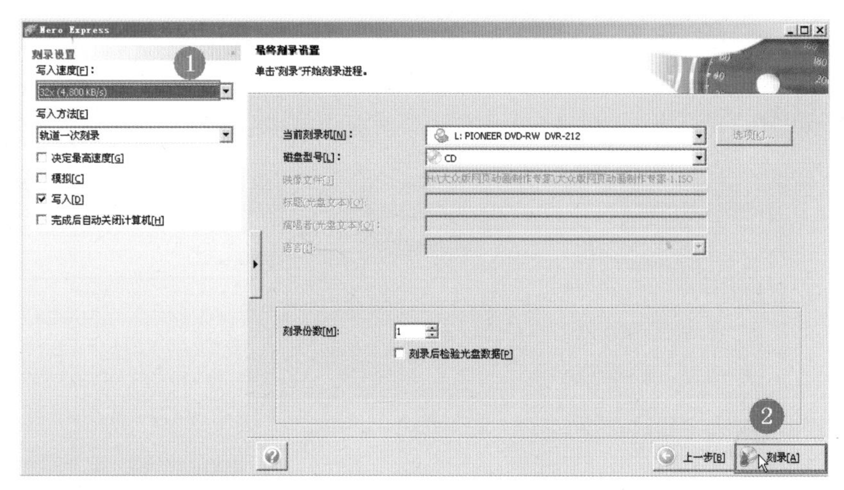

图9-128

还可以通过其他两种方法刻录ISO镜像文件，一种是利用虚拟光驱结合Nero软件刻录ISO镜像文件，另一种是使用压缩软件结合Nero软件刻录ISO镜像文件。在本实例的多媒体视频中有详细讲述，在此不再说明。

“分享”步骤是影片制作的最后一个步骤。本章主要介绍了“项目回放”、“将视频发布到视频共享网站”、“创建音频文件”、“制作光盘”、“导出到移动设备”和“输出为其他媒体”等知识。另外还介绍了“给影片添加水印”、“用Nero制作VCD/DVD”等知识。“分享”步骤使影片的分享变得更加方便、快捷。

综合实例篇

综合前面所学的知识和一些新知识介绍4个影片制作的完整实例，主要是DV转DVD向导扫描影片并烧录DVD光盘、影片向导三个步骤快速制作婚礼影片、制作假期DVD和制作电影片头。

在本篇中，读者能通过所学的知识制作完整的影片，学会快速制作影片和制作DVD光盘的方法、电子相册的制作，巧用会声会影功能和使用简单素材制作电影片头等。另外还介绍了一些新知识，如启用连续编辑等功能。

第10章　DV转DVD向导扫描影片并刻录DVD光盘

使用会声会影的“DV转DVD向导”功能可以很方便地将DV 磁带的内容创建成影片，然后将影片刻录到光盘上。

“DV转DVD向导”是最快的DV转DVD的方法，只要连上摄像机，通过该命令只需要两个步骤就可以直接将DV中的视频刻录成具有完整菜单的DVD影碟，并且无需经过磁盘，所生成的DVD影碟包含菜单、标题、转场和音乐。

“DV转DVD向导”的两个步骤是描写场景和应用主题模板并刻录到DVD，如图10-1和图10-2所示。

图10-1

DV转DVD烧录精灵
光盘名称: DVD_070912
刻录机: <K:> PIONEER DVD-RW DVR-111 1.23 (DVD+R)
刻录格式: DVD-Video
高级...
主题模板: Edit Title ...
Multi_Display01 Multi_Display02 Multi_Display03 Multi_Display04 Multioverlay... Multioverlay... Tube01_Video Tube02_Video
视频品质: 高质 标准 精简
Video date information: Add as title Entire video Duration: 7 second(s)
总进度: 0%
详细进度: 0%
请勿中断与DV设备的连接
所需的任务文件夹空间: 6.2 GB
可用的任务文件夹空间: 29.6 GB
压缩刻录 抹除光盘 刻录
DVD 1.53 (1.64) GB / 19分6秒 4.38 (4.70) GB
<上一步 关闭

图10-2

注意： 考虑到很多读者使用的是会声会影11汉化版，为此本实例使用汉化版进行介绍，有些命令的名称与中文版不一致的用括号做了解释。

10.1 使用DV转DVD向导前的准备工作

在使用“DV转DVD向导”功能之前，要确定：

（1）确定DV与计算机的连接。

（2）已安装“会声会影”软件。

（3）在计算机上安装有DVD光盘刻录机。

（4）准备好DVD空白光盘。

（5）设置好计算机系统环境，使捕获和刻录的过程更加顺畅。

将DV与计算机连接，使用前面已介绍过的方法：先安装好IEEE 1394卡，将IEEE 1394连接线的一端（台式的为6针接口，笔记本为4针接口）插入计算机的IEEE 1394接口，再将连接线的另一端（4针接口）插入到DV的接口中。

注意：捕获时要保持DV电源充足，最好给DV插上外接电源，这样不会因为电池电力不足造成数据损失。另外如果在计算机工作时突然掉电会损坏光盘，所有的工作都要重新开始。

使用会声会影“DV转DVD向导”功能，可以直接将捕获采集的视频制作成影片并刻录成DVD光盘，这就需要一个光盘刻录机来刻录光盘。如CD、DVD或是最新的蓝光光盘刻录机。目前主流是DVD光盘刻录机，不仅价格便宜，而且也兼容了CD光盘刻录功能，建议用户选购。

DVD刻录盘种类有DVD+RW，DVD+R，DVD-RW，DVD-R和DVD-RAM等，光盘类型及规格可参看2.4.4节。

10.2 扫描场景

扫描场景就是扫描DV磁带，选择要添加到影片的场景。

Step 01 做好准备工作之后，打开DV机，并将它设置成VCR或VTR模式播放状态。在计算机检测出设备之后，选择使用会声会影进行捕获和编辑，如图10-3所示。

图10-3

Step 02 在启动界面中单击【DV转DVD向导】按钮，如图10-4所示，或在“会声会影编辑器”中单击菜单【工具】|【会声会影DV转DVD向导】命令，如图10-5所示，进入【会

声会影DV转DVD向导】界面（有些汉化版名称为会声会影DV转DVD烧录精灵）。

图10-4

图10-5

Step 03 在【设备】下拉列表中选择“Sony DV Device”类型❶（本实例为Sony的磁带DV），在“捕获格式”的下拉列表中选择捕获的视频所用的文件格式为“DV AVI”❷，单击“场景监测”❸和“开始”单选按钮❹，在【速度】下拉列表中选择“最高速度”❺，最后单击【开始扫描】按钮❻，如图10-6所示。

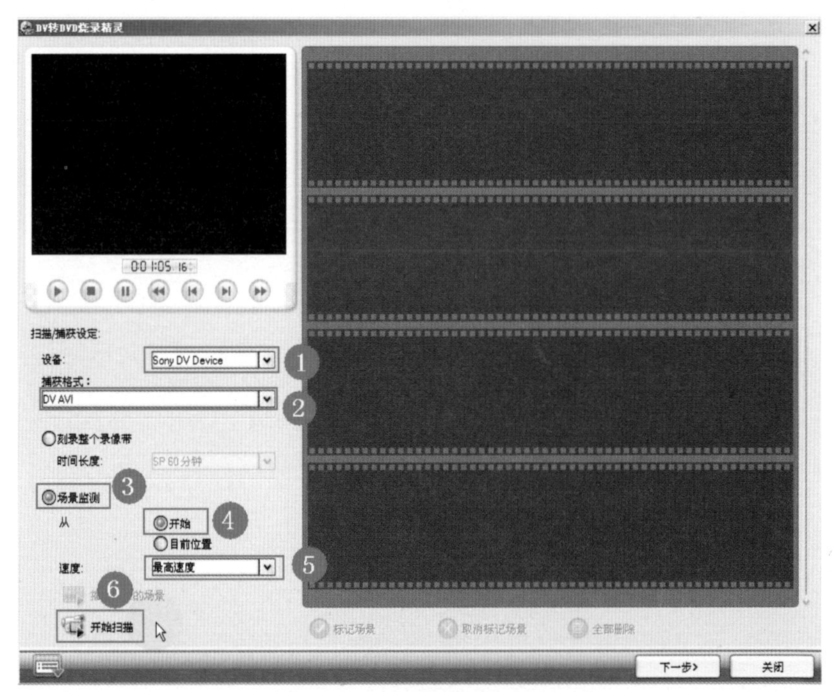

图10-6

说明：“刻录整个录像带”单选项指定是否刻录磁带的所有视频。在“时间长度”（区间）下指定磁带区间，有两个选择，“SP60分钟”指正常录像模式，“LP90分钟”指慢录模式，如图10-7所示。

图10-7

从“场景监测”中选择是从“开始”还是“当前位置”扫描磁带。“开始”指从磁带开始位置扫描场景。如果磁带位置不在开始处，会声会影将自动后退磁带。“当前位置”是指从当前磁带位置扫描磁带上的场景。

“速度”是指定扫描的速度，分为“1X”、“2X”和“最高速度”，速度越慢清晰度越高，但扫描的时间也就越长，如图10-8所示。

图10-8

Step 04 单击【开始扫描】按钮后，系统开始扫描DV设备上的场景。场景是由拍摄日期和时间区分的视频片段。在故事板视图中出现各场景的缩略图❶，扫描完成单击【停止扫描】按钮停止扫描❷，如图10-9所示。

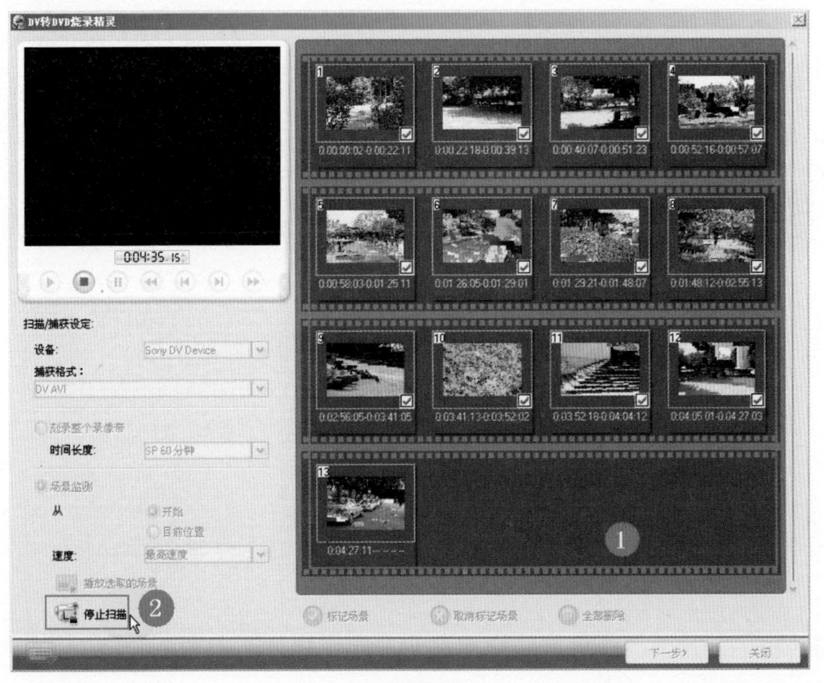

图10-9

Step 05 在缩略图❶的右下方都有一个“✓”符号，表示此场景被选择；如果不需要此场景，选中它然后单击下方的【取消标记场景】（不标记场景）按钮❷，使此场景不被选择，如图10-10所示。

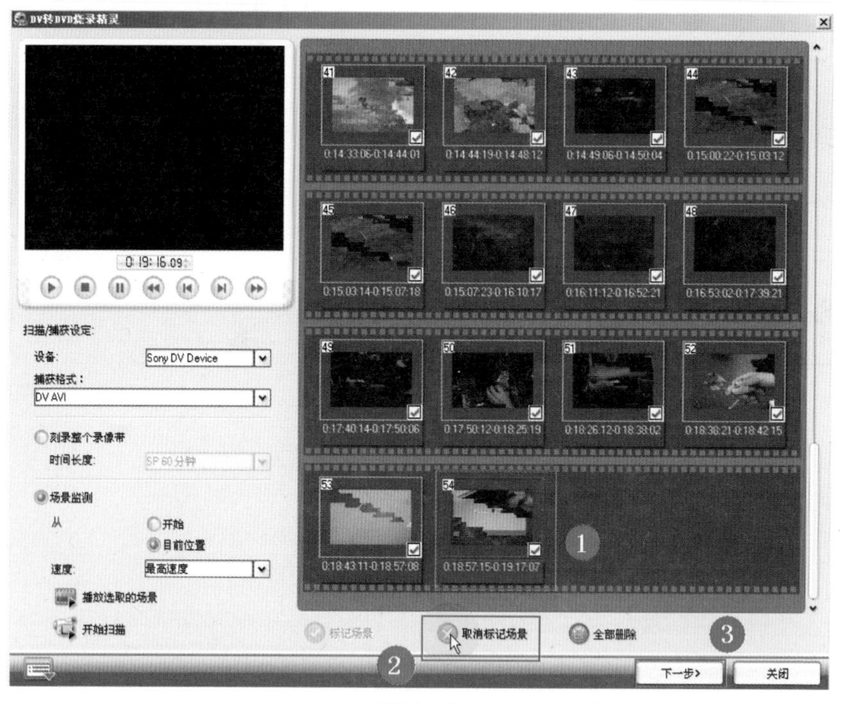

图10-10

Step 06 这样就完成了步骤一的扫描场景操作，单击【下一步】按钮❸，开始步骤二应用主题模板并刻录到DVD。

说明：如果要选择场景，选中缩略图后单击【标记场景】按钮；如果对扫描的所有场景都不满意，可单击【全部删除】按钮，系统会重新扫描，在弹出的对话框中选择【是】按钮，如图10-11所示。

图10-11

10.3 应用主题模板并刻录到DVD

在步骤一中单击【下一步】按钮之后，即开始步骤二“应用主题模板并刻录到DVD”的操作。

Step 01 在【光盘名称】（卷标名称）文本框中可自定义光盘名称或按默认的名称❶命名；在【刻录机】文本框中也可保持默认状态，假如有多个刻录机，要注意选择对应的刻录机❷；在【刻录格式】下拉列表中选择“DVD Video”格式❸，如果要对刻录格式及刻录机做进一步设置，可单击【高级】按钮❹，如图10-12所示。

图10-12

Step 02 在【高级设定】对话框中勾选“刻录后删除临时文件”复选框❶，单击【浏览】按钮设置任务文件夹❷，勾选“自动添加章节”复选框❸，并选择“by scene”单选按钮❹，勾选“建立DVD文件夹”复选框❺，设置“4：3”的宽高比❻，勾选“执行非正方形像素渲染”复选框❼，【模板音乐的音量】设置为“39”❽，选择一个刻录机名称❾并选择刻录速度为“12.0x”❿，最后单击【确定】按钮⓫，如图10-13所示。

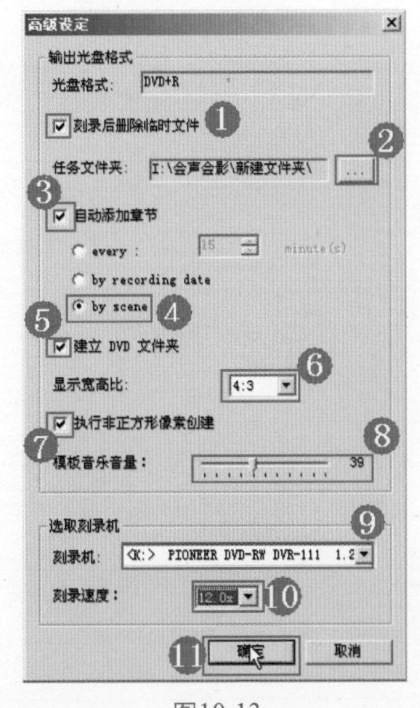

图10-13

说明：“光盘格式”，显示当前插入光盘的格式。

“刻录后删除临时文件”，在刻录后删除工作文件夹中的临时文件。

“任务文件夹”，输入或定位到临时文件的文件夹。

“自动添加章节”，根据指定时间、录制日期或场景自动添加章节。

“建立DVD文件夹”，刻录后在磁盘上保留 DVD 文件夹。此选项只有在项目为 DVD 格式时可用。还允许在计算机上使用 DVD 播放器来观看已完成的 DVD 标题。

“显示宽高比”，有4：3和16：9两种比例。通过应用正确的宽高比，图像在预览时将以恰当的外观显示，从而避免图像失真。

“执行非正方形像素创建”，在预览视频时执行非正方形像素创建。非正方形像素支持有助于避免失真，并保持 DV 和 MPEG-2 内容的真实分辨率。一般来说，正方形像素适合于计算机显示器的宽高比，而非正方形像素用于观看电视屏幕则最佳，因此要考虑哪种媒体是我们的主要显示模式。

“模板音乐音量”，拖动滑动条以指定要用于 DVD 菜单的背景音乐的音量。

“刻录机”，选择光盘刻录机驱动器。如果计算机上安装有多个刻录机，或者默认驱动器不是刻录机，可在此指定要使用的刻录机。

“刻录速度”，选择刻录光盘的速率。速度由快到慢有：最快（MAX）、12.0x、8.0x、6.0x和4.0x。速度比较慢的刻录相对稳定，推荐使用8.0x的刻录速度。

Step 03 应用主题模板。在会声会影11中提供了许多主题模板供用户使用，模板可根据自己的喜好以及影片的内容来选择。选择其中一个模板❶，单击【Edit Title】按钮❷，可编辑主题模板的标题文字，如图10-14所示。

图10-14

Step 04 设置开始文字。在弹出的【编辑模板标题】对话框中打开【开始】选项卡❶，在预览区中重新输入标题文字“good day”❷，如图10-15所示。

图10-15

可对标题文字的字体、颜色和阴影进行修改，如图10-16所示。

单击的下拉箭头，在下拉列表中选择字体为“宋体”❸。单击的三角形按钮或通过滑块设置字体大小为“66”，也可直接输入参数❹。同样拖动的滑块调整文字角度为“-22”❺。单击颜色方框，在弹出的颜色列表中选择 “黄色”❻。

勾选Shadow栏中的“颜色”复选框❼，单击颜色方框选择一种“蓝色”作为文字的阴影❽。调整透明度的透明值为“61”❾，使阴影不会因为太生硬而出现模糊效果，可在预览区中查看❿。

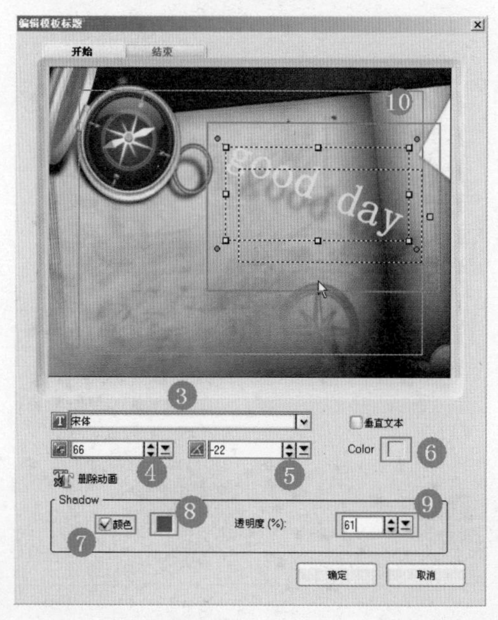

图10-16

说明：若在【编辑模板标题】对话框中单击【删除动画】按钮，然后在弹出的对话框中单击【是】按钮，如图10-17所示，则将不能在开始处播放文字动画效果。

图10-17

Step 05 设置结束文字。打开【结束】选项卡❶，在预览区中重新输入标题文字“The End”❷，选择一种英文字体❸，设置字体大小为“78”❹。字体颜色设置为“紫红色”❺，最后单击【确定】按钮❻，如图10-18所示。

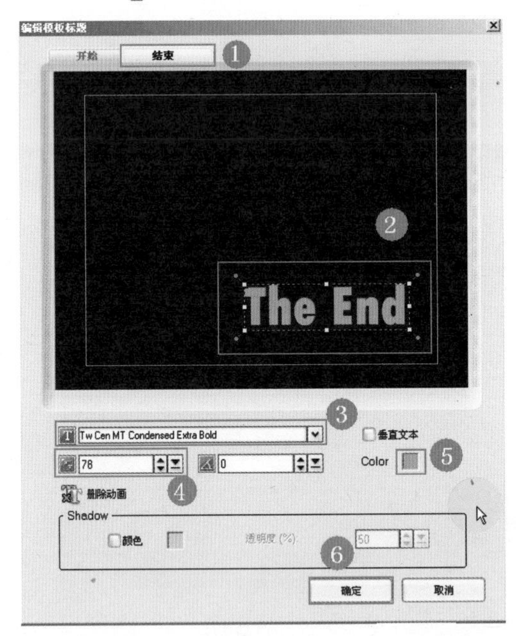

图10-18

Step 06 设置视频品质及视频日期信息，如图10-19所示。

在【视频品质】组中选择“标准”单选按钮❶。视频品质越高容量就越大，在DVD光盘中所容纳的影片时间就越短，如果只有一盘60分钟的DV带，可选择标准品质进行刻录。

在会声会影11中可同时输入影片拍摄日期、时间作为字幕，备份烧录成DVD光盘，保留最原始的生活影音记录。在【Video date information】组中勾选“Add as title”单选按钮❷，选择“Duration”的时间为❸7秒❹，每隔7秒将显示日期信息。设置完毕，单击刻录按钮❺，开始刻录进程。

图10-19

注意：如果选择“Entire video”单选项（整个影片），则整个影片都将增加日期信息。

Step 07 单击刻录按钮之后，此时不能中断与DV的连接，因为程序会先将视频转换成DVD格式并暂存在磁盘空间中，所以要保证DV有足够的电源，如图10-20所示。

图10-20

Step 08 转换完毕之后，通过刻录机写入刻录盘开始真正的刻录，此时可断开与DV的连接，如图10-21所示。

图10-21

Step 09 刻录完毕弹出刻录成功提示框，单击【确定】按钮，如图10-22所示。完成刻录，单击【关闭】按钮，关闭DV转DVD向导。

图10-22

Step 10 在“我的电脑”窗口中，双击打开已刻录好的DVD光盘，如图10-23所示，播放预览制作出来的效果，如图10-24～图10-26所示。

图10-23

图10-24

图10-25

图10-26

本章介绍了“DV转DVD向导”制作光盘的两个步骤。主要的知识点是“扫描场景”、“套用并编辑光盘模板”以及“设置光盘的刻录格式”。“DV转DVD向导”是最快的DV转DVD的方法，适合初级用户及希望快速制作出DVD光盘的用户。

读书笔记

第11章　影片向导快速制作婚礼影片

使用“会声会影影片向导”编排视频素材和图像、添加背景音乐和标题，只需要三个步骤，即可制作完整的影片。

“会声会影影片向导”适合视频编辑新手及希望快速制作出影片的用户使用。它的三个步骤分别是添加视频和图像、应用模板和选择输出的最终影片的方式，如图11-1～图11-3所示。

图11-1

图11-2

图11-3

启动会声会影11，单击【影片向导】按钮，如图11-4所示，或者单击菜单【工具】|【会声会影影片向导】命令进入其界面，如图11-5所示。

图11-4

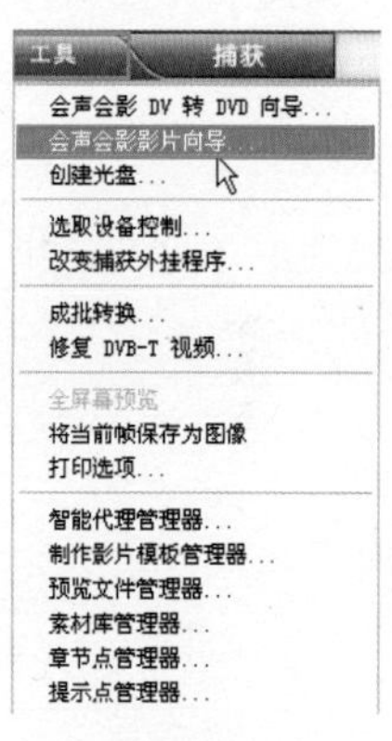

图11-5

11.1　为影片添加视频和图像

添加视频和图像是影片向导的第一步，主要是将视频和图像素材组合到影片中。素材文件可从DV摄像机、计算机磁盘、移动设备和DVD光盘中导入。

先为影片添加媒体文件。

Step 01 单击【影片向导】界面中的【插入图像】按钮❶，在【添加图像素材】对话框中选择配套光盘提供的“resource\第11章\婚礼短片制作”文件夹中的“婚纱1.jpg”❷，单击【打开】按钮添加静态图像❸,如图11-6所示。

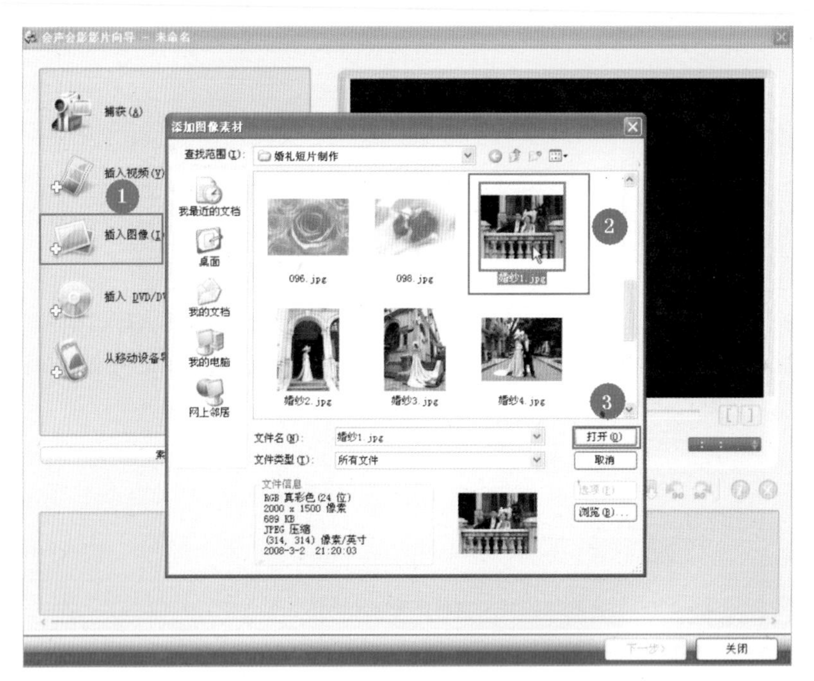

图11-6

说明：如果只添加图像，则可以创建相片相册。

Step 02 单击【插入视频】按钮❶，进入【打开视频文件】对话框，选择配套光盘“resource\第11章\婚礼短片制作”文件夹中的“(1)男家出门接新娘.mpg”和“(2)迎新娘给开门利是.mpg”文件❷，然后单击【打开】按钮❸，如图11-7所示。

图11-7

说明：（1）“插入视频”可添加不同格式的视频文件，如AVI、MPEG和WMV等。

（2）在【影片向导】界面中单击【捕获】按钮将视频镜头或图像导入计算机中。单击【插入DVD/DVD-VR】按钮从DVD-Video/DVD-VR格式的光盘或磁盘添加视频。单击【从移动设备导入】按钮可从Windows中识别设备添加视频。前面章节已有介绍不再祥述。

注意：由于光盘空间有限，本实例只提供了“（1）男家出门接新娘.mpg”和“（2）迎新娘给开门利是.mpg”两个视频素材。

Step 03 在弹出的【改变素材序列】对话框中，选中并拖动素材文件上下移动❹❺，可修改排列顺序，单击【确定】按钮❻即可将添加的视频按调整的顺序添加到“媒体素材列表”中，如图11-8所示。

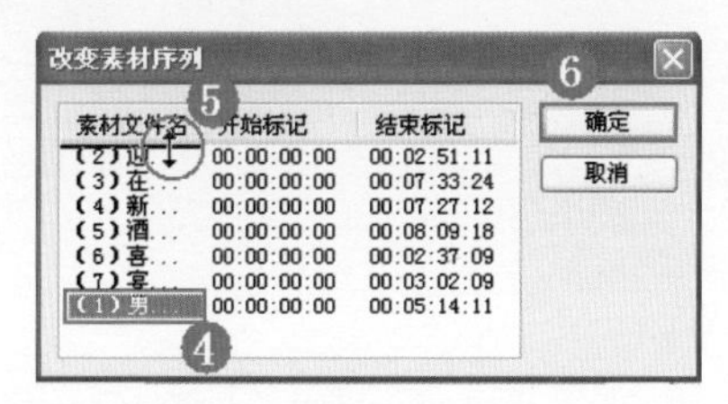

图11-8

说明：单击【素材库】按钮❶，可显示或隐藏会声会影附带的、包含媒体素材的媒体库。单击📁按钮❷，可将计算机磁盘上的素材导入素材库中。

选择素材列表中的素材❸，单击【添加到媒体素材列表】按钮❹，同样可将素材添加到媒体素材列表中❺，如图11-9所示，但在此实例中不添加此素材，还要按【Delete】键进行删除。

图11-9

从“影片向导”中快速提取想要的视频片段。

Step 01 选中“(1)男家出门接新娘.mpg”视频文件❶，单击按钮❷，如图11-10所示。

图11-10

Step 02 打开【多重修整视频】对话框，通过拖动“飞梭栏”并使用“起始/结束”标记❶，提取想要的片段，在“飞梭栏”❷和“媒体素材列表”❸中可看到提取的片段。单击按钮❹，查看修整后的效果，设置完毕单击【确定】按钮❺，如图11-11所示。

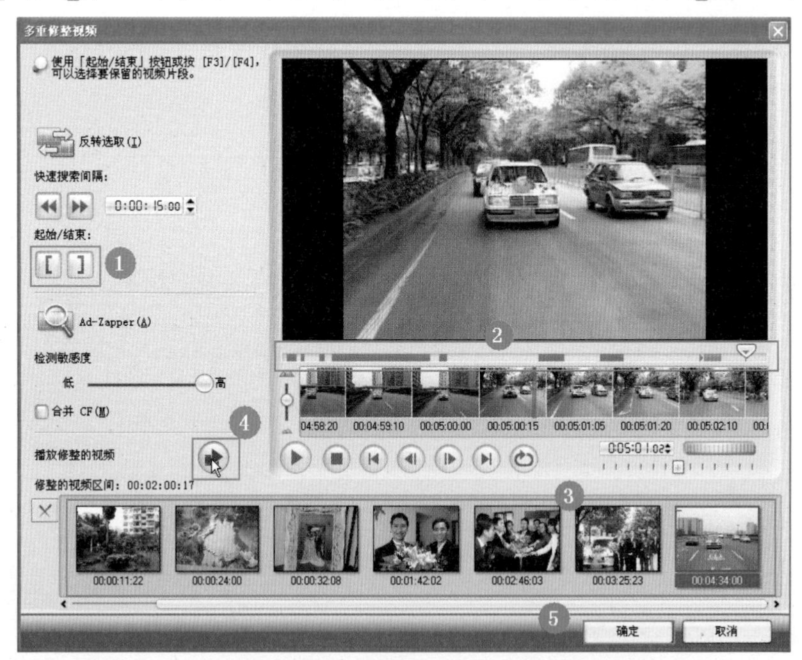

图11-11

Step 03 所修剪的片段全部显示在“媒体素材列表”中❶，可单击按钮，在下拉菜单中选择根据素材的名称或日期对素材进行排序❷，如图11-12所示。

图11-12

也可以在“媒体素材列表”中选中并拖动素材调整播放顺序，如图11-13所示。

图11-13

说明：单击按钮，可根据素材的拍摄日期和时间，将视频素材自动分割为更小的素材。

Step 04 用相同的方法，提取其他需要的片段到“媒体素材列表”中，如图11-14所示，然后单击【下一步】按钮，即进入选择模板。

图11-14

注意：从DV摄像机中捕获视频，就要将DV摄像机与计算机连接；从移动设备导入视频，就要将移动设备与计算机连接；从DVD光盘导入视频，就要将光盘放置到计算机光驱中。

11.2 选择应用模板

选择模板是影片向导的第二步，主要是为项目选择所应用的模板。每个模板都提供一个不同的主题，附带预设的起始和结束视频素材、转场、标题以及背景音乐。

Step 01 由于是媒体素材包含视频和图像，因此从【主题模板】下拉列表中选择“家庭影片”模板❶，在其素材列表中选择“婚礼”模板❷，单击▶按钮预览效果❸，如图11-15所示。

图11-15

说明：使用“家庭影片”模板，可以创建包含视频和图像的影片，而“相册”模板专用于创建图像相册。选择了“相册”模板后所有的非图像素材会被删除。

Step 02 单击按钮❶，弹出【区间】对话框，选择“调整到视频区间大小”单选按钮❷，保持当前影片的区间，单击【确定】按钮❸，如图11-16所示。

说明：选择“调整到视频区间大小”选项后，如果给视频添加了背景音乐，背景音乐会根据视频长度来添加。当音频长度与视频长度不等时，会重复添加音频；当音频长度超过视频长度时，会自动修剪到视频长度。

“适合背景音乐”是指调整影片区间来适合背景音乐的长度。

“指定区间”是根据自己的需要定义整个影片区间的长度。

Step 03 单击按钮，如图11-17所示。

在弹出的【标记素材】对话框中保持默认设置，由程序确定保留或排除哪些素材，如图11-18所示。

图11-16

图11-17

图11-18

说明：在【标记素材】对话框中选择一个素材，然后单击【必需】或【可选】按钮，指定是否在播放时显示该素材。若单击【必需】按钮，则素材右下方会出现“✓”符号，表示在播放时显示该素材。若单击【可选】按钮，则素材右下方会出现“×”符号，表示在播放时不显示该素材。

Step 04 从【标题】下拉列表中选择预设的标题“Our Wedding”❶，这是模板的标题，如果不满意还可以对它进行设置。单击按钮❷，弹出【文字属性】对话框,设置字体样式❸，字体大小为“40”❹，色彩为桔黄色❺，旋转的角度为“6”度❻。在【阴影】组中勾选“色彩”复选框❼，并单击颜色方框选择白色❽，调整【透明度】值为“16”❾，将透明度设置得低一些，可使字体阴影容易与背景相融和，最后单击【确定】按钮❿，在预览窗口中预览效果⓫，如图11-19所示。

图11-19

注意：“垂直文字”可将文字设置成垂直方向。“删除动画”将删除字体的动画效果。

Step 05 同样选择模板结尾处的标题“Fin”❶，然后单击【文字属性】按钮❷，在其对话框中设置字体样式❸、字体大小❹和旋转的角度❺，字体色彩为“褐色”❻。设置完毕单击【确定】按钮❼，在预览窗口中预览效果❽，如图11-20所示。

Step 06 继续输入自己想要的文字。在模板开头处双击鼠标并输入文字“你是我一生最美的约定”作为标题❶，然后单击按钮❷，如图11-21所示。

图11-20

图11-21

Step07 在弹出的【文字属性】对话框中设置字体样式❸、字体大小❹和旋转的角度❺，设计字体颜色为灰色❻，设置完毕单击【确定】按钮❼，在预览窗口中预览效果❽，如图11-22所示。

图11-22

注意：按【Delete】键，可删除选中的模板标题。

Step 08 在预览窗口中，拖动文字调节点同样可改变文字的大小以及旋转的角度，如图11-23所示。

图11-23

Step 09 勾选“背景音乐”复选框❶，单击按钮❷，如图11-24所示。

图11-24

在弹出的【音频选项】对话框中，单击【添加音频】按钮❸，弹出【打开音频文件】

对话框，选择一首自己喜欢的音频文件，如“结婚进行曲 门德尔松.mp3”❹，然后单击【打开】按钮❺，如图11-25所示。

图11-25

说明：如果要修整音频，在【音频选项】对话框中选中该音频文件❶，单击 按钮❷，弹出【预览并修整音频】对话框，通过“开始标记”和“结束标记”来修整音频❸，最后单击【确定】按钮，如图11-26所示。

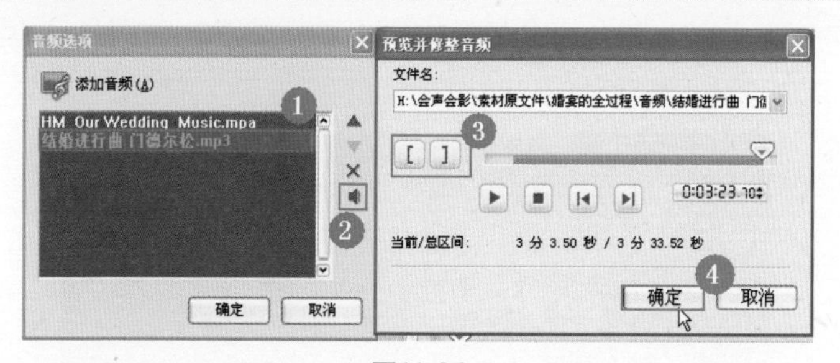

图11-26

在【音频选项】对话框中，通过▲和▼按钮来调整音乐播放的次序。

如果要使视频的长度适合音频的长度，就要确保背景音乐为30秒或更长。如果音乐区间少于 30 秒，则不能进行循环，即视频无背景音乐。

Step 10 根据视频的音频，使用“音量”滑动条调整背景音乐的音量。将滑动条拖动到右侧，增大背景音乐的音量，同时降低视频的音频音量，如图11-27所示。

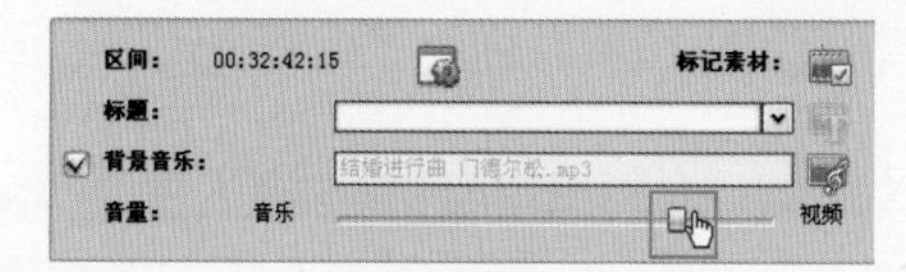

图11-27

Step 11 设置完成后，单击【下一步】按钮，进入第三个步骤，如图11-28所示。

图11-28

11.3 选择输出最终影片的方式

选择输出最终影片的方式是影片向导的第二步，有三种输出方式可将最终的影片输出成视频文件，刻录到光盘以及在会声会影编辑器中进行编辑，如图11-29所示。

图11-29

Step01 在未输出影片之前，可单击按钮❶，选择【另存为】命令❷，如图11-30所示。在弹出的【另存为】对话框中输入文件名“婚礼短片”❸，然后单击【保存】按钮对项目进行保存❹，如图11-31所示，也可在后面的操作中进行保存。

图11-30

图11-31

Step02 若要创建视频文件，单击【创建视频文件】按钮，可将影片输出为在计算机上播放的视频文件。选择视频模板或自定义创建视频，如图11-32所示。具体方法可参考9.3节的操作，在此不再详述。

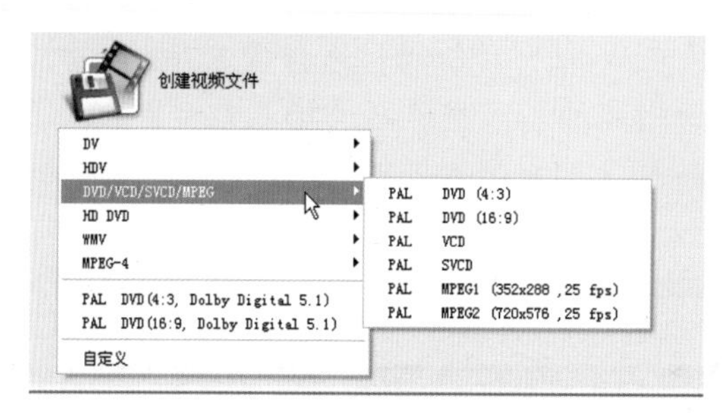

图11-32

Step 03 单击【创建光盘】按钮，进入其操作界面，可以将影片刻录到光盘，如图11-33所示。具体的方法可参考9.6 节的操作，在此不再详述。

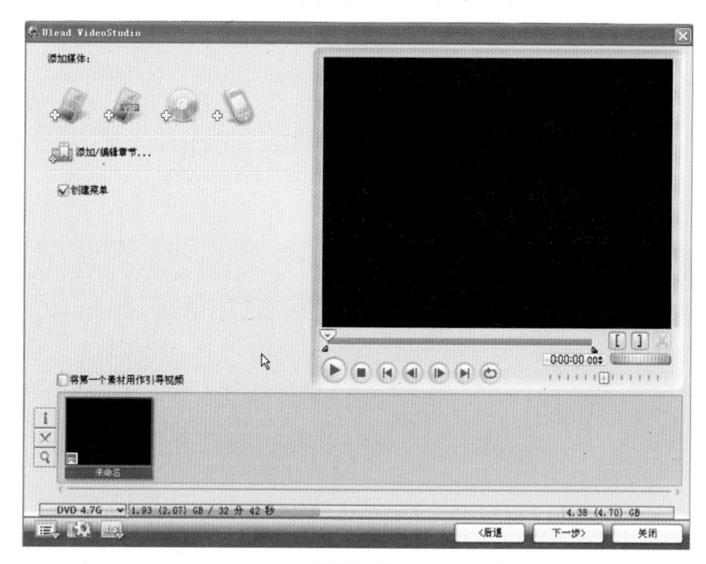

图11-33

Step 04 单击【在「会声会影编辑器」中编辑】按钮，进入“编辑”步骤，可以对影片做进一步编辑，如图11-34所示。

图11-34

在“会声会影编辑器”中，可在项目前插入片段，修改片段的转场，保存字幕，输入文字，修改背景音乐等编辑修改操作，如图11-35所示。具体的操作方法参考本实例的视频教程。

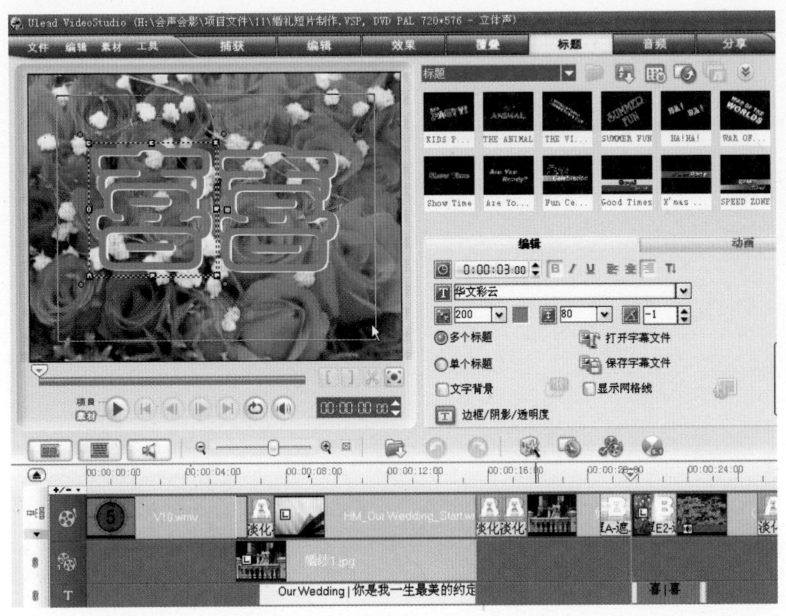

图11-35

注意：如果是通过“会声会影编辑器”中的菜单【工具】|【会声会影影片向导】命令打开的影片向导，则单击【下一步】按钮时将跳过最后一步，直接将素材插入“会声会影编辑器”的时间轴中。

Step 05 影片制作完成。

本章介绍了影片向导的三个步骤制作婚礼影片。主要知识点是“添加媒体文件”、“提取想要的视频片段”、“套用婚礼模板”、“修改模板标题及背景音乐”等知识点。

读书笔记

第12章　制作假期生活DVD

本章是一个综合实例，通过将快乐的假期生活制作成多媒体DVD光盘来学习电子相册的图片转场特效以及DVD光盘的刻录方法。

打开本实例制作的DVD光盘，效果如图12-1所示。

图12-1

12.1 分析制作流程

制作假期生活DVD大概分为5个步骤：

（1）策划制作流程。

（2）新建并设置项目文件。

（3）制作电子相册。电子相册的照片来源于假期拍摄的一些数码照片，编排好数码照片的顺序并放置在一个文件夹中；对照片添加过渡效果，使电子相册富有美感；最后给电子相册添加背景音乐。

（4）添加已制作好的假期DV短片。

（5）进行DVD输出设置及刻录，完成工作。

12.2 新建并设置项目属性

在项目开始之前首先设置好项目属性，才能顺利完成工作。

Step 01 启动会声会影编辑器，单击菜单【文件】|【新建项目】命令，新建一个项目文件，如图12-2所示。

Step 02 单击菜单【文件】|【参数选择】命令，如图12-3所示。在打开的【参数选择】对话框中选择磁盘空间比较大的文件夹作为工作文件夹，用来保存已完成的项目和捕获的视频文件夹，如图12-4所示。

Step 03 打开【编辑】选项卡中，选择“PAL”电视制式，如图12-5所示。

Step 04 在渲染的过程中一张DVD的内容大约可以达到4GB，如果暂存盘的空间不够大将无法渲染，因此在【预览】选项卡中选择空闲空间比较大的磁盘，这里选择“L”盘，如图12-6所示。

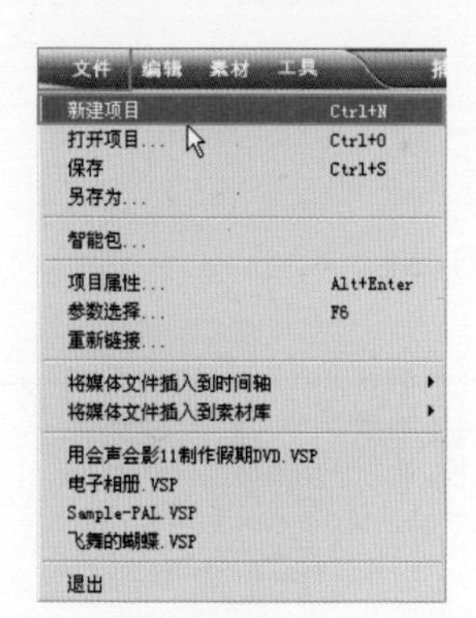

图12-2

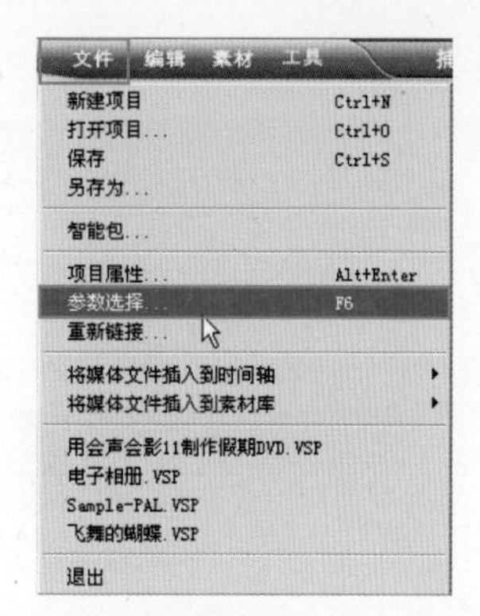

图12-3

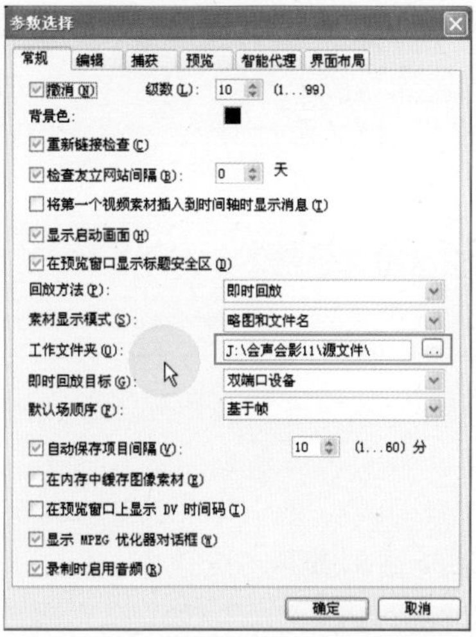

图12-4

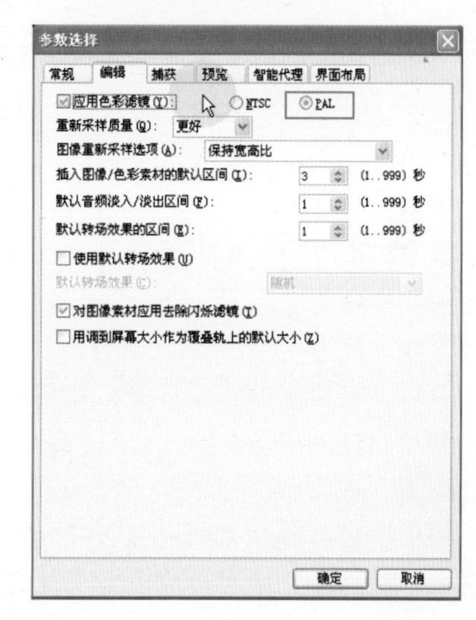

图12-5

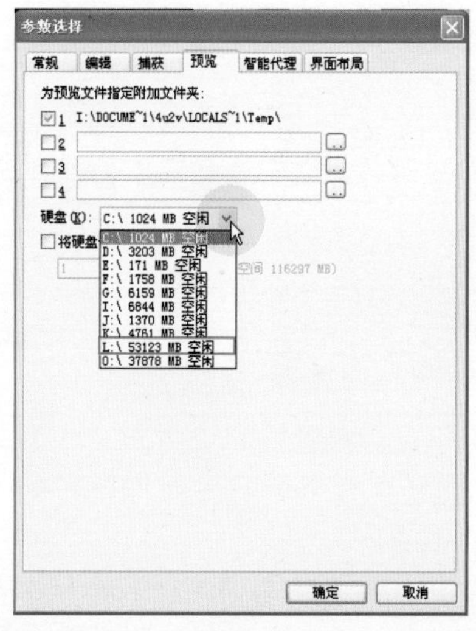

图12-6

Step 05 单击第2个文件夹的 ... 按钮❶，如图12-7所示，为预览文件指定附加文件夹。在【浏览文件夹】对话框中选择磁盘空闲空间较大的文件夹，这里选择“L”盘❷，单击

【确定】按钮③，如图12-8所示。

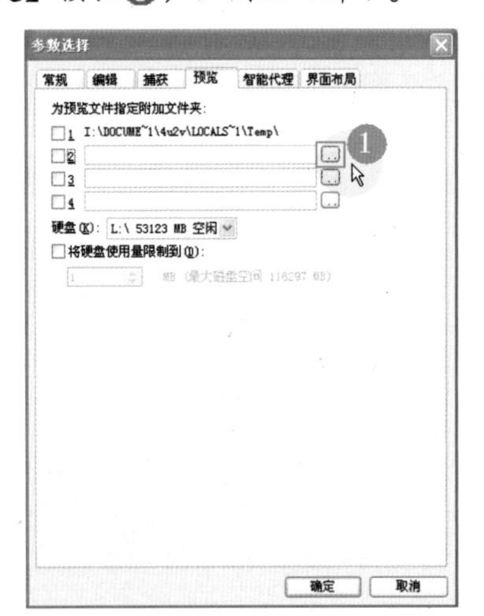

图12-7

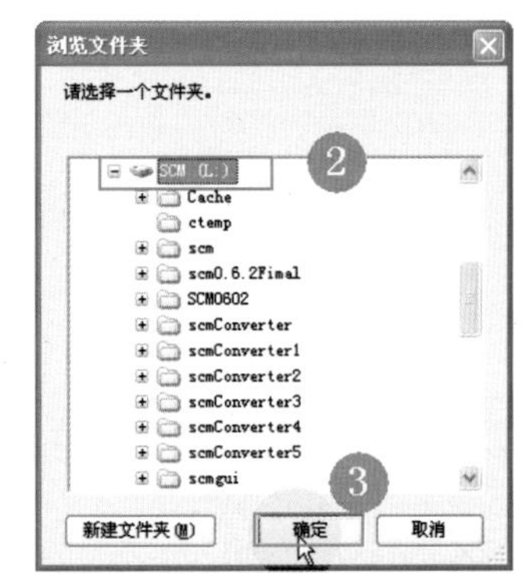

图12-8

说明：【预览】选项卡中可以为临时文件选择存放目录，选择剩余空间比较大的磁盘，避免无法渲染的情况。

“为预览文件指定附加文件夹”指示“会声会影”可使用哪个文件夹来保存预览文件。如果有其他驱动器或分区的驱动器，则可以指定其他文件夹。

“将磁盘使用量限制到”指定要分配多少存储量仅用于会声会影程序。如果只使用“会声会影”并且想优化性能，则选择可能的最大量。如果还要在后台使用其他程序，则最好要将此值限制为最大文件大小的一半。如果不选该项，则“会声会影”将使用系统内存管理来控制内存的使用和分配。

Step 06 如图12-9所示是设置了项目参数的项目文件。

图12-9

12.3　制作电子相册

设置了项目的环境之后，便可开始电子相册的制作。

12.3.1　插入图像到时间轴

Step 01 在时间轴上单击鼠标右键，在右键菜单中选择【插入图像】命令❶，如图12-10所示。在弹出的【打开图像文件】对话框中查找配套光盘提供的“resource\第12章\快乐的假期”文件夹中的“yf1.jpg～yf18.jpg”图片，按【Ctrl+A】组合键选中全部素材❷，单击【打开】按钮❸，如图12-11所示。

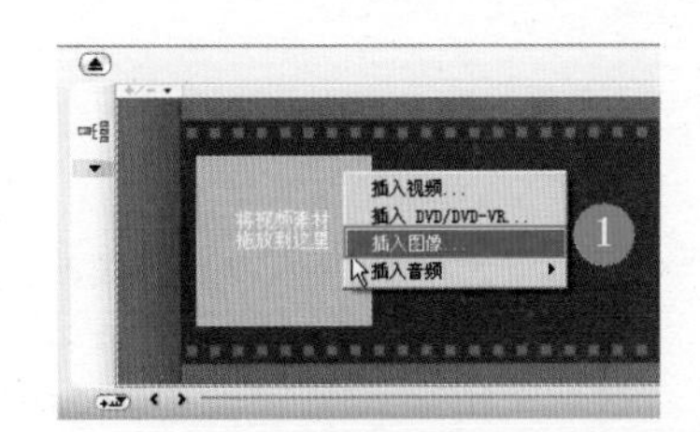

图12-10

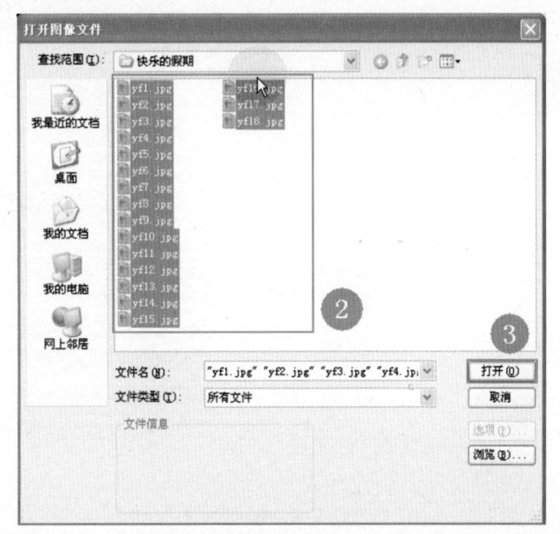

图12-11

Step 02 在时间轴上出现了所有插入图像的缩略图，排在最前面的图像显示在预览窗口中，如图12-12所示。

图12-12

说明：添加素材到时间轴，也可以通过以下三种方式将素材添加到项目中。

（1）从视频源捕获视频素材。将视频素材插入到时间轴的视频轨上。捕获视频的方法在第3章已经介绍，在此不再详述。

（2）从素材列表中将素材拖到相应的轨上。如在图像素材库中选中并拖动其中一张图片，光标出现矩形虚方框，如图12-13所示，然后拖动到视频轨中，松开鼠标即可将素材添加到时间轴中，如图12-14所示。

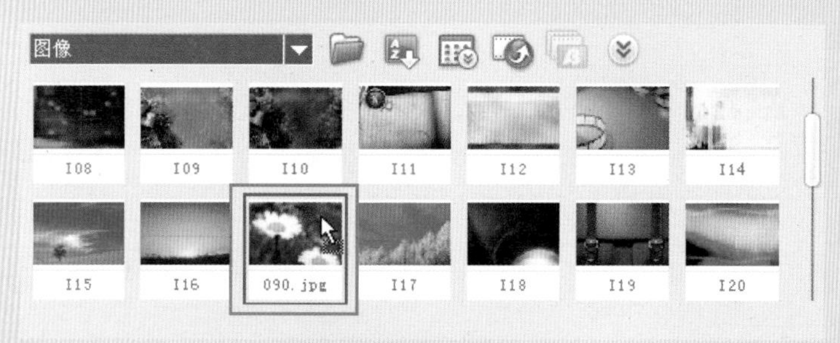

图12-13

图12-14

（3）单击按钮，如图12-15所示，或单击菜单【文件】|【将媒体文件插入到时间轴】命令，如图12-16所示，在其子菜单中选择插入的媒体类型，如视频、音频等，将选定的媒体文件插入到不同的轨上。

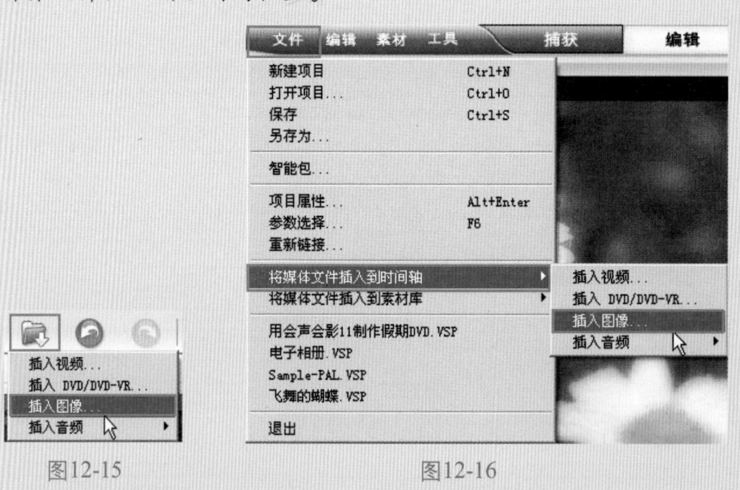

图12-15　　图12-16

Step 03 按【Ctrl+S】组合键保存项目文件以避免工作意外丢失。第一次保存会弹出【另存为】对话框，输入文件名❶并选择保存类型❷，然后单击【保存】按钮❸即可完成文件的保存，如图12-17所示。

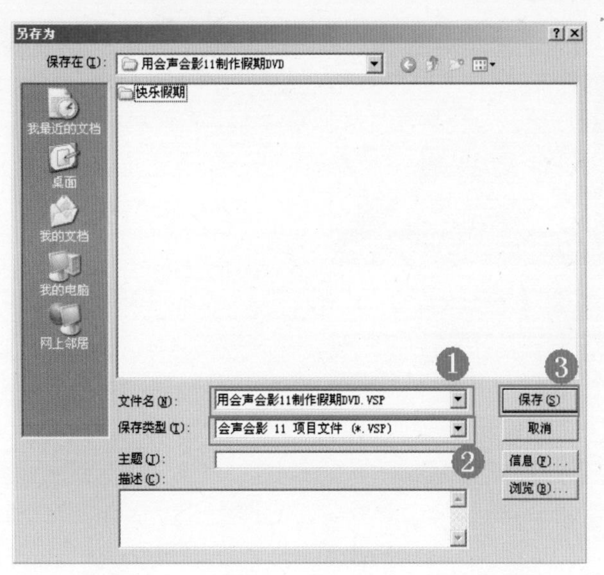

图12-17

说明：“会声会影”项目文件以“.VSP”文件格式保存。若要自动保存工作，单击菜单【文件】|【参数选择】命令，在打开的对话框中勾选【常规】选项卡中的“自动保存项目间隔”复选框并指定执行保存操作的时间间隔，如图12-18所示。

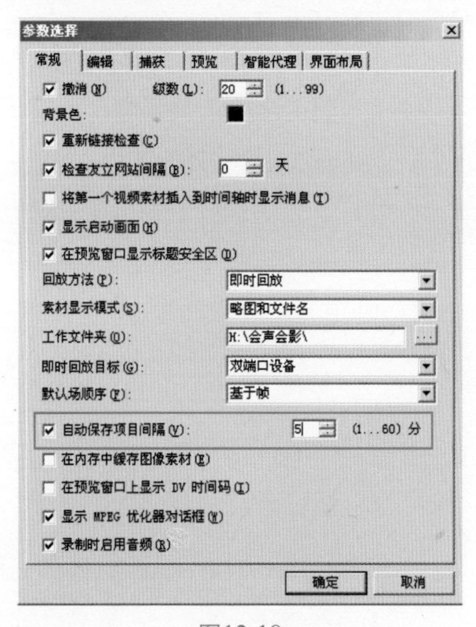

图12-18

12.3.2 制作图片转场效果

在素材之间制作转场效果是使素材与素材之间的过渡不会太生硬，以增加美感。

插入图像到时间轴以后，单击“效果”步骤❶，可查看“收藏夹”或者其他类型的转场效果缩略图❷，在“故事板视图”下可以看到图像与图像之间有一个小方框❸，它们就是用来放置转场效果的，如图12-19所示。

图12-19

1．添加“三维”转场

Step 01 单击“效果”步骤中的下三角按钮，在下拉列表中选择“三维”转场效果，如图12-20所示。

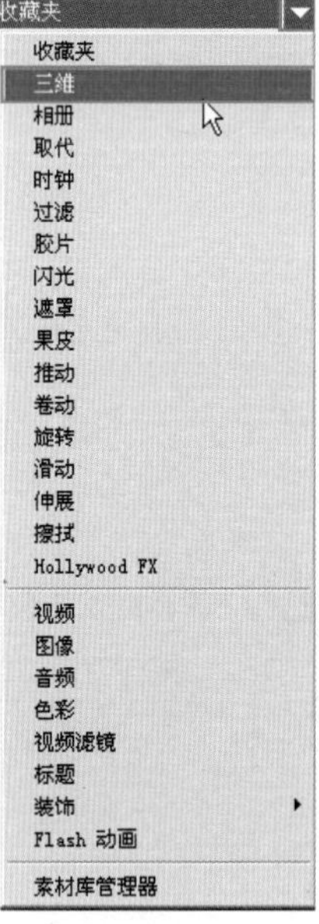

图12-20

Step 02 在三维转场效果列表中，单击“对开门”转场并拖动到时间轴素材之间的小方框中，光标出现“+”字符号，如图12-21所示，此时松开鼠标即可完成转场的增加，如图12-22所示。在时间轴上添加转场后的效果如图12-23所示，在预览窗口中预览“对

第13章　制作电影片头

本章实例制作“呼啸山庄”电影片头，表现一个风雨交加的夜晚，主色调为黑色，通过暴风、雨滴来渲染恐怖、沉闷气氛的视觉效果，再通过狂风呼啸的声音及滴水声来配合视觉效果。

在未学习之前，打开配套光盘“resource\第13章\电影片头制作”文件夹中“呼啸山庄电影片头.wmv ”文件，或者打开“呼啸山庄电影片头.VSP”文件，然后在导览面板中单击【播放】按钮预览效果，如图13-1所示，先对整个项目的制作效果有一个大概的印象。

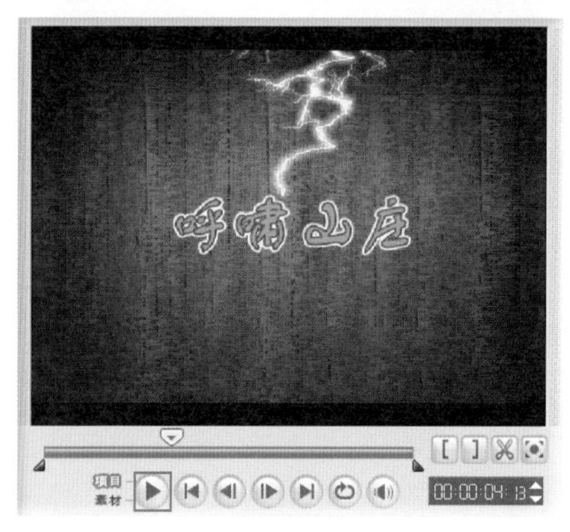

图13-1

13.1 创作思路

制作电影片头大概分为以下14个步骤：

（1）将配套光盘中“resource\第13章\电影片头制作”文件中的“I27.jpg”图片插入视频轨5次，并根据闪电一明一暗的闪动效果，调整五张图片不同的明暗变化。

（2）给图片添加狂风吹的效果。

（3）给第2张和第4张图片制作闪电效果。

（4）根据闪电的闪动时间，修改图片的播放区间。

（5）从同一路径中插入“I15.jpg”图片，把色调调整为黑夜场景并制作下雨和雨渐停的效果。

（6）复制“I15.jpg”图片，制作涟漪效果。

（7）给场景添加闪光过渡效果。

（8）输入电影名称及其他文字说明并给文字制作动画效果。

（9）在声音轨中给影片添加狂风、滴水音效。用水滴音效来表达暴风雨之后的宁静，使影片更富有感染力。

（10）给最后的两个图片场景制作摇动和缩放效果，使呆板的静态图片变成动画效果。

（11）给整个视频添加开头片头。

（12）制作好之后在计算机屏幕上全屏播放观看效果。

（13）创建视频文件或将视频文件制作成贺卡、网页，也可以刻录成光盘等进行输出分享。这样整个影片就制作好了。

（14）最后将项目打包管理，方便共享和保存。

13.2　制作过程

本实例使用2张图片、2个音频和1个视频素材。在未学习之前大家先把配套光盘“resource\第13章\电影片头制作”文件夹中的“I15.jpg”和“I27.jpg”加载到图像素材库。把“windblown.wav”和“big drops.wav”加载到音频素材库。把“V03.avi”加载到视频素材库。

13.2.1　插入并调整图片色调

配合闪电的闪动规律调整图像的明暗变化，依照“暗→较亮→暗→最亮→暗”的闪光规律制作闪电的光照效果及表现闪电的大小。

Step 01 在图像素材库中❶将加载的“I27.jpg”图片连续插入视频轨5次❷❸，如图13-2所示。

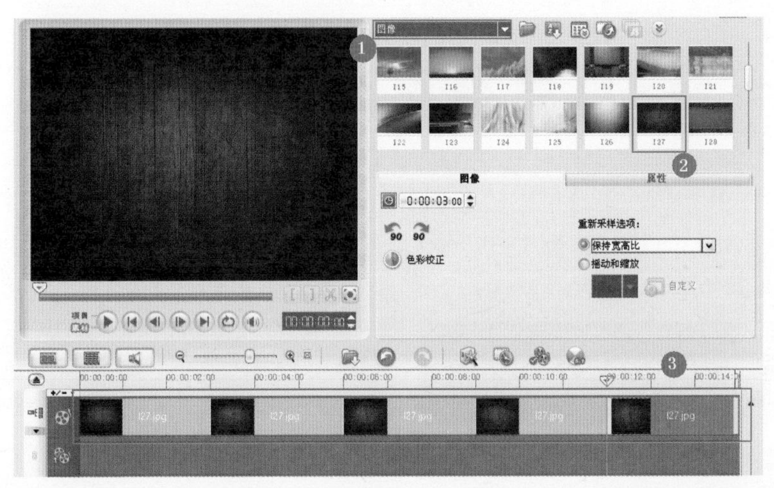

图13-2

Step 02 选中第1张图片“I27.jpg”❶，在【图像】选项卡中单击【色彩校正】按钮❷，如图13-3所示。然后在弹出的面板中调整【Gamma】的值为“-35”❸，通过把照片色调调暗来表现黑夜场景，如图13-4所示。

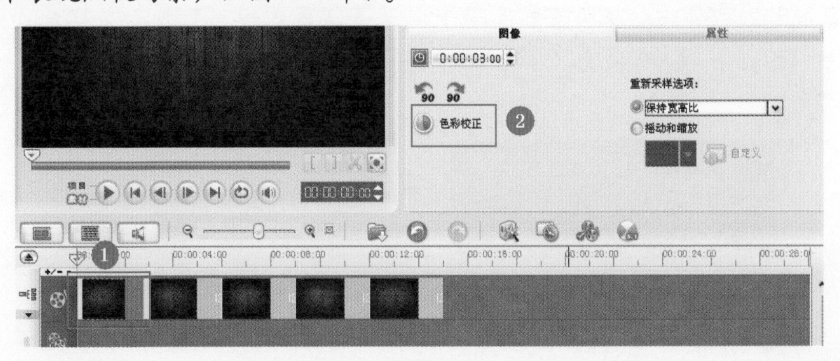

图13-3

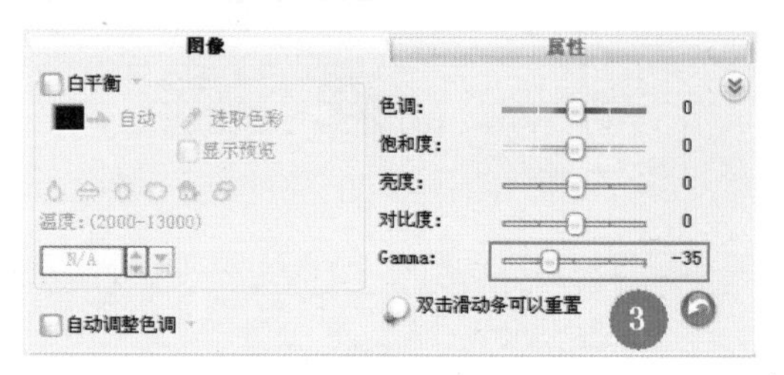

图13-4

Step 03 按前面同样的方法，选中第2张图片❶，在【图像】选项卡中单击【色彩校正】按钮，然后在弹出的面板中调整【Gamma】值为“-25”❷，比第1张稍微亮一些来表现较小闪电的亮度，如图13-5所示。

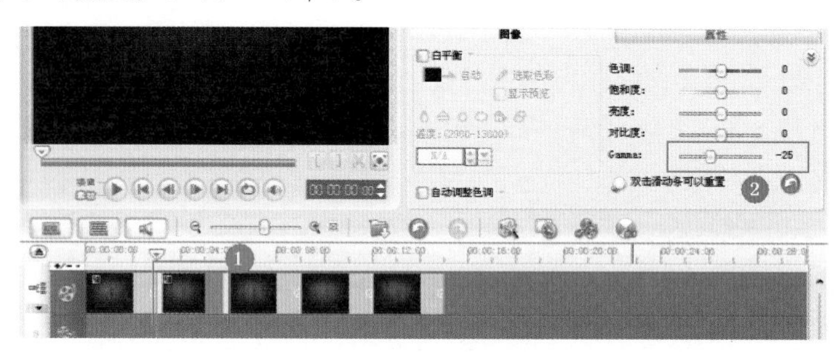

图13-5

Step 04 选中第3张图片❶，在【图像】选项卡中单击【色彩校正】按钮，然后在弹出的面板中调整【Gamma】的值为“-39”❷，再次把色调调暗来表现闪电闪过后的黑夜效果，如图13-6所示。

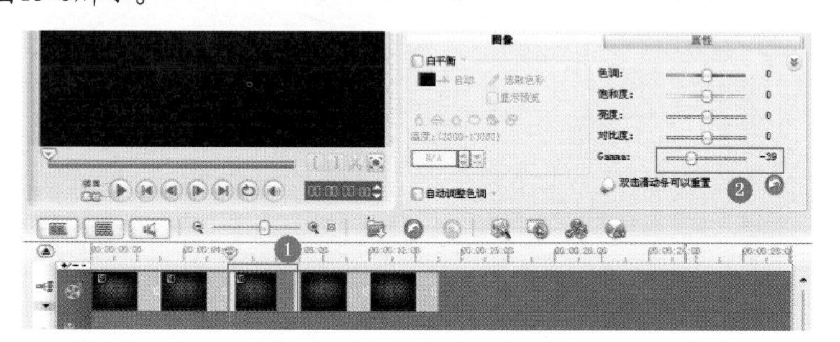

图13-6

Step 05 选中第4张图片❶，在【图像】选项卡中单击【色彩校正】按钮，然后在弹出的面板中调整【Gamma】的值为“24”❷，通过提高图片亮度来配合大闪电的亮度，如图13-7所示。

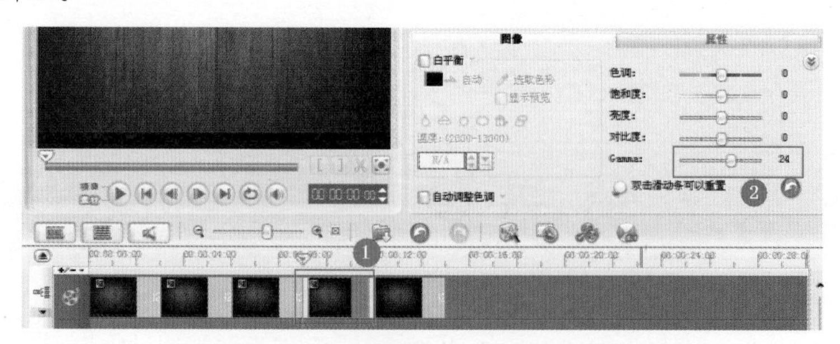

图13-7

Step 06 选中第5张图片❶，在【图像】选项卡中单击【色彩校正】按钮，然后在弹出的面板中调整【Gamma】值为“-47”❷，此色调是最暗的场景，突出闪过的闪电亮度以表现黑夜更暗的气氛，如图13-8所示。

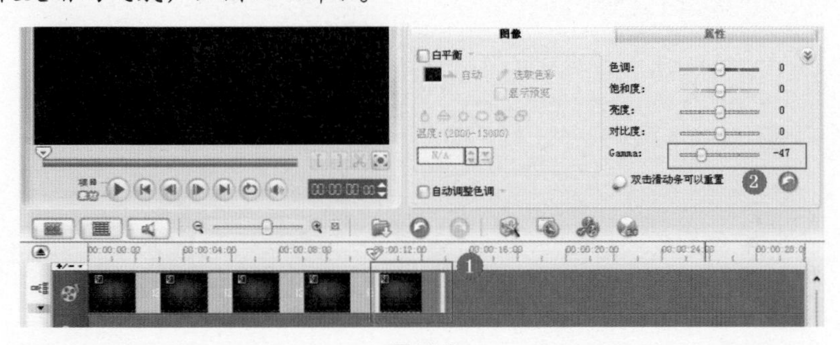

图13-8

13.2.2 制作狂风效果

给每张图片添加“微风”滤镜，制作风从强到弱的特殊效果。

Step 01 给第1张图片增加“微风”滤镜。首先在视频滤镜中选择“微风”❶，将它拖动到第1张图片上❷，在【属性】选项卡中单击【自定义滤镜】按钮❸，在弹出的【微风】对话框中选择第1帧❹，设置【方向】为“向右”❺，【模式】为“狂风”❻，【程度】为“23”❼，然后单击【确定】按钮❽，如图13-9所示。

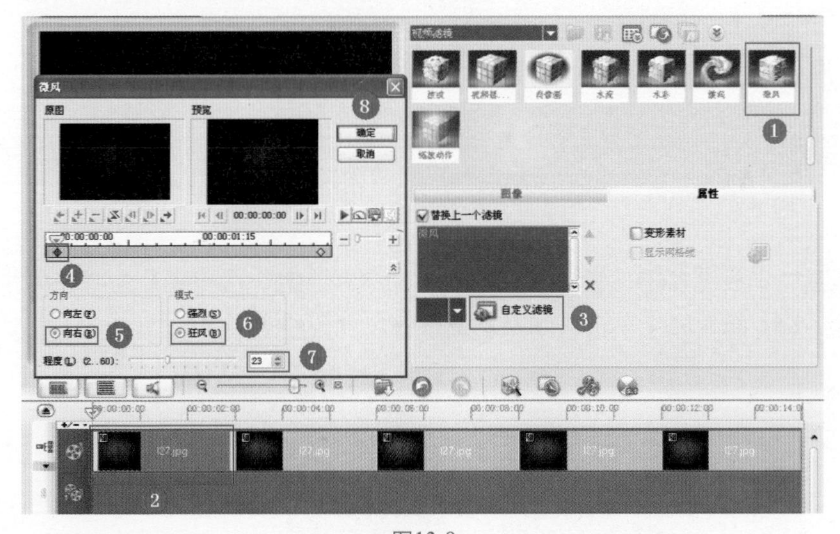

图13-9

Step 02 按同样的方法，也给第2张和第3张图片添加同样的“微风”滤镜。

Step 03 接着给第4张图片添加“微风”滤镜。

在【微风】对话框中移动“飞梭栏”确定一个合适的位置，然后单击+按钮❶添加一个关键帧❷。选择第1个关键帧❸，设置【方向】为“向右”❹，【模式】为“狂风”❺，【程度】为“20”❻，如图13-10所示。

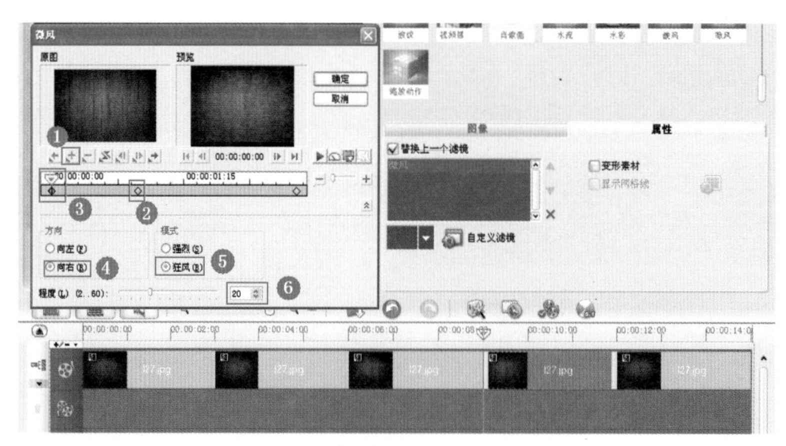

图13-10

选择刚添加的关键帧，即第2个关键帧❼，设置【方向】为“向右”❽，【模式】为“狂风”❾，【程度】为“30”❿，如图13-11所示。

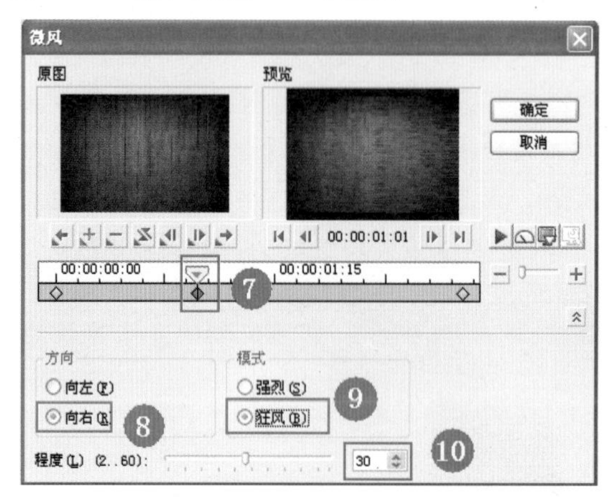

图13-11

选择最后一个关键帧⓫，设置【方向】为“向右”⓬，【模式】为“狂风”⓭，【程度】为“18”⓮，设置完毕单击【确定】按钮⓯，如图13-12所示。

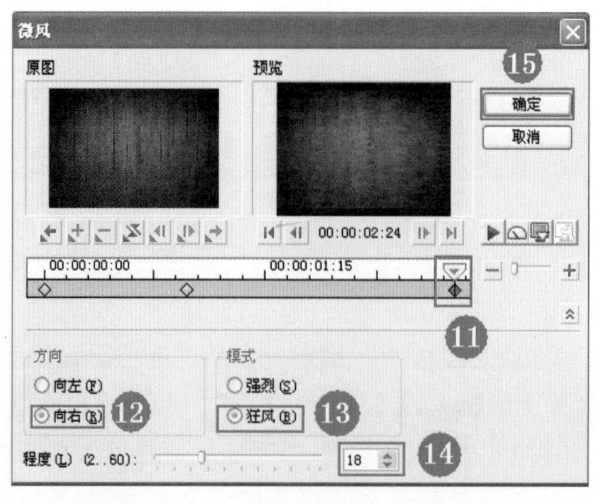

图13-12

Step 04 下面给第5张图片添加“微风”滤镜。

在【微风】对话框中，选择第1个关键帧❶，设置【方向】为“向右”❷，【模式】为“狂风”❸，【程度】为“18”❹，如图13-13所示。

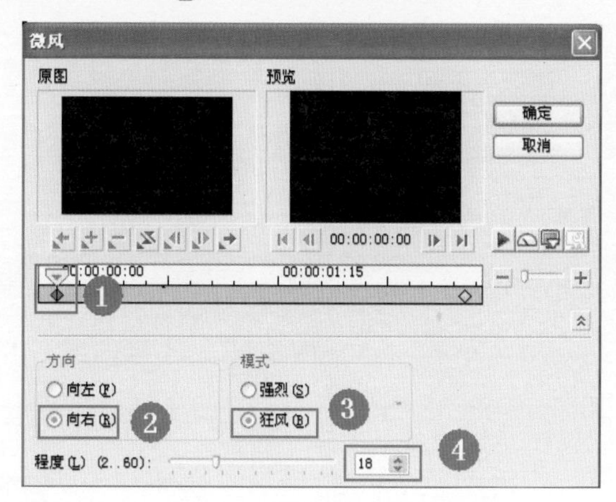

图13-13

选择最后一个关键帧❺，设置【方向】为“向右”❻，【模式】为“狂风”❼，【程度】为“2”❽，设置完毕单击【确定】按钮❾，如图13-14所示。

> 说明：“会声会影”有多种自定义视频滤镜的方式。一种方式是向素材添加关键帧。关键帧是素材上的某些帧，在这些帧上，可以为视频滤镜指定不同的属性或行为。可以灵活地决定视频滤镜在素材任意位置上的效果。

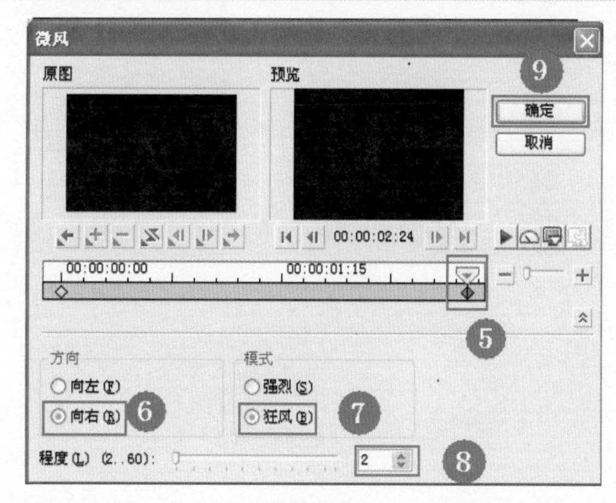

图13-14

13.2.3 制作闪电效果

为第2张和第4张图片制作闪电效果。

Step 01 在视频滤镜素材库中选择“闪电”滤镜❶，将它拖动到第2张图片上❷。在【属性】选项卡中单击【自定义滤镜】按钮❸，在弹出的【闪电】对话框中选择第1帧❹，调整闪电的位置及方向❺。选择【基本】选项卡❻，勾选“随机闪电”复选框❼，分别调整【区间】值为“3”帧，【间隔】值为“2”秒❽，设置【光晕】值为“7”，【频率】值为“100”，【外部光线】值为“100”❾，设置完毕单击【确定】按钮❿，如图13-15所示。

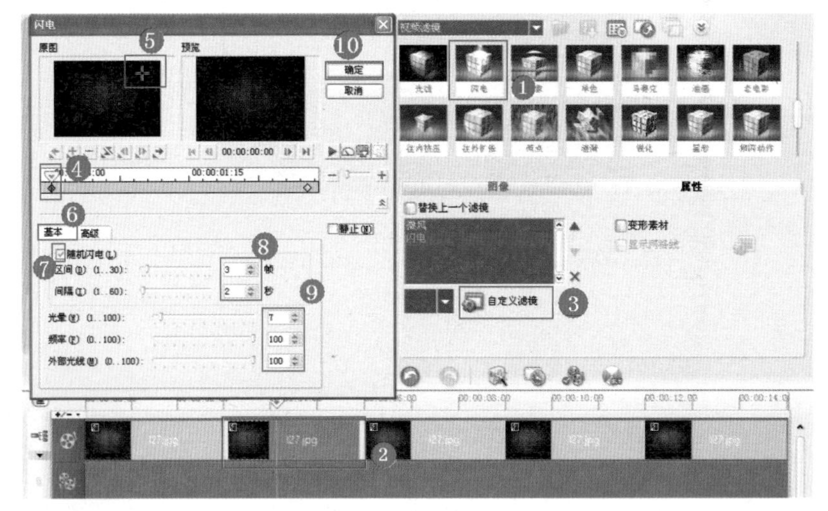

图13-15

Step02 为第4张图片添加强闪电效果。

在视频滤镜素材库中选择“闪电”滤镜❶，将它拖动到第4张图片上❷。在【属性】选项卡中单击【自定义滤镜】按钮❸，在弹出的【闪电】对话框中选择第1帧❹，调整闪电的位置及方向❺。选择【基本】选项卡❻，勾选“随机闪电”复选框❼，分别调整【区间】值为“5”帧，【间隔】值为“2”秒❽，设置【光晕】值为“9”，【频率】值为“100”，【外部光线】值为“100”❾，如图13-16所示。

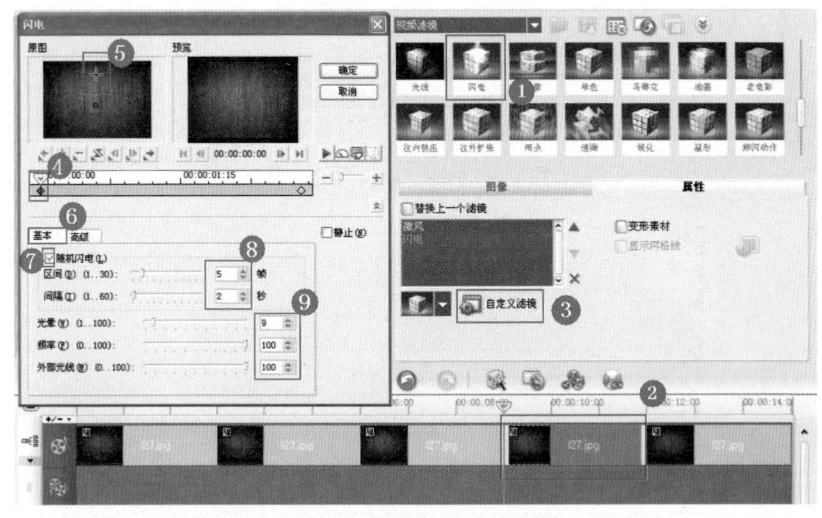

图13-16

选择【高级】选项卡❿，分别设置【因子】、【幅度】、【亮度】、【阻光度】和【长度】的参数⓫，设置完毕单击【确定】按钮⓬，如图13-17所示。

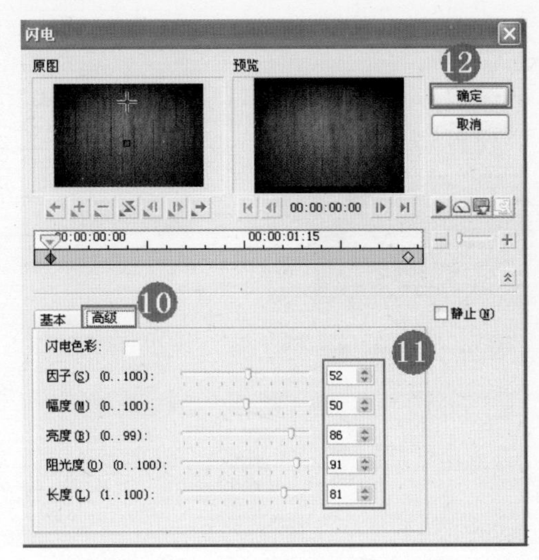

图13-17

13.2.4 修改图片播放的长度

由于闪电是瞬间弹出的，因此播放长度要适宜。这里修改添加了闪电滤镜的第2张和第4张图片的播放区间长度来配合闪电闪光效果。

Step01 选中第2个图片素材❶，在【图像】选项卡中【区间】的“时间码”中双击，输入“0:00:00:10”❷，表示播放长度为10帧，如图13-18所示。

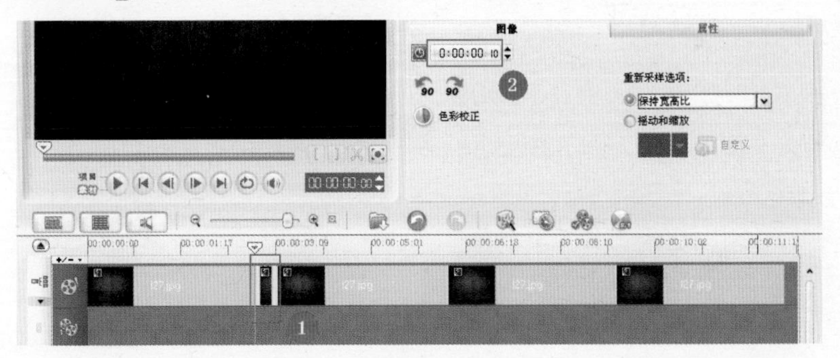

图13-18

Step02 选中第4个图片素材❶，在【图像】选项卡中【区间】的“时间码”中双击，输入“0:00:00:12”❷，表示播放长度为12帧，如图13-19所示。

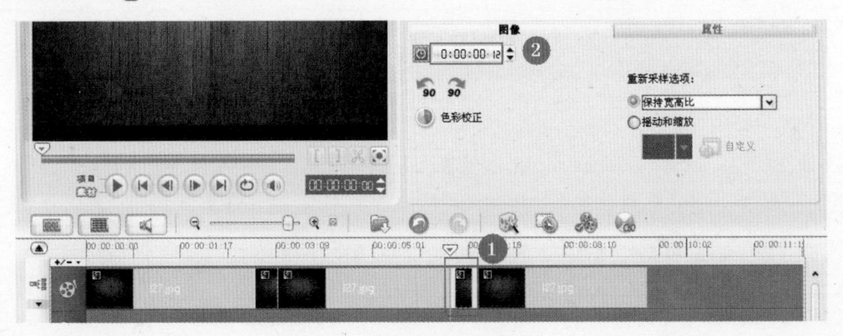

图13-19

Step 03 在导览面板中单击【项目】按钮并单击▶按钮预览效果，发现第1张图片❶和第3张图片❷虽然没有加入闪电效果，但播放时间还是太长，因此将它们的区间都设置成“0:00:01:00”，即1秒❸，如图13-20所示。

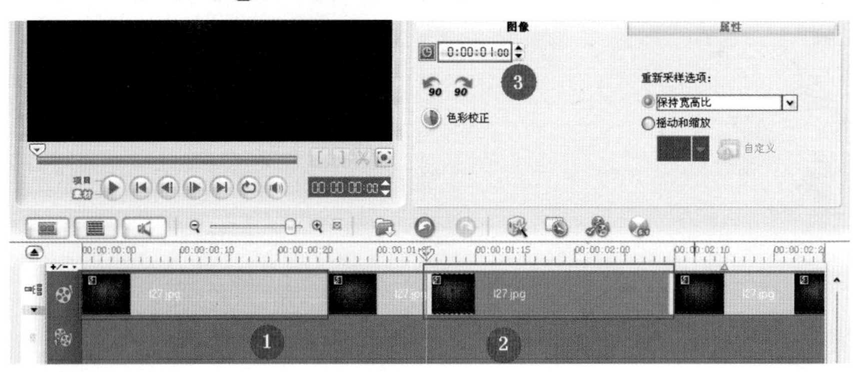

图13-20

13.2.5 插入图片并制作下雨的效果

使用“雨点”滤镜和“微风”滤镜表现狂风暴雨的效果。

Step 01 在视频轨再插入一张室外白天效果的风景图片“I15.jpg”❶，单击【色彩校正】按钮，在弹出的面板中通过设置饱和度和亮度将它调成黑夜的色调❷。在预览窗口中查看效果❸，如图13-21所示。

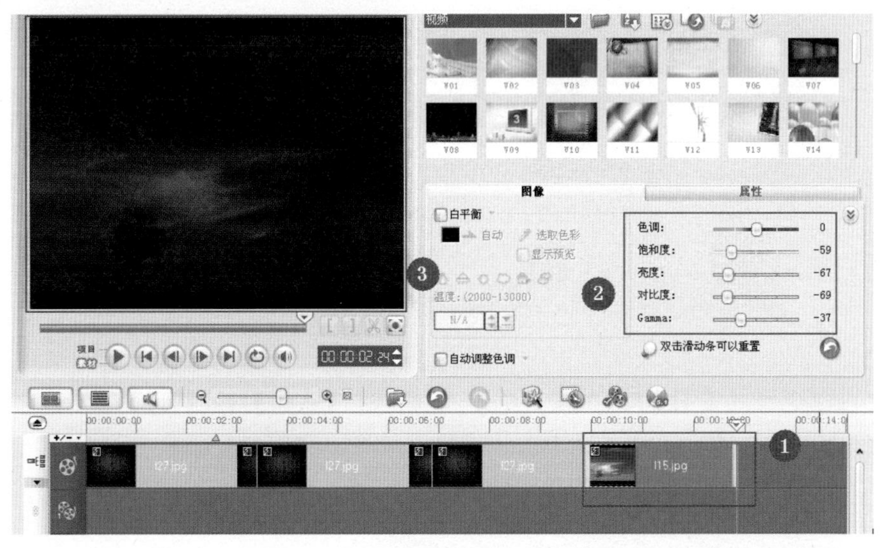

图13-21

Step 02 在视频滤镜中，选择“雨点”滤镜❶，将它拖动到图片上❷，单击【自定义滤镜】按钮❸，在弹出的【雨点】对话框中选择第1个关键帧❹，打开【基本】选项卡❺，设置【效果控制】❻及【颗粒属性】的参数❼，如图13-22所示。

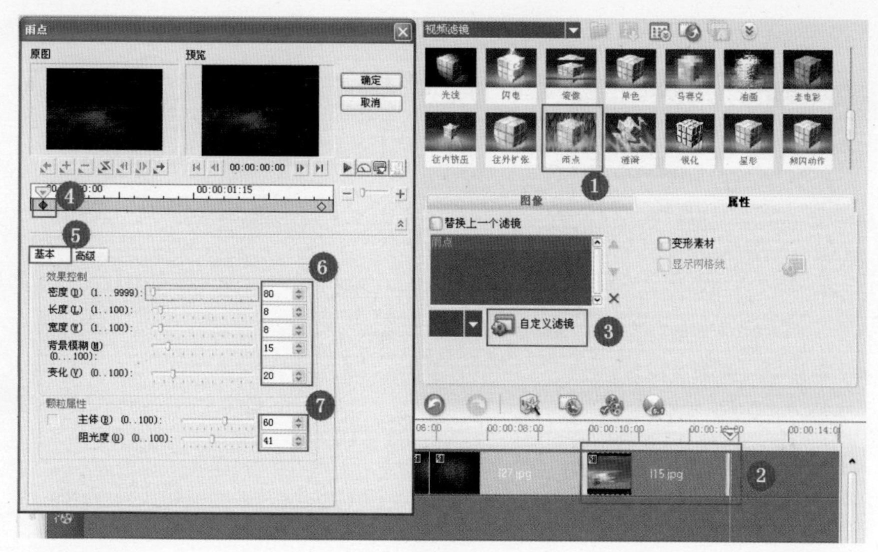

图13-22

Step 03 打开【高级】选项卡❽，设置【速度】、【风向】、【湍流】和【变化】的参数❾，如图13-23所示。

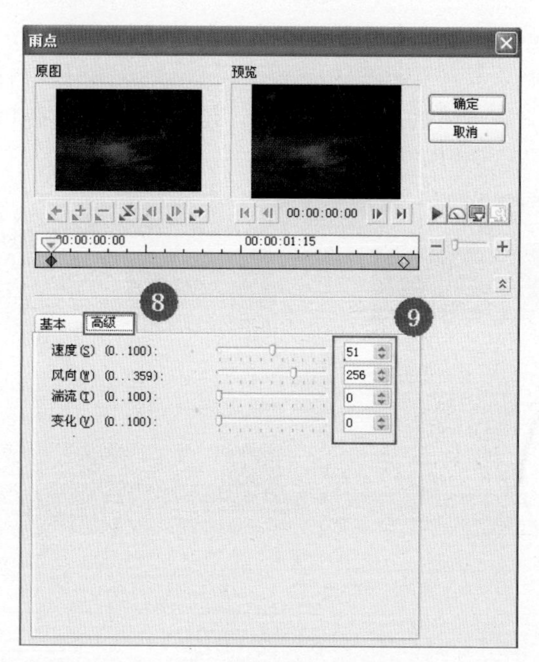

图13-23

Step 04 选择最后一个关键帧❿，打开【基本】选项卡⓫，设置【效果控制】⓬及【颗粒属性】⓭的参数，如图13-24所示。

Step 05 选择最后一个关键帧⓮，打开【高级】选项卡⓯，设置【速度】、【风向】、【湍流】和【变化】⓰的参数，设置完毕单击【确定】按钮⓱，如图13-25所示。

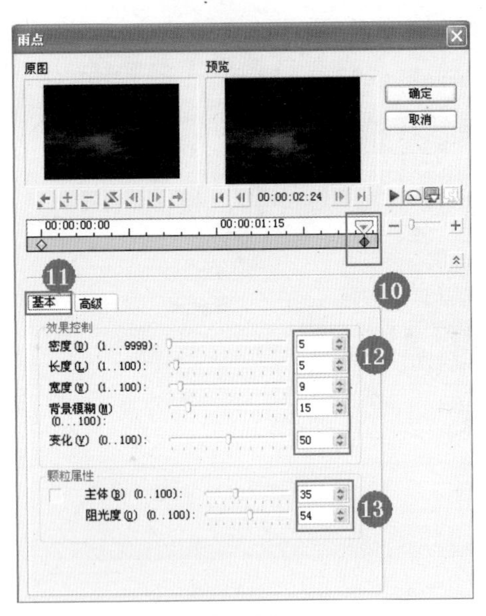

图13-24

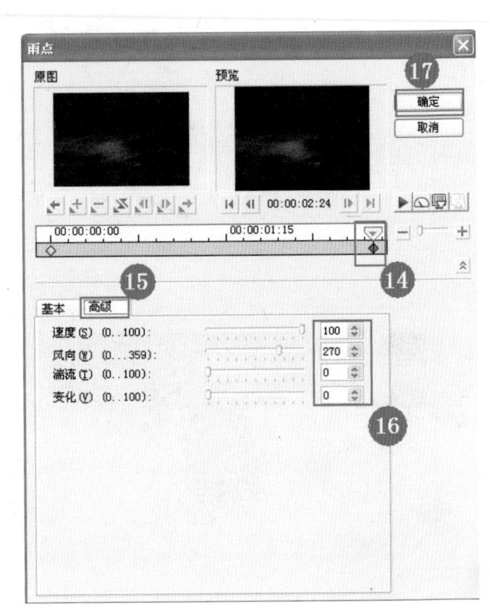

图13-25

Step 06 为了使下雨的效果更加真实，为图片加入微风吹过的效果。添加“微风”滤镜后，选中❶并单击▲按钮❷，将它放置在“雨点”滤镜的前面。单击【自定义滤镜】按钮❸，在弹出的【微风】对话框中选择第1帧❹，并设置【方向】为“向右”❺，【模式】为“强烈”❻，【程度】为“3”❼，设置完毕单击【确定】按钮❽，制作逐渐减弱的风效，如图13-26所示。

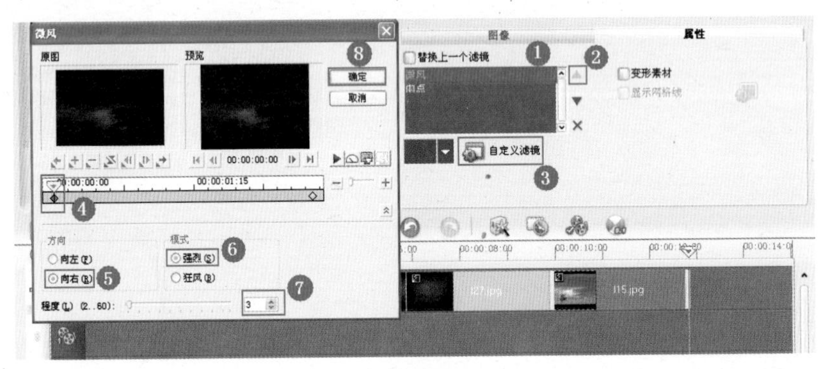

图13-26

13.2.6 复制图片并制作水面涟漪效果

制作滴水效果表现狂风暴雨后天晴悠静的视觉效果。

Step 01 复制图片。选择最后一张“I15.jpg”图片❶，按【Ctrl+C】组合键进行复制，然后按【Ctrl+V】组合键进行粘贴，此时复制得到的图片缩略图出现在图像素材库中❷，将它拖动至视频轨❸，为它制作水面的滴水涟漪效果，如图13-27所示。

Step 02 删除滤镜。复制图片的同时其属性也被复制下来，包括它的色调调整及滤镜效果等。在这一部中不需要滤镜效果，只需要这张图片的色调效果，所以打开【属性】

选项卡，分别选中“微风”和“雨点”滤镜❶，单击【删除滤镜】按钮❷删除两个滤镜，如图13-28所示。

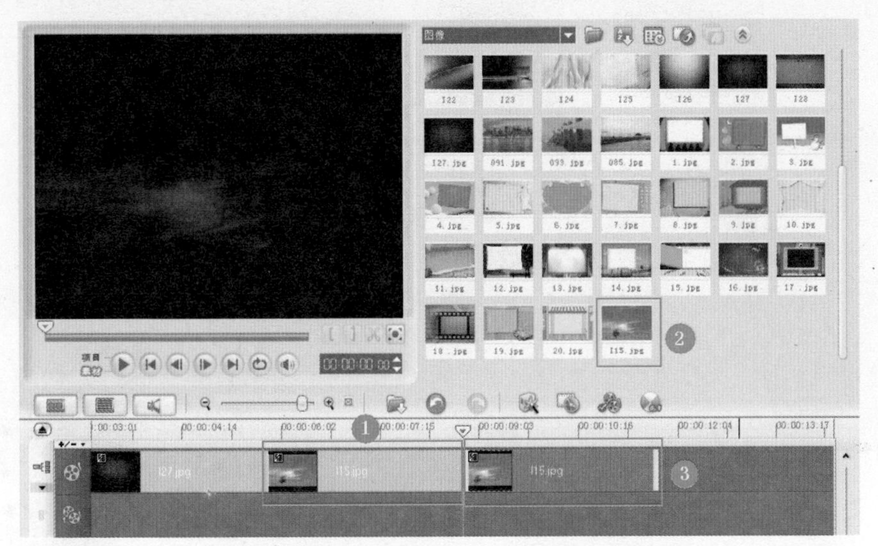

图13-27

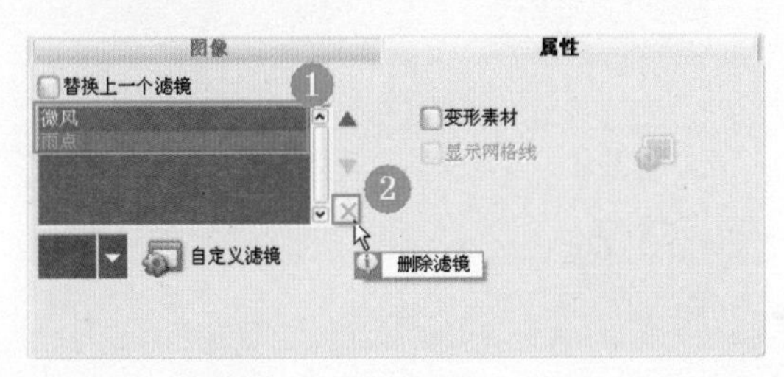

图13-28

Step03 通过为此复制的图片添加“模糊”、“涟漪”、“往外扩张”滤镜，制作水面涟漪效果。“模糊”滤镜的作用是使图片模糊，产生湖面效果；“涟漪”滤镜制作从中间向外扩散的滴水效果；“往外扩张”滤镜能配合“涟漪”滤镜制作湖面滴水的涟漪效果，如图13-29所示。

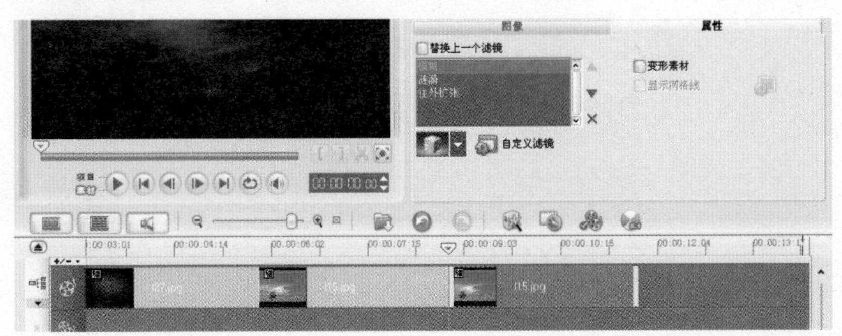

图13-29

Step04 选择第1帧❶，设置【程度】值为“5”❷，如图13-30所示。可以单击▶按钮选择在预览时不同速度的查看效果，如图13-31所示。

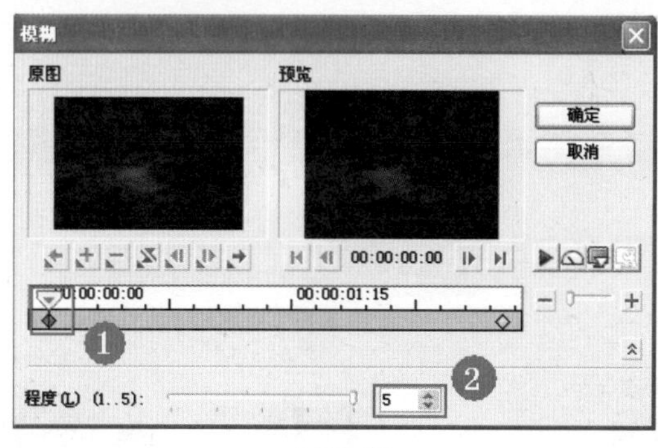

图13-30

图13-31

Step05 设置“涟漪”滤镜的自定义参数。

选择第1帧❶，选择【方向】为“从中央”❷，【频率】为“高”❸，【程度】为“1”❹，如图13-32所示。

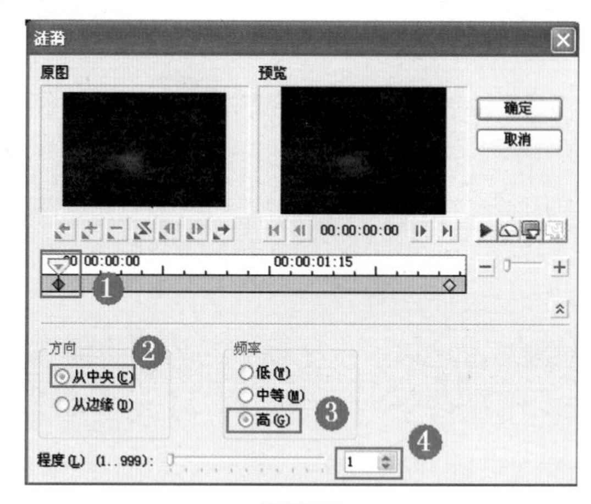

图13-32

选择最后一帧❺，选择【方向】为“从中央”❻，【频率】为“高”❼，【程度】为“110”❽，单击▶按钮预览效果❾，设置完毕单击【确定】按钮❿，这样就制作了从小涟漪到大涟漪的变化效果，如图13-33所示。

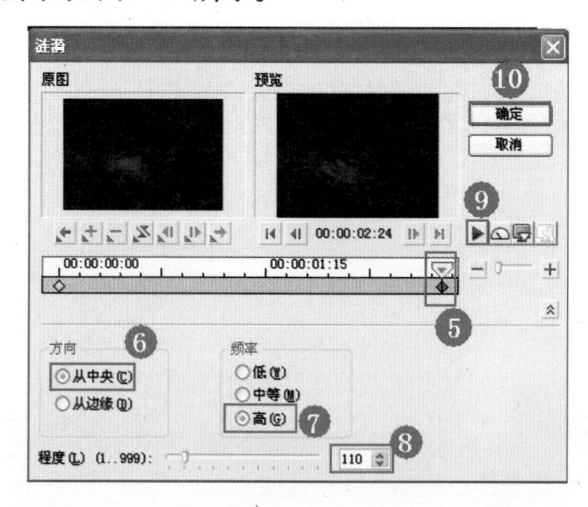

图13-33

Step 06 设置“往外扩张”滤镜的自定义参数。

选择第1帧❶，设置【因子】的值为“5”❷，如图13-34所示。

选择最后一帧❸，设置【因子】的值为“40”❹，设置完毕单击【确定】按钮❺，这样就制作了从小涟漪到大涟漪的水面往外扩张的变化效果，如图13-35所示。

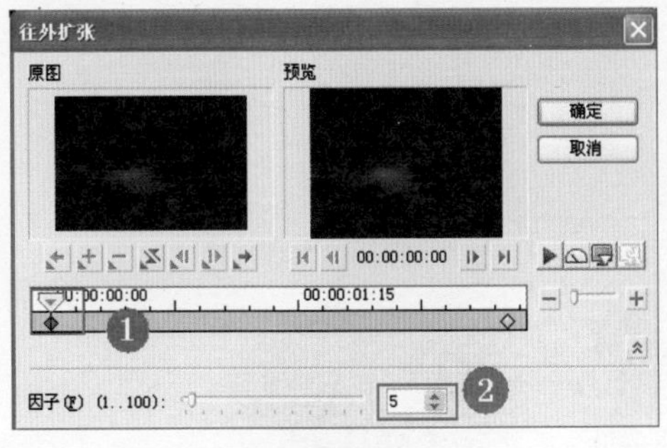

图13-34

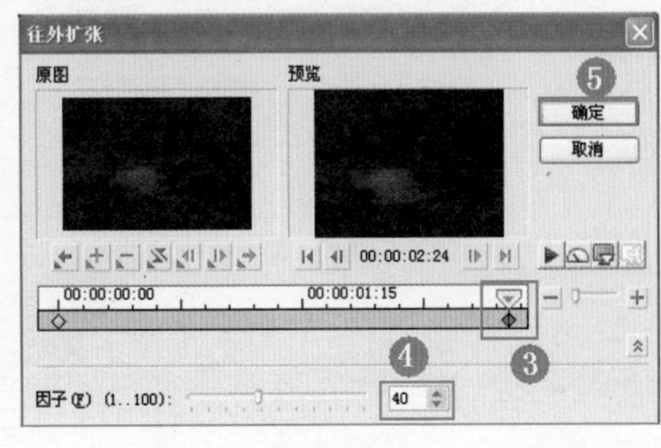

图13-35

Step 07 设置完成单击▶按钮，预览效果并保存项目文件。

13.2.7 添加闪光过渡效果

在“效果”步骤中，选择“FB12闪光”转场❶，将它拖动到“I27.jpg”与“I15.jpg”两个素材之间❷，使室内与室外两个不同的画面有一个转场切换的效果。单击【项目】❸和▶按钮❹，预览效果❺，如图13-36所示。

图13-36

说明：使用闪光转场可以模拟闪光，或为下一场景引入梦幻进入效果。灯光能对场景进行溶解，形成梦幻效果。

13.2.8 制作动态的电影名

按照前面学习过的知识输入文字。

Step 01 进入“标题”步骤，将光标放置在时间轴适当的位置，然后双击预览窗口并输入文字。在标题轨输入两个“呼啸山庄”电影名称和“夜。。。”说明文字。输入完毕，便为标题轨添加了文字。

Step 02 调整文字的位置及播放长度。第1个“呼啸山庄”文字在第2张和第3张图片处❶；第2个“呼啸山庄”文字在第4张图片上❷；“夜。。。”文字在第5张图片的转场特效开始到最后一张图片之间❸，如图13-37所示。

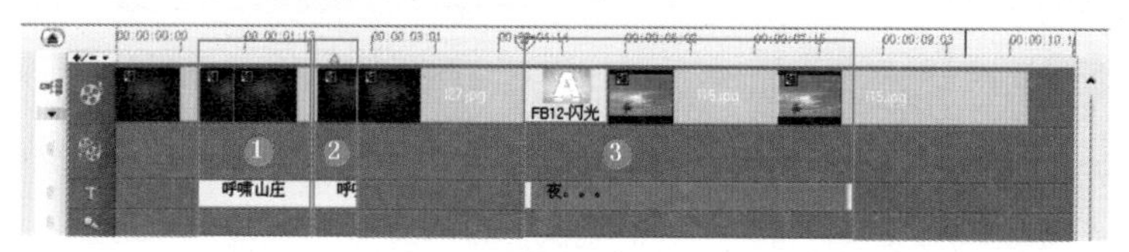

图13-37

Step 03 编辑文字，使文字艺术效果与影片气氛结合在一起。

选择第1个“呼啸山庄”文字❶，单击预览窗口使文字变成可编辑状态，在【编辑】选项卡中设置文字的字体为“方正舒体”❷，大小为“71”❸，颜色为“深红色”❹，间距为“80”❺。单击【边框/阴影/透明度】按钮❻，在打开的对话框中选择【阴影】选项卡❼，单击 A 按钮❽设置阴影模式，单击颜色框选择“绿色”❾，设置完毕单击【确定】按钮❿，文字被设置成红字绿边效果，在预览窗口中观察效果⓫，如图13-38所示。

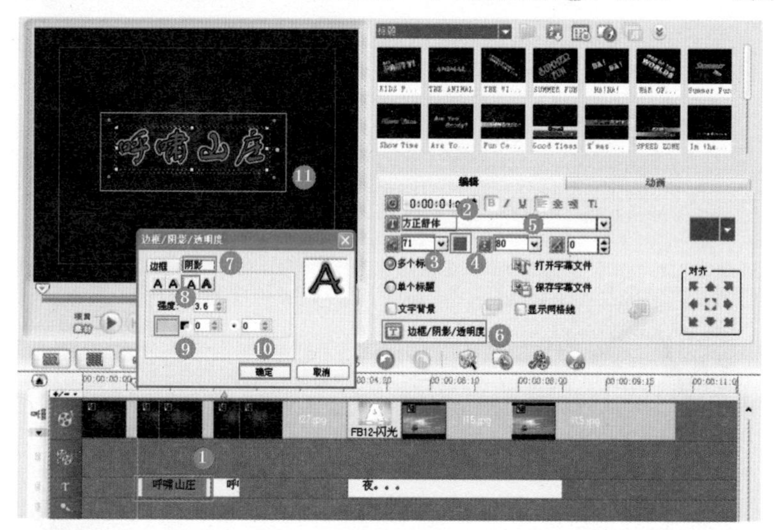

图13-38

打开【动画】选项卡❶，勾选“应用动画”复选框❷，在【类型】下拉列表中选择“弹出”❸，在列表中选择第4个弹出效果❹，给第1个“呼啸山庄”文字设置弹出的动画效果，如图13-39所示。

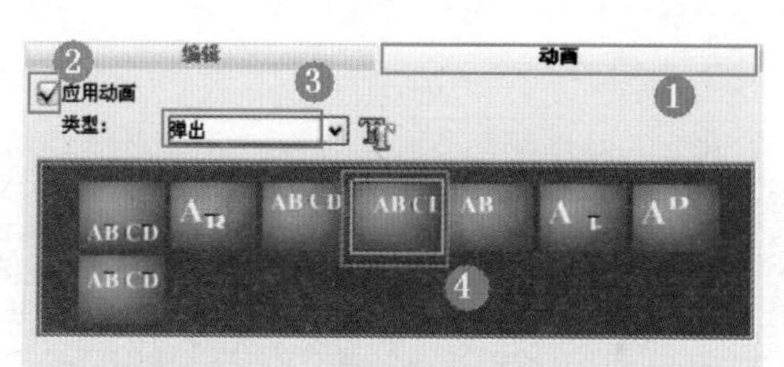

图13-39

选择第2个“呼啸山庄”文字❶，其他设置与第一个相同，不同的是文字颜色为“朱红色”❷，单击【边框/阴影/透明度】按钮❸，在打开的对话框中选择【阴影】选项卡❹，单击 A 按钮❺设置阴影模式，单击颜色框选择“白色”❻，设置完毕单击【确定】按钮❼，在预览窗口中观察效果❽，如图13-40所示。由于这里是闪电最强的地方，因此此处的文字为配合闪光效果而改变颜色为红字白边效果。

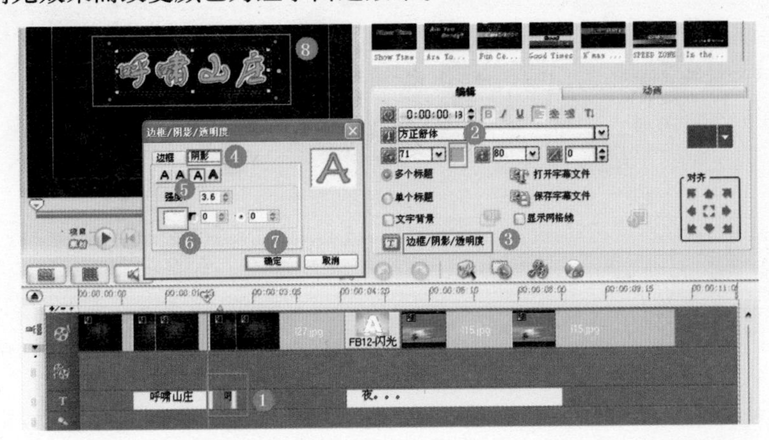

图13-40

选择“夜。。。”文字❶，同样设置它的字体为“方正舒体”❷，大小为“94”❸，颜色为“黑色”❹。单击【边框/阴影/透明度】按钮，在打开的对话框❺中选择【阴影】选项卡❻，单击 A 按钮❼设置阴影模式，单击颜色框选择“淡绿色”❽，设置完毕单击【确定】按钮❾，将文字设置成黑色绿边的效果，在预览窗口中观察效果❿，如图13-41所示。

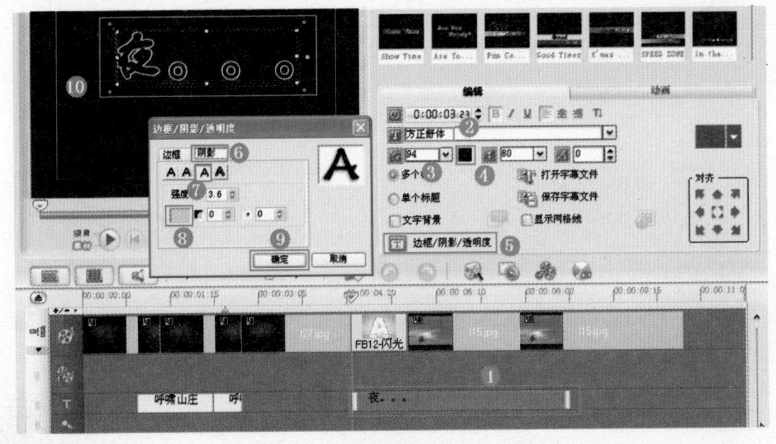

图13-41

再给“夜。。。”文字设置一种“飞行”动画效果，如图13-42所示。使最后一个“。”号像一个水珠掉下来，可在预览窗口中查看动画效果。

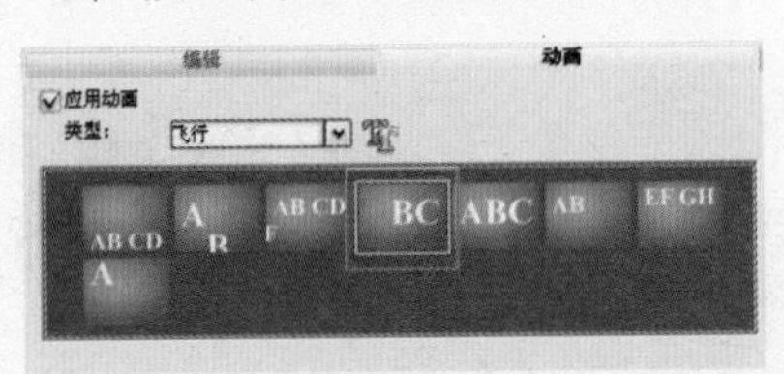

图13-42

13.2.9 为影片添加音效

影片的视觉效果完成后再来制作配音效果。恰当的音效能非常好地渲染整个影片的艺术效果。

在音频轨插入“windblown.wav”❶和“big drops.wav”音频❷，并放置好它们的位置。因为“big drops.wav”是滴水声效，要把它放置在即将产生涟漪之前才能很好地配合滴水效果，如图13-43所示。

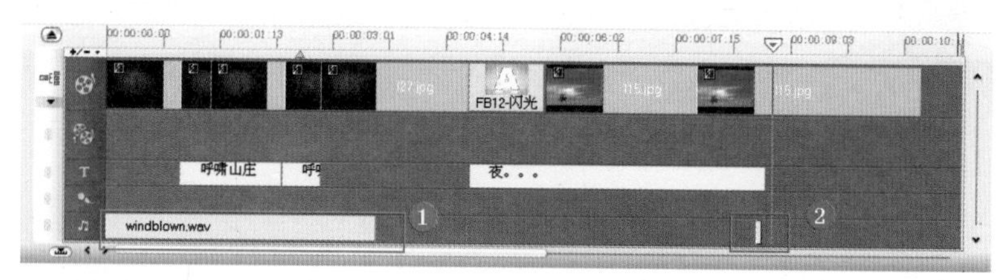

图13-43

Step01 设置淡入淡出音效和播放速度。

给“windblown.wav”音频设置“淡入”和“淡出”效果❶，使声音听起来不会太突然。然后延长音频播放速度和长度。单击【回放速度】按钮❷，弹出【回放速度】对话框，设置【速度】值为“85”❸，单击【确定】按钮❹，如图13-44所示。使节奏稍微变慢以延长声音播放时间。

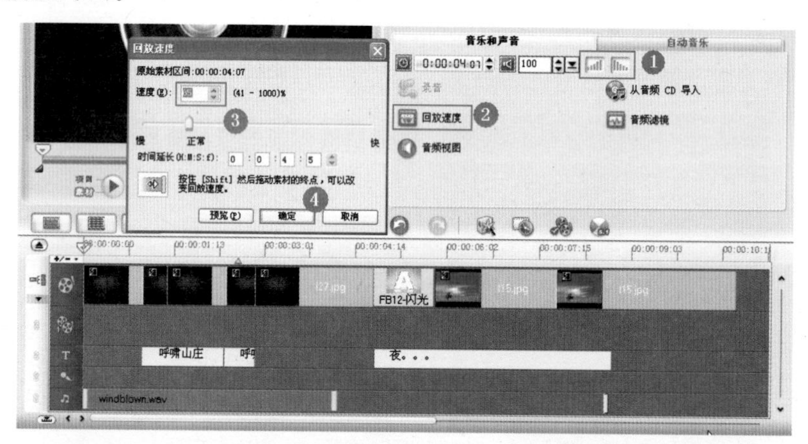

图13-44

说明：由于视频与音频长度不一，但视频已经编辑好，如果延长视频素材会导致视频原有的声音失真，而延长音频素材听上去像是以更慢的拍子进行播放也不会增加好的效果，因此延长音频素材的播放长度是最恰当的。注意只能将音频素材延长到50%～150%之间，否则声音会失真。

Step02 制作山谷回音声效。

在【音乐和声音】选项卡中单击【音频滤镜】按钮❶，弹出【音频滤镜】对话框，在【可用滤镜】列表中选择“长回音”❷，单击【添加】按钮❸，然后单击【确定】按钮❹，即给此视频加入一个长回音音频滤镜，如图13-45所示，使声音有回声效果，就像从山谷中传来的一样。

图13-45

13.2.10 制作摇动和缩放效果

设置完成后单击【播放】按钮预览效果，如果能给最后两张图片增加“摇动和缩放”效果，使静态的画面变成动态的影片将会有更好的效果。

Step 01 选中第1张图片❶，选择“摇动和缩放”单选按钮❷，选择“由远及近”的效果❸，如图13-46所示。

Step 02 选中第2张图片❶，选择“摇动和缩放”单选按钮❷，选择“由近及远”的效果❸，如图13-47所示。

图13-46

图13-47

说明：摇动和缩放应用于静态图像可模拟视频相机的摇动和缩放效果。

13.2.11 在项目前快速插入片头

本实例主体基本完成，最后给整个视频添加片头。

在添加片头之前，首先会遇到一个问题，就是项目完成之后如果再在前面或中间插入其他素材会导致互相对位的各轨素材错位，之前所做的工作就会白白浪费掉。

如何才能解决这个问题呢？会声会影的“启用连续编辑”功能可以轻松解决这个问题。

（1）启用连续编辑。

单击▼按钮❶，在下拉菜单中选择【启用连续编辑】命令❷，如图13-48所示。然后单击互相对应素材的标题轨❸和音乐轨❹的锁链符号，选中的锁链符号会高亮显示，如图13-49所示。

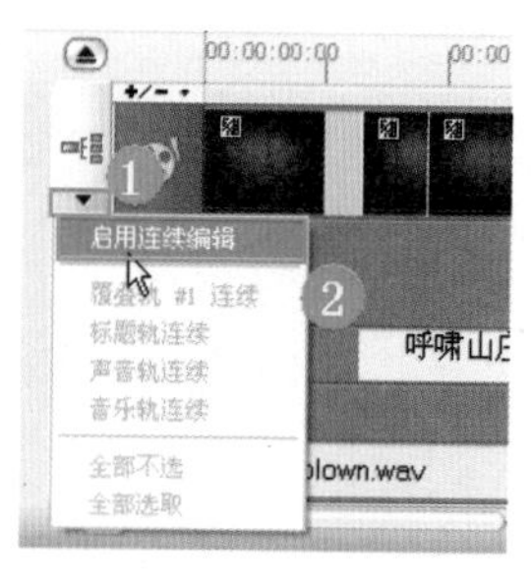

图13-48

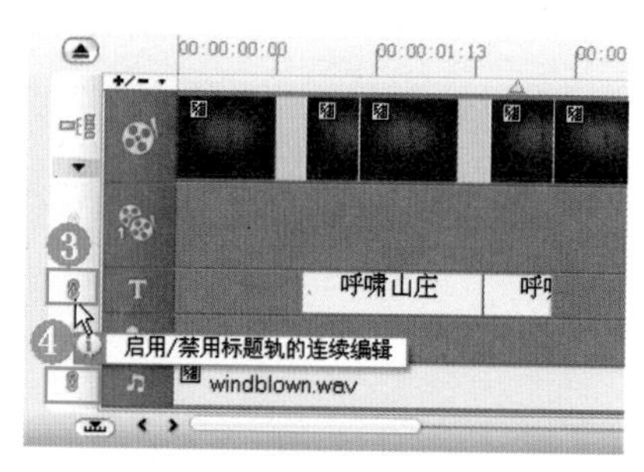

图13-49

说明：连续编辑可以在插入素材的同时自动移动其他素材（包括空白空间），为此素材在时间轴上腾出空间。使用此模式，可以在插入更多素材时保持原始轨的同步。

（2）加快视频的播放速度。

启用此功能后便可安心地插入片头。在视频轨最前面插入“V03.avi”视频文件❶。

播放预览此视频，感觉播放速度太慢，需要加快播放速度。单击【回放速度】按钮❷，在弹出对话框的【时间延长】区间文本框中输入“0:0:2:0”❸，单击【预览】按钮查看效果❹，最后单击【确定】按钮完成播放速度的调整❺，如图13-50所示。

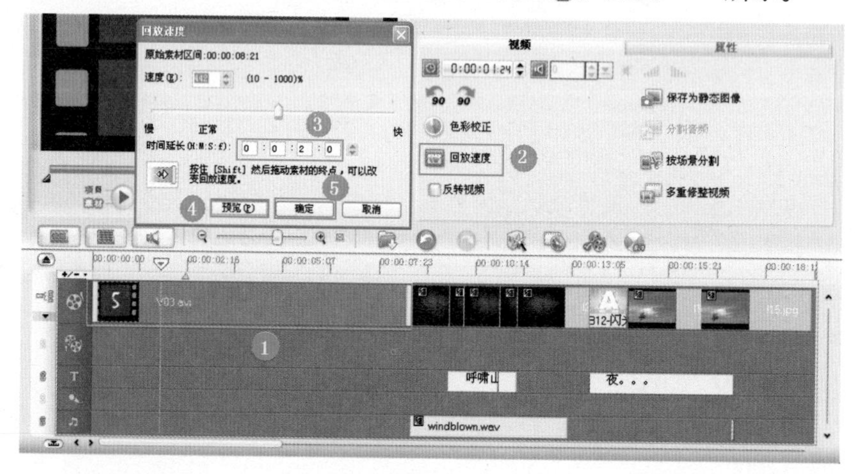

图13-50

整个影片项目制作完成，保存项目文件。

13.2.12 全屏预览项目

打开“分享”步骤❶，单击【项目回放】按钮❷，弹出相应的对话框，在没有选定任何预览范围的情况下，默认选择“整个项目”单选按钮❸，单击【完成】按钮❹，如图13-51所示，即可在计算机屏幕上全屏播放整个项目效果。

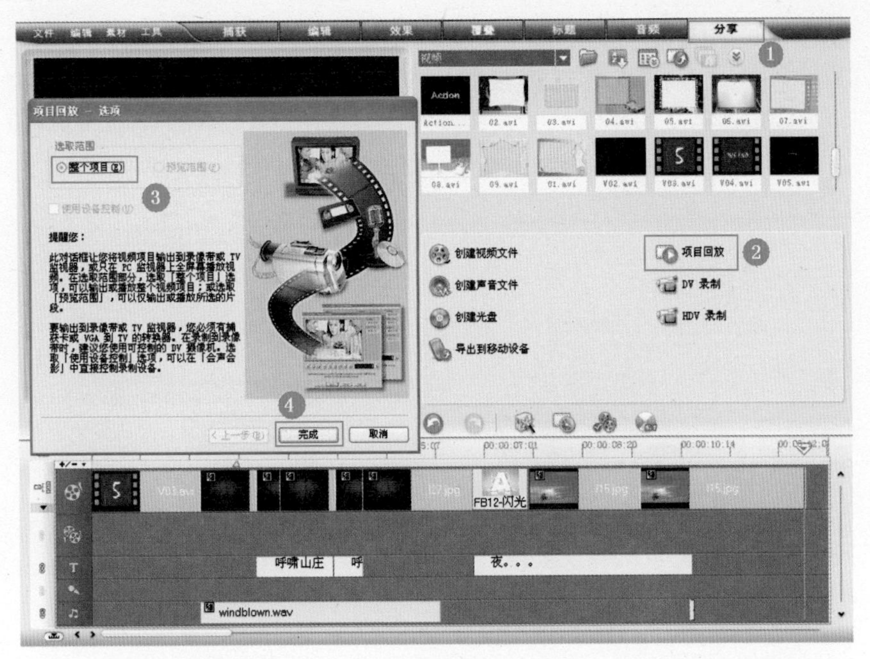

图13-51

13.2.13 创建视频文件

预览影片项目之后若没有需要修改的地方，可进入最后的输出阶段。

进入"分享"步骤，单击【创建视频文件】按钮❶，在下拉菜单中选择【自定义】命令❷，如图13-52所示。

（1）输出avi文件。

在弹出的【创建视频文件】对话框中进行设置。如果要输出高质量的视频，应选择保存类型为"*.avi"文件❸，单击【选项】按钮对此格式文件进行设置❹；输入文件名"呼啸山庄电影片头"❺，设置完毕单击【保存】按钮❻，开始影片的渲染，如图13-53所示。

图13-52

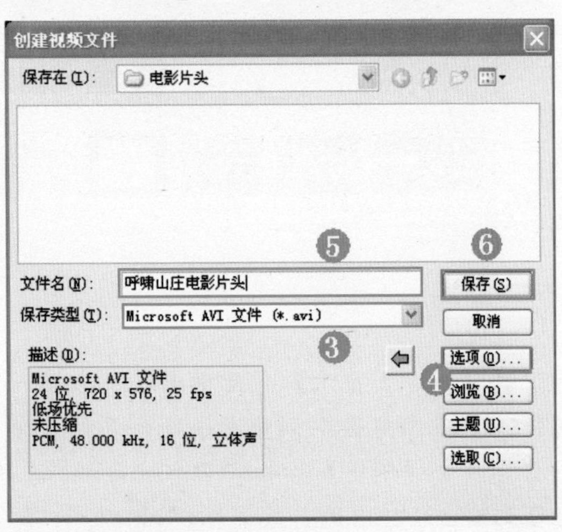

图13-53

（2）输出wmv文件。

也可以输出成适合在网络上播放的WMV格式的视频文件，选择保存类型为“*.wmv”，如图13-54所示。

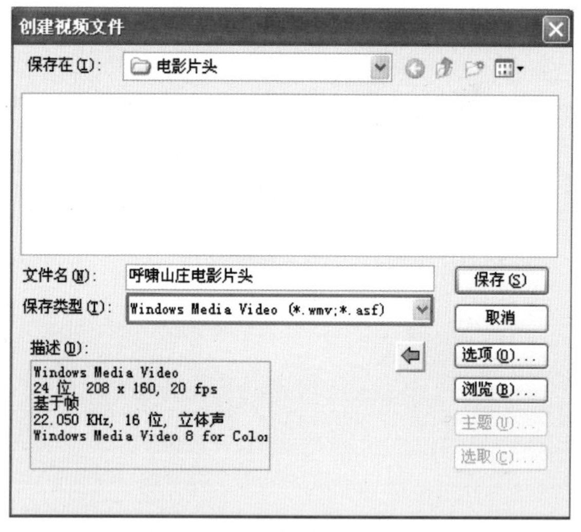

图13-54

注意：渲染出来的视频文件缩略图会显示在视频素材库中。

13.2.14 将视频文件制作成贺卡

在会声会影中可以将素材库中的“视频”及“图像”制作成其他媒介，如制作成贺卡、网页和电子邮件等。

Step 01 在视频素材库中选择已渲染出的视频文件❶，单击按钮❷，在下拉菜单中选择【贺卡】命令❸，如图13-55所示。

图13-55

Step 02 在弹出的【多媒体贺卡】对话框中双击选择一个背景❶，勾选“保持视频宽高比”复选框❷，在预览区中调整大小及位置❸，单击【浏览】按钮确定文件输出的路径❹，最后单击【确定】按钮❺即可完成操作，如图13-56所示。要打开已制作好的贺卡，可到输出路径中运行此文件。

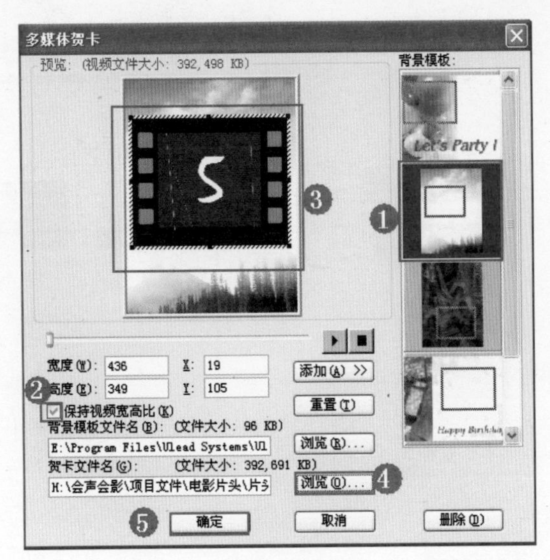

图13-56

13.2.15 将项目文件打包管理

如果项目文件的素材改变了存放位置或者不小心被删除，则项目文件就不能顺利打开。为了更好地管理项目，可以使用“智能包”功能，对项目进行整体打包，方便我们保存及共享项目文件。

Step01 单击菜单【文件】❶|【智能包】命令❷，如图13-57所示，在弹出的提示对话框中单击【是】按钮保存当前项目，如图13-58所示。

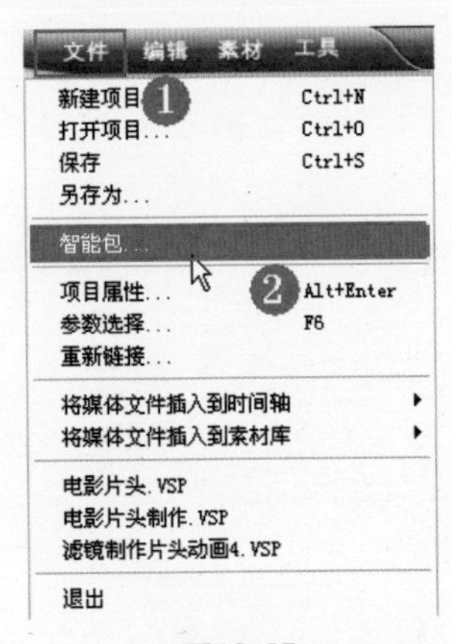

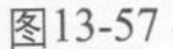

图13-57

图13-58

Step02 在弹出的【智能包】对话框中单击[...]按钮指定文件保存的位置❶，输入项目文件夹名为“电影片头”❷，输入项目文件名为“呼啸山庄电影片头”❸，然后单击【确定】按钮❹，如图13-59所示。

Step03 打开【我的电脑】窗口，找到保存文件的文件夹路径，可见智能包中包括了所有的素材文件以及项目文件，如图13-60所示。

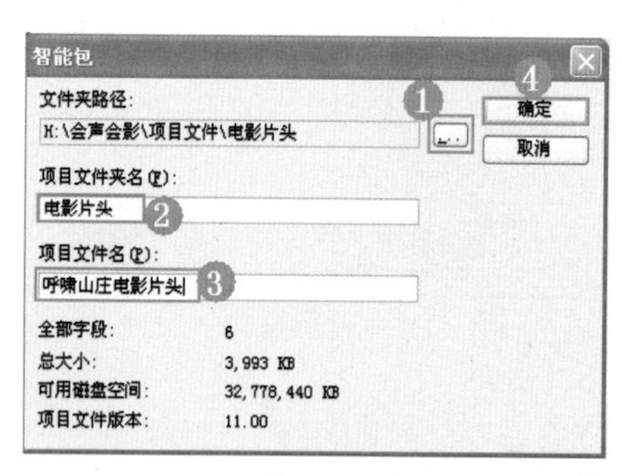

图13-59

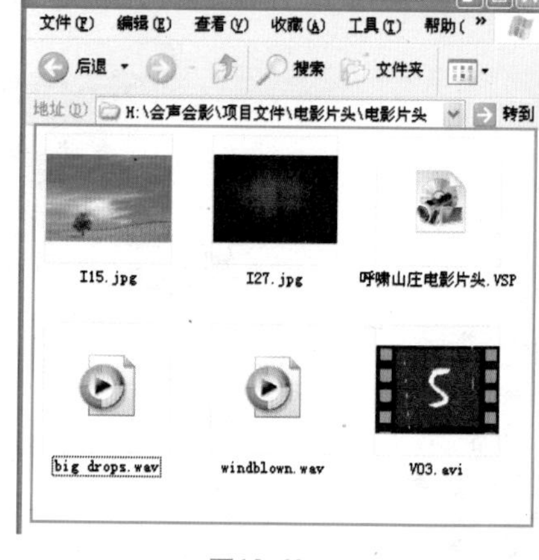

图13-60

本章使用静态图片，结合会声会影的“色彩校正”功能和“微风”、“闪电”、“雨点”、“涟漪”及“往外扩张”滤镜，还有“摇动和缩放”、“文字阴影”功能创作了表现暴风骤雨的黑夜场景。掌握了软件的使用方法，还要会灵活运用，才能创作出令人惊叹的艺术效果。

附　　录

附　　录

菜单命令快捷方式

Ctrl + N	创建新项目
Ctrl + O	打开项目
Ctrl + S	保存项目
Alt + Enter	项目属性
F6	参数选择
Ctrl + Z	撤消
Ctrl + Y	重复
Ctrl + C	复制
Ctrl + V	粘贴
Delete	删除
F1	帮助

步骤面板快捷方式

Alt + C	转到“捕获”步骤
Alt + E	转到“编辑”步骤
Alt + F	转到“效果”步骤
Alt + O	转到“覆叠”步骤
Alt + T	转到“标题”步骤
Alt + A	转到“音频”步骤
Alt + S	转到“分享”步骤
向上键	转到上一个步骤
向下键	转到下一个步骤

导览面板快捷方式

F3	设置开始标记
F4	设置结束标记
Ctrl + 1	切换到项目模式
Ctrl + 2	切换到素材模式
Ctrl + P	播放/暂停
Shift + 【播放】按钮	播放当前所选素材
Ctrl + H	起始
Ctrl + E	结束
Ctrl + U	上一帧
Ctrl + T	下一帧
Ctrl + R	重复
Ctrl + L	系统音量

Ctrl + I	分割视频
Tab	在“修整拖柄”和“飞梭栏”之间切换
Enter	左修整拖柄处于激活状态时，按【Tab】或【Enter】键可以切换到右拖柄。
向左键	如果按【Tab】或【Enter】键激活“修整拖柄”或“飞梭栏”后，使用向左键可以移动到上一帧
向右键	如果按【Tab】或【Enter】键激活“修整拖柄”或“飞梭栏”后，使用向右键可以移动到下一帧
Esc	如果按【Tab】或【Enter】激活“修整拖柄”或“飞梭栏”并在它们之间切换，按【Esc】键可取消激活“修整拖柄”和“飞梭栏”

时间轴快捷方式

Ctrl + A	选择时间轴中的所有素材； 单个标题：选择屏幕上处于编辑模式中的所有字符
Ctrl + X	单个标题：剪切屏幕上处于编辑模式中的所选字符
Shift + 单击； Ctrl +单击	选择同一个轨中的多个素材
向左键	选择时间轴中的上一个素材
向右键	选择时间轴中的下一个素材
+ / -	放大/缩小
Page Up / Page Down	向右/向左滚动
Ctrl + 向下键； Ctrl + 向右键	向前滚动
Ctrl + 向上键； Ctrl + 向左键	向后滚动
Ctrl + Home	移动到时间轴的起始位置
Ctrl + End	移动到时间轴的结束位置

多重修整视频快捷方式

Delete	删除
F3	设置开始标记
F4	设置结束标记
F5	在素材中向后移动
F6	在素材中向前移动
Esc	取消

其他快捷方式

Esc	停止捕获、刻录或渲染，或者关闭对话框并且不进行任何更改； 如果切换到“全屏幕预览”界面，则按【Esc】可以返回“会声会影编辑器”界面
双击效果库中的转场	双击效果库中的转场会自动将其插入到第一个两个素材之间的空白转场位置中。重复此过程会将转场插入到下一个空白转场位置中

读书笔记